戲非戲233

西遊八十一案

（一）

大唐泥犁獄

陳漸　作

高寶書版集團

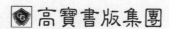

本書根據《西遊記》第十回〈唐太宗地府還魂〉演義

目錄

楔子一

大唐武德四年，益州空慧寺。

和尚的僧袍拖在石階與青苔之上，三尺戒刀摩擦著青石，發出金石之音。日色朗照，禪房內似乎幽宓無人，只有遠遠的幾處鳥鳴。

然而當和尚走上石階，禪房內卻傳來一聲蒼老的嘆息：「長捷[1]，雖為殺人事，亦是菩提心。但若存了殺人念，你便落了下乘。」

和尚身子一抖，提著戒刀慢慢推門而入。

「終於要動手了嗎？」老僧趺坐在蒲團上，含笑看著他。

和尚眼中湧出了淚水，手捧戒刀，木然道：「這把刀，弟子浸泡在深泉中三夜，上有浮游三千；又曝晒三日，上有佛光百尺。特來為師父送別。」

老僧只是微笑看著他，臉上露出濃濃的不忍：「今日之後，對老衲而言，無非一死而已，諸德圓滿、諸惡寂滅。三界紅塵，再不入我眼。可你……今日之後，諸天神佛，將再不會庇佑你；世人親朋，再不會讚頌你；這大唐天下，將再無你的立足之地；你內心的戒律也會轟然崩塌，你將終生躲藏於黑暗之中，逃避著自己的內心。你的修行將永遠不會成功，死後淪入泥犁阿鼻獄，受那無窮無盡、億萬劫的苦……這些，你能忍受嗎？」

「弟子……」和尚的額頭冷汗涔涔，卻咬牙道，「弟子縱九死而不悔。」

「死，是最簡單的事啊！」老僧搖了搖頭，嘆息了一聲，「或許，這便是你的修行之路吧！空手把鋤頭，步行騎水牛。人在橋上過，橋流水不流。咄——」

一偈唱完，閉目垂眉，宛如入定。

和尚忽然淚流滿面，伏地大哭，隨後手中戒刀一揮，頸血上沖三尺，老僧的頭顱砰然而下。

戒刀叮噹落地，這一剎那，和尚的臉上血痕彌漫，竟有一絲猙獰之色。他兜起僧袍，裹住老僧的頭顱，踉踉蹌蹌地站起來，一步步朝禪堂外挨去。

千年古禪堂，百年青石階，淋淋漓漓灑了一路的鮮血……

楔子二

大唐武德六年，河東道霍邑縣。

縣衙門在城東，面前是繁華的正街，衙門口坐北朝南，開著八字牆，牆上張貼著各種公告，日晒雨淋，現出斑駁的顏色，風一吹，破爛的紙片從牆上撕裂，被風捲著飄揚遠去。

霍邑是河東重鎮，從黃河渡口的蒲州去太原的必經之地，人煙繁華，商旅眾多，縣城熱鬧無比。這一日黃昏，就在正街熙熙攘攘的人流中，一名灰袍草鞋的僧人遠遠走來，他手中持著一只紅檀木的木魚，手裡的木槌有節奏地敲擊，發出悠遠的響聲，和這喧嚷的大街很不協調。

那和尚到了縣衙的八字牆外，看了看臺階上架著的鳴冤鼓，並不去敲，忽然詭異地一笑，手裡敲擊著木魚，抬腳走上臺階。

二堂上，霍邑縣令崔珏[2]斜倚在一張紅底軋花羊毛氈上，翻看著憑几上的卷宗。正在此時，忽然聽見儀門外響起嘈雜的聲音，木魚聲聲，震盪耳邊。

「怎麼回事？」崔珏不高興地道。這位縣令年紀二十有八，相貌儒雅，臉上掛著淡淡的笑，縱使穿著綠色官衣，戴著軟腳襆頭的官帽，也沒那種嚴肅氣概，懶懶散散的，頗有魏晉名士的風度。

門外有胥吏奔了進來：「啟稟大人，衙門外有個僧人闖了進來，非要面見大人。我說大人正在處理公務，稍後通報，他居然大力敲起了木魚。」

那胥吏話音未落，木魚聲中，一聲佛偈響起：「一缽千家飯，孤僧萬里遊。為了生死事，乞化度春秋。明府大人，貧僧不遠萬里而來，特向大人化個緣法。」

崔珏笑了：「這和尚有點意思，請來吧。」

和尚在差役的帶領下，一臉平和地走進堂上，也不待招呼，徑直在崔珏對面盤膝而坐。

「大師法號怎生稱呼？」崔珏見這和尚粗狂，也不起身，淡淡地問。

「法號是什麼？」和尚一翻眼珠，冷冷道，「只為佛前一點緣，何必名目汙人間。」

「哦？」此時禪宗還未興盛，淨土宗風靡大唐，打機鋒的和尚不多，崔珏一時新鮮起來，含笑問，「和尚從何處來？到何處去？」

「從娘胎裡來，到我佛缽盂中去。」和尚道。

崔珏無奈了：「那麼……法師來找下官有什麼事？要化什麼緣法？」

「貧僧要化的物事，只有大人才有，因此不遠萬里而來，只是不曉得大人給不給了。」和尚倨傲地道。

崔珏啞然而笑：「下官又有什麼是別人沒有的？」

「大人這條命！」和尚古怪地笑道，「這頸上頭顱，身外皮囊。」

崔珏臉上變色，跪坐而起，臉色陰沉地盯著和尚：「法師在開玩笑？」

「這一路上，風霜磨去我三件僧袍，黃土洗掉我九雙芒鞋，」和尚緩緩道，「只有我手中木魚，越磨越光，可以照見我心。是否當真，我自己看得清清楚楚。」

崔珏神情凝重，見這和尚年有三旬，面皮粗糙微黑，滿頭滿臉都是風霜之色，身上的僧袍補丁上還有補丁，早已破得不成樣子。腳下的芒鞋更是連鞋底都磨穿了，腳跟直接踩在了地上。一雙大手骨節寬大，繭子粗厚。看來確實行走萬里，不是來跟自己開玩笑的。

「下官這條命，怎麼會引起法師的興趣？」崔珏心神慢慢穩定，臉上甚至帶著笑容。

「你生於前隋開皇十四年，三歲能誦《論語》，七歲能作文章，年方弱冠，就名滿三晉，詩詞文章更是號稱前隋第一，時人稱許為『鳳子』，因此你便以鳳子為號。不過你命途多舛，平生不得意。及冠之後，尚未來得及施展，就趕上隋煬帝三征高麗，天下動盪，民不聊生，只好避難山中，這一避就是五年。大人可為少年志向難酬而感到悲哀？」

和尚的話在崔珏心中激起了滔天駭浪，他從容的臉色慢慢變得灰白，半晌才喃喃道：「果真如大師所言。」

和尚也不理會，繼續道：「五年後，如今的皇上為太原留守，聽到你的才名，征辟為留守府參軍，你本以為可以出人頭地，一展抱負，沒想到第二年皇上就興兵反隋。本來皇上定鼎大唐，若不出意外，你跟著他進入長安，到如今怎麼也是朝中重臣。可偏偏大軍南下霍邑，你立了一場大功，改變了你的一生。皇上受阻，你崔大人獻策，合圍誘敵，擊破了宋老生的隋軍。於是皇上就命你為霍邑縣令，駐守要地。宋金剛大軍壓到城下，你率領三百民軍就敢發動夜襲；霍邑守將尋相要投敵，你帶著兩個家人到他府上行刺。霍邑被破，你率領全城百姓避難霍山之中，連一粒糧食也沒留給敵軍。劉武周、宋金剛被滅後，你治理霍邑，路不拾遺，夜不閉戶，百姓們無不安居樂業。我想問你，如此大功，為何皇上在位這麼多年，你仍舊是個縣令？」

聽這和尚將自己前半生的經歷娓娓道來，崔珏不禁呆若木雞，手中握著卷軸，指節發白：「求師父指點。」

和尚陡然喝道：「心如泥犁火，本欲起無名。娑婆三千界，燒個鐵窟窿！你相貌雖然文弱，但眼睛卻燃燒著赤裸裸的、毫不掩飾的野心和欲望。在這世上，沒有任何一個位置會是你的終點，你永不滿足，不知疲憊。身居上位者，若不知你的欲求在哪裡，他如何敢用你？」

崔珏身子一震，陷入沉思。

「哈哈，貧僧就為你指一條明路。」和尚怪笑一聲，「大人是否知道，西方鬼世界，有泥犁之獄？」

「泥犁獄？」崔珏愕然片刻，他通讀各教經典，自然不陌生，點點頭，「按佛家說法，泥犁獄是欲界六道之一，佛家有《十八泥犁經》，說道，人死後，為善多者上天，為惡多者入泥犁。共有八熱、八寒、遊增、孤獨等十八處。也有人譯作『泥犁耶』或『捺落迦』，還有人稱之為『地獄』。」

和尚拈指微笑：「鳳子之名，當真不虛。貧僧願帶大人前往泥犁獄一遊，大人可願意嗎？」

崔珏澈底呆住了。

「有泥犁之王，名曰閻魔羅，欲在東土重開泥犁獄，掌管泥犁輪迴，審判六道善惡，如今還缺一名判官。大人的智慧冠絕東土，透澈人心，霍邑百姓傳言大人審善斷惡，從無錯訛，霍邑十萬玲瓏心，都比不上大人心有七竅。泥犁汙穢，人間罪惡所集，正好借大人這千丈的無明業火壓一壓邪穢。不知大人意下如何？」

那和尚淡淡地笑著，眸子裡燃燒著怪異的光芒。

「本官……我……我……」崔玨張口結舌，額頭汗如雨下，竟不知如何回答。

「虛負高才，襟抱難開。這人間已經與你無緣，泥犁獄或許是你一展抱負的地方。」

那和尚哈哈大笑，「貧僧言盡於此，這緣法化與不化，大人且自己思量。」

說罷，僧人狂笑著走出縣衙。早已入夜，衙門裡陰森幽暗，只有木魚聲悠悠遠去。

是夜，霍邑縣令崔玨，以一條白綾自縊於庭前樹下。

第一章　唐朝僧人，天竺逃奴

大唐貞觀三年，春三月。

霍邑縣的正街十里繁華，酒肆遍地，商旅們行色匆匆，販夫走卒沿街叫賣的聲音此起彼伏。這裡是從長安通往太原府的必經之路，自從武德七年大唐削平了最後一股割據勢力輔公祏，唐朝境內一統，亂世結束，大唐突然煥發出難以置信的活力。武德九年李世民在渭水便橋和突厥結盟後，北方邊境的威脅也減弱，從河東道到塞北的行商便日漸多了起來，霍邑日漸富庶。

這一日，縣衙正街上遠遠走來一名僧人，這僧人年有三十，眉目慈和，舉止從容，皮膚雖然晒得微黑，卻有一股讓人情不自禁感覺親近的力量。身上的灰褐色緇衣雖然破舊，有些地方磨得只剩幾根絲線，卻漿洗得乾乾淨淨。背著一只碩大的胡桃木書箱，看樣子挺重，肩上的繩子深深勒進肉裡，卻仍舊腰背挺直，步履從容，無論何時何地，臉上都帶著淡淡的笑容，彷彿眼內的一切都讓他充滿了喜悅。

而這和尚身後，卻跟著一個滿臉大鬍子，高鼻深目，膚色黝黑，偏生裹著白色頭巾的西域胡人。這胡人身材高大，身上背著個大包袱，一路上東張西望，頓時引起了百姓的圍觀。此時來大唐的西域胡人雖多，卻大多聚居在長安和洛陽一帶，其次是南方沿海的廣州、交州、潮州和泉州，在這河東道的縣城倒是很罕見。

在一群兒童跳躍拍手的跟隨下，這怪異的一行二人來到了縣衙門口的八字牆外。在衙門口值守的差役也驚訝了老半天，見那僧人走上了臺階，才問：「這位法師，您到縣衙有何貴幹？」

那僧人施禮道：「貧僧玄奘，從長安來，希望拜謁貴縣的明府大人。」

「哎喲，」差役吃了一驚，「長安來的高僧啊！可是不巧得很，我們縣令大人前日去汾水堤岸巡查春汛去了，也不知道啥時候能回來。您老等著，小的這就去找個胥吏問問。」

玄奘合十道謝。

這個差役風一樣跑了進去，另一個差役則殷勤地幫玄奘把背上的書箱解了下來：「法師，您老先歇歇。」書箱猛地一墜，差役險些沒托住，「喲，這箱子這麼沉……您就這麼一路背著啊？」

旁邊伸過來一雙大手，輕輕地接住了書箱。那個胡人將書箱放在地上，笑道：「這是寶貝。玄奘大師的，幾十卷的，經書，從長安背著，到這裡。」

玄奘呵呵一笑，並不言語。

差役瞧了瞧這胡人，見他漢話說得雖有些結巴，發音卻很準，不禁有些稀罕，笑道：「你是哪國的？突厥？回鶻？還是沙陀？」這些年隋唐更替，連年征戰，連鄉野村夫都能把西域諸國說出來幾個。

「我……」胡人摸了摸自己胸口，大聲道，「天竺人，中天竺，波羅葉。」

「天竺……」差役撓撓頭，顯然沒聽說過。

波羅葉嘴裡咕噥了幾句，顯見有些懊喪。

玄奘道：「海內諸國，如恆河沙數，有遠有近，有親有疏，哪是所有人都能夠明瞭的？」

波羅葉臉上現出尊敬的表情，躬身稱是。

這個天竺人波羅葉，是玄奘從長安出來的路上「撿」的。他本是中天竺戒日王的馴象師，四大種姓裡的首陀羅，賤民階層。武德九年的冬天，中天竺名僧波頗蜜多羅隨唐使高平王李道立從海道來唐，住在大興善寺。隨著波頗蜜多羅一起來的，還有戒日王送給當時的皇帝、如今的太上皇李淵的兩頭大象，隨著大象一起來的，自然便是這位天竺馴象師了。

可波羅葉倒楣，這大象在大海上晃蕩了幾個月，又踏上唐朝的土地，一時水土不服，竟死了一頭。這可是重罪，到了長安他就被使團的首領關了起來，打算返回中天竺後交給戒日王治罪。波羅葉很清楚，以戒日王酷愛重刑的脾氣，自己讓他在大唐丟了大面子，要麼被燒死，要麼被砍斷手腳，於是他心一橫，乾脆逃跑算了，好歹這大唐也比自家富庶，不至於餓死。

波羅葉擅長瑜伽術，偏生大唐的看守還不曾想過提防會這種異術的人，於是波羅葉把自己的身體折成一根麵條一般，從鴻臚寺簡陋的監舍裡逃了出來，開始在大唐的土地上流浪。

這一流浪就是兩年，直到去年冬天碰上玄奘。玄奘一是見他可憐，二來自己研習佛法，需要學習梵文，了解天竺的風土人情，便將他帶在身邊。這波羅葉覺得跟著和尚怎麼都比自己一個人流浪好，起碼吃住不用掏錢。況且這個和尚佛法精深，心地慈善，從此就不願走了，一路跟著他。

波羅葉人高馬大，漢話也不甚俐落，卻有些話癆，當即就跟那差役閒扯起來，兩人聊得熱絡，幾乎有點拜把子的衝動。便在這時，先前那個差役急匆匆地從衙門裡奔了出來，身後跟著個頭戴平巾綠幘的胥吏。

那胥吏老遠就拱手施禮道：「法師，失禮，失禮，在下是縣衙的典吏，姓馬。」

「哦，馬大人。」玄奘合十躬身，「請問明府大人何時能回來？」

「嘿，不敢稱大人。」馬典吏滿面堆笑，「春汛季節，郭大人擔憂汾水的堤壩，巡視去了。這都好幾日了，估摸快的話今日申酉時分能回來，慢的話就明日上午了。法師找郭大人有事？」

「有些舊事想找明府大人了解一下。」玄奘道，「貴縣明府姓郭？」

馬典吏頓時語塞，心道，原來這法師連大人的名字都不知道啊：「對，姓郭，諱宰，字子予。武德七年從定胡縣縣尉的任上右遷到了霍邑。」

「既然如此，貧僧就先找個寺廟掛單，等明府大人回來，再來拜訪。」玄奘道，「據說霍邑左近有座興唐寺[3]，乃是河東道的大寺，不知道怎麼走？」

「哦，興唐寺就在縣城東面二十里的霍山腳下。」馬典吏笑著問，「還不知大師的法號怎麼稱呼？」

「貧僧玄奘，乃是參學僧，受具足戒於益州空慧寺。」玄奘道。

參學僧就是遊方僧，以到處參學、求證為目的，四方遊歷，這種僧人一般沒有固定的寺院，到了哪裡就在哪裡掛單，只需出示自己受過具足戒後經官府發給的度牒[4]即可。

玄奘以為這位大人在查驗自己的資質，回答得甚是詳細，沒想到馬典吏一聽就愣了：「你……你是玄奘法師？把江漢群僧辯駁得啞口無言的玄奘？嘿，據說蘇州的智琰大法師辯難失敗，竟傷心得哭了！這是真的假的？」

玄奘也有些意外，沒想到自己的名聲居然傳到了三晉。他二十一歲出蜀遊歷，從荊襄到吳、揚，再到河北，就像一陣龍捲風掃過。佛家各個派別的經論，各大法師的心得，無不被他深究參透，直至最後辯難，連自己的師父也無法回答，才懷著疑惑而去。

相比之下，智琰法師組織江漢群僧與他的一場辯難，在玄奘的經歷中，不過是一朵細小的浪花而已。不過一個年輕的僧人對付十幾個成名已久的高僧，把他們說得理屈詞窮，在外人看來，是相當傳奇的一幕了。

玄奘搖搖頭：「智琰法師的悲嘆，不是因為不及貧僧，而是因為道之不弘，法理難解。」

馬典吏可不大懂什麼法理之類的，他只知道，眼前這個和尚大大有名，佛法精深，神通廣大就足夠了。於是更加熱情：「法師先別忙著走，在下帶您到一個地方看看。」

玄奘一陣錯愕，這馬典吏不由分說，命兩個差役抬著大書箱，就帶著他上了正街。馬典吏太過熱情，玄奘也不好拒絕，只好跟著他走，也沒走多遠，朝北繞過縣衙，進入一條橫街，走了五六百步就到了一處宅第前。門面不大，也沒有掛牌匾，但門口的兩尊抱鼓卻說明這戶人家乃是有功名的。

「法師，」馬典吏介紹，「這裡就是縣令大人的宅子，前衙後宅，大人的家眷都住在這裡。左邊是縣丞大人的宅子，右邊是主簿大人的宅子。您且稍等片刻，我去和夫人說一聲。」

玄奘不禁有些發怔，自己明明說要去興唐寺掛單，這馬典吏怎麼把自己領到了縣令的家裡？雖說富裕人家供養佛僧很常見，只要你有錢，請僧人住上幾個月、些許年也沒問題，可縣令不在，難道還能住到他家不成？

馬典吏叩了叩門環，一個小廝打開角門，見是他，急忙讓了進去。馬典吏匆匆走進，叮囑那小廝要好好看顧法師。小廝好奇地看著這群人，還沒等他說話，就被波羅葉黏上了：「小弟，多大年紀咧？叫啥名呢？家裡幾口人？阿爹和姆媽[5]做啥的……」

一疊聲的問話把小廝鬧得發懵。玄奘也無奈，這廝在大唐流浪了兩年，別的不學好，卻學了一口天南地北的方言，還喜歡摻雜到一塊兒用……

這時，一個相貌平庸的大丫鬟從宅子裡走了出來，到了角門，探頭看了看玄奘，一臉狐疑：「你就是長安來的僧人？你可通驅鬼辟邪之術？」

聽了前一句，玄奘剛要點頭，後一句讓他頓時無語，只好硬生生地頓住，苦笑道：「貧僧修的是如來大道，驅鬼辟邪乃是小術，貧僧修道不修術。」

「天奶奶呀！」出乎他意料，這大丫鬟眼睛一亮，平庸的臉上竟露出光彩和姿色，驚叫一聲，「驅鬼辟邪還是小術啊？哎呀，可找著高僧啦！大師，請，快請！死球兒，還不開中門？」

玄奘瞠目結舌地看著她，一時不知該如何解釋。

還沒等他開口，那個叫「死球兒」的小廝一疊聲地跑進去打開了大門，這時候馬典吏也出來了，一臉堆笑：「法師，夫人有請，快快隨我進來。」

玄奘無奈，只好隨著馬典吏走進了宅子。後面的波羅葉早就和小廝混熟了，笑嘻嘻地看著他：「我說，你連你，爺爺奶奶的名兒，都告訴，俺了。咋不告訴俺，你叫啥名。原來，你叫，死球兒。」

那小廝一臉漲紅，惱道：「我不叫死球兒。」

「那你，叫啥？」波羅葉奇道。

「球兒！」小廝怒目而視。

這座內宅其實是縣衙的三堂，和前面通連，縣令從自己家穿過小門就可以去二堂辦公，不用走大街。內宅也挺寬敞，迎面是一座廳堂，三間寬闊，左右是僕婦下人的耳房，廳堂後是內院，即縣令家眷的住處。廳堂側面還有個月亮門，通向後花園。

馬典吏和大丫鬟莫蘭陪著玄奘進了會客廳，地上鋪著花色羊毛坐氈，莫蘭招呼眾人坐下。馬典吏卻讓那兩個差役放下大書箱，說自己還有公務，不能久留，告罪一聲，跟著他們離開。玄奘想要阻止，莫蘭卻好像巴不得他走，連連擺手，讓球兒抬過來一張食床，奉上幾樣茶點，道：「法師先稍等片刻，我家夫人即刻便來。」

玄奘不解地道：「女施主，不知馬大人將貧僧帶到這裡，到底有何事？」

莫蘭猶豫了一下，道：「馬大人乃是受我所託，找一位高僧來驅邪祟，具體什麼情況，他並不知曉。事關縣令內眷，他也不方便與聞，因此……還請法師莫怪。」

「祛邪祟？」玄奘啞然失笑，「貧僧已經說過，我修的是佛法，而非法術，佛法經咒是讓人明理的，法事也是讓眾生明理受益的，那些驅鬼神、祛邪祟、呼風喚雨、符籙咒語，不是佛家正法。妳還是去找個寺廟，甚或尋個道士好些。」

這莫蘭顯然不信，也怪馬典吏把他吹噓得狠了，長安來的高僧啊！十年遊歷天下，辯難從無敗績的高僧，怎麼可能不懂法術呢？

「法師，我伺候夫人這麼多年，見多識廣，大多數道士都是騙人的。」莫蘭露出些尷尬的表情，「咱們霍邑的興唐寺雖然靈驗，可近在咫尺，有些話不方便讓他們知曉……法師來自長安，雲遊天下……」

她話沒說完，玄奘自然也聽得出來，敢情是因為自己是個外地僧人，哪怕知道了夫人小姐們的隱私，辦完事就走，不會抬頭不見低頭見地讓人尷尬。

他苦笑一聲：「好，妳先說說吧。」

莫蘭看了看廳內，除了波羅葉這個粗笨的海外蠻子也沒有旁人，當即壓低了聲音，說道：「大約從去年春上開始，我家夫人每每一覺醒來，身上總會出現一些紅痕。夫人也很疑惑，結果沒幾天就退了。但是過了幾天，就又出來了。夫人還以為是斑疹，找大夫用了藥，也沒什麼效果，因為那紅痕來得毫無徵兆，有時一個多月也不曾有，有時連著幾天越發地多。我和夫人、小姐都很疑惑，越來越覺得這縣衙鬼氣森森的……」

莫蘭說著自己也有些怕了，左右偷偷地看，好像有鬼在四周覬覦：「縣衙陰氣重，莫不是真有什麼妖邪作祟？」

玄奘皺緊了眉毛：「這紅痕究竟是什麼模樣？」

「千差萬別。」莫蘭道，「有些是長條，有些是紅斑塊，有些甚至青紫。看起來……」她眼裡露出一絲恐懼，「看起來就像有鬼用指甲狠狠掐的一般。」

「紅斑上可有凸起如粟米的小顆粒？」玄奘沉思了一番，問道。

莫蘭遲疑著搖了搖頭：「這倒沒有。」

「那便不是疹子了。」玄奘喃喃道，心下無奈，自己好好一個研習佛法的僧人，卻被人拉來驅邪，「那麼，這些瘢痕出現在哪些部位？」

「哦，出現在……」莫蘭正要回答，忽然屏風後面腳步聲響，環佩叮咚，一縷柔膩的香氣飄了進來。

「哎，夫人來了。」莫蘭說。

一名盛裝少婦嫋嫋婷婷地走了出來，這少婦高髻上插著步搖碧玉簪子，淺紫色的大袖襦裙，白膩的酥胸上還墜著鑲蚌團花金鈿，一派雍容富貴。人更是明眸皓齒，姿容絕色，尤其是身材，纖穠得宜，似乎渾身的弧線都在彈跳著。即使玄奘這個和尚看來，也能感受到一種生命律動之美，與山間勃發的花草樹木不相上下。

波羅葉到底是個馴象師，也不知道避視，瞪大印度人種特有的滾圓眼珠，盯著人家夫人看。果然見那夫人的潔白脖頸上有幾塊紅色的瘢痕，團花金鈿旁邊的酥胸上，還有長長的一條紅痕。

「這位便是長安來的高僧嗎？」李夫人沒注意這天竺人，乍一看見玄奘，不禁一怔，臉上露出一絲異色。

「阿彌陀佛。」玄奘站起來躬身合十。

李夫人呆呆地看著玄奘，明眸之中居然滿是駭異，竟一時忘了回禮，好半晌才回過神，驚慌失措地在一旁的坐氈上跪坐，潔白的額頭上，竟隱隱滲出冷汗。

玄奘莫名其妙，只好趺坐，一言不發。

「法師來這裡，有何貴幹？」李夫人凝定心神，臉上勉強露出一絲笑容，問道。

「這……」玄奘更無奈了，是你們的典吏把我拉來，丫鬟把我拽來的，幹麼問我啊？但又不能不答，「貧僧從長安來，本是為了求見郭大人，問詢一些舊事。誰料明府大人巡視汾水去了，馬典吏和莫蘭姑娘便把貧僧找來，詢問些邪祟之事。」

「邪祟？」李夫人倒愣了，轉頭看著莫蘭，「什麼邪祟？」

玄奘和波羅葉不禁面面相覷，兩人都有些發呆。

「哦，夫人。」莫蘭急忙說，「不是您身上的紅痕嘛，您常說夢中見到些鬼怪，只怕縣衙內不乾淨，咱們不是想著去興唐寺做場法事嗎？可您又擔心這，擔心那的，這不，我把法師請到了咱家裡……」

她這麼一說，李夫人的臉上霍然變色，狠狠地瞪著她，眸子裡惱恨不已。

玄奘也明白了，敢情都是這位大丫鬟自作主張啊！

「莫蘭……」李夫人惱怒不堪，卻沒法當著玄奘的面斥責，重重地一拍食床，「妳給我退下！」

莫蘭有些摸不著頭腦，不知道夫人為何如此發怒，但又不敢違拗，只好噘著嘴跑進了後宅。

李夫人面色暈紅，更顯得美豔如花，不可方物，尷尬地看著玄奘：「讓法師見笑了。這婢女從小伺候我，疏了規矩，閨閣玩笑事，竟讓她驚擾外人。」

「阿彌陀佛，」玄奘也有些尷尬，「是貧僧孟浪了。」

李夫人嘆息了一聲，眸子盯緊他，竟然有些失神。玄奘是僧人，自幼修禪，一顆心早修得有如大千微塵，空空如也，面前這美貌的夫人，在他眼中跟紅粉骷髏差別不大，自然不會心動，然而卻也翻騰出些許怪異：這夫人一直盯著貧僧做什麼？

「法師是哪裡人氏？」李夫人道。

「貧僧是洛州緱氏縣人。」玄奘合十道。

兩人似乎有些沒話找話的味道。

夫人問：「家裡可還有什麼人？」

「父母早亡，有三位兄長和一個姐姐。」

「你有兄長啊？」李夫人面露沉思，「你那三位兄長如今都做什麼生計？」

「貧僧十歲出家，至今未曾回去過。出家前，大兄是縣學的博士，那時還是前隋，如今我大唐政律，靠近府城的縣，有了府學，不再設縣學。緱氏靠近洛州，恐怕早已裁撤了吧！大哥如今身在何處，貧僧也不清楚了。」提起親人，玄奘不禁露出些許黯然，眼眶微微溼了，「三兄務農，有地百頃；大姐嫁與瀛州張氏。倏忽十七年了，由隋到唐，由亂到治，洛陽一帶亂兵洗劫這麼多年，家人也不知如何了。」

李夫人想起這場持續了十多年的可怕亂世，也不禁心有觸動，嘆息不已：「那你二兄呢？」

「二兄陳素，長我十歲，早早便在洛陽淨土寺出家了，法名長捷。」玄奘道。

「長捷……」李夫人喃喃地念叨著。

「貧僧五歲喪母，十歲喪父。是二兄將我帶到了淨土寺，一開始是童行[6]，十三歲那年剃度，做了小沙彌。」玄奘露出緬懷的神情，顯然對自己的二哥有很深的感情，「太上皇滅隋立唐後，洛陽王世充對抗天軍，戰亂將起，二兄帶著我逃難到長安，隨後我們又經子午谷到了益州，便在益州長住下來。」

李夫人眸子一閃，急切地道：「那你二哥現在呢？他在何處？」

玄奘一怔，露出遲疑之色，道：「武德四年，貧僧想出蜀參學，遊歷天下，哥哥不允。我便留下書信，離開了益州，從此再未見過。」

「原來如此……」李夫人感慨不已，「高僧也是個可憐之人啊！」

玄奘默然不語。

「大師，」李夫人咬著嘴唇，顯然有一樁難以決斷的心事，半晌才道，「妾身有句話想奉勸。」

「阿彌陀佛，夫人請講。」

李夫人美眸中閃過一絲凝重，一字一句道：「大師可否即刻離開霍邑，離開河東道？」

玄奘愕然：「夫人這是何意？」

李夫人卻不回答，雙眸似乎籠上了一層霧氣，只是痴痴地望著對面牆上掛著的一幅仕女圖。那仕女圖細筆勾勒，極為生動，畫中少女嫣然而笑，裙裾飛揚，直欲從畫中走出來。看那眉眼，跟眼前的李夫人一模一樣。

李夫人看得痴了，似乎忘了玄奘在場，喃喃地念著仕女圖邊上題的詩句：

莫道妝成斷客腸，粉胸綿手白蓮香。
煙分頂上三層綠，劍截眸中一寸光。
舞勝柳枝腰更軟，歌嫌珠貫曲猶長。
雖然不似王孫女，解愛臨邛賣賦郎。
錦裡芬芳少佩蘭，風流全占似君難。
心迷曉夢窗猶暗，粉落香肌汗未乾。
兩臉夭桃從鏡發，一眸春水照人寒。
自嗟此地非吾土，不得如花歲歲看。

玄奘默默地聽著，他雖然一心參禪，對儒學和詩詞文章卻不陌生。細細聽來，這首詩雖然淫靡綺豔，遣詞用句卻當真奇絕，如鸞羽鳳尾，華美異常。僅僅這「煙分頂上三層綠，劍截眸中一寸光」一句，設喻之奇、用語之美，便令人嘆為觀止。放到任何一個時代，與任何一個詩人比較，都算是上品。

既然是配畫詩，看來是寫贈給這位李夫人的，以李夫人的美貌，倒也配得上這首詩。這詩是何人所作？此人的才華，當真超絕。玄奘暗暗地想著，雖然念頭略有香豔，但他渾然不覺，就彷彿面對著山間的花朵，盛讚生命之美，全沒半分不潔的念頭。

「不得如花歲歲看……」李夫人淒然一笑，這才醒覺過來，臉上露出赧然的羞紅，「妾身沉溺往事，慢待了大師，莫要見怪。」

玄奘寬厚地一笑：「世事諸果，皆有諸因。連貧僧自己也在這六道紅塵中迷茫，怎麼敢怪夫人。」

李夫人黯然點頭，振了振精神：「天色已晚，本該招待法師用些齋飯，只是我家大人不在，妾身不好相陪。我已經讓馬典吏在驛舍給法師安排好了房間和飯菜，就請馬典吏陪著法師吧！」

玄奘急忙起身：「不敢，貧僧怎麼敢叨擾官府，城外有興唐寺，貧僧去那裡掛單即可。」

李夫人點點頭，目光閃動，又叮嚀一句：「法師切記，即刻離開霍邑。天下之大，以法師的高才，遲早名震大唐，貴不可言，這霍邑……」

她咬咬銀牙，卻沒再說下去。

玄奘合十不語，告辭了出去。李夫人倚門而望，看著玄奘的背影消失在照壁之後，才無力地扶住門框，閉上眸子，喃喃道：「真的好像……」

兩人離開後衙，在暮色裡走上了正街。

波羅葉方才真是憋壞了，玄奘和李夫人對話，有些他不懂，即使懂了也不敢插嘴，把這個話癆急得抓耳撓腮，所幸食床上的茶點很合他口味，跟著玄奘這個和尚，可沒吃過這麼好的東西。他吃手抓飯慣了，便只顧往嘴裡塞東西，到了飯點也不覺得餓，傾訴欲又上來了。

「法師，法師。」波羅葉一手提著大包，一手拎著玄奘的書箱，追過來興奮地道，「我知道，那位尊貴的夫人，得了什麼，病了。」

「嗯？」玄奘正在沉思，一時沒聽懂。

「那……」波羅葉急了，把書箱背到肩上，伸出一隻手比畫，「那，女奴，不是說，夫人身上，紅斑，懷疑是，鬼掐嗎？」

玄奘這才想起，自己原本的使命是給李夫人驅邪，結果卻讓人尷尬，全是這位大丫鬟自作主張，人家夫人根本不領情。他苦笑一聲：「哦，你知道什麼了？」

「那夫人，不是病。是……」波羅葉忽然不知道怎麼表達，他漢話的詞彙量有限，吭哧半晌，「是，鋸刀鋒。」

「鋸刀鋒？」這個詞滿新鮮，玄奘笑了，「這是什麼意思？」

「鋸刀鋒，鋸子……」波羅葉伸出右手的爪子，朝空氣中劃了兩下，急道，「梵語，漢話，的意思，該就是這。鋸子，刀鋒。」

玄奘點頭：「鋸子和刀鋒貧僧自然知道，可你這個詞是什麼意思？」

「就是……」波羅葉想了想，咧開大嘴笑了，「就是，男女歡愛，情濃，歡悅，的時候，痙攣，忘情，用手和嘴，在對方身上留下的，印痕。刺啦——」他五指一抓，口中還模擬，嘴脣一嘟，啵的一聲，「你看，皮膚，紅色印痕，像是刀鋒，劃過，鋸子鋸過。」

玄奘頓時呆住了。

其實怪不得玄奘，他自幼出家，除了佛法禪理不理俗事，禪心之固，有如磐石，再美的女人也動不得他半分禪心。而那位肇事者大丫鬟莫蘭，她也沒成婚，見了夫人身上的紅印大驚小怪，只怕夫人也羞於啟齒，這才拿邪祟來當託詞，誰料這大丫鬟當了真……

「你……還知道些什麼？」玄奘不敢輕視這傢伙了，畢竟人生的另一面是自己完全沒接觸過的。

「還知道，」波羅葉撓撓頭，「縣令家，一個夫人，一個小姐，還有，縣令，怕老婆。」

玄奘忍不住了，呵呵笑起來。這個粗笨的傢伙，也太有意思了，這才多大工夫，就把這些都摸清楚了。

「法師，」波羅葉遲疑道，「那夫人讓，您盡快離開，霍邑。聽她的，口氣，怕有什麼大危險，您還是……」

玄奘默然片刻，搖了搖頭：「這趟來霍邑，貧僧有一樁心願要了。參佛之路，本就步步荊棘，如果真有危險，也是貧僧的一場因果而已，避又能避得過嗎？」

「可是，怕危及您的，生命。」波羅葉急道。

玄奘不語，他性子柔和，卻堅韌執拗，認準的事百折不撓。波羅葉連連嘆氣，卻也沒有辦法。

兩人走上正街，剛剛在入暮的街市上走了幾十步，忽然有人在後面喊：「法師！法師！玄奘法師——」

兩人一回頭，卻見馬典吏大呼小叫著，從後面追了過來，一臉的亢奮。他身後還跟著一位高大魁梧，六尺[7]有餘的巨人。這巨人身材驚人倒也罷了，更奇的是，他竟穿著深綠色圓領袍衫，戴著樸頭紗帽，腰帶也是銀帶九銙，這分明是六品官員的服飾。

果然，那馬典吏跑到玄奘面前，連連拱手，氣都喘不勻：「法……法師，幸好找著您了。我家縣令大人剛回到縣衙，聽到您來了，來不及更衣就追了出來……」

玄奘嘖嘖稱奇，這一縣之令居然是這麼一位天神般的昂藏巨漢，他若穿上甲冑，只怕沙場上也是一員驍將。

這時那位縣令郭宰已經到了跟前，看見玄奘的面容，立時就生出歡喜之意，長揖躬身：「法師，宰久聞法師大名，沒想到今日大駕竟蒞臨鄙縣，霍邑蓬蓽生輝啊！宰勞形案牘，險些錯過了法師。」

這位郭宰大人即使躬身，仍舊比玄奘高了一頭半，玄奘只好抬起胳膊，托他起身：「大人客氣了，貧僧只是一介參學僧，哪裡當得起大人如此大禮。」

「當得，當得。」郭宰眉開眼笑。這位巨人的身形雖然粗大，相貌卻不粗鄙，談吐更有幾分文縐縐的味道，「天色已晚，高僧如果不嫌棄，可否到下官家裡？下官也好聽聽佛法教化。」

玄奘剛從他家出來，想起李夫人的態度，本不想再去，可耐不住這郭宰苦苦哀求。他為人心軟，性子又隨和，只好重新往縣衙後宅走去。波羅葉一手提著大包裹，背上還扛著書箱，郭宰見了，也不管自己的身分，一手抓起他背上的書箱，像提小雞一般抓在手裡，輕如無物。

「好，力氣！」波羅葉讚道。

「哈哈，」馬典吏得意地道，「我家大人可是在朔州一帶和突厥廝殺了十幾年呢。大人任定胡縣尉六年，突厥人和梁師都不敢侵定胡縣一步。」

玄奘點頭：「果真是位沙場驍將，大人允文允武，真神人也。」

「哪裡，哪裡。」郭宰臉上赧然，「下官是一介粗漢，只知道報效國家，管他文官還是武官，朝廷讓幹啥就幹啥。」

玄奘笑了：「看大人取的名，取的字，頗有儒家先賢之風。看來大人志向高潔，在廟堂之上啊！」

玄奘聽馬典吏說過，郭宰，字子予。孔子有個弟子就叫宰予，字子我，為人舌辯無雙，排名還在子貢前面，是「孔門十哲」之一。因此玄奘才有這話。

郭宰微黑的老臉頓時通紅，訥訥道：「法師取笑了。下官只粗通文墨，哪有什麼儒家風範。下官祖居邊境，幼年時父母宗族為突厥人所殺，心裡恨突厥人，就給自己起名叫宰，是宰殺突厥人的意思……」

玄奘不禁莞爾，馬典吏也呵呵笑了。

「沒想到，當了官之後，同僚們都說我這名字好，我請教了一位先生，才知道還有這檔子事。」郭宰不好意思地道，「後來先生便幫我取字，叫子予。說你既然當了官，就去去名字裡的血腥氣吧！我尋思著，先生取的字那自然是極好的，後來知道子予是啥意思了，還納悶，這咋從宰突厥人變成宰我自己了？」

眾人頓時捧腹，玄奘也忍不住大笑，只覺這位縣令大人實在童真爛漫，心中頓時肅然起敬，在官場沙場廝混幾十年，居然能保持這顆純真之心，此人大有佛性。

幾個人一路談笑著，又回到了郭宰的家中。

李夫人沒想到玄奘又回來了，知道是郭宰請回來的，也無可奈何。

「優娘，綠蘿呢？」郭宰問，「讓綠蘿出來給法師見禮。」

李夫人閨名優娘，見丈夫問，答道：「綠蘿申時去了周夫人家學習絲竹，還沒回來。」

郭宰見女兒不在家，只好命莫蘭去做了素齋，大家先吃飯再說。初唐官民皆不豐裕，宴席也挺簡單，兩種餅，胡餅、蒸餅，四種糕點，雜果子、七返糕、水晶龍鳳糕、雨露團，以及幾種素淡的菜肴。放在食床上，抬進來放在客廳中間，大夥兒席地跪坐。郭宰嗜酒，當著玄奘的面沒敢喝，只是象徵性地上了一罈子果酒。這果酒雖然寡淡，但也含有酒精，玄奘自然不喝，卻也不忌諱別人喝，當下三個大男人你一碗我一碗地喝起來。

李夫人則跪坐在丈夫身邊，隨身伺酒，舉止雖然從容，神情卻頗為憂鬱。她並沒有待多久，象徵性地給客人們添了酒之後，就回了內院。

吃完了齋飯，天色已晚，馬典吏告辭，玄奘也站起身來辭謝，打算先找個客棧休息。不料郭宰不允：「法師，您怎麼能走呢？下官還想多留您住幾天，來做一場法事。」

「哪一類法事？」玄奘問。

「驅邪辟祟。」郭宰嘆息道，「衙門陰氣重，這一年來內宅不寧，夫人夜裡難以安寢，每每凌晨起來，身上便會出現些紅痕。下官懷疑這宅中不乾淨，法師既然來了，不如替下官驅驅邪吧！」

玄奘頓時呆住了，與波羅葉彼此對視，眼睛裡都流露出一絲怪異。

第二章　鋸刀鋒，閨閣事

玄奘心中真是叫苦不迭，按波羅葉的說法，李夫人身上的「鋸刀鋒」是與相公親熱所致，問題是……她自家相公卻以為有鬼，這不分明有鬼嗎？

要說在大唐，女子地位頗高，貞潔觀相對淡薄。女子婚前失貞不罕見，婚後或者寡後偷情的事更是屢見不鮮。

但問題是……自己一個和尚，無緣無故地摻和這事做什麼？

玄奘左右推託，但郭宰這人實心眼兒，認定是高僧，怎麼也不放，先把馬典吏攆走，跟著大門一關，就給他和波羅葉安排住處。玄奘算澈底無奈了。他極為喜愛這個巨人縣令的淳樸，心想，若是以佛法點化他一番，哪怕此事日後被他知道，如能平心靜氣處理，也是一樁功德，因此不再堅持。

郭宰大喜過望，急忙命球兒將客房騰出來兩間，給玄奘和波羅葉居住。

此時才是戌時，華燈初上，距離睡覺還早，兩人重新在大廳擺上香茶，對坐晤談。

郭宰開始詳細講述自己夫人身上發生的「怪事」，與莫蘭講述的無甚差別，玄奘心中悲哀，憐憫地望著他，不知該說些什麼。

「唉，能娶到優娘，乃是我郭宰一生的福分。」郭宰提起自己的妻子，當真是眉飛色舞，「優娘的美貌自是不必說了，您看看這牆上的仕女圖，那便是優娘出閣前的模樣。還有那首詩，更是把優娘寫得跟天仙一般，嗯，就是天仙。」

玄奘順著郭宰的手指望去，還是日間看到的那幅畫，不禁有些驚奇，試探著問：「大人，這詩中的意蘊，您可明瞭嗎？」

「當然。」郭宰篤定地道，「就是誇優娘美貌嘛。」

玄奘頓時語塞。

「優娘不但美貌，更有才學，詩畫琴棋，無不精通，更難得的是，女紅也做得好。」郭宰揚揚得意地拍打著自己的官服，「我這袍子，就是優娘做的。針腳細密，很是合體，就下官這粗笨的身材穿上去，也清爽了許多呢。」

玄奘一時不知該怎麼跟這位大人對話，只好一言不發，聽他誇耀。郭宰興致勃勃說了半天，見玄奘不說話，不禁有些自責：「哎喲哎喲，對了，下官想起來了，法師您千里迢迢從長安來到霍邑，是尋下官有事的，回來時聽馬典吏講過，這一激動，竟然忘了。」

說起此事，玄奘心中一沉，臉色漸漸肅然起來：「阿彌陀佛，貧僧來拜訪大人，的確有事。」

「您說。」郭宰拍著胸膛道，「只要下官能做到的，無論如何都不會讓法師失望。」

「貧僧來，是為了查尋一樁舊案。」玄奘緩緩道，「武德六年，當時的縣令是叫崔珏吧？」

一聽「崔珏」，郭宰的臉上一陣愕然，隨即有些難堪，點點頭：「沒錯，崔珏是上一任縣令，下官就是接了他的任。」

「據說崔珏是死在霍邑縣令的任上？」玄奘看著郭宰的臉色，心中疑團湧起，不知其中有何忌諱，但此事過於重大，由不得他不問，「當時有個僧人來縣衙找崔縣令，兩人談完話的當夜，崔縣令就自縊而死？」

郭宰端起面前的茶盞，慢慢呷了一口，朝廳外瞥了一眼，眸子不禁一縮：「的確如此。當時下官還在定胡縣任縣尉，是崔大人去世後才右遷到此，因此事情並未親眼見著。不過下官到任後，聽衙門裡的同僚私下裡講過，高主簿、許縣丞他們都親口跟我說起，想來不會有假。法師請看，」郭宰站起身來，指著庭院中的一棵梧桐樹，「崔大人就是自縊在這棵樹下！」

玄奘大吃一驚，起身走到廊下觀看，果然院子西側，有一棵梧桐樹，樹冠寬大，幾乎覆蓋了小半個院落。

「向東伸出來的那根橫枝，就是繫白綾之處了。」郭宰站在他身後，語氣沉重地道。遙想七年前，一個縣令就在自己眼前的樹上縊死，而這個地方現在成了自己的家，他的官位現在是自己坐著，郭宰心裡自然有陰影。

玄奘默默地看著那棵樹，也不回頭，低聲問：「當時那個僧人和崔縣令談話的內容，有人知道嗎？」

郭宰想了想：「這個下官就不大清楚了，也不曾聽人說起。正六品的縣令[8]自縊，這麼大一樁事，如果有人知道他們談話的內容，必定會在衙門裡傳開的。據說，當時的刺史大人曾派別駕下來，詳查崔縣令自縊一案，提取了不少證人證言。若是有人知道，當時就會交代的。既然從州裡到縣裡都不曾說起，估計就沒人知道了。」

「那麼，那個僧人後來如何了？」玄奘心中開始緊張。

「那個僧人？」郭宰愕然，思忖半晌，終於搖頭，「那妖僧來歷古怪，自從那日在縣衙出現過之後，就再也沒有人見過他。刺史大人還曾派人緝拿，但那妖僧不知來自何處，也不知去往何處，最終不了了之。」

玄奘一臉淒然，低聲道：「連他法號也不知道嗎？」

「不知道。」郭宰斷然搖頭，「若是知道，怎會緝拿不到？下官做縣尉多年，捕盜拿賊也不知道有多少，最怕的就是這種沒來歷、沒名姓的嫌犯。」

「當時縣衙應該有人見過他吧？」玄奘仍不死心，追問道。

郭宰點點頭：「自然，那和尚來的時候，門口有兩個差役在，還有個司戶的佐吏也見過他。不過那佐吏年紀大了，武德九年回了家鄉；兩個差役，一個病死了，另一個……怎地好多年沒見他了？」

郭宰拍了拍腦袋，忽然拍手，說道：「對了，法師，下官忽然想起來了，州裡為了緝拿，當時還畫出了那僧人的圖像。雖然年代久遠，估摸著還能找到。下官這就給您找找去。」

這郭宰為人熱心無比，也不問其中的緣由，當即讓玄奘先在廳中坐著，自己就奔前衙去了。

縣衙晚上自然不上班的，不過有人值守，郭宰也不怕麻煩，當即到西側院的吏舍，找著值班的書吏。見是縣太爺親自前來，雖然有些晚，書吏也不敢怠慢，聽了郭宰的要求，就開始在存放文書的房子裡找了起來。

這等陳年舊卷宗，可不是一時半會兒能找著的。玄奘獨自一人趺坐在客廳裡，閉目垂眉，撚著手上的念珠，口中默念〈往生淨土神咒〉。據說念這咒三十萬遍就能親眼看見阿彌陀佛。玄奘念了九十七遍時，忽然聽到門外院子裡響起腳步聲，然後莫蘭的聲音響了起來：「小姐，您可終於回來了。夫人都念叨過好多遍了，您要再不回來，就要派我去周夫人家接您了。」

一個少女慵懶的聲音道：「學得累了，在那兒歇了會兒。周家公子弄來一個胡人的奇巧玩意兒，回頭帶妳看看去。」

腳步聲到了廳堂外，少女看見房中有人，奇道：「誰在客廳？大人呢？」

「今日長安來了個高僧，大人請在家中奉養。」莫蘭道，「方才也不知道有什麼急事，大人去衙門裡了。」

「唔。」少女也不在意，但也沒經過客廳，從側門繞了過去，進了後宅。

想來這少女便是郭縣令的女兒綠蘿了。玄奘沒有在意，繼續念咒，念到一百五十三遍的時候，沉重的腳步聲傳來，一聽就知道是郭宰，其他人無論如何也沒法把地面踩得像擂鼓一般。

「哈哈，法師，法師。」郭宰興高采烈地走了進來，揚起手中一卷發黃的卷軸，笑道，「找著了，還真找著了。」

玄奘心中一跳，急忙睜開眼睛，從郭宰手裡接過卷軸，手都不禁有些顫抖。郭宰心中驚訝，於是不再作聲，默默地看著他。

玄奘努力平抑心神，禪心穩定，有如大江明月，石頭落入，濺起微微漣漪，隨即四散全無。他從容地翻開卷軸，裡面是一幅粗筆勾勒的肖像，畫著一個僧人。畫工很粗糙，又是根據別人的描述畫出來的，和真人差得很遠，只是輪廓略有相似。

給人的印象就是，眼睛長而有神，額頭寬大，高鼻方口。從相術上看，這幾處特徵最容易遺傳，看來官府這樣畫還是有些道理的。

玄奘痴痴地看著這畫，眼眶漸漸紅了，心中剎那間禪心失守，如江海般湧動。

「法師，」郭宰無比詫異，側過頭看了看那畫，忽然一愣，「倒跟法師略有些相似。」說完立刻知道失言。哪有把聲譽滿長安的玄奘大師和一介妖僧相提並論的？

哪知道玄奘輕輕一嘆，居然平靜地道：「大人說得沒錯，這個被緝拿的僧人，像極了貧僧的二兄，長捷。」

郭宰霍然一驚，眼睛立刻瞪大了，半晌才喃喃地道：「法師，這事可開不得玩笑。」他頓了頓，沉聲道，「您定然是認錯人了，這僧人是官府緝拿的嫌犯，您是譽滿長安的『佛門千里駒』，怎能相提並論？您德望日卓，可千萬別因一些小的瑕疵授人口柄啊！」

郭宰這話絕對是好意。別說是不是自己的二哥，玄奘也僅是猜測而已，即便是，入了佛門四大皆空，俗家的親情遠遠比不上修禪重要。何苦為了一個還弄不清身分的嫌犯，毀了自己的修行？

玄奘卻緩緩搖頭：「貧僧做沙彌時，見山只是山，見水只是水，大千世界，並無什麼不同；在空慧寺修禪，忽然一日，見山不是山，見水不是水；然後參學天下，行走十年，到頭來發現，見山仍是山，見水仍是水。俗家的哥哥，與童稚之時，並無什麼不同。」

郭宰見玄奘開始說禪，急忙躬身跪坐，表情肅穆。

「世人都以為，修行大道，取之於外，〈往生咒〉日夜各誦念二十一遍，能滅五逆、十惡、謗法；念三十萬遍能見阿彌陀佛。立寺修塔，齋僧布施，寫經造像，雖然可積下業德，又怎能比得上明性見佛？修禪即是修心。」玄奘道，「每個人的修行之路都千差萬別，如恆河裡的沙礫，如菩提樹上的葉子，沒有一粒一片是相同的，可是成就果位者，不勝枚舉，這說明，每一條路都可以證道。誰又知道，我這趟霍邑之行，是否便是證道途中的必經之路呢？誰又知道，二兄長捷，犯下這樁罪孽，是否也是他必定要征服的魔障呢？

「所以，」玄奘笑了，「看見親人在涉水，就不敢相認，那不是沒有看清他的人，而是沒有看清自己的心。」

郭宰聽得如痴如醉，眼睛裡都湧出了淚水，哽咽著叩頭：「下官……呃，不，弟子明白了。」

玄奘對這個淳樸的縣令沒有絲毫隱瞞，原原本本地講述了自己來霍邑的目的——尋找二哥長捷。

自玄奘十歲那年被哥哥帶到淨土寺出家後，兄弟倆就相依為命，形影不離。一則身處亂世，一旦分開就再難相見，二則弟弟還年幼，哥哥也是為了更好地照顧弟弟。洛陽戰亂後，兄弟倆逃難到長安，後來又一起去了益州，在那裡待了五年。武德四年的春天，玄奘覺得益州的高僧再也無法解答自己修禪中的疑惑，就向哥哥提出兩人一起遊歷天下，拜訪名師，尤其要到趙州去尋道深法師學習《成實論》。

可那段時間，長捷一直忙個不停，也不曉得在做什麼，死活不願意離開益州。另外，長捷也擔心玄奘的安全，當時仍舊戰亂，大唐實行關禁政策，行人往來關隘會查驗過所[9]。沒有過所私自闖關，屬於違法行為，判處徒刑一年。

長捷一再告誡他，但玄奘決心已定，只好留下一封書信，孤身上路，私闖關隘離開了蜀地。這一走就是數年。隨著他的參學，名望日隆，所過之處無不傳誦著一個天才僧人的傳說。武德八年，玄奘到了長安，跟法雅[10]、法琳、道岳、僧辯、玄會等佛門高僧交往多了，尤其是受邀開講《雜心論》聲名鵲起，被譽為「佛門千里駒」之後，才忽然聽到自己哥哥的消息。

玄奘這才知道，自己的哥哥，居然犯下驚天血案，成了官府通緝的要犯！

武德四年，長捷在益州空慧寺，斬下了玄成法師的頭顱，然後畏罪潛逃！

玄奘驚駭之下，傷心欲絕。玄成法師是玄奘深為敬仰的高僧，玄奘兄弟二人一到益州就居住在空慧寺，受到玄成法師的教導。這位高僧心地慈善，當時中原戰亂，益州安定，無數僧人都逃難至此，空慧寺雖然也不寬裕，但玄成法師敞開大門，來者皆納，庇護了無數僧侶。他對長捷和玄奘極為喜愛，甚至將長捷定為自己的衣缽傳人，讚譽兄弟二人為「陳門雙驥」。

玄奘還一度懷疑，哥哥不跟著自己遊歷參學，是不是惦記著玄成法師的衣缽，捨不得走。沒想到，僅僅四年的時間，居然發生了這麼大的慘劇！

玄奘曾在長安城裡詳細打聽，不過這裡的僧人都是聽人相傳，也不大清楚其中的內情。後來他遇見一個在益州認識的僧人，才問出了詳細的經過——所謂詳細，也就是官府介入後的過程，對長捷為何殺師，又逃向了哪裡，其中有什麼隱情，卻說不上來了。

玄奘當即趕往益州，走訪了昔日舊識。當地的佛門僧徒深恨長捷，對玄奘倒沒有太大的怨恨，但他也沒了解到更多的內情，他甚至拜訪了官府，才知道官府對長捷殺師一案也沒個頭緒，根本找不到任何動機。玄成法師的衣缽無人與長捷相爭，最近幾年玄成法師身體抱恙，空慧寺大小事務，都是長捷一言而決。益州路總管酇國公竇軌對長捷又賞識，長捷地位顯赫富貴，怎麼會做出這種喪心病狂的舉動呢？

玄奘百思不得其解，怏怏地回了長安。

可去年，卻忽然聽到有人談起發生在河東道的一樁舊案，說是一個僧人，無名無姓，不知是什麼來歷，闖入了霍邑縣衙，與縣令談了一席話，居然讓堂堂縣令自縊而死。若是這縣令做了什麼貪汙不法之事還好說，可晉州刺史調查之後，發現這個縣令為官清正廉潔，政績卓著，口碑之好，在整個河東道都是有名的。

這樣一個前途遠大的縣令，居然被一個和尚給說死，實在不可思議。

玄奘詳細打聽，發覺這個和尚跟自己的哥哥年紀相近，身高也相仿，他不禁開始懷疑，那是不是自己的哥哥長捷。

從貞觀元年起，玄奘在長安見過天竺來的高僧波頗蜜多羅之後，就動了西遊天竺的心思，這波頗蜜多羅是中天竺高僧戒賢法師的弟子，佛法禪理便已如此透徹深厚，那他師父又是何等的高僧？若是自己去天竺，能受到這位高僧的親自指點，豈非一大幸事？

這麼多年來，玄奘遊歷天下，名氣越來越大，對禪理卻越來越困惑，因此便下定了西遊的決心。然而茫茫西天路，數萬里之遙，其間隔著大漠雪山，又有無數異族，這一去，十有八九會死在半路，能夠抵達的機會極為渺茫，能夠返回大唐的機會更是萬中無一。

可是自己的哥哥身負殺師的罪孽和官府的通緝，至今下落不明，若不能查個清楚，只怕會變成心中永遠的魔障，再無解脫之日。

玄奘於是發下宏願，一定要找到哥哥，查清其中的內情，然後就踏上西天路，走上那沒有歸途的求佛之旅。

聽玄奘說完，郭宰陷入沉默，看著玄奘的神情頗有點複雜，半晌才低聲道：「法師的心願，下官深感欽佩。若能夠有所幫助，下官必定竭盡全力，只是……」他猶豫了一番，頹然道，「對這個和尚，實在沒有半點眉目，說句不恭的話，下官是縣尉出身，若是有這個和尚的下落，早就將他緝捕歸案了。」

「貧僧自然明白大人的心思。」玄奘道，「貧僧來找二兄，並非要洗脫他的罪名，世上自有法理，殺人償命，這既是天理，也是人道，貧僧怎麼敢違背？只是想尋到二兄的下落，問明其中因由罷了。」

郭宰點點頭，皺著眉頭想了想：「法師，對這和尚，下官不清楚，可是對於前任縣令崔玨，倒是有些耳聞，非常奇異。」

「奇異？」玄奘驚訝道，「此話怎講？」

「縣令崔玨，字夢之，別號鳳子。據說前庭這棵梧桐樹就是他親手移栽，可能就是鳳非梧桐不棲的意思吧！這人從武德元年就擔任霍邑縣令，文采出眾，即便我世世代代居住在晉北，也很早就知道他的大名。這人不但文采好，還通兵法戰略，據說當年太上皇反隋，在霍邑被宋老生所阻，就是他獻策擊破了宋老生。後來宋金剛犯境，他僅率領一些民軍就敢夜襲宋金剛的大營，守將尋相投敵，他懷揣利刃，竟然跑到尋相府上刺殺。這人有文略、有武略、有膽略，還有政略，自從任霍邑縣令以來，把霍邑治理得井井有條，深受百姓愛戴。武德六年，他自縊之後，當地人就有一個傳說，很是奇詭。」

「哦，如何奇詭？」

「這霍邑百姓，都傳說崔縣令死後，入了泥犁獄。」郭宰沉聲道，「當了閻魔羅王手下的判官，掌管泥犁獄生死輪迴，審判人間善惡。」

「泥犁獄？」玄奘怔住了。

身為佛門僧人，他自然對泥犁獄不陌生。這泥犁獄的概念，從西漢佛教傳入中國就有了，東漢時，曾是安息國太子的高僧安世高來到中國，翻譯佛經，便譯有《佛說十八泥犁經》。不過佛家對泥犁獄的說法各有分歧，民間傳說更是名目繁多。具體泥犁獄究竟如何，八重還是十八重，佛僧們自己也說不清楚。南朝僧人僧祐作了一部《出三藏記集》，所記載失譯的「泥犁經」多達十餘種。

「是的。」郭宰苦笑著點頭，「傳說……咳咳，才七年，居然成傳說了……崔縣令『晝理陽間事，夜斷陰府冤，發摘人鬼，勝似神明』。這縣裡就有不少崔縣令斷案的故事，有一樁『明斷惡虎傷人案』頗離奇。說是霍山上常有猛獸出沒。一日，一個樵夫上山砍柴被猛虎吃掉，其寡母痛不欲生，上堂喊冤，崔縣令即刻發牌，差衙役持符牒[11]上山拘虎。差役在山神廟前將符牒誦讀後供在神案，隨即有一頭猛虎從廟後躥出，銜著符到了差役面前，任他用鐵鏈綁縛。惡虎被拘至縣衙，崔縣令立刻升堂審訊。堂上，崔縣令歷數惡虎傷人之罪，惡虎連連點頭。最後判決：啖食人命，罪當不赦。那虎便觸階而死。」

「著實離奇。」玄奘嘆息不已，「往事煙雨，轉頭皆空，成了眾口相傳的傳說。」

「這不是傳說。」郭宰的臉色無比難看，「衙門裡……有這樁案子的卷宗！」

「什麼？」玄奘怔住了。

「的確有。」郭宰深深吸了口氣，「下官接任了縣令之後，心裡對這位崔縣令極為好奇，因為在沙場征殺慣了，聽到這些傳說更加不信，於是就詢問同僚，查看卷宗。沒想到……果然都有。這樁『明斷惡虎傷人案』就詳詳細細記錄在案，甚至那名去霍山拘虎的差役也有名姓，他名叫孟憲，的確是衙門裡的差役，後來下鄉催糧，河水暴漲，跌入河中淹死了。這是武德四年的事。如今，記錄那些卷宗，參與過審案的一些人還在，此事是他們親眼所見！」

玄奘這次真的吃驚了，雖然他信佛，但一心追求如來大道，對法術、占卜、異術之類並不在意，認為那是等而下之的末節，崇拜過甚就會動搖禪心，沒想到今日卻聽到這種奇聞。

「還不止這些。」郭宰道，「崔縣令死後，傳說他入了泥犁獄，做了判官，本地百姓感念他的恩德，就在霍山上蓋了一座祠堂，稱為判官廟，平日香火不斷。老百姓有了什麼冤屈和不幸，就去進香禱告，結果……那崔縣令……哦，應該叫崔判官了，」郭宰苦笑道，「居然靈驗無比！」

「怎麼個靈驗法？」玄奘奇道。

「下官舉幾個例子吧。」郭宰道，「武德八年，東溝村的金老漢夫妻，年逾七十，家中只有一個兒子，跟隨茶商到江西收茶販賣，結果一去不回。這麼多年了，也不知道兒子是死是活，金老太思念兒子，哭瞎了雙眼。老夫妻聽得判官廟靈驗，於是就跋涉幾十里，爬上霍山，到判官廟禱告。說崔判官啊，如果我這兒子是死，您就讓他給我託個夢吧，哪怕真死了我也沒念想了；如果沒死，您就讓他趕緊回來吧，再晚兩年，只怕我夫妻兩個暴死家中無人收斂……」

玄奘靜靜地聽著，郭宰道：「說來也奇，他們回到家的當晚，崔判官就顯靈了，出現在他們的夢中，說你們兒子沒死，如今流落嶺南。我已經通知他了，讓他即日回鄉。老夫妻第二日醒來將信將疑，不料四個月後，兒子果然從嶺南回來了。說自己在江西收茶，被人騙光了積蓄，無顏回鄉，就跟著一群商人到嶺南販茶。結果四個月前夢到一個身穿官服的男子，自稱崔判官，說老父老母思念，讓其速歸……」

「阿彌陀佛。」玄奘合十感慨，「人間親情能感動鬼判，何其誠摯。」

「是啊！還有很多靈異之事。」郭宰道，「崔判官的靈異不止在霍邑，還傳遍了河東道。前些年，汾州平遙縣時常有人失蹤，其中有一家姓趙，家中只有獨子，也失蹤了，好幾年不見蹤影。聽得判官廟靈驗，他母親趙氏跋涉幾百里跪在廟裡苦苦哀求，求判官點化她兒子的下落。結果她回家之後就夢見了崔判官，說妳兒子早已死去，屍體掩埋在某地。趙氏趕到某地掘開墳塋，果然看見了一具枯骨，雖然無法辨認，但那枯骨的脖子上掛著一副長命鎖，正是自己兒子的。」

寂靜的幽夜，百年深宅，聽著郭宰講述他前任縣令死後的靈異，這種感受當真難以述說。尤其是，那位縣令就吊死在旁邊不遠處的樹上……

便在此時，兩人忽然聽見一陣若有若無的腳步聲漸漸接近，他倆正在談論鬼事，這突如其來的腳步聲頓時讓人寒毛直豎。郭宰正要喝問，忽聽得屏風後面響起一聲驚叫：

「啊──」

隨即是啪啦一聲脆響，在靜夜裡無比清晰。

「誰？」郭宰急忙站了起來，喝問道。

這時大丫鬟莫蘭急匆匆從屏風後面走了出來，漲紅著臉道：「是小姐。夫人讓小姐送夜宵，不料失手打碎了碗。」

「哦。」郭宰一笑作罷。

不料剛坐下來，又聽得後院裡啪啦一聲，郭宰皺眉，問：「又怎麼了？」

莫蘭急匆匆跑過去，隨即又回來道：「是……是一隻貓，打碎了您的紫花玉頸掐金瓶……」

郭宰臉一哆嗦，勉強笑道：「沒事，破了就破了吧。」

結果又過了一會兒，後院又傳來啪啦一聲，郭宰急了：「這又怎麼了？」

大丫鬟哭喪著臉回去了，半晌戰戰兢兢地來了：「是……是貓……」可能自己也覺得圓不了謊，只好如實說了，「是小姐失手，打碎了您那只西漢瓦當……」

郭宰的臉頓時綠了，好半晌才恢復正常，笑道：「沒事，沒事，讓小姐小心一點。」

郭宰當然知道自己家的小姐在發脾氣，他不知緣由，但陪著玄奘卻不好追問，不料話音未落，稀里嘩啦又是一聲，大丫鬟這次不等大人問，自己先跑了，好半晌才鬼鬼祟祟地探頭看。郭宰嘆了口氣：「這次又打碎了什麼？」

「沒……沒打碎……」大丫鬟幾乎要哭了，「是撕碎了……您那幅……顧愷之的〈雲溪行吟圖〉……」

「啊……」郭宰跌坐在地，作聲不得，身子幾乎軟了。

「然後……然後小姐一不留神，頭碰在了您那只東漢陶罐上……」大丫鬟道。

「哎喲！」郭宰頓時驚叫一聲，一躍而起，「小姐怎麼樣？有沒有事？」說完就朝內院衝過去，衝了幾步又頓住，衝著玄奘尷尬地道：「法師，慚愧，小女可能受了傷，下官先告退一下。」

玄奘啞然失笑，點了點頭。郭宰也顧不得禮數，急匆匆地跑了。

玄奘感慨不已，這麼粗笨高大的一個巨人，愛女兒愛成了這個樣子，倒也難得。

這一夜，玄奘便歇在了郭宰的家中。前院東西兩側都是廂房，他和波羅葉歇在東廂房。玄奘在床榻上趺坐良久，思緒仍舊紛亂。二兄究竟為何殺了師父玄成法師？他如今在哪裡？他又為何來到霍邑，逼死了崔縣令？更奇怪的是這崔縣令，死後怎麼成了泥犁獄中的判官？

月在中天，照下來梧桐樹的樹影，灑在窗櫺上，枝條有如虬龍一般——只怕昔日就是這根枝條，把崔判官掛在上面吧？

窗櫺上枝條暗影在風中搖晃，彷彿下面掛著一個自縊者，屍體一搖，一晃，一搖，一晃……

隨後幾日，玄奘就住在了郭宰家裡。郭宰讓他做場法事給優娘驅邪，玄奘既然知道李夫人身上的「鋸刀鋒」是怎麼回事，如何還肯做法事，這不分明是欺騙嗎？於是百般推託，只說縣衙是數百年的舊宅，是聚陰之地，只消晨昏誦經念佛，加持一下即可。郭宰不好過於勉強，只好同意，但要求多奉養玄奘幾日，以盡敬佛之心。

奉養佛僧的事情太過尋常，玄奘不好拂了他的熱心，只好在他家裡住了下來。郭宰衙門裡還有公務，不能時時陪伴，就讓自己的夫人招待他。李優娘對玄奘的態度頗為冷淡，一向敬而遠之，除了必要的時候，也不見人影。玄奘倒不介意，每日除了趺坐念經，就是拿出自己書箱裡的佛經仔細研讀。

這可樂壞了波羅葉，他算是找著用武之地了。他追隨玄奘幾個月，大都是在趕路，風餐露宿的，如今生活「安定」下來，讓他很是滿意。這廝開始發揮話癆的威力，每日裡就是和莫蘭還有球兒鬥嘴，兩天下來居然熟稔無比，連球兒的爹娘是小時候訂的娃娃親都打探了出來。

這一日午時，玄奘正在翻閱道深法師註解的《成實論》，波羅葉躡手躡腳、一臉鬼祟地走了進來。玄奘看了看他，低下頭繼續翻閱，波羅葉上了玄奘的床榻，一臉詭祕地道：「法師，弟子，打聽到一個，祕密。很，重大的，祕密。」

「哦？」玄奘抬起眼睛，「什麼祕密？」

波羅葉朝門外看了看，低聲道：「您知道，縣令家的小姐，叫啥，名字嗎？」

玄奘想了想：「彷彿叫綠蘿吧？曾聽郭明府說起過。」

「呃……不是，名字。」波羅葉拍了拍腦袋，「是姓氏。」

這個天竺人對大唐如此之多的姓氏一直搞不清楚，也難以想像為何連貧民都有自己的姓氏，這在天竺是不可思議的。

「姓氏？」玄奘笑了，「定然是姓郭。」

「不是，不是。」波羅葉露出得意之色，「她偏不，姓郭，而是，姓崔！」

玄奘頓時愣了。這怎麼可能？女兒不隨父姓？除非郭宰是入贅到女方家裡，不過看來也不像啊！堂堂一個縣令……早先是縣尉，可就算是縣尉，入贅也不可思議啊！

波羅葉也不故作高深了，道：「法師，我打聽，出來了。這位，小姐，的確姓崔，她，並不是，郭縣令的，親生女兒。郭縣令，髮妻，兒子，好多年前，被，突厥人，殺了。李夫人，是帶著女兒，寡居，後來嫁給，郭縣令。」

「哦。」玄奘點點頭，並沒有太在意，畢竟隋末大亂，無數家庭離散，眼下亂世平定，家庭重組也是平常事，「這是他人隱私，不可貿然打聽，知道嗎？」

波羅葉不以為然：「縣裡人，都知道，不是，隱私。」他臉上現出凝重之色，「可是，法師，您知道，李夫人的，前夫，是誰，嗎？」

「是誰？」玄奘見他如此鄭重，倒有些好奇了。

「前任，縣令，崔玨！」波羅葉道，他指了指窗外，「在，樹上，吊死的，那個。」

第三章　大麻，曼陀羅

這一句話，頓時在玄奘心中引發了滔天駭浪。

李夫人的前夫是崔珏？崔珏死後，她又嫁給了繼任的縣令？也就是說，這郭宰，接任了崔珏的官位，接任了崔珏的宅子，還接任了崔珏的老婆和女兒？也就是說，這李夫人，前夫吊死在這個院子裡，她改嫁之後居然還住在這院子裡，甚至還睡著從前和前夫睡過的床榻，每日從前夫自縊的樹下走過……

玄奘猛地感到毛骨悚然。

怪不得當日提起崔珏，郭宰的表情那麼難看；怪不得他對崔珏的靈異之舉詳細查訪，調看了每一本卷宗。郭宰當時說他對崔珏的情況所知不多，只怕有推卻的意思了。不過想想也正常，你來調查人家老婆的前夫，難道他還把自己老婆找來讓你詳細地盤問？

如果說之前玄奘對二兄和崔珏之間的事是迷惑難解，那麼從這一刻開始，他就如同墜入了百丈濃霧之中，突然失去了方向。

他微微閉上雙眼，仔細思考這件事，立刻便明白了為何李夫人對自己的態度如此冷淡。自己與二兄的長相依稀相似，李夫人一見自己的面就露出驚愕怪異之色，隨即詳細地盤問自己的來歷，那麼，她極有可能當時見過二兄長捷。長捷逼死了她丈夫，七年後，一個與長捷長相相似的僧人來到她面前，只怕換作任何人都要盤問一番。那麼，她對自己冷淡，也就不奇怪了。畢竟是自己的哥哥逼死了人家丈夫，她對自己不懷恨在心，已經極為難得。

「波羅葉，」玄奘睜開眼，沉聲道，「你去稟告夫人，就說玄奘求見。」

「啊，您要，見她？」波羅葉對玄奘來這裡的目的自然清楚，愣了愣，連忙答應，跳下床榻奔了出去。

玄奘緩緩放下《成實論》，細細梳理著思緒，陷入沉默之中。

過了片刻，波羅葉跑過來道：「法師，李夫人，在前廳，等您。」

從廂房到前廳沒幾步路，一出門就看見李優娘站在臺階上。她面容平靜，窈窕的身子宛如孤單的蓮花。見玄奘過來，她點點頭，說：「法師請陪我走一走。」

兩人一前一後，慢慢走過西面的月亮門，就到了縣衙的後花園。花園占地五畝，中間是一座兩畝大小的池塘，睡蓮平鋪在水面，剛從冬天的淤泥裡鑽出來的小青蛙趴在蓮葉上，一動不動。塘中有島，島上有亭，一座石橋連接到島上。

李優娘走上石橋，忽然停了下來，望著滿目青翠，喃喃道：「我在這座縣衙，已經住了十二年。這裡的一草一木，就像是我身體的一部分，法師你說，這一刻我踩上石橋，感受到的是熟悉還是陌生？」

「阿彌陀佛。」玄奘一時不知道該怎麼回答。

「你的左手摸你的右手，是什麼感覺？」李優娘淒然一笑，「沒有感覺。沒有麻木，也沒有驚喜，你知道它存在著，如此而已。這裡就像我的左手，是我身體的一部分，你劃它一刀，我會疼，割斷它，會讓我撕心裂肺。可是看在眼裡，摸在手裡，卻偏偏沒有絲毫感覺。」

玄奘嘆息道：「恰恰用心時，恰恰無心用。曲譚名相勞，直說無繁重。夫人正因為用心太重，才使得無心可用。一真一切真，一假一切假。夫人所執著的是否是虛妄，連自己也不知，又怎麼會有感覺？」

「法師果然禪理深厚，怪不得有如此大的名聲。」李優娘詫異地看了看他，沉吟道，「法師找我的目的，妾身已經很清楚了。自從看見你的那一刻，我就知道，你總有一天會來找我。」

「一切諸果，皆從因起。貧僧和夫人一樣，誰也逃不開。」玄奘道。

「是啊！」李優娘嘆了口氣，「法師有什麼疑惑，這便問吧。」

「貧僧只想知道，貧僧的二兄長捷，和崔縣令到底是什麼關係，他如今又在哪裡。」

既然拋開了心中負擔，李優娘也就不再隱瞞，坦然道：「他們二人全無關係。昔年，崔郎隱居山中的時候，我們已經成婚。那時天下大亂，山中歲月寂寞，他極少和人來往；後來到了這霍邑，崔郎所結交的大多是朝廷裡的人，當時他籌建興唐寺，和佛僧的接觸自然不少，但大多數都是興唐寺的和尚，外來的並不多。你二兄長捷也算是有名望的僧人，他們若有接觸，我必會知道。僅僅是那一夜，長捷來到縣衙，匆匆而來，匆匆而去，帶走了我夫君的性命。那日我聽說來了個奇僧在和夫君談禪，就帶著女兒在屏風後面偷看，那人的形貌……」李優娘咬了咬嘴唇，「我真是刻骨銘心。前幾日見到了你，立時發覺你們兩人相似。」

玄奘默默不語，頗有些失落：「夫人可知道崔縣令去世後的一樁樁奇聞？」

「又怎麼會不知道。」李優娘喃喃道，「我又不是傻子。我們在益州偶遇後，我便義無反顧地跟著他來到河東。成婚十年，除了住在山裡的時候朝夕相處，他成了縣令之後，宵衣旰食，勞碌政務，陪同僚的時間，竟比陪我的時間還多；用在全縣百姓身上的心思，比用在我和女兒身上的還多。你能想像嗎？從內宅到衙門幾步路，他能夠三天三夜都不回家，在二堂上批閱公文。甚至死了，他也活在百姓的生活中。他能夠進入那麼多百姓的夢中，卻偏不曾進入我的夢裡……」

對這種閨閣中的怨尤，玄奘自然沒什麼體會，他皺皺眉：「夫人可曾到過霍山上的判官廟？」

「我去那裡做什麼？」李優娘冷冷地道，「他不來我的夢中，我卻偏要去看望他不成？」

玄奘對女人的心事真是一竅不通，頓時有些奇怪：「夫人既然對崔縣令頗有怨恨之意，怎麼仍舊住在這宅子裡？」

李優娘沉默半晌，在涼亭的石鼓旁坐下，曼妙的身姿倚著欄杆，幽幽道：「山中何所有，嶺上多白雲。只可自怡悅，不堪持寄君。」

這是南朝陶弘景的詩。陶弘景隱居山中，人稱「山中宰相」，齊高帝蕭道成下詔請他出山，說山裡面有何可留戀的，他便回了這首詩。李優娘的意思就是說，這裡面的滋味，我自己看得分明，也樂在其中，卻沒法讓別人明白。

見玄奘默然，李優娘搖搖頭，嘆息道：「崔郎一直志在天下，沒有什麼積蓄，當了霍邑縣令以後，月俸兩貫一百錢，只夠勉強度日罷了，死後更是身無餘財，所幸官府分了三十畝永業田，能夠讓我娘兒倆糊口。郭相公見我可憐，不嫌棄我寡居之身，娶我為妻，我便又住進了這座縣衙後宅中。平日裡睹物思人，又怎麼會不傷感，只是這裡的每一寸地方都留著崔郎的影子，有時候，我在這庭院裡走，就彷彿崔郎還在我身邊一般……」

說到這裡，李優娘的臉上居然蕩漾出一絲喜悅，看得玄奘暗暗驚心。聽她口氣，稱自己如今的丈夫為「郭相公」，只怕心裡對郭宰也沒有多深的夫妻之情吧？玄奘不禁為郭宰感到悲哀，這麼高大剽悍的一個人，對這位夫人寵愛有加，言聽計從，甚至對她前夫的女兒也寵愛得要命。他何嘗知道，自己七尺的身軀，在夫人眼裡有如空氣，而那個已經死去的人，卻在她眼前縈繞不散。

「夫人將那仕女圖掛在牆上，不怕郭大人心裡難過嗎？」玄奘低聲道。他是什麼學問，自然知道這仕女圖上配的詩不僅僅是稱讚李優娘花容月貌，「心迷曉夢窗猶暗，粉落香肌汗未乾」一句，分明就是雲雨後的描繪，「自嗟此地非吾土，不得如花歲歲看」一句，就更有偷情的嫌疑了。

李優娘臉一紅，眸子裡露出迷茫：「我如今的相公是個老實人，沒讀過幾天書，每日在北疆和突厥人廝殺，做了縣令之後，倒開始學風雅了。他人極好，心胸寬廣，頗為善待我們母女，也欣賞崔郎的才學，平日裡我也不用避諱。他其實也明白，他在我心中是比不了崔郎的。」

見李夫人這種心態，玄奘不好說什麼，只是搖頭不語，心道：「知道郭宰是好人，妳還與人私通，羞辱於他，真是不可理喻。」

不過這話就不便說了，半晌他才問道：「在夫人心裡，不怨恨貧僧嗎？」

李優娘盯著他，淡淡道：「一飲一啄，皆有天命。崔郎若不想死，誰能逼他死？他自己想死，拋下我們母女，我又怎麼怪得了別人？何況，你只是長捷的弟弟。」

「阿彌陀佛，謝夫人寬宏大量。」玄奘合十道謝。

就在此時，忽然聽見嗤的一聲，兩人抬頭一看，眼前白光一閃，一枝箭鏃劃過池塘，有如雷轟電掣般朝著玄奘射了過來！

「法師小心——」李優娘大驚失色。

這箭鏃來得太快太急，玄奘只來得及一側身，就聽見一聲呼嘯，咄的一聲，箭鏃貼著耳邊掠過，插在了涼亭的木柱上！箭桿嗡嗡嗡地震動了半晌才停下，可見這一箭有多大的力道。

玄奘的額頭霎時間全是冷汗。兩人呆了半晌，才朝對面看去。對面就是後宅門口的橫街，街上有一排大槐樹，枝幹茂密，一根樹枝還在劇烈地搖晃著。看來方才是有人躲在樹上，朝後花園射來這一箭。

兩人不敢再待在花園，匆匆回到院裡。李優娘立刻命球兒去把郭宰叫來。波羅葉聽說玄奘遇到刺殺，也嚇了一大跳，跑到後花園把箭拔了下來，翻來覆去地看。

郭宰一聽到消息，立刻放下手裡的公務，帶著兩名縣尉[12]匆匆趕了過來，見玄奘安然無事，這才長出一口氣，隨即怒不可遏，命一名姓朱的縣尉立刻查訪凶手。

「大人，」旁邊那名姓劉的縣尉聲音有些顫抖，捧著那枝箭走了過來，臉色異常難看，「大人，這枝箭……是兵箭。」

玄奘和李優娘沒覺得奇怪，可郭宰的臉色頓時大變：「兵箭？」他一把抓了過來，仔細查看。這枝箭長兩尺，臘木桿，箭羽是三片白色鵰羽，刀刃長且厚，竟然是鋼製的，穿透力極強，可以射穿甲冑。郭宰在軍中廝殺這麼多年，對這種箭太熟悉了，這是大唐軍中的制式羽箭，兵箭！

他一言不發，衝到後花園的涼亭中，細細察看射在柱子上的痕跡，又目測到牆外樹上的距離，低聲道：「如果本官沒猜錯的話，這枝箭應該是以角弓射出來的。」

「沒錯。」劉縣尉也壓低了聲音，「從這根柱子到那棵樹，足有一百二十步[13]，這麼遠的距離，只有軍中的步兵長弓和騎兵用的角弓才能射到。」

郭宰搖搖頭，道：「那棵樹枝幹茂密，長弓大，攜帶上去根本拉不開。角弓小，才能靈活使用，而且一定是複合角弓。不過複合弓射出來的兵箭，足能在一百五十步外射穿甲冑，這一箭的力度並不強。看來，不是因為枝杈所阻，無法拉滿，就是那人臂力弱。」

劉縣尉臉色仍舊有些發白，急道：「大人，卑職的意思，不是討論這拉弓人的……這是軍中的制式弓箭啊！這個殺手若是涉及軍中，那可就……」

郭宰一瞪眼睛：「你記住，第一，戰亂這麼多年，這種制式弓箭民間不知藏有多少，本官自己家裡就有，未必會涉及軍中；第二，即使涉及軍中，本官也要查個水落石出，玄奘法師乃是一代高僧，本官絕不允許他在我眼皮子底下被人刺殺！明白嗎？」

郭宰身形有如巨人，在夫人女兒面前唯唯諾諾，在玄奘面前畢恭畢敬，在下屬面前卻有無上的威儀。他在沙場廝殺多年，這麼身子一板，臉一橫，那股剽悍的威勢頓時讓縣尉有些緊張，只好耷拉著臉稱是。

「你記住了，弓箭和玄奘法師遇刺的事情不准外傳。」郭宰又叮嚀了一番。

「遵命！」劉縣尉這次異常爽快。心道，你讓我說我也不說，誰知道這裡有沒有什麼大麻煩。哪怕不是軍中派來的人刺殺，可軍中的制式弓箭，哪是家家戶戶都有呀？便是有，也只有那些權貴家才有。

這時，派出去追查刺客的朱縣尉回來了，他細細勘察過，那刺客的確是在牆外的槐樹上放箭的，卻沒有留下任何痕跡。那裡距離正街太近，刺客只需眨眼的工夫就能跑到街上，消失在熙熙攘攘的人流中。

郭宰讓兩人從縣衙的差役裡調來六名身手好的，分別把守大門、後門，另外兩名則換上便裝在門外的橫街上逡巡，把整個宅子嚴密地保護起來。

但李優娘仍舊不放心：「相公，這刺客有弓箭，能遠距離殺人，你這麼安排能行嗎？萬一法師有個三長兩短……」

「夫人放心。」郭宰知道她今天受了驚嚇，心疼無比，溫柔地看著她，「我自有分寸。咱們宅子外面適合放箭的制高點，我會派人盯著，一旦有動靜，馬上就能調集弓弩手射殺他。」他見李優娘不信，解釋道，「咱們霍邑是要塞，衙門裡有五十張伏遠弩，三百步之內可以射穿兩層厚牛皮，我在衙門的哨樓上安排四張弩，賊人一旦敢來，就是血濺三尺。」

李優娘知道夫君精通戰陣，這才微微放下了心，低聲道：「絕不能讓玄奘法師死在咱們家裡，否則佛祖怪罪，可是天大的災禍。相公還是勸勸法師，盡早送他離開霍邑吧！」

「玄奘法師在霍邑有要事，不會走的。嗯，我會看護好他。」郭宰嘆了口氣，他以為李優娘不知道玄奘來這裡的目的，便沒有細說。嘴上雖硬，心裡卻揪得緊緊的。怎麼會有人刺殺玄奘法師？這個僧人一向遊歷天下，與人無仇無怨，怎麼會用刺殺這種極端的手段對付他呢？

這一夜，月光仍舊將梧桐樹的影子灑在窗櫺上，玄奘也在翻來覆去地思考這個問題。自己的一生，平靜而無所爭持，除了益州和長安，基本上沒在任何一個地方待到一年以上，每到一地，幾乎都是陌生人。怎麼來到霍邑才幾天，就有人想殺掉自己？

玄奘並不怕死，白天的刺殺，也沒有讓他驚慌失措，惶惶不安。但他有一個習慣，心裡不能有疑團，碰到不解之事，總喜歡追根溯源，一定要窮究到極致才會暢快。對佛法如此，對日常之事也是如此，正因為這樣，不解的禪理太多，他才做了參學僧遊歷天下，拜訪名師。名師解不了更多的疑惑，才發下宏願到天竺求法。或許在他內心，萬事萬物無不是禪理，一點一滴無不是法訣，真正的佛法並不在於皓首研經，而是要掌握天道、世道和人道的韻律。

「殺我，只有一個原因。」玄奘暗道，「長捷的下落。長捷的下落必定干係重大，我來尋找長捷，會引起一些人的恐慌。而且，我目前的尋找勢必已經觸及了這些人，他們怕我繼續走下去，才想刺殺我。那麼，我究竟在哪裡觸及了他們呢？」

玄奘拿出推索經論的縝密思維一點點窮究著，很快，疑點就鎖定在一個人的身上——李夫人！

他到霍邑沒幾天，除了縣衙裡的馬典吏和郭宰一家人，幾乎沒有人知道他來了這裡。而對長捷的下落進行追索，也只是透過詢問郭宰和李夫人。馬典吏很明顯是局外人，郭宰性子質樸，想阻撓自己，何必把自己迎到家裡，讓自己接觸到和長捷有所牽連的李優娘呢？更沒有必要深更半夜到衙門裡尋來七年前通緝長捷的畫像。

可疑的只有李優娘了。長捷逼死了崔玨，崔玨是她的前夫。如果長捷牽涉什麼祕密，極有可能她也是知情人。那麼，自己與她在後花園談話，如果當時有人監視，極有可能會被人認為是在密談，怕李優娘洩露出什麼機密之事，這才不擇手段，企圖殺掉自己。

這個女人身上充滿了祕密。她與人私通，私通者是誰？和崔玨之死、長捷的失蹤，究竟有沒有關係？

玄奘趺坐在床榻上，冥思得久了，腦袋有些發脹。波羅葉在外間睡得正香，呼嚕聲震得地動山搖。空氣裡散發著淡淡的甜香，也不知是什麼花開了，悠遠無比。這時候，玄奘忽然感覺身體一陣麻木，渾身無力。他心中凜然，想睜開眼睛，但眼皮卻有千萬斤重，勉強睜開一條縫，腦袋裡轟然一聲，思維散作滿天繁星，空空如也……

在外間睡覺的波羅葉，呼嚕聲也陡然停止。

八百里流沙，三千里雪山盡數拋在了身後，眼前景致一變，一座雄偉巍峨的聖山聳立在身前，竟然便是那雷音古剎，方寸靈山！

只見那雷音古剎頂摩霄漢中，根接須彌脈。巧峰排列，怪石參差。懸崖下瑤草琪花，曲徑旁紫芝香蕙。天王殿上放霞光，護法堂前噴紫焰。浮屠塔顯，優鉢花香，正是地勝疑天別，雲閒覺晝長。紅塵不到諸緣盡，萬劫無虧大法堂。

念念在心求正果，今朝始得見如來。

玄奘心中激動，來到大雄寶殿殿前，對如來倒身下拜，啟上道：「弟子玄奘，奉東土大唐皇帝旨意，遙詣寶山，拜求真經，以濟眾生。望我佛祖垂恩，早賜回國。」

如來開口道：「你那東土乃南贍部洲，只因天高地厚，物廣人稠，多貪多殺，多淫多誑，多欺多詐；不遵佛教，不向善緣，不敬三光，不重五穀；不忠不孝，不義不仁，瞞心昧己，大斗小秤，害命殺牲。造下無邊之孽，罪盈惡滿，致有地獄之災，所以永墮幽冥。我今有經三藏，可以超脫苦惱，解釋災愆。三藏：有法一藏，談天；有論一藏，說地；有經一藏，渡鬼。共計三十五部，該一萬五千一百四十四卷。真是修真之徑，正善之門，凡天下四大部洲之天文、地理、人物、鳥獸、花木、器用、人事，無般不載。」

玄奘平生志向得酬，心滿意足，正要拜謝如來，忽然身上一涼，一股酸辣的味道嗆進鼻子，頓時呼吸斷絕，整個人憋悶欲死。

他霍然一驚，睜開眼睛，頓時心底澆了個透心涼——自己竟然置身於水底，正在緩緩下沉！

借著水面上的月光，他看見了花木、涼亭、斜橋……自己竟然在縣衙後花園的池塘裡！透過水面，一條白色的人影正若隱若現地站在岸上，似乎在盯著自己冷笑。玄奘大駭，拚命驚呼，卻張不開嘴，想要掙扎，卻渾身無力，只能眼睜睜看著池水從鼻孔、嘴巴灌進自己的肺部、胃裡，嗆得他劇烈地咳嗽，卻只是在水中升騰起滾滾的泡沫……

就在這瀕死前的轉念中，玄奘忽然明白發生了什麼事——自己居然又一次遭到刺殺！

這刺客不知如何潛入了後衙，應該是以迷香之類的藥物將自己迷倒，然後從床上拖到了後花園，再扔進水中。

按道理，冷水一激，他的神智應該驟然清醒，但奇的是，身體仍舊軟綿綿的動彈不得，眼睛能睜開了，被水一逼，本來應該眼皮疼痛，居然一點感覺都沒有，就彷彿這個身體根本不屬於自己，連連嗆水，卻是動彈不得！

好厲害的迷藥！

他在水中睜大眼睛，透過水面看著那人的身影，心裡卻知道，自己此次必死無疑了！

就在這時，玄奘忽然看見月亮門裡，一條人影踉踉蹌蹌地奔了過來，那人影玄奘太熟悉了，居然是波羅葉！

波羅葉好像用盡了全身的力氣，跑得艱難無比。那人聽到腳步聲，剛一回頭，就被他撲倒在地。兩個人在地上翻來滾去，廝打不已。波羅葉身上沒有力氣，乾脆用牙咬，咬得那人扯著嗓子慘叫起來，在靜夜裡，遠遠地傳了出去。

那人疼極了，把波羅葉按在地上狠狠捶了起來。波羅葉發起狠來，背脊一拱，屁股竟然翹上了天空，兩隻腳詭異地伸到了自己的肩上，往後一纏，勾住那人的胸口和兩臂，兩條胳膊一環，又兜住那人的腰，兩人頓時纏成一個大肉球。

這池塘邊是斜坡，兩個人失去平衡，頓時朝池塘裡滾落，撲通一聲，落在水中。到了水裡，波羅葉的腦袋更清醒了，四肢詭異地屈著，像條四根觸鬚的大章魚一般，死死把那人纏住。兩個人咕嘟咕嘟往湖底沉下去。

這時候玄奘溺水過久，終於腦子一沉，五識皆滅……

波羅葉和那人的廝打聲、慘叫聲早已驚動了宅子裡的人，郭宰只穿著中衣，提著一把劍跑了出來。小廝球兒和大丫鬟莫蘭也衣衫不整地跑出來。

「怎麼回事？」郭宰喝道。

「不知道啊！」球兒一臉驚慌，「我正睡得香，聽到有人叫，然後又聽見撲通一聲……」

郭宰朝玄奘住的廂房一看，只見房門大開，衝到房中一看沒人，頓時臉色一變，巨大的身軀風一般衝到了後花園。這夜月亮挺好，可以清晰地看見池塘裡沉著一人，高高鼓起的僧袍浮出了水面。

「法師——」郭宰大叫一聲，扔了劍撲通跳進水裡。

這池塘近處和遠處挖得差不多一般深，足能淹沒一個成年人，可郭宰的個頭往裡一跳，連肩膀都露在外面。他站在淤泥裡，雙臂一抄，就抓住了玄奘，使勁一提，兩膀的腱子肉一根根隆起，竟硬生生把玄奘舉出了水面！

然後他幾個大步，爬到了岸上。這時李夫人也穿好衣袍來到池塘邊，一看玄奘溺水，頓時花容失色。郭宰臉色鐵青，伸手探了探玄奘的鼻息，發現呼吸竟然停止，幸虧他謹慎，按了按脈搏，還有微弱的跳動。

「快，」郭宰喝道，「牽我的馬來！」

「您的馬……」球兒哭喪著臉，「您的馬在縣衙的馬房啊！這會兒跑過去牽馬，等回來法師早死了。」

郭宰急得一頭大汗，看了看周圍，忽然抱著玄奘跑到了涼亭中，自己仰面躺在涼亭寬闊的橫欄上，讓球兒和莫蘭兩人把玄奘橫過來，面朝下，肚子貼著自己的肚子，緩緩按壓玄奘的身體。

溺水後的急救術有很多種，比較有效的一種就是將其面朝下，肚子橫放在牛背上，兩邊由人扶著，牽著牛慢慢走，來擠出肚子裡的水。這時候沒牛，也沒有馬，郭宰就自己當了一回牛，所幸他肚子高高隆起，比牛背還厚實堅硬。球兒和莫蘭按壓了玄奘片刻，玄奘哇地噴出一股又一股的水，終於有了呼吸。

郭宰這才坐起來，把玄奘平放在地上。李優娘急忙跑到廚房，取了一塊老薑，緩緩擦拭玄奘的牙齒，刺激他的神智。過了良久，玄奘才甦醒過來。

「快——」玄奘臉色灰白，勉強抬起手指了指池塘，「波羅葉……」

眾人大驚，誰也沒想到池塘裡還有人。那小廝球兒眼尖，看見池塘中白花花的有一團物事，驚叫道：「在那兒——」

郭宰心中一沉。他重新跳下水，一步步走過去，靠近水中那團物事，然後一伸手拽出水面，用力往水面上托。

「嘿——」雙膀用力，郭宰頓時呆住了，這人怎麼這麼沉？自己這塊頭，舉起三四百斤也是尋常，怎麼這人竟舉不起來？

他伸手一摸，卻摸到兩顆腦袋，頓時大叫起來：「是兩個人！」

岸上的眾人更呆住了，只覺今夜真是詭異無比。郭宰見這兩個人緊緊糾纏在一起，也沒辦法分開，只好半托在水面上，把他們送到岸邊。岸上的三人幫忙，才勉強拽了上來。一看，頓時瞪大了眼睛。

其中一人自然是波羅葉了，只見他四肢詭異地屈著，把另一人的四肢牢牢鎖住，自己的身體彎折到了一種不可思議的地步，連帶著那人被他團成了一個球，直徑不過兩尺。

溺水這麼久，絕對已經死透了，根本沒有救活的可能，事實上，被波羅葉鎖住的那人，泡得都有些發脹了。但人總得分開，郭宰使勁扳著波羅葉的胳膊腿，偏生這波羅葉鎖得太緊，郭宰急了，使勁一扳，不料波羅葉突然睜開眼睛，怒道：「你做，什麼？要把，我的，胳膊扳斷，啦！」

「啊——」郭宰再膽大也沒見過詐屍，嚇得驚叫一聲，一屁股坐在了地上。

李優娘、莫蘭和球兒更是連連尖叫，玄奘也吃驚地瞪大了眼睛。

波羅葉呸地吐出一口水，鬆開四肢，恢復了一個正常人的樣貌，鬆弛一下四肢，慢慢站了起來，一邊還喃喃道：「你，捏得，我，疼死了。」

這時玄奘也恢復了過來，扶著亭柱走了過來，問：「這是怎麼回事？溺水這麼久，你竟然好端端的？」

「這是，天竺的，瑜伽。」波羅葉解釋，「我，自小練習。可以，閉住呼吸，埋入地底，幾個時辰，不死。」

「哦。」玄奘頓時明白了。他研習佛經和天竺的風土人情，自然知道天竺奇術，瑜伽。這事實上是一種修行的法門，很多來東土的天竺僧人都修練瑜伽，更有一些苦行僧的腦袋能反轉過來看到自己的脊梁，還有些腿能向後伸出搭在肩膀上。不過此時東土不大了解瑜伽，玄奘就更多地把這看作一種異術。

郭宰和李優娘等人嘖嘖稱奇，倒也不太意外，畢竟在中原人的心目中，異國人和異術是聯繫在一起的。那些從西域來的人，多少懂得一些玄妙的東西，尤其是西域來的僧人，往往喜歡用異術引起帝王的興趣，來獲得朝廷的承認。

「法師，這到底是怎麼回事？」郭宰不用看地上那人，就知道他絕對不懂瑜伽，早死透了。出了命案，這可是大事。

玄奘也知道人命關天，臉色凝重起來，將方才的經過講述了一番。一聽又遇到了刺殺，郭宰的臉色更加難看，憤怒道：「賊子！這次多虧了波羅葉，否則……真是不堪設想。」

「我也，差點給，迷昏過去。」波羅葉插嘴道，「正睡得，香，忽然，憋得我，難受……」原來，他方才在睡夢中打呼嚕，那迷香一起來，頓時一口氣喘不上來，呼嚕一停，那種窒息般的感覺竟然壓過了迷香的效力，人陡然清醒過來。

「一清醒，我感覺神思，飄忽，彷彿，在雲端……」波羅葉心有餘悸地道，「身體動彈，不得，就知道，大事，不好。」

對這個首陀羅的時而蠢笨，時而精明，玄奘早已見怪不怪，問道：「你到底發現了什麼？」

「是……」波羅葉脫口說出一句梵語，思索了半晌，才道，「這是一種，可怕的，植物，翻譯成，漢人語言，可以叫，大麻。」

這個詞玄奘還是第一次聽說，便詳細追問。

波羅葉細細描述了一番，原來大麻這種迷香，在天竺是一種很常見的草，它的韌皮纖維可以用來製造繩索、船帆、衣料，但是天竺人卻從它的樹脂裡提煉出了一種藥物。這種藥物一旦服用或吸入，會產生強烈的迷幻效果，整個人飄飄欲仙，似乎靈魂出竅。

因此，天竺的僧人和婆羅門教徒舉行儀式的時候經常用到大麻，來提升他們與神靈溝通的能力。而服用大麻之後，整個人會感到特別安定、愜意、輕鬆愉快，感覺一切都很美好，充滿幸福和滿足感，天竺人認為這是神靈賜予的，對大麻極為崇拜。

波羅葉早年也吸過大麻，很熟悉那種感覺，因此一下子就警覺起來。

「法師，」波羅葉低聲道，「大麻不會，讓人，四肢無力，軀體僵硬。這迷香裡，應該，還摻有，別的東西。」

「哦？摻有什麼？」今晚驚悸的同時也讓郭宰大開眼界，他急忙問道。

「曼陀羅！」波羅葉沉聲道，表情凝重無比。

「曼陀羅？」玄奘驚訝地問。他對曼陀羅可不陌生，這是一種植物，更是佛教名詞，《法華經》上記載，在佛說法時，曼陀羅花自天而降，花落如雨。對僧人而言，這佛教中的聖潔靈物，可不僅僅指一種花，而是象徵著空和無的無上佛理。

「對，」波羅葉道，「曼陀羅花，天竺，遍地都是，種子、果實、葉、花都有，劇毒。我們，天竺人，用來鎮痛，麻醉，能讓人昏迷，呼吸麻痺。我也，服用過。難以動彈的，感覺，非常相似。」

「原來是蒙汗藥！」郭宰用自己的理解方式也搞明白了。

玄奘搖搖頭，他親身嘗過這迷藥的滋味，雖然沒見過蒙汗藥，但十年遊歷，見聞廣博，自然聽說過，被那蒙汗藥迷倒，只需要用水一噴就可以醒過來。自己跌到池塘裡，神智雖然清醒，身體卻絲毫沒法動彈。這藥的威力，可比蒙汗藥強太多了。但謀殺自己的人，為何擁有這種天竺異域特產的奇藥？

他沒有糾正郭宰的話，也沒有順著這個線索追問下去，只是問：「大人，這人是如何進入院子裡的？貧僧記得你在門外派有人守衛啊！那些守衛可千萬別因貧僧而遭了什麼災禍。」

郭宰一聽也有些擔心，親自提著劍到街上去找，卻見那兩個差役正忠心耿耿地躲在樹後面蹲守。一問，兩人賭咒發誓，說沒有任何人從牆上跳進院中。郭宰正在納悶，忽然聽到家裡又傳來一聲驚叫，赫然是夫人的聲音。

他臉色大變，長腿邁開，三步兩步地衝回去，只見李優娘正急匆匆地出來找自己，看樣子不像是受到歹人偷襲。

「怎麼了？夫人！」郭宰見不得夫人害怕，他自己久經沙場，堆成小山的死屍都不會讓他皺眉頭，可自家夫人一怕，這心裡就哆嗦，頓時臉上冷汗淋漓。

「相公，相公……」李優娘一臉驚駭，一把抱住他，身軀不停抖動。

郭宰太高大，夫人只能抵到他的胸口，他一圈胳膊，把李優娘抱在懷裡，沉聲道：「究竟發生了什麼事？」

「那賊人……我認得！」李優娘驚駭地道，身子仍舊抖個不停，像一隻小兔子。

郭宰心裡一沉，抱著自家夫人，幾乎讓她雙腳離地，大步走到月亮門前把她輕輕放下來，柔聲道：「我去看看。放心，一切有我。」

這時玄奘等人圍在那屍體旁邊，都是一臉呆滯。

屍體原本是趴著的，這時被翻了個身，慘白的月光照在慘白的臉上，眼睛像死魚一般凸出來，極為可怕。這人看起來挺年輕，最多不超過三十歲，眉毛很淡，臉型還算周正。

身上穿著白色繡金線的錦袍，衣料考究，此時溼淋淋地攤在地上。

「是……是他！」郭宰只覺腦袋一陣暈眩，雄偉的身軀晃了晃。

這個刺殺玄奘的賊人，他果然認得，竟是縣裡豪門周氏的二公子！郭宰在霍邑六年，自然知道周氏這種地方豪門的強大，他們從北魏拓跋氏期間，就是名門望族，世代為官，前隋時更擔任過尚書僕射的高官。雖然經過隋末的亂世，實力大損，但在河東道也是一等一的望族，比起河東第一豪門崔氏也不差多少。

可如今，他家的二公子居然因謀殺玄奘而淹死在池塘裡！

這可是大事，郭宰不敢怠慢，先讓自己的夫人回內宅陪小姐，然後就忙起來了。守在街上的兩個差役早已進來，他立刻命令他們去找縣裡的主簿、縣丞和兩個縣尉，另外把仵作也找來，驗屍，填寫屍格。

這一夜的郭宅就在紛亂中度過。郭宰讓玄奘和波羅葉先回房裡，門口還派了差役守著。他再三道歉，說是為了保護法師的安全，不過玄奘也清楚，自己牽涉進了命案，恐怕難以善了。

先是馬典吏陪著主簿過來取了口供，玄奘和波羅葉原原本本地講了，在卷宗上按了手印。主簿告辭，馬典吏要走，玄奘叫住了他：「馬大人稍候，貧僧想請教一下。」

馬典吏面露難色，遲疑了片刻，終於嘆了口氣，轉回身在外間的床榻上跪坐下來：「法師，實在沒想到，竟然發生了這種事情。」

「是啊，」玄奘也嘆息，「貧僧也沒想到。這死者究竟是什麼人？」

「周氏的二公子。」馬典吏低聲道，把周氏的家世大概說了一番。

玄奘的心情也沉重起來：「馬大人，現在可有查出周公子是如何進郭宅的？貧僧記得，白日遇到刺殺的時候，郭大人在宅院四周都安排人守衛著，料來想潛入是比較困難的吧？」

「那六名差役，大人已經仔細詢問過，沒有人擅離職守，也沒有發現周公子潛入的痕跡，此事還是個疑團。」馬典吏對玄奘抱有深深的愧疚，若不是他當初把玄奘拉來郭宅給夫人驅邪，也不會發生這種種事端。

玄奘沉吟了片刻，他一直擔心波羅葉，惹上人命可不是說笑的，便問：「那我主僕二人，會有什麼麻煩嗎？」

「法師放心，雖然是命案，但基本事實是很清楚的。您是苦主，縱然周家勢大，也不敢對您怎麼樣。至於波羅葉……」他看了一眼垂頭喪氣蹲在地上的波羅葉，「按唐律，夜無故入人家者，笞四十。主人登時殺者，勿論。」

馬典吏繼續解釋：「唐律在這一條上規定得很細，只要是夜裡闖入他人宅院，被主人格殺，不論罪，何況這周二公子進入郭宅是為了行刺殺人，人證物證俱在，就算周家權勢再大，也翻不過天去。」

玄奘這才略微放下心來，想了想，又問：「馬大人，周公子和郭大人、李夫人很熟嗎？」

馬典吏臉上表情很是凝重，沉思了良久，才誠懇地道：「法師，本來這話不應該由在下說，只是……您受這災禍全是因為我……唉，」他苦惱地嘆了口氣，「郭大人家和周氏的關係非比尋常，準確地說，是李夫人和周氏關係密切。想必法師也知道，李夫人有個女兒，名喚綠蘿，年方二八。周夫人很喜歡綠蘿小姐，這位二公子，更是對綠蘿小姐如痴如醉，央人來提過親，郭大人和李夫人也都有意，不過綠蘿小姐卻拒絕了，這周二公子仍不死心。恰好周夫人精通琴技，就設法使綠蘿上門學琴，慢慢磨她的性子。據說這段時日綠蘿小姐越學越上癮，兩家都以為佳事可期，沒想到……」

玄奘的心慢慢沉了下去，沒想到死者居然是郭宰的準女婿！怪不得方才郭宰和李優娘那麼大的反應，這也實在是太驚人了。

玄奘一時心亂如麻，卻忽然想起一事：「馬大人，方才看清死者的樣貌後，李夫人險些昏厥過去，郭大人也驚駭交加，可是這位小姐，卻連面都沒露。這裡面有什麼內情，你知道嗎？」

「有這事？」馬典吏也詫異起來，沉吟道，「綠蘿小姐我不大了解，平素見得也少。法師只怕已經知道李夫人是夫死再嫁吧？」

玄奘點點頭：「知道。還知道她原配丈夫便是崔珏大人。」

馬典吏露出苦澀的笑容：「沒錯，在下聽說過關於綠蘿小姐的兩個傳聞，一個是李夫人再嫁給郭大人之後，她矢志不改自己的姓氏，堅持姓崔；另一樁，據說直到現在她都不稱呼郭大人為父親，見面只叫大人。呵呵，這前一樁嘛，郭大人也無可奈何，後一樁，他卻死也不承認，只說稱父親為大人是綠蘿家鄉的叫法。咳咳，前些年可笑煞了一眾同僚。不過郭大人依舊對這位女兒疼愛有加，簡直當她是掌上明珠、心尖上的肉，只要是綠蘿小姐的要求，甚至比夫人的話還管用，郭大人馬不停蹄立時就辦。」

兩人又閒聊片刻，天光已經大亮了，馬典吏打著呵欠告辭。

郭宰等人忙碌了一夜，天亮了反而更忙。周老爺知道自己的兒子死了，還擔著殺人的罪名，頓時怒火攻心，險些昏厥，帶著人闖入縣衙不依不饒。但大唐初立，吏治清明，任他財雄勢大，面對著天衣無縫的人證物證，也無法可施。

現在唯一存在的疑點，一是周公子是怎麼潛入郭府的？二是他為何要刺殺玄奘？三是他從哪兒弄來這麼可怕的迷香？

第一點郭宰等人也疑惑不解，這周公子倒說不上手無縛雞之力，身經亂世，怎麼都能騎烈馬、拉硬弓，問題是讓他翻過兩丈五尺高的縣衙大牆，就絕無可能了。

第二點莫說郭宰等人不解，玄奘自己也摸不著頭腦。他跟一個素不相識的豪門公子有什麼仇怨？假設果真和這周公子有仇，憑周公子的財勢，拿出幾十貫錢買凶殺人，不是更穩當嗎？犯得上夜闖縣衙，親自動手殺人？

第三點就更沒有法子追查了，人死了，又在水裡泡過，就是有線香也被泡散了，根本沒有實物。

此案還沒查，就這樣成了懸案。果真如馬典吏說的，玄奘並沒有受到影響，波羅葉也只是錄了口供就被釋放，縣衙要求他們，此案未經審結，不得擅自離開霍邑，離開前要向衙門報備。

第四章　興唐寺，判官廟

經過這一案，玄奘沒法再住在郭宰家了，畢竟一個是牽連了命案的，一個是縣令大老爺，需要避嫌。於是玄奘便向郭宰告辭，前去城東的興唐寺掛單。

一個和尚，一個天竺流浪漢，就在一個太陽初起的清晨，離開了霍邑縣城，一步步朝城東的霍山走去。玄奘仍舊背著他那口巨大的書箱，波羅葉扛著兩人的換洗衣物和日常用具，兩人順著城東的小道，前往霍山。

霍山在隋唐可是大有名氣，在歷史名山的序列中，與五嶽齊名的還有五鎮之山，其中霍山號稱「中鎮」，地位和後世的中嶽嵩山差不多。唐人還給霍山的山神立傳，說祂「總領海內名山」，可見這霍山的地位。開皇十四年，隋文帝下詔敕建中鎮廟，規模宏大，到了武德四年，裴寂上表，說當初陛下起兵時，被宋老生阻在霍邑，經霍山之神指點才破了宋老生，定鼎大唐，請陛下在當初破宋老生的地方修築寺廟，禮敬佛祖。

李淵大喜，當即下詔修建，並賜名「興唐寺」。其實他很明白，當初受阻霍邑，自己原本是想退回太原的，是李世民採納了崔玨的計策，力主出戰，這才破了宋老生，打下了這至關重要的一戰。不過這個卻是不能承認的，自己怎麼會想退卻？恰好裴寂這老夥計知道自己心思，說是霍山之神的指點，這就對了嘛，自己是受了神靈指點，神靈是輔佑大唐的！可下了詔書之後，工部尚書武士彠來上表，說民部[14]不給錢。民部尚書蕭瑀則叫苦說沒錢，說臣被稱為佞佛，連自己家的宅院都捨了作佛寺，若民部有錢，敢不給嗎？實在是沒錢啊！

李淵無奈，此事只好虎頭蛇尾了。

這件事當時在僧人之間流傳甚廣，直到四年後玄奘去了長安，還曾聽人提起過。後來據說興唐寺總算是修起來了，只是如何修的玄奘就不大關心了。估計隨著大唐國力日漸強盛，李家天子也終究要還了霍山之神的人情吧！

出城十里，就進了山，山路蜿蜒，但並不狹窄，可容兩輛大車並行。一路上溝澗縱橫，河流奔湧，四周山峰壁立，雄奇峭拔。路上有不少行人，大都是到興唐寺進香的，還有人是去判官廟的。兩人走得累了，見不遠處的山道邊有茶肆，一群香客正在喝茶，就走了過去。

在佛寺周邊，僧人的地位是非常高的，一則是因為周邊大都是信眾，更重要的是，佛寺擁有大量土地。唐代非但賜給寺廟土地，還賜給每個僧人口分田[15]，玄奘在益州就擁有三十畝地。另外貴族、官員甚至平民，還把大量土地施捨給寺院，就以這興唐寺來說，立寺僅六年，已經占地上萬畝，周圍幾十里方圓，絕大多數農戶都是耕種寺院的土地。

開茶肆的茶房是一對老夫妻，玄奘還沒到茶肆前，那老茶房就殷勤地迎了出來：「法師，一路辛苦，請裡邊坐。小人有好茶伺候。」一說著朝裡面喊：「老婆子，快上好茶——」

這茶肆很簡陋，在山壁和一棵柳樹中間搭了一頂棚子，擺放十幾張杌子，然後搬來七八塊表面平滑的石頭當案几。老婆子在後面燒茶，老漢當茶房。

正在喝茶的十幾個香客一見來了和尚，還有頭裹白布的胡人，都站起來施禮。玄奘合十道謝，放下大書箱，和波羅葉在杌子上坐了下來。老茶房上了一壺茶，瞧了瞧玄奘的書箱，笑道：「法師是遠道而來的嗎？」

「貧僧自長安來。」玄奘道，「到興唐寺參學。」

「哎喲，長安來的高僧啊！」十幾個香客頓時興奮了起來。

「老丈，興唐寺怎麼走？」玄奘看了看，這裡有兩條岔路，順著山脈一條向北，一條往南。

「哦，法師一直朝北，走上十里就到了。」老茶房道，指了指，「往南是去判官廟的。」

「判官廟？」玄奘有些詫異，判官廟原來也在這一帶！

眾人以為玄奘不知道，有個香客當即就說了起來：「法師，這判官廟可靈驗哪！供奉的是咱霍邑縣上一任縣令，崔珏大人。」

「這崔大人可真是百姓的父母官啊！」另一個香客道，「據說他天生有陰陽眼，夜審陰，日斷陽。把霍邑治理得路不拾遺，夜不閉戶，奸邪小人沒有敢作奸犯科的。死後成了泥犁獄裡的判官，只要是百姓有冤情苦難，有求必應！」

「還不止呢！」另一個老年的香客插嘴，「連這興唐寺都是崔大人出資修的，老漢有個姪子當年在工地做帳房，據說花了三萬貫的錢糧！法師您看遍了天下寺院，這興唐寺只怕在全天下都是數得著的。」

這個消息令玄奘吃驚起來：「興唐寺是崔大人出資修的？貧僧在長安時，聽說是朝廷下詔修建的啊！」

那老香客道：「朝廷想修，可沒錢哪。讓河東道拿錢，那陣子突厥和梁師都侵擾不斷，河東道也沒錢，於是崔大人就自己出資，在晉州徵調了十萬民夫，耗時三年方才落成。唉，可惜了，寺廟才建成，崔大人就去世了。」

波羅葉聽得異常專注，低聲在玄奘耳邊道：「法師，這三萬貫，錢糧，抵得上，晉州八縣，一州，全年的，稅收。崔珏這個，縣令，月俸，兩貫一百錢，他，哪來的，巨額財產，修建寺廟？」

波羅葉的質疑不無道理，初唐剛立，國力匱乏，除了無主荒地多，什麼都缺，更別說銅錢了。想想崔珏的月俸才兩貫零一百錢，就知道這三萬貫是多麼巨額的數字了。

玄奘目光一閃，臉上露出笑容：「你覺得呢？」

「我……」波羅葉撓撓頭皮，「這事，蹊蹺。」

玄奘笑而不答，轉頭問那老茶房：「老丈，如今興唐寺的住持是哪位法師？」

「哦，是空乘法師。」老茶房恭恭敬敬地道，臉上現出崇敬之色，「這位大法師，可是高僧啊！您知道他的師父是誰嗎？」

玄奘想了想，對這個名字並沒有太深的印象，只好搖頭。

「是法雅聖僧啊！」老茶房臉上光輝燦爛，「這位聖僧可是天上下來的仙佛，能撒豆成兵，鎮妖伏魔，前知一千年，後知五百載！好多年前就預言前隋要滅，出山輔佐唐王，奠定這大唐江山！」

周圍香客看來都知道法雅，立時議論紛紛。

玄奘不禁啞然而笑。空乘他不知道，對法雅卻還是比較熟悉的，法琳、法雅、道岳、僧辯、玄會是長安五大名僧，其中法琳的名氣和地位還在法雅之上。玄奘在長安待了五年，和五大名僧來往密切。

前隋時，法雅是河東道的僧人，「修長姣好，黠慧過人」。他為人機敏聰慧，所學龐雜，佛道儒無不精通，三教九流無所不識，什麼琴棋書畫，詩文歌賦，醫卜星相，都沒有不會的，玄奘對這個人印象深刻就是因為這個。玄奘和天下高僧辯難十年，幾乎從無敗績，不過面對這法雅卻有些束手束腳，並不是法雅對佛理的理解比他更強，而是這人旁徵博引，舌燦蓮花，你思路清晰，他給你攪渾了，你思路不清晰，他給你攪暈了。

此人更厲害的，是精通戰陣！

這可了不得，一個僧人，從沒上過沙場，從沒做過官員，居然對排兵布陣、行軍打仗瞭若指掌，也不知從哪兒學的。

大業十一年，李淵還是山西河東撫慰大使的時候，偶然在街市上和法雅相遇，法雅就斷言李淵將來必定大貴。李淵也驚嘆此人學識廣博，極為欽佩，於是把他請回府邸，讓李建成、李世民和李元吉等兒子們來參拜。從此法雅就私下奔走，為李淵起兵反隋做籌劃。李淵起兵後，又讓法雅參與機要，言聽計從，可謂權傾左右。李淵立唐後，想讓他還俗封官，法雅不願，於是李淵就任命他為歸化寺的住持。

不過他這個住持與尋常僧人不一樣，擁有極大的特權，可以隨時出入禁宮。玄武門兵變後，李淵退位，李世民登基，就取消了法雅出入禁宮的特權。這和尚近年來也不再熱心政事，而是安於佛事，平日裡和玄奘談禪，也甚是相得。

至於什麼撒豆成兵，鎮妖伏魔，玄奘可沒見過，法雅本人也沒說過，想來都是山野鄉民的傳說吧。

不過興唐寺的住持是法雅的弟子，對玄奘也算是個好消息，起碼算是熟人了。

又和眾香客閒聊幾句，喝了幾碗茶水，吃了波羅葉帶的胡餅，玄奘起身告辭，讓波羅葉從包裹裡拿出一文錢遞給老茶房。老茶房一看，頓時嚇了一跳：「哎喲，開通元寶啊……幾碗茶能值啥錢，老漢當作供奉還羞慚，哪裡敢要您的錢……還是開通元寶！老漢萬萬不敢收。」

「是開元通寶。」玄奘笑了。西漢之後，唐之前的七百年，通行的錢幣都是五銖錢，李淵立唐後，另鑄了一種新錢，錢文是「開元通寶」。不過鑄錢的民部忽略了一個問題，此前的五銖或者幾銖，錢幣上只有兩個字，一左一右，或者一上一下，讀起來都不會有問題。可這「開元通寶」，開元兩個字要從上往下讀，通寶兩個字要從右往左讀……對老百姓而言就太複雜了。一拿到錢，老百姓就習慣轉圈讀，就成了「開通元寶」。人人都把這新錢叫做「元寶」，後來連朝廷也無奈了，再鑄錢時，上面的文字就乾脆寫「元寶」。

「老丈，拿著吧。」玄奘硬將錢塞進他手裡。周圍的香客臉上變色，這和尚，太大方了。也難怪老茶房不敢要，一斗米才三四個錢……

離開茶肆，繼續往北走，不到一個時辰，轉過一座山峰，眼前豁然開朗，只見重重疊疊的廟宇鋪展在遠處的山腰上，太陽映照之下，金碧輝煌，宛如整座山嶺都鋪上了青磚紅瓦。兩人怔怔地看了半晌。這廟宇的規模也太宏大了，依著霍山層層疊疊，不知道有多少個大殿，多少進院落。

「這，三萬貫，沒白花。」波羅葉喃喃地道。

玄奘不答，他心裡忽然湧出一個模模糊糊的想法，卻不敢宣之於口，只好勉強壓下來，默不作聲地朝著興唐寺走去。

黃昏時分，他們終於到了興唐寺的山門前。天色已晚，香客大都離去，山門前很安靜，兩名沙彌不緊不慢地拿著掃帚灑掃。見到玄奘二人，其中一人走過來合十：「法師來自何處？可是要掛單嗎？」

玄奘放下書箱，從裡面拿出度牒遞給他：「貧僧玄奘，自長安來，慕名前來參訪善知識。」

那沙彌急忙放下掃帚，道：「法師請隨我來，先到雲水堂去見職事僧師兄。」

這名沙彌領著玄奘進了山門，並沒有走天王殿，而是向左進了側門，穿過一重院落，到了一座占地兩畝大小的禪堂外。禪堂外有參頭僧，沙彌把玄奘交給他，自己離開了。玄奘這十多年一直掛單，自然熟悉規矩，當即在房門右側站定。參頭僧見有僧人來掛單，朝著禪房內喊：「暫到相看——」禪房內的知客僧便知道有僧人來掛單了。

一名笑容可掬的知客僧從房內出來迎接：「哎喲，阿彌陀佛，師兄遠來辛苦，快請進。」

玄奘燃香敬佛後，兩人在蒲團上坐下，知客僧命小沙彌送上茶點，開始詢問來歷。這都是掛單的手續，玄奘一絲不苟，遞過度牒，詳細說了自己的來歷。

「阿彌陀佛，哎喲，」這知客僧看看度牒，聽了玄奘的自述，當即驚嘆。他這兩句口頭禪不分前後，反正張口就有，「從益州到長安，從長安到霍邑，師兄這一路可真是不近啊！走了多久？」

玄奘愕然，這怎麼回答？他想了想，如實道：「貧僧走了十年。」

「哎喲！」知客僧呆了，半晌才想起下一句，「阿彌陀佛……」

雖然是感嘆的語氣，不過這僧人心裡卻認定眼前這和尚有毛病，便有些冷淡，也不再多說，取出票單，寫上玄奘的姓名籍貫等資料，命小沙彌給住持送去。遊方僧想掛單，必須要禮拜寺裡的住持，禮拜之前，要先通過知客僧稟報，如獲應允，才可禮拜。而住持一般是要等到遊方僧湊到一定數目，才會一起接見，否則有些寺廟遊方僧眾多，來一個見一個，住持便無暇他顧了。

這知客僧看在玄奘從長安來的分上，便有一搭沒一搭地陪他聊了兩句，但表情頗為冷淡，正在這時，那個沙彌急匆匆地跑了進來：「師兄，師兄，住持來了！」

知客僧吃了一驚：「哎喲，阿彌陀——」

「佛」字還沒出來，院子裡響起咚咚的腳步聲，一名披著袈裟，年約五旬的和尚大步跑進來，旁邊還跟著兩名中年僧人。剛到禪院，那和尚便高聲喊道：「慧覺，慧覺，長安來的玄奘法師在何處？」

知客僧慧覺怪異地看了玄奘一眼，噌地跳起來，迎了出去：「師父，法師在禪堂裡。」

「快請……哦，我自己進去。」老和尚撩著袈裟，一路跑進禪堂，看見玄奘，頓時大笑，「阿彌陀佛，玄奘法師！」

玄奘急忙站起來合十躬身：「阿彌陀佛，貧僧玄奘。可是住持大師？」

「貧僧空乘。」空乘哈哈笑著和玄奘見了禮，「上個月，收到我師父法雅大師的書信，說到玄奘法師去年離開長安，到河東一帶遊歷，著貧僧留意些。貧僧還盼望著，若是法師能來到敝寺多好，便可請教佛法，參詳疑典。沒想到佛祖安排，竟然真叫貧僧見著法師了。」

「哎喲，阿……那個彌……」玄奘還沒說話，慧覺呆了，亮錚錚的腦門上一頭冷汗。他可沒想到這個僧人這麼大的來頭，讓自家住持親自出迎，還這麼恭敬。想起自己對他冷淡的接待，頓時有些緊張，口頭禪也說不囫圇了。

玄奘不禁莞爾，和空乘客套了兩句，空乘立刻命慧覺親自去給玄奘辦理掛單手續。慧覺很乖覺，興奮地答應，正要跑，又被空乘叫住：「慧覺，不用讓法師住在雲水堂了，你……」他想了想，「你去把我以前住過的菩提院收拾一下，就讓玄奘法師在那裡休息吧！」

慧覺臉上的肉一哆嗦，這菩提院是住持早先住的院子，幾乎是寺裡最幽靜、最別致的一處禪院。後來尚書右僕射裴寂大人巡視河東道，來到興唐寺，住持為了接待裴寂，才把這座院落騰了出來，沒有再搬回去。

「這和尚啥來頭？住持竟然這般看重他？」慧覺心裡納悶，一溜煙地去了。

空乘又命兩個沙彌把玄奘的書箱和包袱扛到菩提院，這才帶著他去了自己的禪房。

這興唐寺的規模之大，令玄奘大開眼界。除了中軸線上的天王殿、大雄寶殿、法堂、藏經閣等為每座寺院皆有，只是這裡的規模大了一倍有餘之外，兩側更是連綿的禪院，僅僅一座供遊方僧們居住的雲水堂，就有上百個房間。

他跟著空乘左轉右轉，幾乎轉得暈頭轉向，走了半個時辰，才總算到了空乘居住的禪院。這裡是一處山崖的邊緣，院落正對著山崖，十幾棵百年以上的古松盤曲虬結，透出濃濃的禪意，松下有一塊白色的巨石，表面磨平了，放有一套茶具，周圍是四張石鼓。山崖邊上是整塊岩石形成的平臺，外面砌著青石的圍欄，山風浩蕩，黃昏的懸崖下湧來絲絲縷縷的霧氣，猶如仙境。

「曲徑通幽，禪房洞天。住持這個院子真不下須彌境界。」玄奘讚道。

「哪裡，哪裡。」空乘笑道，「老僧早些年從長安來到霍山，一直忙於修建這座寺院，荒廢了功課，如今只是尋了這幽僻的地方來補補功課而已，哪裡比得上法師遊歷天下，到處辯難那般直通大道。」

波羅葉忽然看見懸崖邊有一座小巧玲瓏的「房舍」，說是房舍，其實只有五尺高，一個成年人在裡面無法站直，只能屈身坐著。裡面空間也小，只怕頂多能容納兩三人。

「住持，法師，這麼個，小房子是，做什麼的？」波羅葉好奇道。

玄奘也看見了，空乘呵呵笑了：「老僧叫它『坐籠』。這些年忙於俗事，荒廢了佛法，老僧便建造了這『坐籠』砥礪自己。每日總要在裡面打坐兩個時辰。」

玄奘不禁對這位老和尚充滿敬意，居然能如此苦修，自己倒有些小看了他。

三月底的時光，山裡還有些冷，空乘請他到禪房裡坐，命隨身的沙彌端上茶水和糕點。兩人聊了一會兒，空乘道：「法師，這次能在興唐寺待多久？」

「說不準。」玄奘搖頭，「或者十日八日，或者三兩個月。」

空乘點點頭，對玄奘的來意問也不問，道：「法師來到敝寺，那是敝寺的大福緣，若有閒暇，不知可否開講些經論？聽說你在長安開講《雜心論》，無論僧俗還是高官貴族，盡皆傾倒啊！好容易來了，敝寺可不肯錯過。」

「全憑住持安排。」玄奘遊歷的目的就是為了參學，自然不會拒絕這種機會，「不知住持希望貧僧講些什麼？」

「那就講講《維摩詰經》吧！」空乘笑道，「待我修書給晉州各佛寺，請大德們一起來興唐寺，執經辯難，討論佛學。」

又是要像蘇州東寺的智琰法師一樣，來一場辯難。玄奘心中苦笑，卻不得不應允。

見玄奘答應，空乘非常高興，這時候慧覺前來稟告，說菩提院已經收拾好了，空乘體諒玄奘遠道而來，就先讓慧覺帶他過去洗漱休息，齋飯直接送到菩提院。

跟著慧覺又一次東繞西繞，走了小半個時辰，才到了下榻的菩提院。這處院落果然好，院中居然有溫泉。地下的活泉咕嘟嘟地從一座白玉蓮花基座下流過，從蓮心處噴湧而出，然後在周圍匯聚成一眼一畝大小的池塘。溫泉蒸騰出連綿的霧氣，怡人心神。

禪院周圍寂靜無比，離人群聚集的僧房、雲水堂和香積廚都有一段距離，古松搖影，泉流錚鳴，西斜的日光照在泉上，蕩漾著金色的波紋，翻滾出金色的泉珠，果然是人間佛境。

「這地方……比皇宮還好！」波羅葉總結道。

「你去過皇宮？」玄奘笑道。

波羅葉一僵，尷尬地笑了：「去過，天竺國，戒日王的，皇宮。」

玄奘哈哈大笑。

兩人趕了一天路，都有些乏了，這一夜就早早休息。菩提院頗大，除了三間正房，左右還有四間廂房，只住了他們兩個顯得無比空曠。

夜間越發安靜，松風有如細細的波濤從耳邊掠過，點綴著禪院裡鳴玉滾珠般的潭水聲，便是在夢中也能感受到世間萬物的呼吸。

第二日一早，玄奘起來做了早課，香積廚的僧人送來素齋，裹著青菜餡的畢羅餅，油饢，幾樣糕點，一大罐粟米粥。玄奘吃得不多，波羅葉胃口好，吃飽了還把幾張大餅打了包。玄奘看得憐憫，親手為他盛粥。這個天竺國的首陀羅、馴象師，這輩子沒過過這種豐衣足食、受人尊敬的生活，在天竺國時就不必說了，四大種姓裡的底層賤民，到了大唐，主要工作也是流浪，表演雜耍，自從跟了玄奘才安定下來。雖然一直在路上奔波，好歹不用再為衣食操心。

波羅葉笑了，道：「法師，這可不是，我貪吃。跟著您，我摸出，規律了。一趕路，就會誤了，飯點，經常，挨餓。」

玄奘笑道：「咱們如今是在寺裡，怎麼會挨餓？」

「說不，準。」波羅葉撇撇嘴，「您就，沒個消停，的時候。」

玄奘呵呵而笑。吃完了早餐，玄奘便帶著波羅葉在寺內拜佛，天王殿、大雄寶殿、觀音殿、伽藍殿……一個不落，恭恭敬敬地上香禮拜。這興唐寺的規模再一次讓玄奘驚嘆，他們從山腳下的天王殿拜起，一路向上，到了最後面的藏經閣，竟然已是霍山之巔！從辰時開始，最後拜到了未時，整整四個時辰！

霍山之巔風景絕佳，眼前興唐寺層層疊疊的屋宇有如凝固的波濤，奔湧到山下，周圍山峰連綿，簇擁著一朵又一朵的蒼翠聳立在眼前，讓人心懷暢快。不過奇怪的是，這山頂卻聳立著幾十座巨大的風車，每一座風車都張開八面船帆一般的篷布，在軸架周圍的八根柱杆上連為一體，走馬燈似的轉動。

四五十座風車在浩蕩的山風中轉動，氣勢恢宏。

玄奘心裡奇怪，這山上建造這麼多風車做什麼？見不遠處有藏經閣的值守僧人，便走過去詢問。那僧人見玄奘氣度不凡，還有個胡人隨從，不敢怠慢，合十道：「法師，這些風車是為了給寺裡從山澗提水。山上缺水，這風車內部有精鐵所鑄的傳動鏈條，一直通往山澗，那裡建造有水翻車，鏈條和水翻車的齒輪卡合在一起，帶動水翻車轉動，能把水從山澗裡提上來。」

「真是神蹟啊！」玄奘讚嘆不已。旁邊的波羅葉更是張口結舌——從山頂靠風力把深澗裡的水提到山上？這是什麼道理？

那僧人笑道：「其實山澗裡的水翻車平時就能靠水力提水，只不過山裡有幾個月的枯水季節，這時候就無法用水力了，恰好枯水季節的山風大，也不受季節限制。平日裡，這風車提供的動力主要是給香積廚磨麵的。」

「這等奇思妙想，可大大節約了人力。」玄奘讚道，「究竟是誰想出來的？」

僧人笑道：「其他的並不複雜，風磨和水磨前朝就有，唯一麻煩的是傳動鏈條，東漢時十常侍的畢嵐雖然造了出來，可是失傳已久。崔珏大人尋著一卷殘本，研究了數年才復原，比原物更勝一籌。」

玄奘頓時一驚：「崔珏？霍邑的前任縣令？這是他造出來的？」

「是啊！」那僧人提起崔珏，臉上現出恭敬之色，合十道，「崔施主乃是百年不遇的大才，這興唐寺就是他主持修建的，修得是盡善盡美，鉅細無遺。僅說這上千丈的傳動鏈條，為了不影響地面通行，全都套在陶瓷管道裡，深埋地底。可惜，寺廟落成不久，他老人家就撒手西去了。」

玄奘不禁露出古怪的神色，怎麼無論霍邑還是興唐寺，幾乎所有的一切都跟這崔珏有關？

「聽說崔大人的祠堂也在這霍山上？」玄奘問道。

「是啊！」那僧人伸手指了指，「就在那座山峰的山腰上，離這裡不遠。法師您走到對面那座山上就能看見一座廟宇，那就是崔大人的判官廟。」

他這麼一說，玄奘對這位造福佛門的大才子越發好奇起來，原本也想去判官廟看一看，一聽不遠，就詳細問明了路徑，帶著波羅葉順山嶺朝判官廟走去。

這霍山無比陡峭，到處都是被山澗切割的懸崖，說是不遠，但繞得厲害。走了兩個時辰，兩人居然迷路了，東一頭西一頭在山裡亂撞了起來，一直轉到黃昏，兩人都有些傻眼了。幸好，波羅葉帶了大餅和一皮囊的水，兩人不至於挨餓。玄奘算是佩服這廝了：「你預料得真準啊，怎麼就知道貧僧會離開寺院呢？」

波羅葉苦笑：「預感。跟著您，挨餓多了，就，提防著。」

玄奘無語。

「唉。」波羅葉卻沒得意，哀嘆道，「還不如，下山，從茶肆，那條路，走呢。」

玄奘深以為然，不過那僧人說得也不錯，認得路的人不遠，不認得路的，那可就不是遠不遠了，而是根本到不了。幸好，他們正繞來繞去的時候，遇到一個採藥的老農，一問路，那老農瞪起了眼睛：「法師，您要去判官廟？」

玄奘點點頭，老農苦笑：「判官廟就在您腳下啊！您在這山頂上轉來轉去的，走到明天也到不了啊！」

玄奘和波羅葉頓時愣住了。

道謝之後，兩人正要走，老農叮囑道：「山中虎豹豺狼甚多，現在天色已晚，法師看完了可要及早下山。興唐寺你們怕是趕不回了，老漢姓劉，家在山下不遠處的上井村，下山向東六里。若是判官廟住著不便，可以到老漢家。」

玄奘再三致謝，那老漢又不厭其煩地詳細指明了路徑，這才告辭。

「這大唐，的人情，真是，淳樸。」波羅葉感慨不已，「法師，在天竺國，這種，自耕農也算是，吠舍，第三種姓。見到我這種，首陀羅，是絕不肯，說一句話的，反要，避得，遠遠的。大唐，雖然，貧富差距，大，但並沒有，刀尖一樣……哦，尖銳的，歧視。士族，骨子裡，看不起，寒門，但面子上，卻很過得，去。」

「眾生平等，生命並不因占據財富的多少而劃分尊卑，也不因地位的高下而產生優劣。」玄奘道，「尊卑之別，與其說是為了秩序的需要，不如說是人欲念的需要。極樂淨土，先在我心，後在他處。」

波羅葉嘆息：「大唐，對我而言，就是，極樂淨土。」

那老農說得不錯，兩人走了一炷香的工夫，繞過一座山岩，果然便看到了判官廟。廟並不大，兩進院子，前面是大殿，後面是五六間房舍，供香客休息所用。在山上看，廟有些低矮簡陋，可是到了面前，才發覺這判官廟大殿之雄偉，殿門高聳兩丈有餘，飛簷翹瓦，背靠在一處山壁之上，顯得雄渾肅穆。

山裡太陽落得早，落日一斜，大山的暗影就覆壓過來，有如一片暗夜。殿裡早已燃上了燈火，山風催動帷幔，影影綽綽。

「判官廟，這麼盛，的香火，看來有，不少人。」波羅葉鬆了口氣，「不用走，夜路，下山了。還能，吃飽飯。」

「應該會有廟祝在。」玄奘點點頭，抬腳上了臺階。

殿門闔著，兩人喊了幾聲，卻不見有人回應，波羅葉奇道：「方才，下山，看到，有人影，啊！」

玄奘苦笑：「可能回了後院吧！廟祝不在，咱們倒也不好擅闖……」

「我來，拍！」波羅葉自告奮勇，衝上來拍門，沒想到這麼一拍，門吱呀一聲開了。

兩人深感意外，朝殿內一看，頓時頭皮發麻，寒毛直豎，幾乎一跤跌坐在地——大殿內，赫然到處是人！一眼看去，起碼有十幾個之多！

這麼多人，方才兩人又喊又叫居然沒人發出絲毫聲息！

仔細一看，這些人竟是整整齊齊跪在大殿內的蒲團上，脊背高聳，正磕頭行禮。

波羅葉這才鬆了口氣，原來如此，若是人家在祭拜，當然不會回應。可是等了半天，這些人仍舊一動不動，也不起身，也不作聲，就這麼一頭磕在地上，彷彿凝固了一般。

「咱們，進去，看看。」波羅葉抬腳就要進去。

玄奘表情凝重，伸手制止了他，情況有些不對，哪有人這般禮拜的？即便是再虔誠的佛徒，時間長了也受不了啊！他皺著眉等了片刻，才小心翼翼地走進大殿，這些人竟沒有絲毫反應！玄奘的臉色漸漸變了，輕輕拍了拍跪在後排的一名老者，那老者竟然隨手翻倒，身子蜷縮成蝦米一般，橫躺在地上！

「阿彌陀佛！」玄奘只覺一頭冷汗從額頭流了下來。

波羅葉也驚恐不已，兩人滿含驚懼，對視了一眼，玄奘咬咬牙，又碰了碰另外幾人，無一例外，這些人紛紛倒在了地上，竟然整齊劃一地保持著跪拜的姿勢！就彷彿在跪拜之時軀體忽然凝固一般！

玄奘心中默念金剛咒，蹲下身探了探這些人的鼻息，還在呼吸，也有脈搏，卻一個個眼睛緊閉，臉上還帶著歡悅的笑容，異常古怪。

荒山，古廟，暗夜，燈燭，僵硬的人體，怪異的微笑。

「法師，」波羅葉也有些膽寒了，喃喃道，「這廟裡，不乾淨。」

玄奘這時倒凝定了心神，抬頭看了看大殿正中供奉的神像，乃是一個白淨面孔的書生，身穿大紅的披風，頭上戴著古怪的冠冕。看來是崔珏的塑像，這倒罷了，他是大才子，自然不會醜了，問題是，他的座下卻是兩個渾身青黑、樣貌猙獰的夜叉鬼！

這兩個夜叉相對跪拜，雙臂交叉，形成一張座位，崔珏就坐在其上。他的左右也是兩名夜叉，一人手持鎖鏈，一人左手捧著卷宗，右手持筆，卷宗略微朝下，借著大殿的燈燭，隱約可見上面有一行大字：六道生死。

而那根筆的筆桿上也有一行字：三界輪迴。

「六道生死簿，三界輪迴筆？」玄奘皺起了眉頭。

「哎呀，法師，」波羅葉急道，「您別，參研這個，了。咱們，快快，離開，吧！」

玄奘搖搖頭：「你先看看有沒有辦法救醒他們，貧僧到後院去看看。」

「呃……」波羅葉無語，瞧了瞧地上的「僵屍」，只感覺心膽俱寒，見玄奘走向後面，急忙追了過去。

第二進院落並不大，兩人在各個房間逡巡了一遍，沒有人，也沒有什麼異樣，灶臺上還燒著飯，只是灶膛裡的柴火已然熄滅，餘燼仍舊熱不可當。飯已經快熟了，想來是正在做晚飯的時候，這些人不知為何忽然聚集到大殿裡跪拜，然後就成了雕塑。

玄奘回到大殿，看著滿殿的人發愁，這些人有男有女，大多數都年老體衰，就這麼躺在地上僵硬一夜，哪怕能救治過來，也會損傷了身體。

看著面前的崔珏神像，玄奘不禁喃喃自語：「崔大人，你既然身為泥犁獄判官，怎會容妖邪作祟……」

「呵呵呵呵——」大殿裡忽然響起沉悶古怪的笑聲，「玄奘法師安好！」

玄奘和波羅葉身子一顫，臉上同時變色，波羅葉大喝：「誰？出，來！」

「本君不就在你們面前嗎？何故見我而不識我耶？」那笑聲一沉，化作冷颼颼的語調。

兩人駭然抬頭，恰好看見面前的崔判官像，這面皮白淨，溫文爾雅的崔判官，竟似乎有些猙獰之色，眼眸裡也陰森森的，顯出一縷血色。難道是崔珏在說話？

「那聲音，的確，好像，是從……神像傳來的。」波羅葉喃喃地道。

玄奘閉目凝思片刻，合十躬身：「阿彌陀佛，原來是崔使君顯靈。敢問使君，這些人都是您的信徒，為何會這般虐待？」

崔判官像的臉上彷彿露出怪異的微笑：「知道法師前來，本君極想和法師一晤。這些人，礙手礙腳，嘰嘰喳喳，怎能清淨？所以本君暫時攝了他們的魂魄，讓他們安靜片刻而已。本君身為泥犁獄判，如何敢逆天改命，擅定人間生死？這點請法師放心。」

「如此，貧僧就放心了。不知道使君想與貧僧聊些什麼？」玄奘施禮點頭，手卻在波羅葉的背上寫了一個字：查。

波羅葉會意，悄悄挪了開去。

「你的生死！」崔判官哈哈大笑起來，「你雖是僧人，想跳出六道欲界，解脫肉身，不生不滅，可你今世卻仍在這人間道中輪迴，你的名字自然寫在這六道生死簿之上。玄奘，你可知自己何時魂入泥犁獄？」

第五章　第三次刺殺

佛家六道，上三道指的是天道、阿修羅道、人道，下三道指的是畜生道、餓鬼道、地獄道。唐代以前，地獄大多譯為泥犁，也就是崔珏所說的泥犁獄。一切眾生，生死輪轉，恰如車輪之回轉，永無止境，故稱輪迴。只有佛、菩薩、羅漢才能夠跳出三界，超脫輪迴。

按民間傳說，人死之後會變成鬼，其實不然，重生在上三道還是下三道，是根據人自身的業力大小而有所不同，此生良善，業力多，就會投生在上三道，此生作惡多端，業力薄，就會投生成畜生、餓鬼甚至進入泥犁獄受那無窮無盡的苦。餓鬼道的痛苦比泥犁獄少，但比畜生道大，進入泥犁獄是最痛苦的事。

至於你業力多還是少，自然便是由這位崔判官根據生死簿來判定了。玄奘終生修禪，吃齋念佛，即便今世修不到羅漢果位，脫不了六道輪迴，起碼也能進入上三道，可如今崔珏居然說玄奘死後將進入泥犁獄！

玄奘臉上卻絲毫也不驚訝，平靜地道：「使君為何這般篤定貧僧會進入泥犁獄？」

「因為，你有惡業未消！」崔判官道。

「哦？貧僧有何惡業？」玄奘問。

「哼，」崔判官忽然冷笑，「玄奘，你的僕從可查出來了嗎？看來你仍舊不信本君顯靈啊！」

玄奘一看，卻見波羅葉正趴在崔珏神像的旁邊，撅著屁股，撩開他的大紅披風，在裡面摳摸。聽見崔判官的話，波羅葉屁股一顫，忙不迭地跳了下來，一臉慘白，朝著玄奘搖搖頭，示意沒有發現。

「人皆有好奇之心罷了。」玄奘淡淡地應道，「且說說貧僧的惡業吧！」

「哼，」崔判官冷笑，「你的惡業不在自身，而在長捷！」

玄奘合十：「請使君詳細講來。」

「你難道不清楚嗎？長捷只是為你承擔了罪孽！」崔判官道，「你此次來到霍邑，急急忙忙地尋他，難道你的心中便沒有虧欠？」

玄奘默然不語，崔判官哈哈大笑：「你真想知道長捷的下落？」

玄奘一震，急忙合十施禮：「請使君告知。」

「也罷，本君這次顯靈，就是為了讓你和長捷見面，詳細對質，生死簿上些許不清不楚之事，本君也得記錄得詳細些才是。」崔判官哈哈笑道，「你出大殿二十步，左走三十步，靜默不動，長捷自然會出現。」

「多謝使君。」玄奘深施一禮，毫不猶豫地轉身出了大殿。身後，崔判官轟隆隆的長笑連綿不絕。

「長捷法師，真的會，出現嗎？」波羅葉追過來，急急忙忙地問。

「反正也沒幾步路，看看便是。」玄奘表情凝定，彷彿絲毫沒有懷疑。

他走出廟門，夜色更加濃密了，只有借著大殿裡的燭光才能略微看清腳下的路，山間頗為寒冷，夜風呼嘯，肌膚冰涼。按著崔珏的指示，他向前走了二十步，然後左轉，又走了三十步，才發現自己竟然到了懸崖邊。

這懸崖也不知道有多高，深不見底，陰冷的風從地下灌上來，僧袍獵獵飛舞。波羅葉追過來站在他身邊，向前方眺望片刻，嘟囔道：「什麼也看不見啊！」

「注意身後。」玄奘低聲道。

波羅葉吃了一驚，這才醒悟，兩人站在懸崖邊上，若是有人從後面悄無聲息地過來，伸手一推，兩人可要變成肉餅了。他出了一頭冷汗，轉身戒備地看著後面。大殿雄偉聳立，燈火通明，殿前面的空地上沒有絲毫異樣。

猛然間，夜色裡響起一聲輕笑：「玄奘，泥犁獄再見！」

玄奘心中劇震，還沒來得及動作，忽然腳下嘎巴一聲響，隨即一空，身子朝懸崖下呼地墜落，耳邊響起波羅葉的狂吼，他竟然也墜了下來……

就在墜落的一瞬間，玄奘心中閃過一絲懊悔，大意了，只注意身後，卻沒想到真正的陷阱在自己腳下。他們雖然站在懸崖邊，但踩著的根本不是山石，而是拼合在一起的木板！

「法師，抓住我——」耳邊響起波羅葉的吼叫。

與此同時，玄奘只聽叮的一聲，眼前光芒一閃。黑暗中，這星火乍現的光芒極為刺眼，只見波羅葉手中握著一把短刀，狠狠地插在了岩石縫裡。也不知他有多大的力氣，短刀竟然深深地刺入岩石，然後滑了出來。波羅葉又狠狠插了一刀，金器和岩石劇烈摩擦，刺啦啦的刺耳聲中帶出一溜火光……

兩人幾乎是擠成一團跌落，玄奘驚慌之下，一把扯住波羅葉的衣服，刺啦一聲，波羅葉身上的袍子被撕裂。玄奘的手繼續抓撓，揪住了波羅葉的腰帶，猛然間，玄奘身子一震，竟然硬生生地止住了下墜之勢！

玄奘一手揪著波羅葉的腰帶，一手抱著波羅葉的大腿。波羅葉渾身的肌肉都隆了起來，身子顫抖不已。玄奘兩隻腳左右亂蹬，想找到一個可以借力的地方，左腳忽然踩到一塊堅硬的凸起，玄奘大喜，伸長了腿腳探索，才發現那是一塊凸出來的岩石，只有腳面大小，更讓他驚喜的是右腳也在石縫裡找到一個凹坑，勉強插進去半個腳掌。他把身子往前一趴，整個人貼在了岩壁上。

這下子，波羅葉的負重大大減輕，左右腳亂蹬，也勉強找到一些可以借力的地方。兩人這才長長出了口氣：「阿彌陀佛。」

兩人抬起頭看了看，距離懸崖頂並沒有多高，大約一丈而已。也幸虧這麼短，波羅葉才能手急眼快地用短刀插進岩石，否則再墜落幾丈，短刀的負重根本經不起下墜的力量。

「法師，您支持得住嗎？」波羅葉問道。

「沒問題，」玄奘喘了口氣，「貧僧這裡，腳下踩有東西。」

「那好，我上去找個繩索，把您拉上來。」波羅葉道。

玄奘點頭，抬頭看著他。波羅葉手腳摳著石縫，用短刀插著岩石，像一隻壁虎一般，慢慢朝懸崖上攀登。他整個人有時候借著山石的力量，竟能弓成球形，把屁股挪到手所在的位置。這就是天竺的瑜伽吧？玄奘心裡胡思亂想。

一丈的距離，波羅葉足足攀爬了半炷香的工夫才差不多到了懸崖頂，手指啪地摳住崖頂的岩石，波羅葉心裡一鬆——總算到了。

正在這時，只聽下面的玄奘一聲驚呼：「小心——」

波羅葉愕然抬頭，心裡頓時一沉，面前的懸崖上，靜悄悄地站著個人影。那人影整個身體都裹在袍子裡，臉上戴著猙獰的鬼怪面具，正冷冷地盯著他。

「嘿，你好……啊！」波羅葉面色難看至極，勉強笑著打個招呼。

那面具人冷冷地看著他，並不作聲，腳尖朝前一點，腳掌踩在了他的手背上，狠狠地擰動起來。波羅葉只覺手掌劇痛，手指似乎給踩碎了一般，但他另一隻手握著插在岩石裡的短刀，根本沒法反抗，只好強忍。那人見踩了半天，波羅葉額頭滲出冷汗也不撒手，頓時怒了，抬起腳狠狠地朝他的手掌踢了過來。

波羅葉眼中閃過一絲絕望，只看那隻腳踢了過來，忽然虎吼一聲，手掌鬆開崖壁，胳膊突然一陣咯吧吧的脆響，竟然長了三寸，手腕一翻，抓住了那人的腳踝！

那人一聲驚呼，沒想到居然發生這等怪異的變故，還沒反應過來，波羅葉大吼一聲，猛力一拽，那人站立不穩，慘叫一聲，貼著波羅葉的身體墜了下來……

「法師，貼著崖壁……」波羅葉怕他墜下去砸著玄奘，急忙大叫。

玄奘早看清上面的變故，眼見那人影呼地落了下來，他非但不避，反而雙手迎了上去合身朝那人一撲。砰——那人影被玄奘一撲，頓時貼在了崖壁上往下滑落。玄奘左腿踩得最實，急忙一弓膝蓋，頂了一下，那人一聲悶哼，整個人被玄奘牢牢地頂在了懸崖上！

「法師——」波羅葉大吃一驚。

「快上去，找繩索救我們！」玄奘沉聲道。

波羅葉不敢怠慢，雙手攀上崖頂，一用力，整個人翻了上去，急匆匆向大殿跑去。

「麻煩你自己用些力氣可以嗎？」玄奘全力托著這個人，渾身汗如雨下，喃喃道，

「貧僧……快沒力氣了。」

他懷裡這位這會兒那陣驚魂感才過去，手足亂蹬，居然找到幾個支撐點，靠著玄奘膝蓋頂著臀部，把身形穩定了下來。此人險死還生，驚悸之意過去，才冷冷地盯著玄奘，道：「你為何救我？」

聲音清脆，嬌嫩，竟然是少女的嗓音。玄奘並不驚訝，他此時幾乎把這少女擁在懷中，那股體香浸了一鼻子，所接觸的地方又是綿軟柔膩，自然知道對方是名少女。

「我佛慈悲，飛蛾螻蟻皆是眾生，怎能見死不救。」玄奘道。

「哼。」那少女重重地哼了一聲，「哪怕這螻蟻要你的命，你也救牠？」

「阿彌陀佛，」玄奘坦然道，「善惡之報，如影隨形，三世因果，迴圈不失。豈是貧僧所能抗拒？救妳，自然是佛祖的安排……姑娘，麻煩妳用點力好嗎？貧僧的膝蓋被妳坐得發麻了。」

「我偏要坐！」那姑娘惡狠狠地道，「把你這惡僧坐到懸崖底下才好！」說著，臀部倒往上提了提。

玄奘苦笑：「此時貧僧落在妳的手中，只要妳用用力氣，貧僧就真的墜進那泥犁獄中了。姑娘想殺我，何不動手？」

那姑娘一滯，半晌才哼道：「你以為我不想把你踢下去嗎？你這和尚好生狡詐，明知

道你的僕從在上面，我殺了你他必然不放過我，還跟我爭這個口舌。」

玄奘澈底無語。

這時波羅葉的腦袋從上方探了出來：「法師，您還，在嗎？」

「在在。」玄奘急忙道，「找到繩索了？」

「沒。」波羅葉道，「不過我，找到幾丈長，的幔布，擰成，一股了，我這就，放下來，法師您，可抓緊了。這東西，比不得麻繩，滑。」他頓了頓，怒喝道，「底下那，賊子，法師救了妳，是慈悲，讓法師，先上來。敢跟法師，搶繩索，我把，妳抖下去。」

那少女哼了一聲，不理會他。

布幔緩緩放了下來，那少女果然不去搶，玄奘想了想，怕這少女先上去再惹出什麼事端，便將幔布纏在自己腰間，把自己腳下這塊岩石讓給她踩牢了，這才讓波羅葉把自己拽上去。

到了懸崖頂上，玄奘才覺得手腳無力，一屁股坐在地上，身體抖個不停。

「法師，救不救她？」波羅葉道。

「救！自然救——」玄奘重重喘息了幾口，拚命揮手，「快快——」

波羅葉不敢耽擱，急忙把幔布繩索又扔了下去，那女孩自己倒乖覺，在腰上纏了，波羅葉用力把她拽了上來。她一上來，波羅葉也一屁股坐倒在地上，喘息不已，這時才發覺渾身是汗，衣服幾乎能擰出水來。

這少女也累壞了，手腳痠軟地坐在地上，三個人彼此大眼瞪小眼，一時間誰也無力起身，誰也無力說話。只有山風寂靜地吹過，篩動林葉和山間竅孔，發出萬籟之聲。

「綠蘿小姐，妳還戴著這面具做什麼？扔了吧！」玄奘看著少女臉上的鬼怪面具，不禁嘆了口氣道。

那少女的身子頓時僵直了。

「綠蘿？」波羅葉也呆住了。他這話癆可知道，綠蘿乃是崔珏的親生女兒，郭宰的繼女，怎麼這要殺他們的少女居然是綠蘿？

那少女瞪了玄奘半晌，才伸手解下面具，揚手扔進了懸崖。大殿燭光的照耀下，一張清麗絕倫的面孔出現在兩人的眼前。這少女就像荷葉上的一滴露珠，晶瑩透澈，純得不可方物，眼眸、玉肌、瓊鼻、雪頸，光潔細膩，整個人看起來宛如一顆珠玉。

可能是還年幼的關係，她身材比李夫人略矮，但纖細柔和，無一處不勻稱，便是這麼疲累之下跌坐著，也給人以驚心動魄之感。但此時看著玄奘的，卻像是一頭凶猛的小獸，隨時可能跳起來咬人。

「你怎麼知道我的身分？」綠蘿盯著玄奘，眸子冰冷地道。

「猜的。」玄奘說了一句，隨即閉了嘴。

綠蘿好奇心給逗了上來，不住口地追問，玄奘卻只顧喘息，毫不理會。她急了：「惡僧，你到底說不說？」

「阿彌陀佛。」玄奘淡淡道，「要貧僧說也可以，不過妳要把大殿裡的人救醒了。這些都是年老體衰之人，時間久了，只怕會有危險。」

「好，你說的！」綠蘿掙扎著站了起來，身子一趔趄，卻是方才崴了腳，這一崴，她才如夢方醒，怒道，「你詐我！你怎麼知道大殿裡的人是我弄暈的？」

「我詐妳做什麼？」玄奘道，「妳若是有同黨，方才自然會來救妳；既然沒同黨，大殿裡的人自然是妳做的手腳。」

綠蘿怒不可遏，哼了一聲，倔強地一瘸一拐地去了大殿。玄奘和波羅葉跟在她身後，到了大殿門口，卻不進去。綠蘿回頭瞪了他一眼：「怎麼不進來？」

「阿彌陀佛，貧僧怕中計。」玄奘老老實實地道，「妳那迷香太過厲害，方才來的時候，貧僧若不是聞到味道似曾相識，貿貿然進入大殿，只怕早就和他們一樣，任妳宰殺了。」

綠蘿氣得眸子裡幾乎要噴出火來，這個老實的和尚在綠蘿的眼裡有如精明的惡魔，憤怒的同時也無比驚懼忌憚，只好一個人進去，重新燃起一根線香。

「法師，這究竟，是怎麼，回事？」波羅葉按捺不住心中的好奇，怎麼法師竟然能認出這少女便是綠蘿？須知他們雖然在郭宰家裡住了幾日，卻沒有見過崔綠蘿，更何況方才綠蘿還戴著面具，只怕郭宰來了也未必能認出自己的女兒。

玄奘還沒來得及回答，綠蘿又一瘸一拐地走了出來，寒著臉道：「一會兒他們就會醒過來了，醒來之後完全不會記得發生過什麼事，也不會有所損害。」

「阿彌陀佛。」玄奘點了點頭，「妳用這線香已經不是第一次了，自然有把握。」

綠蘿的眼裡又要噴火，玄奘急忙擺擺手：「小姐，請移步來談。」

三人到了懸崖邊，這回玄奘有了戒備，仔細查看地面是岩石還是木板，綠蘿氣得直哼哼。玄奘也不理她，查看完畢，才小心地在一塊平滑的石頭上坐下。

「說吧，你到底怎麼知道是我的？」綠蘿不耐煩地道。

「妳屢次刺殺貧僧，若貧僧不知道是妳，豈非死了還是個冤死的和尚？」玄奘淡淡地笑道。

波羅葉頓時跳了起來，瞪著綠蘿大叫：「原來，是妳？」

「你──」綠蘿的臉色頓時變了，她沒理會波羅葉，只是盯著玄奘，滿臉驚懼，「你知道是我刺殺你？」

「一開始不知道，後來自然知道。」玄奘憐憫地看著這個珠玉一般晶瑩的小女孩。她才十六七歲吧？卻有如此心機、如此手段來刺殺一個人，當真可畏可怖。

「自從涼亭遇到那一箭，貧僧一直在思考一個問題。」玄奘露出思索之色，「為何要殺我？貧僧思來想去，只可能有兩個原因，一是，我來尋找長捷，觸動了某些人的利益，引起他們的防範。二是，和貧僧有什麼仇怨，故此來報復。第一個理由，至今貧僧還沒有絲毫眉目，暫且不論，可是第二條，卻有一些實實在在的理由。貧僧一路遊歷天下，從不曾與人結怨，因此，只能是因為其他仇怨，而遷怒在貧僧身上。」

綠蘿撇著嘴，卻一言不發，聽得極為認真。

「這遷怒，最有可能的自然便是貧僧的二兄長捷了。長捷逼死了妳的父親，連累妳母親青春守寡，妳幼年喪父，妳們母女原本家境殷實，無憂無慮，猛然間便墮落到悲慘的境地，對長捷的憎恨，貧僧自然想像得出。」一句「幼年喪父」頓時讓綠蘿淚眼盈盈，但這個少女倔強地翻了翻眼珠，把淚水硬生生忍了回去，這般悽楚憔悴之色，倒是無比惹人憐愛。

玄奘繼續道：「貧僧也問過李夫人是否恨我。李夫人答道，一飲一啄，皆有天命。是崔玨自己想死，願意拋下妳們母女，才自縊而死，他若不想死，僅憑一個僧人的幾句話就能逼死他嗎？何況貧僧不是長捷本人，她不至於遷怒到貧僧的身上。貧僧相信她說的是真心話，一個婦人，歷經亂世，看透世事沉浮，生死離別，自然懂得分辨人間是非。可是她的女兒呢？那時候妳才十歲吧？年少不諳世事，父女情深，有如嬌寵的小公主，可是因為一個可惡的和尚，一切全都變了。父死母嫁，要將一個高大得如熊虎一般的陌生男人叫父親，這對妳傷害有多大，貧僧完全可以想像出來。若說在妳心中，對長捷的憎恨比李夫人強烈百倍，也不為過吧？」

此言一出，綠蘿頓時崩潰了，她再也忍耐不住，淚水嘩嘩地淌了出來，情緒澈底爆發，嘶聲罵道：「你這個惡僧，死和尚，破和尚，賊禿子，我恨死你了，恨死你那妖孽哥哥了。嗚嗚——」

一邊哭，一邊隨手抓著地上的石塊劈頭蓋臉地朝玄奘砸過去。波羅葉想阻攔，玄奘制止了他，憐憫地注視著這個可憐的少女，任憑那石頭砸在臉上、身上，砰砰砰，轉瞬間滿臉是血，傷痕累累。

玄奘只是垂眉靜坐，雙掌合十，口中誦經：「……聖女又問鬼王無毒曰：『地獄何在？』無毒答曰：『三海之內，是大地獄，其數百千，各各差別。所謂大者，具有十八。次有五百，苦毒無量。次有千百，亦無量苦。』聖女又問大鬼王曰：『我母死來未久，不知魂神當至何趣？』鬼王問聖女曰：『菩薩之母，在生習何行業？』聖女答曰：『我母邪見，譏毀三寶。設或暫信，旋又不敬。死雖日淺，未知生處。』無毒問曰：『菩薩之母，姓氏何等？』聖女答曰：『我父我母，俱婆羅門種，父號屍羅善現，母號悅帝利。』無毒合掌啟菩薩曰：『願聖者卻返本處，無至憂憶悲戀。悅帝利罪女，生天以來，經今三日。云承孝順之子，為母設供修福，布施覺華定自在王如來塔寺。非唯菩薩之母，得脫地獄，應是無間罪人，此日悉得受樂，俱同生訖。』……」

這是一段《地藏菩薩本願經》。有一婆羅門女，「其母信邪，常輕三寶」，不久命終，「魂神墮在無間地獄」。婆羅門女知道母親在地獄受苦，遂變賣家宅，獻錢財供養於佛寺。後受覺華定自在王如來指引，夢遊地獄，見鬼王無毒，求令母親得脫地獄。婆羅門女醒來方知夢遊，便在自在王如來像前立弘誓願：「願我盡未來劫，應有罪苦眾生，廣設方便，使令解脫。」釋迦佛告訴文殊說：「婆羅門女者，即地藏菩薩是。」就是說，地藏王菩薩前世曾是求母得脫地獄的婆羅門女。

這段經文流傳甚廣，尤其是民間傳說更多，波羅葉和綠蘿自然聽過，玄奘的意思很明白，綠蘿只是為亡父盡孝道，深合地藏法門，自己又怎麼會在意她的辱罵和毆打。

綠蘿聽完經文，痴痴地坐了片刻，忽然伏在地上大哭了起來。玄奘輕輕嘆息，波羅葉走過來默不作聲地替他擦拭乾淨臉上的血痕，從懷中掏出金瘡藥敷上。

這時，廟裡忽然嘈雜了起來，窗櫺上映出影影綽綽的人影，隨即有人聽見聲音，開門走了出來，一看懸崖邊端坐著一個和尚，不禁嚇了一大跳。這些香客也是無辜，吸入大麻雲裡霧裡經歷了一番快感，被綠蘿救醒後一時疑神疑鬼，以為是崔判官顯靈，頓時磕頭不止，聽見外面有人喧鬧，才出來察看。

「法師，」這些人一看玄奘滿臉是血，卻端坐岩石上，面容端莊，有如神佛，不禁慌了起來，「法師怎麼坐在這裡，還受了傷？」

你們，護法。」

波羅葉懶洋洋地道：「方才，崔使君，顯靈，帶你們，周遊靈界，我家法師，在，替

這廝的謊話張口即來，沒想到正好切中了香客們的心。他們吸入大麻，簡直是神魂飄蕩，如登極樂，還在疑神疑鬼呢，誰料想真是崔判官顯靈，而且有聖僧在門外幫自己護法！

這真是天大的福緣，香客們感激得無以復加，恭恭敬敬地請三人前往大殿。綠蘿還有話要問玄奘，不耐煩和這些香客多說，叫他們盡皆散了，只說這和尚要講經，不能入第三人之耳，否則神佛會震怒。香客們誠惶誠恐，見天色也晚了，紛紛回去休息。廟祝親自捧上來一壺香茶和幾樣粗陋的糕點放在大殿中，供聖僧講經時所用。

波羅葉早餓得很了，從早餐之後，他們就一直靠大餅充飢，本想著在判官廟能吃一頓熱飯，沒想到碰上綠蘿，險些跌入萬丈深淵，真是又驚又怕又累又餓，他張開嘴巴，徑直吃了起來。

「和尚，你繼續說吧！」綠蘿這時恢復了平靜，淡淡地道，「你如何能確定在縣衙時，刺殺你的便是我？」

「貧僧不能確定。」玄奘坦然道，「若沒有後來種種，貧僧怎會懷疑一個年方二八的小女孩能做出如此聳人聽聞之事？當初貧僧到妳家的第一天，與妳父親夜談時，是妳在屏風後面窺視吧？」

綠蘿哼了一聲：「自然是我。我深夜從周府回來，聽說有僧人在客廳，也沒多想就回了內宅。後來你們談得太晚，娘讓莫蘭給你們送夜宵，我一時好奇，就跟著莫蘭一起去看長安來的僧人。沒想到……」她深深地吸了口氣，仇恨地盯著玄奘，「我從屏風後看見了

你，你這張臉，我一輩子也忘不掉！它就如同一把刀刻在我的心裡，就如同一根刺，刺在我的肉裡，就如同一個惡魔，時時刻刻出現在我的眼前！」

玄奘嘆息不已：「妳說的是長捷吧？」

「沒錯，是那個妖僧！」綠蘿咬著牙，眼睛裡閃過一絲恐懼，「他來霍邑那一年，我還不滿十歲，母親聽說有個奇異的僧人闖入縣衙找父親，一時好奇，就帶著我偷偷到二堂觀看。那個僧人的模樣，從此就刻入我的心中。我只見過他一次，幾乎是匆匆一瞥，可是這麼多年來，再沒有任何一個人的面貌，能在我心中如此清晰，也再沒有任何一個面孔，能帶給我無窮無盡的恐懼。」

玄奘哀憫不已，一夜晤談，奪走了一個女孩的父親。這個女孩從此把那僧人的模樣刻入心底，仇恨在午夜夢迴的恐懼中滋長，這麼多年，這麼一個柔弱如珠玉般一碰即碎的少女，究竟是怎麼熬過這麼多可怕的日日夜夜？

「看見貧僧，妳才失手打碎了茶碗吧？」玄奘嘆息道。

「不是失手，我是故意。」綠蘿揚起了光潔的下巴，冷冷道，「七年前，一個妖僧來見我父親，奪走了他的生命；七年後，又一個和他一模一樣的妖僧，來見我的繼父……哼，我絕不容許他重蹈我父親的覆轍。不過這人……真是恨人，我把他心愛的東西砸得七零八落，他就是不回來，直到我故意把自己的額頭撞破，他才回來。」

綠蘿惱恨不已，口中的「他」，自然便是那位金剛巨人般的縣令郭宰了。

這個小女孩果然聰慧。玄奘露出笑容：「據說妳從來不曾叫郭大人作父親，為何還如此關切他？」

綠蘿臉一紅，嚷道：「這是我的家事，干你何事？哼，這個粗笨愚魯的……我稱他父親做什麼？」

玄奘點點頭，看來這女孩是嫌棄郭宰軍中出身，沒有文采了。怪不得郭宰附庸風雅，又是收藏古董，又是參禪論佛，看來除了李夫人的影響，也是為討這小女孩的歡心。這個金剛似的縣令，心思倒頗為細膩。

「妳不肯改姓，也是這個緣故了？」玄奘道。

「我為何要改姓？」綠蘿怒了，「我爹是崔珏，不是那郭宰！那人再討好我，此生此世，我也只有崔珏一個爹爹！」說著轉頭看了一眼崔珏的神像，眼眶禁不住又紅了。

玄奘不敢再逗她，急忙道：「好吧，妳的家事貧僧且不問了。妳那天夜裡發脾氣，雖然當時貧僧不曉得怎麼回事，可是遭遇兩次刺殺之後，卻不得不懷疑到了妳的身上。」

「哦？」綠蘿認真起來，「你且說。」

「第一次用弓箭刺殺，妳很聰明，成功地將懷疑引到了他處。複合角弓，純鋼兵箭，連郭宰也以為涉及軍中。雖然他無意中說起自己宅子裡也有這種弓箭，但當時連貧僧自己，也懷疑是長捷牽涉了軍中的機密，才會引來殺手對付我。」

「沒錯。」綠蘿點點頭，「是我從他房中拿出來的。那日你和我娘在花園裡談話，我一看見就氣不打一處來，你這妖僧，蠱惑完……郭大人，又來蠱惑我娘，是可忍，孰不可忍。我看見牆外的槐樹，便冒出這個念頭，到郭宰的房中取了那張弓，又到庫房裡尋了一枝箭，便出門爬上槐樹，射了你一箭。可惜，平素裡練習得少，沒射死你。」

玄奘苦笑不已：「妳不怕郭縣令發現箭少了一枝，而懷疑妳嗎？殺人未遂，也是重罪。」

「哼，」綠蘿不屑地道，「他性子粗疏，丟三落四的，連弓掛在哪兒一時也未必能尋到，何況在庫房裡放了幾年的箭。」

「當時的確沒人懷疑妳。」玄奘不得不承認這件事綠蘿做得隱密，誰能想到一個小女孩居然帶著弓箭爬上大樹，殺人行刺呢？「可是到了第二次刺殺，貧僧就開始懷疑妳了。」

「為何？」綠蘿滿眼不解，「我並未出手啊？是蠱惑周家那傻公子幹的，你怎能想到是我？」

「第一，若是外人，在六名差役值守，縣衙塔樓上架起伏遠弩的情況下，何必冒險刺殺？而且還在當天夜裡？誰都知道，白日已然遇到刺殺，當夜定是防守最嚴密的。貧僧是個和尚，不可能長住縣衙，終有出來的一天，他們既然有弓箭，只需耐心點等貧僧離開縣衙，走上大街，遠遠地就可以一擊斃命，何苦冒險衝擊重弩防守的縣衙？」

「有道理。」綠蘿認真地點頭，這一刻，這漂亮的少女臉上表情嚴肅，彷彿不是在討論殺人的可怕之事，而是在向老師學習。

「那麼，誰會急不可待，當天夜裡就冒險刺殺？」玄奘淡淡道，「自然是縣衙裡的人了，準確地說是郭宅裡的人。因為對他而言，貧僧在郭宅是最佳的刺殺機會，等我一離開，他的機會反而渺茫了。」

綠蘿呆住了，大大的眸子翻來覆去地打量玄奘，暗道：「這個僧人看上去傻傻的，和郭宰一般蠢笨，其實卻精明得緊啊！本小姐稍不留神只怕會吃大虧，以後還是提防些好。」隨後想到自己和對方照了面，暴露了，不禁大為沮喪。

「而且，讓這周公子做殺手是個敗筆。」玄奘道，「妳是白天就把周公子藏在家中了吧？」

綠蘿點點頭，頹然道：「你這和尚好生厲害，什麼都瞞不過你。那周公子喜歡我，平素裡因我不假辭色，幾乎要發瘋。那日刺殺失敗，我去他家習琴，他見我悶悶不樂，就一直追問。我說有個可憎之人在我家中，我恨不得殺了他。周公子詳細追問，我就原原本本地說了，反正我父親被那僧人逼死，霍邑人都知道，沒必要瞞著他。周公子一聽，冒了傻氣，居然說，我替妳出氣，藏在他床底下，晚上趁他睡覺時一刀捅死！」

玄奘不禁頭皮發麻，沒想到這世家公子如此漠視人命，為博紅顏一笑，竟然不惜殺人。這傢伙要真躲在自己床榻底下，晚上捅自己一刀，那可真要再入輪迴了。

「當時我被那周公子一撩撥，心也熱了，卻覺得他想的法子不妥，於是就妥善安排，帶著周公子悄悄回了家，讓他躲在房中。晚上給了他一根線香，讓他先把你迷倒，然後拖到池塘裡淹死。」綠蘿說得平淡無比，彷彿在說如何宰殺一隻雞，「這樣即使有人懷疑，因你沒有掙扎的痕跡，也會被誤認為是夜晚到花園散步，跌入水塘中淹死。沒想到……」她狠狠瞪了一眼正在大吃大喝的波羅葉，「讓這廝壞了事。」

玄奘心中暗嘆，周公子為她丟了性命，可她口中卻沒有一絲惋惜自責，這個少女當真無情……或者說，對她所愛的人關切深愛，不愛者漠視無情，性子實在極端。

他一直有個疑問，趁機問了出來：「妳那線香是從哪裡來的？居然摻有大麻和曼陀羅？」

綠蘿機警地瞥了他一眼，冷冷道：「買的。」

「在哪裡買的？」

「大街上。」

玄奘無語。

綠蘿仍舊戒備地盯著他，見他不問了，才鬆了口氣，說：「你繼續說。」

玄奘搖搖頭，繼續道：「對貧僧而言，要判斷出來簡單得很，尤其是知道了妳和周公子的關係之後。一，凶手是郭宅的人；二，和周公子關係密切；三，對貧僧有強烈的恨意；四，家裡出了命案，妳仍舊躲著不出來。除了妳還有誰？」

綠蘿一陣懊惱，原來自己這麼輕易就暴露了。不過這事也不怪她，若是周公子得手，逃之夭夭，這樁案子只怕就是無頭冤案了，玄奘只好死不瞑目地去見佛祖。可是周公子意外失手，暴露了身分，對玄奘而言那就洞若觀火了。

「那你……為何不告發我？」綠蘿這時才覺得一身冷汗，頓時陣陣後怕。

「阿彌陀佛，」玄奘合十，神情複雜地看著她，「世俗律法嚴苛，唐律，謀殺人者徒三年，已傷者，絞。我佛慈悲，草木螻蟻皆有可敬者。佛法教化在於渡人，貧僧如何能送妳上那凶殺刑場？」

綠蘿鬆了口氣，但對他一直把自己比作螻蟻頗為不爽，哼了一聲：「難道你不怕我再度刺殺你？」

「怕。貧僧怎能不怕？」玄奘面對這個少女也頗為頭疼，苦笑道，「所以貧僧才急急忙忙溜出郭府，躲到這興唐寺，誰料想還是躲不過妳。」

綠蘿咬著脣，說：「你這和尚，難道這次我設的局，也早被你看破了？」

「沒有。」玄奘無奈地道，「方才在懸崖下簡直生死一瞬，貧僧即使有割肉飼虎之心，也不願平白無故做了肉泥。只不過，貧僧來到判官廟時，妳點了線香，想把貧僧熏倒吧？」

「又被你看破了。」綠蘿湧起無力的感覺，她怎麼也不明白，這傻笨和尚怎麼會如此精明？

「唉，貧僧已經被妳用線香暗算過一次，那味道雖然香甜，對貧僧而言卻無疑鴆酒砒霜，怎麼還肯進入大殿？」他看了看波羅葉，「波羅葉雖然也被熏過一次，不過他在睡夢中醒來，鼻子早已適應了那股味道，因此並未察覺，貧僧可是記憶猶新，只好開門通風之後才肯進來。不過……沒想到妳真正的陷阱卻在懸崖邊。」

綠蘿憤憤地瞪著他，喃喃道：「這讓我日後用什麼法子才能殺你……」

玄奘頓時頭皮滿是冷汗，自己被這種暴虐精明的小魔女盯上，這輩子可沒個消停了。他想了想，正色道：「綠蘿小姐，貧僧奉勸妳一次，日後切勿殺人，否則後患無窮。」

「是嗎？」綠蘿笑吟吟地盯著他。

「正是。」玄奘也不打算用佛法感化她，對這小女孩，就該用實際利害來讓她害怕，「妳在謀刺貧僧的過程中，累得周公子喪命，可想過後果嗎？」

綠蘿瞥了波羅葉一眼：「他又不是我殺的。」

波羅葉頓時僵住了。

「他不是妳殺，卻是因妳而死。」玄奘正色道，「他夜入郭宅殺人，波羅葉出於自衛殺了他，周家人奈何不了波羅葉，可是，他們會查自己的兒子為何去殺一個僧人。如果他們知道是被妳蠱惑，才丟了性命，妳覺得他們會如何對妳？」

綠蘿的臉色漸漸變了，半晌，才遲疑道：「他們……不知道的吧？這件事我們做得極為隱密……」

玄奘搖頭：「再隱密也會被人查出來，尤其妳和周公子的關係，周家人清楚至極，貧僧和他無仇無怨，能讓周公子殺我的，只有妳。以周家的勢力，妳想他們一旦查清，會怎麼對付妳？對付妳的母親，甚至郭縣令？」

綠蘿呆了，精緻的小臉上滿是恐慌：「這……這可怎麼才好？我……」她看著玄奘，眸子忽然閃耀出光芒，「我不回去了，我就跟著你，住到興唐寺裡。周氏再厲害，還敢到興唐寺捉我不成？」

這回輪到玄奘呆了。這個小魔女……她要跟著我？

第六章　偷情的女子，竊香的和尚

小魔女果然跟定了玄奘。在判官廟休息了一晚，玄奘便回到興唐寺，綠蘿寸步不離，居然跟著他住進了菩提院。玄奘煩惱無比，請空乘過來處理，空乘也有些無奈，溫言勸說綠蘿，說敝寺有專供女眷休憩的禪院，綠蘿毫不理睬，說那所禪院也有溫泉嗎？說罷，自顧自地挑選房間，最後看中了波羅葉居住的東禪房。

玄奘對居住條件並不講究，於是波羅葉就挑選了最好的一間，是空乘原先的禪房，裡面有溫泉浴室。波羅葉歡喜得不亦樂乎，沒想到這小魔女一來，把自己給攆了出去。波羅葉敢怒不敢言，灰溜溜地找了個廂房。

空乘也無奈，只好私下找玄奘商量：「法師，這女施主是崔珏大人的獨女，又是郭縣令的繼女，貧僧……貧僧也不好強行攆走啊！」

「可是……阿彌陀佛……」玄奘煩惱無比，「佛門清淨地，貧僧的院子裡住個女施主，這成何體統啊！」

空乘實在沒了辦法，建議：「要不法師換個禪院？」

玄奘還沒回答，綠蘿遠遠地嚷了起來：「告訴你，惡僧，你愛換便換，換了，本小姐仍舊跟著你。」

兩大高僧面面相覷，一起念起了經。

最後，空乘念了幾句佛，一溜煙地走了，把玄奘撇在這兒煩惱。

從此以後，玄奘背後就多了條尾巴，這個美貌的小魔女和波羅葉一道，成為玄奘的風景，除了洗澡如廁，基本上走哪兒跟哪兒。玄奘渾身不自在，脊背上有如爬著螞蟻，倒不僅僅因為被一個少女黏上，他心知肚明，黏上自己的是一把匕首和利箭，說不定什麼時候就會被這小魔女一箭穿心。

這個十六歲少女的手段，太讓他驚心了。沒辦法，只好叮囑波羅葉，看好她，最好別讓她攜帶利器。波羅葉問：「法師，我，可以，搜她的身，嗎？」

玄奘無語。

玄奘所住的是西禪房，和東禪房隔著一座佛堂。晚間，玄奘在燈燭下研讀《維摩詰經》，過幾日就是空乘安排的辯難大會，他不敢怠慢，河東道佛教雖然比不上蘇州揚州興盛，可寺廟歷史久遠，不時有傑出的僧人出現，他可不想到時候被辯駁得灰頭土臉。

但是他眼睛看著經卷，耳朵裡卻是對面小魔女那歡快的哼唱聲，攪得他禪心不寧。正在這時，綠蘿忽然一聲驚呼，似乎受到極大的痛楚。

玄奘大吃一驚，急忙跳下床榻，赤足奔出禪房，過了佛堂，站在綠蘿的房門外，低聲道：「綠蘿小姐，發生什麼事了？」

「呃……等等。」綠蘿應了一聲，屋內傳來窸窸窣窣的聲響。過了片刻，她打開房門，只見她小臉煞白，齜牙咧嘴，房間裡霧氣氤氳，架子上還搭著衣物。

玄奘急忙把視線收了回來：「怎麼了？」

「洗澡……螫了我一下。」綠蘿眼淚汪汪的。

「有蟲子？」玄奘問。

「不是……」綠蘿道，「昨夜墜下懸崖，身上刮傷多處，我想洗澡，一進溫泉，螫疼我了。」說著撩開袖子，果然嫩白的胳膊上布滿了傷痕，「身上還有……」

這小妮子也沒有多大男女之防的觀念，居然去撩衣衫，玄奘急忙避開了：「阿彌陀佛。妳在這兒等著，貧僧去波羅葉那裡給妳取金創藥，妳敷上便好。」

綠蘿點點頭，玄奘回房穿上鞋，去找波羅葉。他的包裹在波羅葉房間裡，衣物和藥品都在，波羅葉從睡夢中被吵醒，聽說取金創藥給綠蘿用，老大不滿，卻不敢反駁，憤憤不平地取了一包遞給玄奘。

玄奘把藥給了綠蘿，自己回房繼續研讀佛經。不料過了片刻，響起敲門聲，綠蘿哭喪著臉把腦袋探了進來：「塗上了藥，沒法洗澡了。」

玄奘一時無語。

所幸這天夜裡綠蘿沒再打攪，第二日做完早課，玄奘先去大雄寶殿拜佛，正跪在如來佛像前誦念，忽然有小沙彌急匆匆地跑了進來。他也不敢打擾，等玄奘起身，這才上前合十：「法師，住持找您，在您禪房裡等候多時了。」

玄奘點點頭，當即回了菩提院。空乘正帶著兩個弟子在院子裡踱步，一臉焦急之色。見玄奘到了，他揮手命兩個弟子守在門外，和玄奘進了佛堂，兩人在蒲團上坐下。

「師兄有何要事來尋貧僧？」玄奘問。

空乘面色肅然，低聲道：「昨夜出了大事。」他盯著玄奘，一字一句地道，「霍邑縣城出了大事！」

玄奘詫異道：「什麼大事？」

「昨夜，周氏大宅失火，兩百畝的宅邸燒成了白地。」空乘道，「周氏一家一百餘口，無一生還！」

玄奘的臉色頓時變了：「可知是天災還是人禍？」

「說不準。」空乘嘆了口氣，「老僧不敢妄言。說實話，法師來的時候，縣裡發有公文，說法師和波羅葉與一樁案子有關，如法師離開寺院，須報知官府。今日清晨，縣衙來了差役，詢問法師昨夜的去向，可曾離開過寺院。貧僧知道法師昨夜未離開寺院一步，便向那差役做了保。」

這時，東禪房的門吱呀開了，綠蘿幾步就衝了過來，臉色異常難看：「空乘法師，您說的可是真的？那周家真燒成了白地？」

「阿彌陀佛。」空乘沒想到有人偷聽，面色有些尷尬。

綠蘿呆了片刻，喃喃道：「怎麼會發生這等事情？」

空乘看見她，似乎不想多說，和玄奘閒聊幾句，便告辭而去。綠蘿當即坐在他那張蒲團上，抱著膝蓋露出深思之色：「惡僧，你說說看，這事是不是人為？」

「貧僧不敢妄語。」玄奘道。

「你這和尚，又不是讓你出口傷人，猜測一下嘛。」綠蘿道，「周家大院我很熟悉，雖然都是木質房屋，可是院落極大，這火哪怕燒得再凶，也不可能一個人都逃不出來啊！」

「貧僧不敢妄語。」

「你這惡僧……」綠蘿對他也是頭痛無比，嚷嚷了片刻，見玄奘沒有絲毫回應的意思，一跺腳站了起來，奔出禪堂。

波羅葉從廊下走了過來，坐到方才綠蘿的位置：「法師，這可，真是，大事。一場，火災，能燒死，所有人，嗎？」

「貧僧不敢妄語。」玄奘依舊道。

波羅葉也受不了了，一跺腳蹦起來蹿了出去。

望著兩人的背影，玄奘眼中露出濃濃的不安，口中默默地誦念《金剛般若波羅蜜經》：「所有一切眾生之類──若卵生、若胎生、若溼生、若化生、若有色、若無色、若有想、若無想、若非有想非無想，我皆令入無餘涅槃而滅度之。如是滅度無量無數無邊眾生，實無眾生得滅度者。何以故？須菩提，若菩薩有我相、人相、眾生相、壽者相，即非菩薩……」

波羅葉出了禪房，發現綠蘿正坐在東側的松林外，霧氣繚繞的溫泉從她腳下流過，她脫了鞋襪，把白嫩嫩的小腳浸在泉中。人似乎在發呆，大大的眼睛裡滿是迷茫。

波羅葉撓了撓頭皮，走過去坐在她對岸的石頭上：「綠蘿小姐，在，想著，周家火災，的事情？」

綠蘿點了點頭，又搖了搖頭。

「是，不是？」波羅葉暈了。

綠蘿嘆了口氣：「怎麼會死那麼多人呢？好好一個大家族，怎麼說沒就沒了？」

「這樣，不是，對小姐，很好嗎？」波羅葉道，「妳指使，周公子殺人，的事，沒人，追查了。」

「你懷疑是我做的？」綠蘿惱怒起來，狠狠地瞪著他。

「沒，沒。」波羅葉連連擺手，「妳，有心無力。這麼大的，案子，妳，做不下，來。」

綠蘿更惱了，小腳嘩地挑起一蓬水，澆在波羅葉的臉上。波羅葉噭的一聲，手忙腳亂抹乾淨臉，怒道：「妳做，什麼？」

「讓你胡說八道。」綠蘿喝道，「周夫人對我呵護備至，我豈能做這種喪心病狂之事！」

波羅葉知道自己說錯了話，不禁訕訕：「周夫人，是想，讓妳做，她兒媳，吧。妳沒想，嫁過去？聽他們說，周家很，有財勢，道地的，士族。在天竺，就是，高貴的，剎帝利。」

綠蘿搖了搖頭：「周公子為人輕浮，沒有絲毫男兒氣概，豈是我的良配？」

「那妳，喜歡，哪一種，公子？」波羅葉的癖好又冒了出來，好奇地問。

「我嘛，」綠蘿側著頭想了想，「穩重，那是必須的；成熟，也是首要的；才華出眾，更是第一的。最重要的，是對我呵護關愛，一定要疼著我，寵著我。」

波羅葉點點頭：「原來，妳想找，瓦特薩亞那，那樣的，公子。」

「瓦……什麼傻子啞巴的？」綠蘿奇怪地道。

「不是……傻子，啞巴……」波羅葉崩潰了，「是我們，天竺國，幾百年前的，聖人。他寫了，一部，《伽摩經》，講的，就是妳，喜歡的，男人，追求，少女。」

「哦？」綠蘿來了興致，「你們天竺還有講如何追求女子的佛經？」

「不……不是……」波羅葉結結巴巴地道，「不是，佛經。」

「說說看啊！」綠蘿托起臉蛋，認真地道。

波羅葉無奈，只好道：「《伽摩經》裡講道，假如你，熱戀的人，十分固執，那你就，讓步，由著她的意；這樣，最終你，一定能夠，將她征服。只是，無論她，要求你，做什麼事，你務必要，把事情做好。她責備，什麼，你就，責備什麼；她喜歡，什麼，你就也，跟著，去喜歡。講她，願意講的，話；否定，她執意要，否定的，事。她歡笑，的時候，你就，陪著她歡笑；她悲傷，垂淚，的時候，你就，也讓淚水，潸然而下。總而，言之，你要，依照，她的情緒來，設計，你自己，的情緒……」

波羅葉漢話太差，一邊要回憶《伽摩經》的原文，一邊還要翻譯，講得磕磕巴巴，但綠蘿卻聽得極為入神，托著腮，彷彿痴了。

「真的有人會為了我那麼做嗎？」她喃喃地道，「我歡笑的時候，他就陪著我歡笑；我悲傷的時候，他就陪著我悲傷；我垂淚的時候，他也會潸然淚下……」

波羅葉講了半天，才勉強講了一個章節的內容，綠蘿卻是越聽越痴迷。大唐的男人哪裡會有這種奔放無忌的愛？哪裡會因為一個女人而委曲求全、低三下四？縱然有那種海枯石爛的愛情傳說，也都是女子表達得更為激烈，男子在撕心裂肺的痛苦中，仍舊溫文爾雅，保持體面。

「會有這樣的人嗎？」綠蘿呆呆地念誦，「……外出時，你一定要為她打傘遮陽；如果她被擠在人群當中，你要為她闖出一條路來。當她準備上床時，你要拿一把凳子給她，並扶她上去，要有眼色地幫她將鞋脫下或穿到她的纖足上。另外，即使你自己凍得發僵，也要把情人冰冷的手暖在你懷裡。用你的手像奴隸似的舉起她的鏡子供她照……」

十六歲少女的芳心，澈底被這個來自天竺異域的傢伙給攪亂了。

波羅葉的眼中，卻閃爍著詭異的笑意。

「波羅葉，」綠蘿道，「以後，你每日都要和我講這《伽摩經》。」

空乘大張旗鼓籌備的辯難法會已經通知到了三晉各大佛寺，晉陽大佛寺、平遙雙林寺、恆山懸空寺、蒲州普救寺、五臺山諸寺的僧人們陸續來到興唐寺，連晉州左近的豪門高官也紛紛到來，和僧人們談禪。這一場法會，一下子成了晉州百年難得一遇的盛會。

玄奘一下子忙碌了起來，正式的辯難還沒開始，僧人們就談禪悟道，熱鬧非凡。這一日和幾位高僧談禪到深夜，波羅葉早回去休息了，連形影不離的小魔女也熬不住，早早回了菩提院。玄奘離開的時候已然是丑時，疲累至極，一個小沙彌打著燈籠送他回到菩提院，便告辭而去。

天上有明月朗照，院內的石龕內燃著氣死風燈[16]，倒也不暗，玄奘路過廂房，聽見波羅葉的呼嚕聲此起彼伏，有如滾滾波濤。他無奈地一笑，和這廝一起生活了這麼久，早就習慣了。到了禪堂，正要往自己的西禪房去，忽然聽見東禪房內傳來綠蘿驚悸的叫聲！

玄奘大吃一驚，疾步走到房門口，低聲道：「綠蘿小姐！綠蘿小姐？」

房內無人回答，玄奘想了想，正要離開，房中突然又傳來一聲驚叫：「不要——」

他大吃一驚，伸手一推門，門居然吱呀一聲開了，這一驚非同小可，幾步衝到房內，不禁怔住了。借著窗外明月和燈光，只見房中並無他人，綠蘿好端端地在床榻上睡得正香！

這小妮子睡相不好，把被子捲成一團壓在身子底下，一條腿蜷著，懷裡還抱著一只黃楊木枕。大片雪膩的肌膚露在外面，在月光下散發出柔膩的螢光。

「阿彌陀佛。」玄奘尷尬無比，原來這小魔女在夢囈。

他轉身剛要離開，綠蘿又叫了起來：「爹爹，爹爹，我怕！他要殺我……殺我……」

玄奘的身子頓時僵硬了，一股濃濃的哀憫湧上心頭。這小魔女，白日間如此刁頑任性，殺人不眨眼，卻終究還是個孩子啊！

他嘆息著，卻不便在房中久留，出門輕輕帶上房門，卻又遲疑了——綠蘿沒插上門閂，門沒法鎖住。這孩子，孤身在外居然不閂上門，若有歹人或者邪祟該如何是好？

「阿彌陀佛。」玄奘嘆了口氣，趺坐在佛堂的蒲團上，閉目垂眉，念起了〈大悲咒〉。這一坐便是一夜，直到東方既亮，樹間鳥鳴，玄奘才緩緩睜開眼睛。

忽然，眼前一花，吱呀的門響聲中，綠蘿睡眼惺忪地走了出來，一看見玄奘趺坐在佛堂上，不禁怔住了：「你這惡僧，起得好早。」

玄奘淡淡一笑：「小姐昨夜睡得還好嗎？」

「好！」綠蘿翻了翻眼睛，「當然好。」

「小姐平日裡還是舒心靜氣好些，若是煩悶焦慮，可到山間多走動走動，或者在空曠無人的山野大聲吼上幾聲，心中的焦慮緊張便可消散些許。」玄奘靜靜地盯著她道。

「嗯？」綠蘿奇道，「你這惡僧，大清早的說什麼呢？本小姐何時煩悶焦慮了？」

玄奘搖搖頭：「夜間磨牙，主人之內心焦慮難安，過於緊張，長此以往，對身體大有妨礙。」

「你……」綠蘿滿臉緋紅，剛要氣惱，忽又愕然，「你在這裡坐了一夜？」

玄奘默然。

綠蘿張張嘴，剛要說什麼，忽然眼圈一紅，奔了出去。

香積廚著人送來齋飯之後，空乘派了弟子來找玄奘，說明日就是法會舉行的日子，要和法師商量下具體事宜。玄奘匆匆吃完早膳趕到空乘的禪院，幾個外寺的僧人也都到齊了，大家商議了一番，作出具體章程。

到了午時，整個寺廟熱鬧起來，無數百姓紛紛而來，有霍邑的，也有晉州各縣的，甚至還有蒲、絳、汾、沁諸州的，最遠的，居然來自京畿道的雲陽。也不知他們怎麼得知這裡有法會，如此短的時間便趕了過來。

規模龐大的興唐寺很快就擁擠起來，空乘措手不及，舉辦一場水陸大法會，本意只是想集合左近諸僧，可沒想到消息居然傳得這麼廣，善男信女來得這麼多，把僧舍騰出來都不夠住，還是西北緊鄰的中鎮廟主動分擔了部分香客，才略微緩解了窘境，至於其餘的，就只好住進霍邑縣城了。

第二日辰時，法會正式開始。就在大雄寶殿前的廣場上，搭起了高棚，殿前是諸高僧的猊座，下面是寺裡的僧眾，後面則是黑壓壓的善男信女，擠滿了廣場，一直綿延到山門。玄奘取出自己受具足戒時得賜的木蘭色袈裟披在身上，腳上穿了一雙嶄新的僧鞋。他樣貌周正，儀表堂堂，多年來風雪磨礪，更有一股與眾不同的精神，在袈裟的映襯下，微黑的臉上似乎蕩漾著一層佛光，攝人心魄。

眾僧先在大雄寶殿中做了儀式，然後升猊座，與唐寺三百僧眾諷誦經典，信徒隨眾禮拜，接著開始考察合格的沙彌，受具足戒，現場有管理僧籍的晉州功曹和僧正，進行檢驗考核，發給衣缽、度牒，登記造冊。

一應儀式結束，用過齋飯，下午便是各地來的高僧開講，講示佛法。玄奘是講解《維摩詰經》，這部經他十歲就開始參，浸淫二十年，扎實無比，一開講，就令諸僧震驚。

「蘇揚流行參禪，從古以來許多禪宗的祖師都是從緣起上悟道的，不是理上悟入。有丟一塊石子開悟的，有看到花開悟的，就是由緣起而悟入。有高僧道『從緣悟達，永無退失』，就是說從因緣上悟道才不會退掉，光是從定力上參出來還不對。這是一種說法，可是貧僧反對這個說法，從緣入者，反而容易退失，偶爾開悟，身心便一下空了，進入空性，雖然定在空性，若這個色身、業力、習氣一切都還沒有轉，還是要退轉的。所以法顯法師悟道之後，仍行腳天下參善知識，因為此心不穩。大乘的緣起性空，性空緣起，如果沒有真修實證，儘管理論上講得緣起性空，性空緣起，中觀正見，那只是口頭佛法，甚至是邪見。所以經文說一切菩薩要『深入緣起，斷諸邪見』……」

僧眾和香客都被這大膽的論調震驚了，上千人的廣場，竟然鴉雀無聲，只有玄奘的聲音迴盪在禪林古剎之中。這個年近三十的僧人寶相莊嚴，端坐猊座，陽光照耀在他臉上，令人不可仰視。

僧人們聽得認真，但綠蘿卻百無聊賴，她不懂得什麼佛法，最多也就是聽過幾個佛經故事而已。今天起得早，和尚們也不午睡，跑來參禪，耽誤她休息。但她既然發誓要跟這個和尚鬧到底，就決不肯有絲毫妥協，無論這個惡僧在做什麼！

正在打呵欠，眼睛忽然一瞥，不禁一怔。她站在臺階上，看得遠，只見人群外，一個頭上戴著帷帽，身穿湖水色襦裙的女子正從牆邊急匆匆地走過，進入西側的院落。

綠蘿不禁瞪大了眼睛，這女子的帷帽四周垂有白色面紗，看不清容貌，但那背影她實在太熟悉了，隱隱約約，竟像是自己的母親！

「難道她知道我在興唐寺，來尋我了嗎？」綠蘿不禁狐疑起來。

「是了，我雖然離家不曾跟母親說過，但興唐寺和娘的淵源甚深，只怕空乘會派人告知她。」綠蘿暗暗叫苦，但想了一想，自己離家這麼久，不曾打個招呼，讓娘親擔憂多日，也不禁心虛。

「還是……跟她說一聲吧！」綠蘿無奈地搖頭，悄悄離開身邊的波羅葉，向那女子追了過去。

大雄寶殿西側是一座幽僻的禪院，松柏如蔭，綠蘿好容易才擠出人群，到了院中，只見遠處人影一閃而逝。她緊緊追了過去，想著怎麼跟娘親解釋：「嗯，說要殺這個惡僧是肯定不行的，那……說我參研佛法？娘親根本就不信呀！哎，對了，就說我來給爹爹上香禱告，她肯定高興。」

想到了理由，綠蘿大大的眼睛瞇成了一雙月牙，臉上露出狡黠的笑容，可是娘親的背影她卻怎麼也追不上，有時候略一疏神，居然會跟丟。而那女子彷彿目的非常明確，一路毫不停息，也不辨認方向，略低著頭，徑直朝寺院深處走去。

「這怎麼可能？」綠蘿驚訝起來，

「娘怎會對興唐寺如此熟悉？」

那女子對興唐寺果然熟悉，東一繞，西一繞，越走越高，居然到了半山處，這裡已經是寺院僧眾的生活之所，再往上行，更是到了寺內高僧們的禪院群附近。綠蘿狐疑起來，此人若真是她娘親，絕不可能對寺院這般熟悉，因為自父親死後，她從未來過興唐寺。便是父親造寺的時候，她偶爾來過，也只是在佛殿上香，決不會對其他地方也瞭若指掌。

「難道不是我娘？只是身材相似？」綠蘿奇怪起來。一個女子，在寺內僧人講經說法的時候，居然深入寺院，這本身就過於奇怪，她的好奇心給勾了起來，躡手躡腳地跟在那女子身後，看看她到底要往何處去。

過了僧舍，那女子突然折向東行，不久就到了一處偏僻的大殿旁。寂靜的院落中空無一人，今日盛會，幾乎所有的僧眾都在大雄寶殿前的廣場上，連大殿裡都沒有值守的僧人。綠蘿看著那女子進了大殿，便悄悄走到廊下，順著殿門朝裡面看，細碎的腳步聲迴盪在殿內，雖然輕柔，卻清晰可聞。

她不敢緊跟，直到腳步聲消失，才小心翼翼地進了殿內。這殿內供的是觀世音，應該是一座觀音殿。巍峨的大殿空空蕩蕩，根本藏不住人，她急忙走到觀音像後面，一看，不禁愣了，後面是一處院子，院裡有一座禪堂。院子沒有門，可禪堂的門卻上了鎖！

也就是說，這女子到了觀音殿內，竟然憑空消失！

一瞬間，綠蘿寒毛直豎，出了一身冷汗。難道自己見了鬼？

隨即又覺得這個念頭荒誕不經，鬼雖然可能有，可堂堂佛寺中哪個鬼敢進來？觀音像前，哪個鬼敢猖狂？

那麼，不是鬼，就肯定是人了！

綠蘿是個膽大包天的丫頭，殺人在她眼中如撚蟲蟻，她害怕鬼，卻對人沒有任何畏懼。既然是人那就好說了，人不可能憑空在觀音殿中消失，若是消失，只有一個解釋，這殿內有密道！

大戶人家為了避難，家中時常建有密道，尤其是在亂世，幾乎家家戶戶都有。一旦有賊匪洗劫或者亂軍入城，就闔家鑽進密道，或者逃生，或者在裡面住些時日，等局勢平定再出來。崔珏是河東第一世家崔氏的子弟，雖然是旁支，但綠蘿也算出身大戶人家，對這點並不陌生。

小魔女機敏無比，當即細細地在觀音殿內查驗起來。

這座觀音殿並不複雜，四壁空空，地上鋪著青磚。她先舉起小拳頭敲了敲四壁，牆體沉悶，不像有暗門。又沿著地面跺了一遍，震得小腳生疼，也沒有發現空空的回聲。然後她把目光投向了大殿正中的觀音像，憑目測，這座觀音像應該是陶土燒製，腹內該是空的。不過她可不敢去敲觀音的身體，這等瀆神的舉動，縱然她膽大，也不敢做。

「我不敢做，難道修建密道的人就敢嗎？」綠蘿的眼睛又得意地瞇成了一雙月牙，笑吟吟地背負雙手，繞著觀音像踱了一圈，眼睛咕嚕嚕地盯著觀音像的基座。

基座是整塊岩石雕刻的，層層蓮花，足有九層，雕工細膩，唯妙唯肖。她蹲在地上一路摸過去，細細地查看蓮花基座。

到了觀音像正背後，她的目光停住不動了，基座的蓮花雖然沒有任何異樣，但一朵蓮花瓣上殘留著一點嫣紅。綠蘿怔怔地盯著，小心伸出指甲挑起一點，湊到鼻子邊聞了聞，臉色頓時變了：「鳳鵲眼！」

綠蘿的心緩緩沉了下去，至此，她已經完全可以確定，自己一直跟蹤的就是自己的母親，李優娘。

這個基座的蓮花瓣上沾染的嫣紅，她再熟悉不過，乃是自己和母親一起製作的染甲露！母女倆熱衷於染甲露，便自己研究，用蓼藍的葉子製成藍靛，加入水銀搗碎。這樣的色料塗抹在指甲上，居然成了紅色底子，透出藍色和銀色的點點星光。母女倆當時樂不可支，把它取名為「鳳鵲眼」。

這種染甲露，絕對是母女倆所獨有，世上任何地方都不可能存在。可是，如今的蓮花瓣上，卻出現了殘留的「鳳鵲眼」。

綠蘿心中忽然湧出一陣恐懼，她定了定神，慢慢在蓮花瓣上摸索，忽然看到旁邊的一朵蓮花有些光潔，伸手攥住，左右擰動，果然如螺旋般開始轉動！

綠蘿額頭汗水涔涔，左擰右擰，基座內部忽然傳來輕微的震動聲，她嚇了一跳，急忙閃開，一屁股坐到了地上，隨後，目瞪口呆——基座的整個背面無聲無息地陷了下去，眼前現出一個深不可測的幽暗洞穴！

綠蘿坐了好半天，心一橫，從靴筒裡掏出一把匕首。她為了刺殺玄奘，時時刻刻把匕首藏在身上。然後看了看四周，蹲下身鑽了進去。一進去，背後又響起震動，那塊兩寸厚的石板緩緩上升，嚴絲合縫，周圍頓時一片漆黑！

綠蘿的心咚咚亂跳，洞穴裡靜謐無比，她甚至能聽見自己的心跳聲。腳下是臺階，小心地一步步走下去，繞了個彎，眼前慢慢有光明出現，地道的牆壁上居然出現了一個人影！

「啊——」綠蘿一聲驚叫，匕首險些落地。

結果那人影一動不動，她壯著膽子，慢慢挨過去，才發現是石壁上鑿著石龕，裡面雕刻著一座猙獰的夜叉像，夜叉的手中托著一盞油燈。

「嚇死我了。」綠蘿使勁拍著胸口，喃喃地道。臺階一路向下，估摸下來，深入地面達兩丈，洞壁間覆蓋著一層水氣，每隔十丈，就會出現一座石雕夜叉像，唯妙唯肖，陰森凶惡，但每一尊的姿勢都不同。到了最下方，地道又朝上延伸，也不知走了多久，終於到了盡頭，綠蘿卻呆了——

盡頭沒有洞口，而是一尊夜叉雕像！

綠蘿奇怪無比，怎麼可能？明明沒有岔路。她心中一閃，伸手在夜叉身上摸索起來，果然發現夜叉胸口有一朵古怪的花，有些新鮮的痕跡。按照之前的法子，左右一擰，開始轉動，左三右四，腳下發出震動聲，夜叉緩緩地陷了下去。眼前霍然一亮，湧進一股股新鮮的空氣，彷彿還有枝葉婆娑。

綠蘿低頭鑽了出來，身邊嘩啦啦一陣竹葉的聲響，背後的夜叉像重新升了上來，這面卻是一堵牆，牆上是一塊巨大的佛字石刻。石刻的外面是一片竹林，竹葉扶疏，搖盪在暮色之中，只有微風掠過發出的沙沙輕響。

天色已經晚了。

「我這是到了哪裡？」綠蘿有些發懵，張望了一番，才發現自己置身於一座禪院。禪院不大，只有三間正房，院中布局也很簡單，正中間有一座達摩面壁的雕塑，連高大的樹木都沒有。

這座院子看來在霍山的高處，朝南眺望，可以看到遠處大殿的屋頂，層層疊疊。綠蘿渾身的冷汗被晚風猛地一吹，不禁哆嗦了一下。她轉頭看看禪房，房子裡亮著燈火，影影綽綽有人影晃動。

「難道娘進了禪房？」綠蘿心中湧起古怪的感覺，躡手躡腳地走過去，到了廊下，便隱約有女人壓抑的呻吟聲傳來。綠蘿一怔，只覺這聲音異常古怪，似乎很舒服，又似乎在經歷著什麼痛苦。綠蘿茫然不解，只是聽著聽著，覺得心裡煩躁無比。

那聲音過於怪異，還伴隨著劇烈的喘息，雜亂無比，她一時也聽不出是不是自己母親的聲音。心裡就開始嘀咕，不行，得搞清楚發生了什麼事，若是母親被歹人挾持折磨，那我定要救她出來。

聽聲音是左側的房間裡傳出來的，綠蘿想了想，悄悄用匕首割破了窗櫺紙，露出指腹大的一條縫，睜大眼睛朝裡面窺視，頓時目瞪口呆。

靠近窗子是衣架，胡亂扔著幾件衣物，旁邊是一張床榻，帷幔高張，一雙赤裸的軀體正在床上糾纏，很容易可以看出是一男一女，女的青絲如瀑，男的卻是個光頭和尚。兩個人都在劇烈地聳動，赤裸的軀體上汗津津的，不時發出沉悶壓抑的呻吟聲。

綠蘿呆若木雞，提著匕首緩緩滑坐在了地上。她雖然少不更事，卻不意味著什麼都不懂。這男女偷情在街頭巷尾聽得多了，一些優戲[17]中還曾上演過這種劇碼。

那個女人，真是自己的母親嗎？綠蘿想也不敢想，自己端莊賢淑的母親，會有這般放蕩的時候，而且……而且是和寺廟裡的和尚……

也不知過了多久，就在綠蘿的大腦一片空白的時候，房間裡的戲已經謝幕，響起一陣竊竊私語，這時綠蘿聽得真切了，那女子的聲音即使壓得再低，她也能聽出來，那就是自己的母親，李優娘！

無窮無盡的羞恥令她渾身發抖，她不知該怎麼面對，只是雙手抱著膝蓋坐在地上，瞪大眼睛望著布滿暮色的天空呆呆出神，眼中不知何時湧出大滴大滴的淚珠……

「晚上還有要事，我去更衣，妳先走吧。」耳畔響起那個男子隱約的聲音。

「嗯。」李優娘乖順地答應了一聲，隨即傳來腳步聲。

綠蘿嚇了一跳，哧溜鑽進了竹林，悄悄地躲在一蓬花樹的後面，不敢作聲。開門的聲音響起，李優娘戴著帷帽，輕輕閃到門外，左右看了看，卻沒有再回到竹林進入地道，而是徑直朝庭院的大門走去。

綠蘿長出一口氣，呆坐了片刻，又聽見禪房裡響起腳步聲，看來那個僧人要出門了。她頓時暴怒起來，銀牙緊緊咬著嘴唇，血絲都滲了出來：「惡僧，不管我娘是自願還是被逼，就憑你讓我受到這奇恥大辱，就憑你讓我的繼父受到這奇恥大辱，我就絕不能留你活在這世上！」

眼看那僧人要出來了，她沿著牆角到了門口，眼中噴出火一般的光芒。門吱呀一聲響，那個僧人緩步走了出來，綠蘿手急眼快，合身撲了上去，手中的匕首噗地刺進了那僧人的胸口！

「啊——」那僧人發出一聲短促的慘叫，隨即瞪大了眼睛，傻傻地盯著面前的小女孩。

綠蘿惡狠狠地抬起頭看著他，頓時呆若木雞——

這個與母親偷情的僧人，居然是興唐寺的住持，空乘！

第七章　死去，活來

這把匕首是她十五歲生日時郭宰送的，冷鍛鋼質，鋒利無比，插進空乘的胸口，就如同插進一塊豆腐，甚至連血都沒來得及滲出來。

空乘瞪大眼珠，難以置信地摀住胸口，片刻之後，一股股的鮮血從他指縫裡奔湧而出。他抬起一隻手指著綠蘿，口中呵呵地想說什麼，卻吐出了大口大口的血沫。

「呵呵……貧僧……怎地……死在妳的手中……」空乘慘然一笑，撲通一跤跌坐在了地上。頭顱抵在門框上，眼睛無神地凝望著天空。

綠蘿渾身顫抖，想驚叫，嗓子裡糾結成了一團，居然連聲音都發不出來。這個小女孩雖然凶狠，至今為止卻還沒殺過人——不是她不想殺，而是殺了好幾次沒殺死。然而這種近距離殺人所造成的恐怖卻遠遠超出她的預期，完全不像自己想像中，有如殺死一隻鴨子或豬狗的感覺。

人命關天！

空乘慘死的一刻，她才感受到了這四個字的分量，身子哆嗦著往後一退，從臺階上跌了下來，隨即連滾帶爬地跳起來，發出一聲撕心裂肺的慘叫，踉踉蹌蹌地跑出了禪院……

寂靜的寺院中，少女的尖叫有如劃過天空的哨子，淒厲至極。綠蘿有如一隻無頭蒼蠅般亂撞，路過的僧人們一個個驚詫無比，看著這位發了瘋的小美女瞠目結舌。也不知跑了多久，混亂中，面前似乎站著一個熟悉的身影。

玄奘靜悄悄地站在她面前。

綠蘿狂奔著一頭栽進他的懷裡，喃喃地道：「我殺人了……」

眼睛一翻，頓時昏厥過去。

玄奘大吃一驚，急忙托住她的身體，波羅葉從後面鑽出來：「法師，綠蘿小姐，怎麼了？」

「不知道，先帶她回菩提院。」玄奘搖搖頭。

「她方才說什麼？」波羅葉奇道。

玄奘沉吟片刻，淡淡地道：「等她醒來再說。」

玄奘和波羅葉參加完辯難會，和諸位高僧一起用過了晚膳，在回禪院的途中碰到了這個小魔女。此處已經是祖師殿一帶，比較寂靜，僧人們大都在用晚膳，周圍沒幾個人，玄奘只好和波羅葉兩人連背帶扛，把綠蘿弄回了菩提院。

兩人把她放在床榻上，玄奘忽然看見她的臉頰和衣服上沾了幾滴鮮血，心中不禁一沉，但臉上卻不動聲色，撩開被子蓋在她身上。

「波羅葉，去沏一壺濃茶。」玄奘吩咐了一聲。

波羅葉應了一聲，跑了出去。玄奘坐在床邊，思緒反覆，平靜的臉上露出濃濃的憂色。綠蘿只是因為心情過於緊張，奔跑得太急，血氣不濟造成的短暫性昏厥，平躺了一會兒，便幽幽地醒了過來。

「好些了嗎？」玄奘柔聲道。

綠蘿發了陣呆，忽然一頭撲到玄奘懷裡，嗚嗚地哭了起來。玄奘身子一僵，頓時瞪大了眼睛，恰好波羅葉提著茶壺進來，一瞥眼，哧溜又退了出去。

玄奘尷尬無比，雙手扶住綠蘿的肩膀，輕輕把她推開，道：「阿彌陀佛，綠蘿小姐，到底發生了什麼事？」

綠蘿驚恐地望著玄奘，呆滯地道：「我……殺人了……」

玄奘皺了皺眉頭：「妳把誰殺了？」

「空……空乘！」綠蘿咬牙道。

玄奘頓時呆住了，在禪房外偷聽的波羅葉也呆住了，幾步衝進房中，愕然看著她，彷彿見了鬼。綠蘿身子顫抖，看見他們的表情更是惶然不安，叫道：「你……我就知道你們不會幫我！我殺了人，怎麼辦？怎麼辦啊！」

「妳確定妳殺了空乘法師？」玄奘回過神來，眸子裡閃出疑惑。

綠蘿坐起身，抱著膝蓋，呆滯地點頭。

「在哪裡？」

「後山……的一座禪院裡。」綠蘿雙手摀住臉，嗚嗚地哭，「我用匕首刺進了他胸口。」

「什麼時候？」

「就在方才……」綠蘿抬起頭，看了看天色，喃喃道，「大概有小半個時辰。你……

你會怪我嗎？」她可憐兮兮地盯著玄奘，「我殺他……是因為……」

綠蘿忽然咬住了嘴唇，不再說話。

玄奘搖了搖頭，憐憫地看著她：「綠蘿，空乘法師好好地活著。」

「啊──」綠蘿瞪大了眼睛。

便在這時，禪房外響起雜沓的腳步聲，一個蒼老的聲音傳了過來：「法師，綠蘿小姐回來了嗎？」

綠蘿的臉頓時煞白，大叫一聲：「他來啦！他來索命了──」呼地掀起被子鑽進去，嬌小的身軀瑟瑟發抖。

那聲音，竟然是空乘法師！

空乘步履匆忙，帶著兩名弟子來到房內，玄奘和波羅葉睜大眼睛緊盯著他，這老僧身體健康，氣色紅潤，哪裡像挨過一刀的模樣？兩人不禁面面相覷。

見玄奘和波羅葉都在，卻不見綠蘿，空乘不禁奇了：「咦，法師，綠蘿小姐呢？貧僧方才聽沙彌說她昏厥在路上，不會有什麼閃失吧？她人呢？」

波羅葉側側腦袋：「那裡。」

空乘見床榻上的被子高拱，像個小山丘一般，還在抖個不停，不禁啞然：「這……這綠蘿小姐怎麼了？」

「見鬼，了。」波羅葉悻悻地道。

玄奘嘆了口氣，柔聲道：「綠蘿，出來吧！妳看，空乘法師好端端的。碰到妳之前，我們在一起用晚膳，法師從未離開過，妳認錯人了。」

「我不會認錯人的！」被子呼地掀開，綠蘿滿臉淚痕，衝著他大聲吼道，然後一轉頭看見了空乘，又呆滯了。空乘迷惑不解，朝她笑了一笑，這一笑在綠蘿看來比鬼還恐怖，哇呀一聲又鑽進了被子裡。

眾人好說歹說，才讓綠蘿相信面前站著的老和尚不是鬼，勉強從被子裡鑽了出來。她在被子裡拱來拱去，頭髮蓬亂，滿臉淚痕，眸子裡滿是驚悸，瞧得眾人又好氣又好笑。空乘忍不住道：「這到底怎麼回事？」

「也沒，什麼。」波羅葉笑嘻嘻地道，「只不過，綠蘿小姐，殺了，個人，而已。」

「啊——」空乘驚呆了，「她……殺了人？殺了誰？」

波羅葉指著他的鼻子：「你。」

空乘：「老僧……」

「波羅葉，不得放肆。」玄奘喝止他，朝著空乘合十，「師兄，方才貧僧回禪院的路上，遇到綠蘿小姐跌跌撞撞而來，說殺了個人，貧僧問她殺了誰，她說殺了師兄你。她用一把匕首刺進了你的胸口。此事……貧僧也……」

玄奘一時不知該怎麼說，眾人面面相覷。

「我就是殺了你！」綠蘿嘶聲道，「你們都不相信我，我就是用匕首刺進了他的胸口！」

空乘皺了皺眉頭，和玄奘交換了下眼色，笑容可掬地道：「綠蘿小姐，妳看老僧是人是鬼？」

「是……人。」綠蘿遲疑地道。

「那麼妳將匕首刺進老僧的胸口，老僧為何沒死？」空乘道。

綠蘿瞪了他半晌，最終茫茫然搖頭：「可是我真的殺了你，在山頂那座禪院裡。」

「哪座禪院？」空乘問。

「我也說不出名字，在半山高處。」綠蘿的確沒注意那禪院的名字。

「妳既然不知道禪院的名字，如何去了那裡？」空乘問。

「我是——」綠蘿幾乎要脫口而出，忍了半天，才勉強嚥了回去，額頭冷汗涔涔，訥訥地道，「我是跟著一個女子去的！」

空乘的臉色頓時冷冽起來，沉聲道：「女施主，請慎言！佛門清淨地，不容施主玷汙！」

「我怎麼？」綠蘿憤怒至極，掀起被子從床榻上跳將下來，叉著腰道，「難道我說謊嗎？我跟著那女子，進了一座觀音殿，觀音殿的基座裡有密道，我跟著她進入密道，從出口出來，就到了那禪院……」

這番話一說，所有人都臉上變色，寺院裡藏有女人已然令人震驚，佛像下有密道，更是聳人聽聞！

空乘臉色難看：「這幾日寺中做法會，也有女施主蒞臨，但都在前院與家人一起安歇，後院絕對禁止女施主入內。我興唐寺中，更無密道可言，想必妳是精神恍惚，陷入幻覺了吧？」

「你不信我？」綠蘿惱了，「我這就帶你們去看看！你可別後悔！」

「施主請！」空乘毫不示弱，低聲告訴兩名弟子，「你們兩個跟隨我一同前去，此事切勿聲張。」

兩名弟子合十稱是。

「這便心虛了？」綠蘿冷笑，瞧了瞧玄奘，卻有些怕他責備，低聲道，「人家沒有撒謊。」

玄奘表情平淡：「看看不就清楚了。」

當下一行六人離開菩提院，跟著綠蘿去尋找那觀音殿。寺內殿閣林立，數不勝數，夜色中綠蘿怕摸錯了，就走日間走過的路，東一繞，西一繞，在佛寺中穿行。她身後的幾人默不作聲，偶爾碰上有僧人來往，見後院居然有女施主光臨，不禁愕然。

空乘的弟子道：「這位女施主在尋找緊要的物事，切勿聲張。」

僧人們問：「可是白天丟了的？」

綠蘿冷著臉點頭，自顧自朝前走。僧人們釋然，夜色昏暗，寺中更是陰森無比，有勤快的去找了幾盞燈籠，兩名弟子打上，又塞給波羅葉一盞，三盞燈籠的照耀下，綠蘿倒也不虞迷了方向。

她記性挺好，居然真找到了那座偏僻的觀音殿。

看著熟悉的大殿，綠蘿得意起來，翹著嘴角得意揚揚：「老和尚，待會兒就讓你啞口無言！」說著就雄赳赳地走進大殿。

空乘和玄奘對視一眼，彼此搖頭，跟著她走進大殿。殿中有值守的僧人，急忙迎了上來：「弟子慧行，見過住持。」

「罷了。」空乘道，「把大殿裡的燈燭統統點燃。」

慧行急忙把大殿內的蠟燭、油燈全部點燃，這座大殿除了正中供奉的觀音像，別無他物，殿中豁亮無比。

綠蘿點了點頭：「就是這裡。」

她熟門熟路地繞到觀音像後面，蹲下了身子，說：「過來，過來，都過來。本小姐讓你們見識一番。」

眾人好奇地圍上去，綠蘿笑吟吟地看了看基座上栩栩如生的蓮花瓣，伸手揪住一擰，不禁怔住了，這浮雕蓮花瓣紋絲不動！

「呃……」綠蘿乾笑一聲，「莫不是摸錯了？」

她又試了試其他幾個，可無論怎麼擰，這些蓮花瓣都一動不動。玄奘蹲下身仔細看了看，皺眉道：「綠蘿，這些蓮花瓣乃是和基座一體的，是由整塊岩石雕刻而成。」

「不是！」綠蘿怒道，「白天我明明擰開了。」

波羅葉也上前試了試，點點頭：「確實，是整塊。」

綠蘿傻了。

空乘看了看慧行：「慧行，下午你可是一直在這殿中？」

慧行合十：「住持有旨，命各殿留一人值守，弟子不敢有須臾或離。」

「嗯，你可見過這位女施主？」空乘問。

慧行看了看綠蘿，茫然搖頭。

玄奘嘆了口氣：「綠蘿，咱們走吧！」

「你——」綠蘿氣得雙眼通紅，「你也信不過我？」

「非是貧僧不信妳，只是……」玄奘看了看基座，搖頭不已。

「哼！」綠蘿惱了，大聲道，「這是機關！自然可以鎖閉，鎖住了自然摔不動，有什麼好奇怪的？波羅葉，你給我找一把錘子，把這基座砸開！」

波羅葉和空乘等人都嚇了一跳，玄奘皺眉道：「綠蘿，菩薩面前，休得無禮！」

綠蘿也不知是顧忌玄奘還是菩薩，跺了跺腳，打消了砸基座的念頭，叫道：「還有那座禪院！我一定能找到它，老和尚，你的屍體還在呢！」

空乘苦笑不已。

大夥兒只好又跟著她四處亂找起來，綠蘿回憶自己碰到玄奘的地方，來到祖師殿後面，想了想，順著跑出來的路徑走。寂靜的幽野裡，月光朗照，樹影婆娑，一行人默不作聲，跟著這個豆蔻少女轉了足足一個多時辰。

「是這裡！」綠蘿忽然大叫一聲，急匆匆跑過去。

之前，綠蘿尋了半晌，但苦於沒有看那禪院的名字，一時也摸不著。路過一座名為娑婆院的建築時，忽然看見門外的青石臺階，第二階有一塊缺損，她頓時精神大振：「是這裡，我記得我出門時，這臺階缺損了一截，絆得我一個趔趄，險些摔倒。就是它！」

綠蘿終於長出一口氣，挑釁地看著空乘：「進這門裡，院子正中是一座達摩面壁的雕像。禪堂有三間，左側的院牆上有佛字的浮雕。浮雕後面便是地道的入口，那浮雕會陷入地底。只是不知道老和尚的屍體還在不在！」

空乘無言以對，只好道：「阿彌陀佛。」然後命弟子打開門。

門上有鎖，玄奘盯著那鎖若有所思。一名弟子開了鎖，打著燈籠先走進去。空乘朝玄奘道：「這娑婆院平日無人，乃是犯了戒的法師閉關的地方，也有僧人參悟佛法，嫌禪院難以安靜，就來此處閉關。」

幾個人走了進去，果然看見院子正中是一座達摩面壁的雕塑。綠蘿歡呼一聲，猛然又想起臺階上還趴著一具屍體，不禁膽寒起來，朝著玄奘努努嘴，示意他先去看看。玄奘一笑，從容地走過去，來到了臺階下，卻見臺階上空空如也。

「綠蘿，屍體在何處？」玄奘問。

綠蘿從雕塑後面探出頭：「沒屍體？」這才慢慢地湊過來，果然，光潔的臺階上別說屍體，連血跡都沒有。綠蘿瞪大了眼睛：「不可能啊！就算搬走，也清掃不了這麼乾淨！」

「沒有清掃過。」玄奘淡淡道，「地上灰塵很厚。」

綠蘿挪開腳一看，果然如此，燈籠照耀下，自己的鞋子在條石上踩出了一個清晰的腳印。她從波羅葉手裡奪過燈籠，鑽進竹林，竹林的白牆上，果然有一面佛字浮雕：「啊哈，這裡有浮雕！」

她伸出小拳頭砸了砸，發出沉悶的聲響。

「施主說的地道，就在這浮雕後面嗎？」空乘笑道。

「沒錯。」綠蘿理直氣壯。

「法師請看，」空乘把玄奘拉過來，指著牆壁，「這處牆壁厚不過一尺，如何能掏空做地道口？女施主，莫非要把這牆破開了才算明白嗎？」

綠蘿頓時呆住了，這牆和浮雕與自己所見一模一樣，厚度的確不會超過一尺，可是……我明明就是從牆裡面鑽出來的啊！

她茫然看了看院子，是的，一模一樣，分毫不差，連竹林裡唯一的那棵花樹都不差。可是地道口呢？她走回臺階，空乘示意弟子開門，綠蘿推開門，燈籠的照耀下，禪房內陳設很簡單，中間是阿彌陀佛的像，左右兩側堆滿了蒲團，沒有床榻，沒有衣物架子……

她又回到窗外，窗櫺上也沒有刀子捅出來的小洞，而且整個窗櫺紙不是新糊的，陳舊且積滿了灰塵……

眾人憐憫地看著她，一言不發。只有微微的夜風吹拂竹林，沙沙作響，只有明月投下斑駁的影子，在腳下不停晃動。

「我……我……」綠蘿忽然怒氣攻心，身子一軟，當場栽倒。

禪堂草木，佛影青燈。

少女渾身熱汗，不安地在睡夢中掙扎。玄奘坐在床榻邊，拿著溼毛巾給她擦拭額頭的汗水，一盆水早已經涼了，波羅葉端出去嘩地倒在庭院裡，明月便在地面上蕩漾。

「惡僧……你這壞人，為何不相信我……我沒有騙你……」

綠蘿雙眼緊閉，在夢中兀自是咬牙切齒的模樣，但語調卻透出無比的輕柔之意。玄奘怔了怔，眉頭深鎖，悠悠一聲嘆息。

「玄奘……玄奘哥哥……別走，有鬼，有鬼……咬我……」綠蘿驚悸地挺直了身子，渾身僵硬，彷彿經受了極大的痛苦。

玄奘呆住了，靜靜地凝視著少女潮紅的面頰，古井無波的禪海深處，似乎有些東西微微一動。他閉住雙眸，隨即就散了，四大皆空，空空如也，便如這歷經億萬劫的佛，也逃不過灰飛煙滅的命運。佛到了至境，終歸是一個無。

他緩緩伸出一隻手掌，按在綠蘿的額頭，單掌合十，低聲誦念〈大悲咒〉。低沉而富於穿透力的聲音震盪在禪房，震盪在少女的耳鼓，心海，靈臺。

通天徹地，一念〈大悲咒〉，天上的天神，都要恭恭敬敬地來聽你誦咒，一切鬼，都要合起掌來，跪在那兒靜聽你誦〈大悲咒〉。在地獄裡，有一個孽鏡臺，你一生所造的孽，到那兒都會顯現出來。誦了〈大悲咒〉，他用孽鏡給你一照，你的孽都消滅了，所造的業都沒有了。那麼在地獄裡，就給你掛上一塊招牌，說：「名喚綠蘿的少女啊，你們一切鬼神都要恭敬她，都要去尊重她，她是一個受持〈大悲咒〉的人。」

綠蘿漸漸恢復了平靜，口中呢喃著，緩緩沉睡。

波羅葉長嘆了一聲：「今天的，事情，有些，詭異。」

「何來的詭異？」玄奘淡淡道，「道家養空，虛若浮舟；佛法云空，觀空入門。世事萬象，皆是表象而已。」

「法師這話，來得，深奧。」波羅葉撓撓頭皮，「咱，不懂。法師，你覺得，這事是，綠蘿小姐的，幻覺？」

「不是。」玄奘道。

「哦？」波羅葉精神一振，「為何？」

「她身上有血。」

「那是，寺廟裡，真的，有密道？空乘，真的，被她，殺死了？那活著的，空乘，是誰？死了的，空乘，是誰？為何，那禪房，沒有，任何線索？」波羅葉一疊聲地問。

玄奘不答，露出濃濃的憂慮。

「法師，我有，大膽的，推測。」波羅葉道，「會不會，您的兄長，長捷，根本沒有，離開，霍邑。他就在，這寺裡？」

玄奘長嘆一聲：「貧僧還未長出一雙能夠看透紛紜浮世的眼。」

但波羅葉見他聽了自己大膽的推測毫不驚異，顯然心裡也想過這種可能，不禁大感振奮：「法師，要不要，我，查查？去，觀音殿，娑婆院？」

「不用查。」玄奘搖搖頭。

「為啥？」波羅葉急了，「您來，不就是，找長捷，嗎？整日在這，禪房，打坐，念經，長捷他，能自己，出現，嗎？」

玄奘看了他一眼，道：「一瓢水中有浮游三千，一粒沙裡有無窮世界，這興唐寺就彷彿一片龜裂的大地，裂紋縱橫，溝壑遍地。我只要站在這裡，這裂紋裡的風，溝壑中的影，就會傳到我的腳下。禪心如明鏡之臺，本無裂痕，如今既然生了，只會越來越大，遲早要將我的腳陷進去，何必費心尋找？」

「我還是，不懂。」波羅葉搖搖頭，「您就，不能不，打機鋒？」

玄奘笑了：「參佛久了才能頓悟，你不參，自然悟不了。」

波羅葉終於受不了了，瘋狂地揉著頭，煩躁地跑了。

這一夜，霍邑縣的後衙也是燈火通明，郭宰和李夫人對坐在坐氈上，空氣沉悶。

「夫人，早些去休息吧！火災的勘察和屍體勘驗都需要耗費時日，雖然今晚結果能出來，卻不知要等到什麼時候了。」郭宰憐惜地看著李優娘。

「妾身怎麼能睡得著？」李優娘哀嘆一聲，「這事太過蹊蹺，一百多口子人，說沒就沒了，偌大的世家，根居然一夜之間斷了。我這心裡……」

郭宰搖搖頭：「夫人，妳想這些也沒用。來，喝口茶提提神。」他起身斟了一杯茶，送到李優娘手邊，見她慢慢喝了下去，才略微安心，「這幾天妳太過焦慮了，妳也莫要擔心。晉州刺史趙元楷大人雖然發下公文下令嚴查，但是天災還是人禍誰也說不準，對我也沒有特別大的壓力。嗯，一切有我。」

李優娘勉強笑了笑，握住他的手，眸子裡盡是柔情。郭宰頃刻間醉了，為了這一切，為了這個女人和這個女兒，為了這醉人的一笑，再難又如何？

「大人。」正在這時，客廳外響起匆忙的腳步聲，馬典吏帶著兩名差役抱著一大疊公文走了進來，到門口放下燈籠，進了客廳。

郭宰霍然站了起來：「都勘驗完了嗎？」

「是，大人。」馬典吏把一尺多高的公文放在地上，跪坐在坐氈上，擦了擦汗，道，「兩名縣尉帶著仵作還在收拾，一百二十三具屍體，每一具都填寫了屍格，有詳細的勘驗紀錄。另外附有卷宗，綜合了屍體勘驗的結果，供大人過目。」

郭宰看了看厚厚的屍格和卷宗，心裡忽然一悸，這每一張紙，都是一條人命！

他頹然坐下，擺了擺手：「罷了，本官不看了，你且說說吧！你們兩個也辛苦了。」他朝兩名差役擺了擺手，「本官備了點心，在旁邊的食床上，自己取了吃吧！這都三更了，不讓你們吃飽，回去還把婆娘們叫起來做飯嗎？」

兩個差役笑了：「謝大人賞。」

「大人。」馬典吏卻顧不上吃，拿過卷宗翻起來，「經勘驗，除了三十五具屍體燒成焦炭難以辨認，五十九具屍體的口鼻之內皆是煙灰，深入氣管，雙手雙腳皆蜷縮，可以確定是活著被燒死或者嗆死，並非被殺後放火。大半屍體表面除了燒傷，沒有別的傷痕，更無利刃損傷，剩下的屍體因為房屋倒塌被砸壓，頭顱破損，肋骨及四肢折斷，亦造成致命傷。」

陰森的夜晚，沉寂的縣衙，一百多具屍體的勘驗，即使說起來也是陰風陣陣，令人脊背生寒，可郭宰渾然不覺，皺眉道：「也就是說，這些人的死亡都是因為這場大火了？沒有其他人為的痕跡？」

「不好說。」馬典吏道，「有些屍體很怪異，確切地說是被燒死的屍體很怪異，要說人身處火場，渾身起火，劇痛之下勢必翻滾掙扎，這樣會導致身體各處都被燒傷，且傷勢大體均勻，最終死亡之後身子不動，火勢才會在其中一面燒得最旺。」

「對，常理的確如此。」郭宰想了想，「這些屍體裡有古怪？」

「有。被燒死的不少都是胸腹處被燒傷嚴重，幾乎成了焦炭，但脊背處的肌膚卻沒有遭到一點火燒的痕跡。」馬典吏道，「這種情況在四十七具屍體身上都有。」

「這是什麼緣故？」郭宰駭然色變，他看了夫人一眼，李優娘的眼中也駭異無比，「難道說，這些人是躺著被火活活燒死，一動都不動？」

馬典吏臉上露出凝重之色：「沒錯，從道理上判斷，的確如此。他們就那麼躺著，被火燒死，連身子都不曾翻過。」

「即使在睡夢中也不可能啊！」郭宰喃喃道，「難道是這些人在起火時都處於昏迷狀態？」

「朱、劉兩位縣尉大人推斷了一下，說是有兩種可能。」這點太重要，馬典吏不敢自己做出結論，於是引用縣尉大人的話，「要麼這些人死前已經被濃煙嗆暈，活活被燒死；要麼是中了迷藥，於沉睡中被燒死。第一點是常有的事，至於第二點，兩位大人和仵作還有爭議，因為至今為止，沒有任何一種迷藥能讓人在被烈火焚燒時仍舊沉睡不醒。」

「沒有嗎？」郭宰喃喃地道，和李優娘對視了一眼，都看到了彼此眼睛裡的恐懼。

「還有什麼？」郭宰強打精神，問道。

馬典吏翻閱著卷宗，也不抬頭，說道：「還有一點，現場勘察，周宅儲水防火的大缸裡，水依舊是滿的，也就是說，火起之後，周家竟沒有任何人想著去提水滅火。盆，桶，罐，都在原地，沒有人動用。鄰居也沒有人聽見周宅內有人示警和驚叫、慘叫，這點大人之前已經查訪過，不過兩位縣尉大人認為這是最值得懷疑的一點。難道這些人就一言不發，眼睜睜地看著自己被火燒死？」

「本官知道，當初向州裡遞送的案卷中也詳細寫明了。」郭宰看來疲憊無比，小山般的身軀軟綿綿的。他打了個呵欠，「太晚了，今日勞煩你們到這個時辰，本官也深感慚愧，早些休息吧！這些屍格你還是帶回去，卷宗留著，明日本官帶到衙門即可。」

馬典吏等人急忙起身，客氣了幾句，抱著厚厚的屍格走了。

大廳裡一片寂靜，夫妻二人對坐無語。李優娘垂著頭，一縷青絲散在額頭，看起來憔悴無比。郭宰心疼了，替她撩起頭髮，喃喃道：「夫人……沒事，一切有我。」

李優娘淒然一笑：「相公，你不必瞞我。你心裡已經有了計較，對不對？」

郭宰愕然片刻，臉上露出一絲哀痛：「妳在說什麼呢？別胡思亂想了。」

「別人不知道，你不會不知道，這個世上，當真有那能夠令人火燒水淹也無法掙扎的迷藥。」李優娘凝視著他，「當初玄奘法師中了迷藥，險些在水中淹死，波羅葉說得明明白白，你是在場的！」

郭宰臉上的肌肉抖動了片刻，嘆息道：「第一，現在還無法證明周家是被迷倒，然後被火燒死；第二，縱是真的如此，也還沒有證明迷昏了周家一百多口的藥物，和玄奘法師中的是同一種。」

「可是撇得清嗎？」李優娘精神幾乎要崩潰了，嘶聲道，「你做了十幾年的縣尉，查案你再清楚不過！到底和綠蘿有沒有關係，難道你心裡真的不知嗎？」

「優娘！」郭宰板起臉喝道，「妳昏了頭嗎？」

這嗓音頗大，郭宰見夫人的身子一抖，心裡又歉疚起來，這麼多年來，自己可從不曾這般疾言厲色地和夫人說過話，他急忙告罪：「夫人，是我不好，不該這麼和妳說話。可這事妳怎麼能和綠蘿扯上關係呢？如果讓外人聽見，咱們撇也撇不清！」

「你以為在外人眼裡，綠蘿便能撇得清嗎？」李優娘淒然道，「先是周公子刺殺玄奘，意外淹死；隨後周家大宅失火，全家滅絕。周公子和玄奘有什麼冤仇？他為何要刺殺一個素不相識的僧人？這在外人看來處處疑點，再加上周夫人和周公子一向喜歡綠蘿，咱們家，真能撇得清嗎？幾日前，周老爺還來咱們家不依不饒，要求見綠蘿，她倒好，躲到興唐寺連面都不露，這本就授人以柄。結果……結果周家居然盡數死絕了……這盆汙水潑到她頭上，如何能洗得清？」

郭宰默默地聽著，見夫人說完，才道：「這一點我並不是沒想過，所以事發當日，我就派了差役前去興唐寺，取了空乘法師的證詞，證明無論綠蘿還是玄奘，都不曾離開寺裡半步。我保證，這件事不會牽涉到綠蘿的！夫人，」郭宰溫和地道，「我以一個父親的名譽保證，綠蘿決不會有事！」

李優娘呆呆地看著他，忽然伏到他懷裡失聲大哭。

郭宰內心揪得發疼，大手拍著夫人的脊背，喃喃道：「夫人莫怕，一切有我。」

他望向牆邊架子上的雙刃陌刀，寬厚的刀刃閃耀著藍汪汪的光芒，這把五十斤的陌刀已經多年未曾動用了，遙想當年，自己手持陌刀殺伐疆場，連人帶馬高達兩丈，有如戰場上的巨神，即使面臨最凶悍的突厥騎兵，一刀下去對方也是人馬俱碎。那時候殺人如麻，九死一生，卻不曾有過畏懼。然而此時，郭宰的心頭卻湧出了濃濃的恐懼。這個家，賢慧的妻子，可愛的女兒，上蒼賜給自己的最珍貴的東西，我能夠保護她們嗎？

「死便死吧，反正我什麼也沒有，只有她們了……」郭宰喃喃地道，臉上不知何時已經淚流滿面。

夫妻倆就這樣相擁而臥，彷彿凝固了一般。

天沒多久就亮了，莫蘭和球兒做了早膳，夫妻倆用完早膳，郭宰叮囑優娘回房休息一會兒，自己還得去衙門點卯。正要走，忽然門外響起咚咚的拍門聲，在寂靜的清晨分外清晰。

球兒跑過去開了門，只見門口是一個胖胖的僧人，那僧人合十：「哎喲，阿彌陀佛，原來是球兒施主，大人在家嗎？」

「在在。」球兒認得他，是興唐寺裡的知客僧，慧覺。

慧覺進了院子，郭宰正在廊下準備去衙門，一見他，頓時愣了：「慧覺師父來了，有事嗎？」

「阿彌陀佛，哎喲……」慧覺道，「大人，住持派小僧來給大人傳訊，說是綠蘿小姐病了。」

「什麼？」郭宰嚇了一跳，「什麼病？找大夫診治過了沒有？重不重？」

「哎喲，阿彌……那個陀佛……」慧覺搖搖頭，「住持並未跟小僧詳細說，只說請大人盡快將小姐接回來，好好診治。」

「阿彌陀佛……」郭宰被他的口頭禪嚇得不輕，額頭的汗頓時就下來了，無力地擺了擺手，「你……你先回寺裡吧！本官馬上就去。」

慧覺點點頭，轉身走了。

郭宰遲疑了片刻，本想悄悄地去把綠蘿接回來，卻終究不敢瞞著夫人，只好回內宅說了。李優娘一聽也急了：「趕緊去……我，我也去。」

「不用，夫人，妳一夜沒睡，還是好好休息一下。我騎著馬快，到了寺裡再雇一頂轎子。如今寺裡有法會，轎夫肯定多，妳乘著轎子一來一回，還不知要耽擱多久。」郭宰道。

李優娘一想，的確如此，女兒的病情可耽擱不得，只好應允。

不料正要出門，又有衙門裡的差役過來了：「大人，縣衙裡來了欽差。」

「欽差？」郭宰怔住了。這時候也來不及多問，急急忙忙地趕到衙門。

果然，在二堂上，縣丞和主簿正陪著晉州僧正園馳法師和一名身穿青色圓領袍服、頭戴軟翅幞頭的中年男子說話。

園馳法師也是熟人了，身為晉州僧正，負責晉州境內寺院的管理和僧人剃度，這幾日一直在興唐寺，怎麼一大早和這位欽差坐在一起？郭宰心裡納悶。

縣丞見縣令來了，急忙起身迎接，介紹道：「大人，這位乃是來自京城的欽差，鴻臚寺崇元署的主事，許文談許大人。」

鴻臚寺崇元署？鴻臚寺是掌管四方使節事務的，怎麼跑到霍邑縣來傳旨了？郭宰有些納悶，卻不敢怠慢，急忙見禮：「許大人，是否需要下官擺上香案跪迎？」

許主事一怔，笑了：「不必，不必，郭大人，這個是我崇元署的任命告身，可不是傳給您的。下官只是到了霍邑，來跟您這父母官打個招呼而已。」

「大人，」園馳法師笑道，「聖旨是皇上傳給玄奘法師的，因此老僧才來縣裡迎接上差。大人有所不知，崇元署是專門管理佛家事務的衙門，皇上給僧人們下的旨意，大都透過崇元署來傳達。」

「哦。」郭宰這才明白。

自北魏以來，歷代都為管理佛教事務設置了官吏和機構，佛教事務一般由接待賓客朝覲的鴻臚寺掌管。後來北齊開始建立僧官制度，讓名望高的僧人擔任職務，管理佛教事務。唐代沿襲隋制，天下僧尼隸屬鴻臚寺，設置有昭玄大統等僧官，州裡則設置僧正，管理各地的寺院和僧尼。

對郭宰這種由軍職入文職的雄壯武夫而言，只是知道個大概，一時好奇起來：「許大人，不知陛下有什麼旨意要傳給玄奘法師？」

「這可說不得。」許主事哈哈大笑，「下官哪裡敢私自瞧陛下的聖旨。」

郭宰哈哈大笑。這許主事雖然是長安的官員，但品級比郭宰要低得多，只不過是鴻臚寺的八品主事，面對一縣父母，也不至於太過放肆。雙方談笑幾句，郭宰也正要去接女兒回家，一行人便浩浩蕩蕩直奔興唐寺。

到了寺裡已經是午時，寺裡人山人海，法會還在繼續。郭宰令差役們在香客中擠開一條道，空乘早已聽說長安來了欽差，急忙領著玄奘等人出來迎接。

許主事見周圍人太多，皺了皺眉，讓空乘找一座僻靜的大殿。空乘急忙把大雄寶殿騰了一下，讓欽差傳旨。許主事也信佛，見是大雄寶殿，便先在如來的佛像前叩拜上香，禮畢，才打開聖旨。

聖旨難得一見，連郭宰都沒見過，一時瞪大了眼睛。只見這聖旨是雙層的絲綢卷軸，長達五尺，精美無比，宮中自產的絲綢民間可織不出來。

眾人跪下聽旨，許主事高聲道：「門下，朕聞善知識玄奘法師者，法門之善知識也。幼懷貞敏，早悟三空之心，長契神情，先包四忍之行。松風水月未足比其清華，仙露明珠不能方其朗潤，故以智通無累，神測未形，超六塵而迥出……今，莊嚴寺住持慧因法師圓寂，經尚書右僕射、魏國公裴寂表奏，敕命玄奘為莊嚴寺住持，望其探求妙門，精窮奧業……」

前半截文風古奧，聽得絕大多數人雲裡霧裡，但後面最關鍵的一句話眾人都聽懂了：皇帝親自任命玄奘為長安莊嚴寺的住持！眾人又是羨慕又是崇敬，莊嚴寺乃是大寺，而且位於帝京，皇帝居然親自下旨任命，這可是古往今來罕見的殊榮啊！

尤其是空乘，激動得滿面紅光，佛門，又要出一位大德高僧了。

「阿彌陀佛，貧僧拜謝聖恩。」玄奘叩拜。

許主事笑吟吟地道：「恭喜法師，接旨吧！」

玄奘站起身子，沉吟片刻，卻搖了搖頭，道：「大人，貧僧不能接旨。」

許主事當即無言了。

人群頓時大譁，空乘、郭宰等人臉色大變，露出驚恐的神色——這和尚瘋了。且不說這種天大的好事居然不要的愚蠢行為，單單是抗旨，就能讓他丟了性命。皇上好心好意敕封他為莊嚴寺住持，這和尚居然不知好歹，拒絕了皇帝。

「法師——」郭宰急得一頭冷汗，捅了捅玄奘的腰眼。

玄奘淡淡地一笑：「阿彌陀佛，主事大人，請您回京稟奏皇上，貧僧將上表備述詳情。」

「備述？」許主事臉色難看至極，冷冷道，「有什麼理由能讓法師抗旨？且說說看！」

「貧僧的志向，不在一寺一地，而在三千大世界。貧僧自二十一歲起便參學四方，窮究奧義，至今已經有十年。然而我東土宗派甚多，各有師承，意見紛紜，莫知所從。貧僧志在闊源清流，重理傳承，不敢竊居佛寺，白首皓經。」

「好……好志向，可是法師難道不知道抗了陛下的旨意是什麼後果嗎？」許主事一直做的就是管理僧尼的工作，這時見到一個這麼不開竅的和尚，心中惱火得很，一想到自己的差事辦不成，回到京裡還不知會受到什麼責難，額頭便汗如雨下，語氣更強硬了。

玄奘默然不語，他看了看眾人擔憂的臉，嘆道：「貧僧的生命與理想，豈能受這皮囊所限制？若因為抗旨而獲罪，也是無可奈何之事，讓諸位掛心了。貧僧這就去修表章，勞煩大人帶回。」

說完，合了合十，轉身離去。

大雄寶殿裡鴉雀無聲，許主事跺了跺腳，大聲道：「今日之事諸位高僧也是看見了的，陛下對佛門愛護如此之深，可這和尚卻不領情，他日陛下雷霆震怒，諸位也別怪了。」說完，氣呼呼地走了。

空乘等人急忙跟了出去好言撫慰，其實許主事沒拿到玄奘的表章也不敢走遠，在眾人的勸慰下，就在禪院裡候著。

郭宰緊緊跟著玄奘出來，一路苦勸：「法師啊，您不可如此啊！這番得罪了陛下，如果真的有什麼閃失，這幾十年的修行，豈不是毀於一旦了嗎？」

玄奘也嘆息不已，但他禪心牢固，有如磐石，性子堅韌無比，一旦確立了西遊的志向，哪怕是雷轟電掣、刀劈火燒也不會動搖。兩人一路回到菩提院，郭宰急忙去看女兒，波羅葉正在一旁照顧，此時綠蘿仍舊昏昏沉沉，發著高燒。

郭宰不禁傻了眼：「怎麼會這樣？」

這麼粗壯的漢子，心痛之下，幾乎掉了淚。

因為綠蘿對興唐寺的指控涉及佛門聲譽，玄奘也不好明說，就看綠蘿自己吧！她清醒過來，若是願意說，大可以說得明明白白，於是當下打了個含糊略了過去。

郭宰急不可耐，道：「不行，不行，下官得把小女接到縣裡診治。法師，您的事情下官就不多問了，只是希望法師再考慮考慮，莫要誤了自家性命。」

「貧僧曉得。」玄奘道。

郭宰也不再多說，低聲在綠蘿耳邊道：「綠蘿，咱們回家。」

綠蘿昏迷之中仍在夢囈：「爹爹……爹爹……」

郭宰身子一顫，頓時熱淚縱橫，把女兒裹在被子裡，環臂一抱，居然連人帶被子抱了個嚴嚴實實。綠蘿本來就嬌小，給這六尺有餘的巨人一抱，幾乎就像抱著一隻小狗。郭宰怕她吹到風，連腦袋都給蒙住，告罪一聲，大踏步走了出去。

玄奘默默地站在臺階上，雙掌合十：「綠蘿小姐，一路走好，願妳再莫踏進這是非地。」

「哈哈，是與非，不是佛家菩提。」忽然有一人接口道。

第八章　魏道士，杜刺史

玄奘轉頭一看，只見空乘笑吟吟地從側門裡走了出來。也許是被盛大的法會刺激，這個老和尚一掃往日間滿臉皺皮的奄奄樣，精氣神十足。滿是皺紋的臉上，看不到絲毫符合年齡的衰老。

「師兄此言何解？」玄奘笑道。

「世事變遷輪迴，往復不息，佛家是不會以世事作為依據，來判斷善惡是非的。」空乘道，「識心便是妄心，才會引來生死輪迴，為何？因為它會分別人我是非，生貪嗔痴愛，起惑造業。所以，對破除妄心的佛家而言，宇宙間是沒有什麼對錯與善惡的，無論善人還是惡人都能成佛。」

「師兄說得是。」玄奘點頭。

空乘也不走近他身邊，就那麼倚在古松之下，盯著他道：「識心就是妄想與執著。只有妄想與執著斷盡，法師才能與諸佛如來一樣，不生、不滅、不衰、不老、不病。如今法師為了心中執著，而違逆了天子詔書，豈非不智？」

玄奘知道他的來意，沉吟片刻，笑了：「釋迦為何要坐在菩提樹下成佛？」

空乘愕然，想了想：「菩提乃是覺悟之意，見菩提樹如見佛。」

「錯了。」玄奘搖頭，「因為菩提樹枝葉大，可以遮蔭擋雨。」

空乘無語。

「師兄你看，世間眾生既然平等，為何釋迦不坐在竹子下？野草下？生命對釋迦而言，並無高低貴賤之別，可他偏偏要坐在菩提樹下。那是因為，功用不同，菩提樹可以遮蔭擋雨，對釋迦而言，如此而已。四大皆空，菩提也只是空。」玄奘道，「對我而言，莊嚴寺的住持，只不過是釋迦走向菩提樹時路經的一根竹子。至於違逆詔書之類，更是妄心的一種，何必放在心上？」

「好吧，好吧。」空乘無奈了，「師弟辯才無礙，老和尚不是對手。但我今天卻要和你說一樁大事。」

兩人重新在院中的條石上坐下，空乘道：「你知道這次任命你做莊嚴寺住持，是誰的提議嗎？」

「右僕射裴寂大人。」玄奘道。

空乘點點頭：「裴寂大人是太上皇的心腹，也是朝中第一宰相，他和太常寺少卿蕭瑀，是我佛家在朝中最強有力的支持者。這樣的大人物，親自舉薦你，你可知道其中有何深意嗎？」

玄奘搖搖頭，空乘問：「當今天子姓什麼？」

「李。」

「道家始祖姓什麼？」

「李……」玄奘霍然明白了。

「師弟啊，大唐天子自認是道祖李耳的後裔，這對我佛家而言意味著什麼？」空乘沉痛地道，「武德四年，大唐立足未穩，太史令傅奕就上疏闢佛，說佛家蠱惑人心，盤剝民財，消耗國庫，請求沙汰僧尼。十一條罪狀，字字驚心！當時太上皇在位，下詔質問僧徒：『棄父母鬚髮，去君臣之章服，利在何門之中？益在何情之外？』指責佛僧們無君無父，下令減省寺塔、裁汰僧尼。當時法琳法師作《破邪論》，多次護法，與一眾道徒展開激烈的爭論。所幸當時大唐立國未穩，我佛家損傷不大。」

武德四年，玄奘剛剛離開益州，還在漫遊的路上，對此略有耳聞，可內心的衝擊顯然沒有空乘這般深刻。

「武德七年，傅奕再次上疏，說佛法害國，六朝國運之所以短，都是因為信佛，梁武帝、齊襄帝足為明鏡。這就牽涉大唐的國運了，直指帝王心中的要害。當時還是內史令[18]的蕭瑀和傅奕激烈爭辯，但終究敵不過皇帝心中的那個結。

「武德八年，太上皇宣布三教國策：老教孔教此土先宗，釋教後興，宜崇客禮，令道教居先，儒教位次，釋教最後。這就是說，大唐定下了國策，無論我佛家再怎麼興盛，也只能居於末座，排在道家、儒家之後。非但如此，太上皇還下詔沙汰全國僧尼，京城保留佛寺三所，各州各留一所，其餘都廢除。」

這段歷史玄奘很熟悉，因為那時他就在長安，當時佛教徒的確壓力極大，而且道士們還趁機發難，李仲卿寫了一卷《十異九迷論》、劉進喜寫了《顯正論》，猛烈抨擊佛教。法雅、法琳、道岳、智實等僧人展開了一場場辯論，法琳則寫了一卷《辨正論》進行頑強抗擊。

玄奘點了點頭：「幸好第二年太上皇就退位，如今的貞觀朝倒沒有發生大規模的闢佛事件。武德朝那些大規模沙汰僧尼的詔令，還沒來得及實行就被新皇廢除了，看來日後佛教興旺可期。」

「並非如此，並非如此啊！」空乘連連冷笑，「咱們這個新陛下內心剛硬，看似仁厚，實際無情，照老和尚看，他根本沒有任何信仰！對他而言，信仰只有一個——大唐江山！一個連親兄長親弟弟都敢殺、父親都敢驅逐的皇帝，你認為他會真心去興盛佛教嗎？老子後裔，對他而言是個絕佳的招牌，只怕在貞觀朝，我教地位更加不堪。」

玄奘淡淡地道：「師兄，貧僧有一事不解，我佛家為何要與道家爭那誰先誰後？」

「當然要爭！」空乘瞪眼道，「如果被道家居於第一，如何談興盛佛教？」

玄奘搖頭：「貧僧不敢苟同。首先，道祖姓李，大唐天子姓李，道家的這個優勢是無論如何也改變不了的，無論哪個皇帝在位，也要尊奉道家；第二，這個第一，真的有必要爭嗎？如果佛法不彰，失去了信眾，就是皇帝敕封你為第一，難道天下人就皈依你了嗎？第三，我佛家之所以興盛，皇帝的扶持雖然很關鍵，卻不是最根本的。」

空乘動搖了：「哦，師弟接著說，有什麼東西比皇帝的扶持還重要嗎？」

「有。」玄奘斷然道，「那就是我佛家對皇權、對百姓的影響。若是佛家能使皇權穩固，百姓信奉，不論哪一朝皇帝都會尊奉，這是不以他個人的好惡為轉移的。哪怕他個人向道，這朝廷，這天下，也必定會崇佛。若是佛家沒有這個功效，就算偶爾有一二帝王尊奉，這個帝王崩後，也會重新湮滅。世俗有云，人在政在，人亡政息，為何？因為這個政策，只是他一人的好惡。」

空乘悚然一驚，猶如醍醐灌頂，喃喃道：「師弟說得是……那麼你看我佛家目前該如何是好呢？按照裴寂大人的意思，就是希望你入主莊嚴寺。如今佛家在京城的日子不好過，師弟你十年辯難，辯才無礙，聲譽鵲起，你到了長安，就可以狠狠地剎一剎那幫道士的氣焰。」

「原來如此。」玄奘這才明白為何裴寂舉薦自己為莊嚴寺的住持，不過他另有想法，「師兄，武德朝沙汰僧尼，爭論最劇烈的時候，貧僧就在長安，卻沒有參與任何一場爭辯。師兄可知道為何嗎？」

「為何？」空乘驚訝地問。

「因為，我們僧侶自己都搞不明真正的經義，自從魏晉以來，佛門內部宗派重重，派別之爭讓我們自己都陷入分歧，如何能說服信眾？又如何能說服天子？貧僧十年遊歷，遍查各派，才發現造成不同派別爭論的因素在於教義闡發的不一致。在佛理上站得住，就要我們內部沒有歧義紛爭，而要內部沒有紛爭，就要統一派別，要統一派別，就要尋找教義源流！」玄奘肅然道。

空乘倒抽了一口涼氣：「師弟好宏偉的志向，那麼，要尋找教義源流呢？」

「就要西遊天竺！」玄奘眸子裡散發出璀璨的光彩，「到那棵菩提樹下，給孤獨園中，求得如來真法，大乘教義！貧僧正是有意西遊天竺，才不能接受這莊嚴寺的住持之位。」

空乘整個人呆住了，喃喃道：「師弟這是要把自己置於九死一生的境地啊！」

從大唐到天竺，理論上有三條路，一條是海路，遠涉重洋，浮海數月。但這條水路實在危險，航海技術有限，走海路的極少；一條是從吐蕃經過驃國[19]、尼波羅國[20]輾轉到天竺；第三條就是「絲綢之路」，從長安出發，經過隴右、磧西[21]，越過蔥嶺，進入中亞諸國，再由興都庫什山的山口，到達北天竺，其間要越過流沙千里的大沙漠，隨時會丟掉性命。

他很清楚，目下西遊天竺，基本上絕無可能。一來是因為路途上過於險惡，更重要的是，東突厥雄踞大漠，鐵騎時常入侵北方與河西。朝廷嚴禁出關，沒有朝廷頒發的過所和通關文牒，私自越過關隘，以通敵論。事實上玄奘自己也知道，早在貞觀元年，他就上表申請，結果被嚴厲駁回。

「何謂生死？花開花謝。何謂死生，暮鼓晨鐘。」玄奘喃喃地道。

空乘神色複雜地看著這個天才橫溢的年輕僧人，長久不語，半晌才道：「師弟既然有這般大心願，為何不立即去？反而要在這裡延宕時日？」

「家兄法名長捷，如今不知下落。此去黃沙萬里，未必能回，貧僧希望能找到他，了卻心事。」玄奘道。

空乘沉默，長捷殺死玄成法師的事情他自然知道，卻不知該怎麼說才好，只好嘆息半晌，神情間很是憂鬱。

河東道，蒲州城。

蒲州乃是大唐重鎮，地處長安、洛陽、晉陽「天下三都」之交會，總控黃河漕運，又是長安、洛陽通往太原以及邊疆的必經之路，市面上的繁華可謂冠絕河東。

蒲州刺史杜楚客的府上，如今來了一位貴人，杜刺史正親自陪坐在花園的涼亭之中，兩人面前擺著一副棋枰，正執著黑白子對奕。

杜楚客是李世民的核心幕僚、左僕射杜如晦的親弟弟。此人有大才，志向高潔，原本隱居在嵩山，李世民念及他的才華，徵召出山，給他的官也不小，一出手就是蒲州刺史，掌管重鎮要埠。

杜楚客是標準的美男子，年有三旬，手神朗姿。而他對面這人年約五旬，身上穿著布袍，三綹黑髯，一張臉稜角分明，精神很足，意態更是從容。杜楚客棋藝很高，可在這人的面前卻束手束腳，施展不開。

「罷了，罷了。」杜楚客一推棋枰，訕訕地笑道，「誰不知道你魏道士棋藝高，跟你對奕，我純粹找罪受。」

魏道士哈哈一笑：「小杜，你的棋藝比起你哥哥老杜可好多了，他呀，看見我就跑。」

杜楚客嘿嘿笑著轉移話題：「祕書監大人，皇上讓你巡視河東，你可倒好，到了我的蒲州居然不走了。算算，待了有七八日了吧？好歹你也是『參預朝政』，還不盡快北上辦了皇上的差事，幹麼一直待在我家贏我的棋？」

祕書省是內廷六省之一，長官稱為祕書監，主要分管朝廷的檔案資料和重要文件，對國家大政雖然沒有直接的干預權，卻也是直接接觸朝廷中樞的重要職能部門。這個身穿布袍的魏道士居然是官身，而且從三品大員！

更重要的是，這位祕書監還有個頭銜「參預朝政」，這可了不得。百官之中只有擔任了尚書左右僕射、侍中、中書令這幾個職務，才算真的做了宰相。李世民登基不久，為了讓更多的重臣參與朝廷大事，給一些親信大臣加上了諸如「參預朝政」、「參議得失」、「參知政事」之類的頭銜，使他們能進入政事堂。冠上這幾個頭銜，就相當於大唐宰執中的一員了。

這個身穿布衣的大唐宰執，居然躲在蒲州城中，一連數日和刺史下棋！

「老道我神機妙算，等到我要的消息從霍邑傳過來，就該上路啦！」這魏道士哈哈大笑，「你信不信，老道我數三聲，我要的消息就來了。」

「三聲？不信。」杜楚客搖頭，「你在我宅裡住了好幾個三天了，我就不信能這麼巧。」

「嘿嘿，」魏道士掐指算了算，口中道，「一！二！三——」

話音未落，一名家僮跑了過來，進入涼亭，躬身道：「魏大人，老爺，許主事從霍邑回來了，求見魏大人。」

杜楚客呆若木雞。

魏道士得意無比，擺擺手：「讓他進來。」

過了不久，那家僮領著鴻臚寺的主事許文談走進花園。許主事一看見魏道士，臉上現出惶恐之色，恭恭敬敬地道：「下官許文談，見過大人。」

「嗯，」魏道士拈起一枚棋子，淡淡地道，「到興唐寺了？見過玄奘沒？」

「見了。」許主事低著頭道，「下官已經向他傳了陛下的旨意。」

「哦，玄奘怎麼說？」魏道士問。

「他……」許主事艱難地道，「他拒絕了。」

「什麼？」魏道士愕然望著他，「拒絕了？什麼意思？」

「拒絕了就是……抗旨。」許主事彷彿對這魏道士極為懼怕，身軀顫抖地道，「他不做那莊嚴寺的住持。」

魏道士啞然，和杜楚客面面相覷。杜楚客忽然哈哈大笑，道：「都說你算計之精準，有如半仙，如今可算差了吧？」

魏道士一臉尷尬，盯著那許主事：「把你去的經過詳細說說，一字不漏。」

「是。」許主事把自己見到玄奘宣旨的經過述說了一番，真是不厭其詳，連玄奘什麼表情什麼措詞都沒有遺漏，最後道，「大人，他給陛下上的表章還在下官身上，要不要給您看看？」

「胡鬧！」魏道士冷冷地道，「身為臣子，怎能私下裡翻看給陛下的表章！你按程序遞上去吧，本官自然看得著。」

「是。」許主事不敢再說。

「你下去吧！」魏道士眉頭緊皺，揮了揮手，「回京覆命吧！來這裡見本官的事情，不必對任何人說起。」

許主事連連點頭，擦了擦額頭的冷汗，轉身退了下去。

「闊源清流，重理傳承！」魏道士一拍桌案，長嘆一聲，「這和尚，好大的志氣，好大的氣魄！」

「看來你還是小瞧了他呀！」杜楚客喃喃地道。

魏道士苦笑：「何止我小瞧了他，那位當朝宰相也看走了眼，玄奘不愧佛門千里駒，區區一寺，豈能羈縻之。我魏徵生平從不服人，今日卻服了這個和尚！」

杜楚客思忖半晌，道：「霍邑之事既然脫離了裴寂他們的預測，恐怕事情和你預料的有所變化啊！那你還北上嗎？」

魏徵搖頭：「霍邑縣已經成了虎穴之地，何必蹈險。陛下交給我的使命是巡查河東道民生，又何必理會這等大禍事。眼下裴寂等人對玄奘判斷失誤，肯定要調整計畫，老道我還是等等吧，後發制人。」

「可是……」杜楚客神情凝重，「對方已然布局這麼多年，可謂根深蒂固，眼下這一觸即發的局面，如果你不去，還有誰能跟那人的智慧匹敵？若事到臨頭，咱們豈非束手束腳，全無反抗之力？」

「哼。」魏徵冷笑，「棋子究竟執在誰的手中，只怕那謀僧也算度不盡吧！有人想要玄奘走，老夫卻偏要他留下，看看這興唐寺的水，究竟有多深！」

「話雖如此，你也不可不防。」杜楚客還是神情擔憂，「此事實在太大，對方一旦發動，只怕會天崩地裂，大唐江山震顫，影響百年國運。裴寂倒還罷了，那謀僧的手段你也清楚，可稱得上神手妙筆，深沉若海，號稱算盡三千世界不差一毫。你雖然精通術數陰陽，但萬一有個閃失，只怕悔之莫及。」

「老道自然曉得。」魏徵也有些喪氣，「這個謀僧，還真讓人頭皮發麻。咱們耗費了偌大的人力物力，居然直到現在還不曉得他葫蘆裡賣什麼藥。唉！」

他面色頗為頹廢，沒想到杜楚客一看倒笑了：「好啊，好啊！又看到你這賴相了，每次你一示弱，必定有後手。我哥哥吃你的虧可不少啦！」

魏徵頓時啞然，喃喃地道：「原來老道還有這毛病？日後可得留神了。咳咳，小杜，不瞞你，老道我的確有後手，正插在那謀僧的命門上，至於能起多大作用，就不得而知了。」

「快說說看！」杜楚客拍手笑道。

魏徵一臉正色：「佛曰，不可說；老子曰，不可名。兩個聖人都不讓我說，老道我敢說嗎？」

杜楚客啞然。

「這樣吧，」魏徵想了想，道，「既然因為玄奘，這個謀僧算度失誤，眼下手忙腳亂，那老道我不妨再給他燒把火，你把消息傳出去，刺激他們一下。」

「什麼消息？」杜楚客問。

「天子下月巡狩河東的消息。」魏徵冷冷地道，「我就不信他們不動。」

天子即將巡狩河東的消息，有如長了翅膀一般，短短幾日內傳遍了河東道的官場，本來各級官員還將信將疑，又過了幾日，禮部發文，說四月初八，皇帝將啟程巡狩河東道，令沿途各級官員做好接待準備。公文後面還特意註上皇帝的原話：「一應事宜切以簡樸為上，莫要奢靡，更勿擾民。」

話雖這般說，但河東道的各級官員哪裡敢怠慢，這可是新皇繼位以來第一次巡狩河東，河東是龍興之地，太原更是王業所基、國之根本，號稱「北都」，皇上巡狩北都，那意義何等深重？

尤其是晉州刺史趙元楷，他所在的晉州是去太原的必經之路，治下的洪洞、趙城、霍邑三縣都得接駕，這可是一樁大學問了。趙刺史連連發公文給三地縣令，命令他們做好迎接聖駕的準備，並將具體措施上報。

迎接聖駕可不是接三兩個人的事，皇上一離京，起碼有上百名大臣跟隨，十六衛的禁軍估計五六千，說不定還帶著樂坊宮女，這種接待難度可想而知。這一來，三個縣頓時雞飛狗跳，三位縣令頓時頭痛欲裂，尤其是霍邑縣的郭宰大人，這位從軍中悍將變成負責地方治安的縣尉，再由縣尉升任縣令的大人，對這種接駕禮儀簡直兩眼一抹黑，幾日間，活生生把金剛巨人愁白了頭。

所幸這幾日綠蘿的病情漸漸康復，熱燒早退，只是整個人有些呆滯，常常睜大眼睛，視線沒有一個焦點，一出神便是半晌。郭宰心疼得難受，但自己事務繁多，只好讓優娘多陪著女兒。

這一日，郭宰匆匆忙忙去了衙門之後，李優娘來到女兒房中，見綠蘿屈膝坐在床榻上，小小的身子抱成一團，呆滯地看著帷幔上的一個蝴蝶結。李優娘幽幽嘆了口氣，端起几案上的一碗藥走過去坐在床邊，柔聲道：「綠蘿，喝了藥吧！」

綠蘿木木地轉過臉看著自己的母親，彷彿面對著一個陌生人。

李優娘心中一顫，一碗藥湯嘩地灑在了錦被上。

「那個人是誰？」綠蘿喃喃地道。

「哪個人？」李優娘勉強笑了笑，手忙腳亂地去擦拭藥湯，低下頭，不敢看女兒的臉。

「妳還要瞞著我？」綠蘿咬牙道，「興唐寺，婆婆院中的那個僧人！妳的那個姘頭！」

「綠蘿——」李優娘臉色煞白，雖然驚恐，但眼神中居然是憤怒的神色居多，「不許妳侮辱他！」

「侮辱他？」綠蘿嘲弄地看著母親，「我不但要侮辱他，而且還殺了他！」

李優娘的身體僵硬了。

綠蘿瞇著眼睛，宛如獵食的貓一般凝望著母親：「看來妳已經知道了呀？可惜我殺他的時候妳沒看到，我一刀捅進了他的心臟，他捣著胸口，連喊都喊不出來，因為他的嘴裡都是血沫。他望著我，那骯髒的血一股一股地從他的手指縫裡滲出來。然後，他跟我說了一句話……妳想知道嗎？」

李優娘悲哀地望著女兒，眼圈通紅，卻只是淚珠縈繞，整個人麻木了一般。

「他說，沒想到，我會死在妳的手上。」綠蘿的眸子宛如刀鋒一般，「他沒有想到嗎？他是僧人，卻沒想過因果迴圈，報應不爽？妳既然這般庇護他，看來是自願的了，妳置自己的名節於不顧，我也沒什麼好說。可是，妳知不知道……」她一字字地道，「你們羞辱了我的父親！羞辱了我那傻笨的繼父！也羞辱了我——」

最後一句簡直是撕心裂肺地吼出來的，眼淚瞬間奔湧而出，再難自抑。

李優娘也是淚如泉湧，這個優雅美麗的女人在女兒面前失聲痛哭，再也不顧形象，彷彿要把無窮無盡的委屈和痛苦發洩出來。

哭了半晌，李優娘停止哭泣，拿出絲帕，拭了拭眼淚，喃喃道：「事情不是妳想像的那樣，為娘……也有不得已的苦衷。」

「我沒有想像，我是親眼看見的。」綠蘿冷冷地道，「妳的事我現在一個字都不想知道，噁心！我只問妳一句，那惡僧究竟是誰？我殺死的那人，和興唐寺的住持，到底哪一個才是空乘？」

李優娘不答。

「不回答我？」綠蘿怒氣沖沖，嘶聲叫道，「他到底有什麼好？值得妳拋下與父親恩愛之情，拋下與郭宰的夫妻之義，拋下我這個做女兒的尊嚴，去與他私通？即便他死了，妳也要對他百般維護，連他的身分都不肯說出來？」

李優娘一向生活在優雅之中，未出閣時便以才女著稱，兩任夫君都對她愛護有加，連重一點的話都沒說過，今日卻被自己的親生女兒這般辱罵，心中的痛苦簡直難以言喻。可是她仍舊搖著頭，喃喃道：「我不能告訴妳……不能告訴妳……」

「妳不告訴我……好，好，妳不告訴我……」綠蘿氣急，「難道我自己便查不出來嗎？他的屍體我找不到，難道那個院子我也找不到？那個地道我也找不到？他們的善後確實天衣無縫，我也不知道他們是怎麼做的，可是我相信，一切人為的都會有破綻，我一定能找出來！

「還有！」綠蘿喝道，「莫要把我逼急了，否則我告訴郭宰！告訴河東崔氏家族！我倒要看看堂堂縣令還要不要臉面，看看號稱河東第一世家的崔氏要不要臉面！」

李優娘臉色慘白如紙，聽了這話反而笑了，雖然淒涼，眼中卻露出一抹柔情，緩緩道：「妳不會說的。」

「妳怎知我不會說？」綠蘿怒道。

「因為，妳姓崔，妳愛這個姓氏甚於妳的生命；更因為，妳對郭宰這個繼父內心有愧，別看平日裡妳對他橫挑鼻子豎挑眼，可妳知道他疼妳，甚於他自己的性命，妳不敢面對他。」

「妳……」綠蘿怒不可遏。

「妳是我的女兒，我一手養大的，我了解妳，甚於了解自己。」李優娘低聲道。

「住口！住口——」綠蘿劈手奪過藥碗，狠狠地摔在了地上。

母女倆在房中大吵，雖然莫蘭和球兒被李優娘支得遠遠的，也聽到了碗碟破碎的聲響，急急忙忙地跑了過來。李優娘嘆了口氣：「妳好好休息吧！等妳平靜了，咱們再談。」說完輕輕拭了拭眼角，蓮步輕移，出了房門。

郭宰晚上回來，先到綠蘿房中看了看自己的寶貝女兒。綠蘿白日間發了脾氣，病倒好了，獨自氣悶地躺在床榻上，繼父來了也不理會。郭宰詳細問了莫蘭，知道小姐無恙，倒也放了心，他在綠蘿面前碰壁慣了，毫不在意，樂呵呵地回了自己房中。

一進屋，見優娘也面朝裡躺在床榻上，頓時一怔，這母女倆今天怎麼了？連睡覺都是一個姿勢。

「夫人，我回來了。」郭宰輕聲道，「可有哪裡不舒服？」

「沒有。」李優娘下了床，給他寬衣，把官服疊好了搭在衣架上，「相公這幾天為何這麼忙碌？這都快戌時了。」

「唉！」一提這事，郭宰在綠蘿那裡得到的好心情頓時蕩然無存，一屁股坐在床榻上，喃喃道，「愁白了頭啊！」

「到底怎麼回事？」李優娘上了榻，跪在他背後緩緩揉捏著他的肩頭。

郭宰很享受這種溫馨的感覺，微微閉上了眼睛，嘆道：「皇上要巡狩河東。」

「巡狩河東干你何事？」李優娘奇道，「你治理這霍邑縣有目共睹，百姓安居樂業，皇上看在眼裡說不定還會封賞，又發什麼愁？」

郭宰苦笑：「封賞倒談不上，河東富庶，這縣裡的繁華也不是我治理之功。這倒罷了，關鍵是如何迎駕的問題，霍邑縣是前往太原的必經之路，皇上當年隨著太上皇興兵滅隋，大唐龍興的第一戰就是在霍邑打的，肯定要住幾天。可……可我讓他住哪兒？」

「也是。」李優娘在這方面的見識倒比郭宰這個官場上的武夫強多了，「皇上巡狩，若是從簡，扈從加上群臣也有五六千人，若是奢靡一點，只怕不下萬人，咱們這縣城……還真是安排不下。」

「可不是嘛！」郭宰連連嘆息，「這幾日我和幾位同僚一直在想辦法，還把縣裡的大戶人家召集了起來，獻計獻策。其實我的本意是想動員一名大戶，讓他們把宅子獻出來。可咱們這裡，山多地少，道路崎嶇，即便是大戶，家宅也都不大，住個上百口人就算不小的宅子了，哪能安置下皇上？」

「這倒是樁大事。」李優娘喃喃地道。

「別說我，洪洞、趙城兩個縣令也在頭痛呢，不過他們還好，兩城距離近，皇上只會在他們中的一家過夜，兩人還能有個商量，可我呢？」郭宰幾乎要發狂了。

李優娘忽然一笑：「相公真是當局者迷，難道你忘記那個地方了嗎？地方夠大，風景又佳，住上幾千人也不成問題。更重要的是，皇上肯定滿意。」

「嗯？」郭宰霍然睜開了眼睛，身子一轉，愣愣地盯著夫人，「還有這地方？夫人快說，是哪裡？」

「我要是說了，夫君有何獎賞呀？」李優娘柔媚地道。

郭宰心裡一酥，魂都要飛了：「夫人只要能找到這地方，要什麼老郭我就去弄什麼！哪怕夫人要天上的月亮都給妳摘下來！」

「我要那月亮做什麼……」李優娘痴痴地看著他，忽然環臂摟住他的脖子，幽幽道，「有了你，就足夠了。」

郭宰骨頭酥麻，心中感動，卻還沒忘了正事，一疊聲地催促。李優娘道：「興唐寺！」

郭宰一呆，隨即拍手大笑：「好啊！好啊！夫人真是女中諸葛，縣官們都建議縣裡捐出錢糧，建一座行宮。我心疼那大把大把的開通元寶，捨不得花，沒想到夫人竟然一文錢不花就解決了這個大麻煩！沒錯，沒錯，興唐寺啊，地方夠大，禪院多，皇上和百十名大臣住進去綽綽有餘，山門前的空地還能駐兵……兆頭也好啊，興唐！皇上肯定喜歡！」

「夫君該獎賞我了吧？」李優娘笑道，眼睛深處卻露出一絲深深的痛苦。

「獎！現在就獎！」郭宰絲毫沒有留意，哈哈大笑著，一把扯了衣服，把夫人平放在榻上，身軀壓了上去。他這身軀過於龐大，頓時把嬌小的李夫人遮沒了影……

第九章　坐籠，暗道

這一夜，玄奘的心裡也頗不平靜，禪院裡少了綠蘿嘰嘰喳喳的聲音，雖然清淨了，但對這小魔女的病情，他總有幾分掛念。這孩子如此暴戾，看來崔珏自縊，對她刺激很大。腦子裡整天都想著復仇，如何還能像正常人家的孩子那般長大？

但對於玄奘而言，除了多念些〈大悲咒〉，望佛祖保佑她平安之外，也沒有別的辦法。

此時已是深夜，快到子時了，玄奘正在佛堂裡打坐，忽然庭院中響起急匆匆的腳步聲，波羅葉一頭撞了進來：「法師，法……法師……」

玄奘見他滿頭是汗，不禁一怔：「你沒有在房中休息嗎？」

波羅葉一愣，這才想起一個多時辰前就告訴他自己睡覺去了，但此時他也顧不得解釋，急忙道：「法師，籠子……不見啦！」

「什麼籠子？」玄奘一頭霧水。

「空乘的……坐籠……」波羅葉跪坐在玄奘面前，低聲道，「我……一直覺得，空乘，不妥。綠蘿殺的，那人，明明是，空乘，可他，怎麼還，活著？必定有，祕密。」

玄奘臉色平靜，緩緩道：「於是你就去監視他？」

波羅葉一抖，他和綠蘿一樣，最近越發覺得，這個看起來傻笨傻笨的年輕和尚城府之深沉、意志之堅韌、目光之敏銳，讓人渾身不自在。彷彿在他面前根本沒有祕密可言，彷彿世上的一切都在他慈悲而平和的雙眸之中現形。

玄奘見他不答，搖了搖頭，平靜地道：「你是從綠蘿刺殺空乘那天起就開始監視他的吧？你每夜出去，雖然貧僧不知道，但白天你總是呵欠不斷。像你這種修練瑜伽術，能斷絕呼吸幾個時辰的人，除非整晚不睡覺，否則不會損耗這麼大。」

波羅葉低下了頭：「一切都，瞞不過，法師。」

「說說吧，發現了什麼？」玄奘道。

「法師，還記得，空乘，禪院裡那個『坐籠』，嗎？」波羅葉道，「這麼多天，我一直，監視空乘，可是，沒有異狀，今天，卻發現，坐籠，不見了。」

玄奘皺緊了眉頭，那「坐籠」他印象很深刻，並不是因為造型奇異，而是因為空乘每日在裡面打坐修禪。他點點頭：「你這幾天監視空乘，可發現他每日到坐籠裡修禪嗎？」

「沒有。」波羅葉道，「一次也，沒有。每天晚上，他進了，禪房，就不再，出來。」

玄奘臉上凝重起來，站起身道：「帶我去看看。」

「好！」波羅葉興奮起來。

兩人離開菩提院，在幽暗的古剎中穿行，月光暗淡，遮沒在厚厚的雲層中。兩人沒有打燈籠，不過波羅葉連續跑了好多天，對道路熟悉無比，帶著玄奘走了沒多久，就來到空乘的禪院外面。

「法師，麻煩您，要爬樹了。」波羅葉尷尬地道。

玄奘瞪了他一眼，知道這廝每天夜晚都幹這爬樹翻牆的勾當。院牆不高，估計郭宰跳一下就能看到院子裡，但以兩人的身高就算抬起胳膊也搆不到牆頭。幸好外牆旁邊是松林，有一棵古松，枝杈橫斜，恰巧可以攀緣上去。

波羅葉蹲下身子，讓玄奘踩著自己的肩膀上了松樹，順著手臂粗的松枝，兩三步就上了牆頭。波羅葉乾脆一躍而上，有如猴子般靈敏。兩人伏在牆頭，波羅葉先跳下去，然後把玄奘接了下來。

院子裡一片黑暗，左右廂房裡的弟子們估計早早睡了。波羅葉熟門熟路地沿著牆角，借著花木掩護，帶著玄奘走到懸崖邊，兩人頓時呆住了——懸崖下山風呼嘯，陣陣陰冷，那個「坐籠」，卻好端端地聳立在懸崖邊！

「不可能！不可能——」波羅葉喃喃地道，「法師，明明……它不在的啊！」

玄奘默不作聲，走到坐籠邊蹲下，在周圍的地面上摸索了片刻，然後打開一扇小小的門，鑽了進去。波羅葉也跟著鑽了進來：「法師，有發現嗎？」

玄奘搖搖頭，伸手在坐籠的四壁摸索。這坐籠是木質的，裡面很簡單，沒有任何陳設，只有正中間放著個蒲團，除此以外就是木板，什麼都沒有。玄奘拿開蒲團，兩人隱約看到下面彷彿有東西，似乎是一朵花。

玄奘伸手摸了摸，才知道是一朵木雕的蓮花。波羅葉心裡奇怪，這老和尚怎麼拿個蒲團墊在蓮花上？難道他以為這樣就可以像觀音菩薩？

玄奘皺眉思索了片刻，伸手撫摸著蓮花瓣，左右擰動，果然，那木雕蓮花竟然微微動了起來。兩人頓時一震，對視一眼，都露出驚懼之意。玄奘一咬牙，按照綠蘿此前說的，左三右四，使勁一擰。

兩人的腳下忽然傳來輕微的震顫，整座房舍竟然晃動起來。兩人站立不穩，跌作一團，心頭頓時驚駭無比——這可是懸崖邊啊！

正害怕的當口，兩人驚異地發現，這座房舍竟然開始緩緩移動！波羅葉正要說話，玄奘一把摀住他的嘴巴，肅然地搖頭。兩人安靜下來，看著這座房舍幾乎是悄無聲息地在懸崖邊滑動，玄奘甚至還把房舍的門關了。波羅葉頓時頭皮發麻，這位看起來文弱，卻真是膽大包天，這要是衝進懸崖，連逃都來不及。

但玄奘表情很是凝重。房舍開始以飛快的速度朝一旁聳立的崖壁衝去，兩人都有些緊張，只見房舍在瞬息間撞上了崖壁，兩人眼睛一閉，以為要撞牆的時候，房舍卻呼地陷入了岩石之中！

兩人頓時瞪大了眼睛，這才發現，這座石壁上竟然有個暗門，房舍一到，暗門打開，恰好和房舍一般大小，把它吞入其中。

還沒從驚異中回過神來，只聽頂上啰嗒一聲，隨即一陣強烈的失重感傳了過來，有如忽然跌進了萬丈深淵！兩人再膽大這時也駭得面無血色，只聽到耳邊風聲呼嘯，整座房舍朝深淵中墜了下去……

「死了，死了……」波羅葉喃喃道。

玄奘狠狠地掐了他的大腿一下，厲聲道：「看清了！」

波羅葉睜開眼睛，頓時目瞪口呆，原來他們竟是貼著懸崖斜斜地墜落，而且速度遠沒有直接墜落那般可怖。周圍的山石與黑暗撲面而來，呼呼地從眼前掠過……

「這房舍有機關。」玄奘低聲道，「若是貧僧沒料錯，房頂應該有掛鉤，剛才喫嗒一聲就是溝槽扣住的聲音。而且懸崖上應該有一條鐵鏈，房舍是掛在鐵鏈上向下滑行。」

波羅葉擦了擦額頭的冷汗，喃喃道：「那會，到哪裡，才停下？」

「不知道。」玄奘淡淡地道，「到了地方，肯定會有減速裝置，否則就是這種速度也會把人撞死。一旦開始減速，咱們就該留意了。」

他說得輕鬆，其實心頭很是沉重。倒不是擔憂自己的安危，而是對空乘的嘆息，身為名僧法雅的弟子，他也算是法林裡有德行的僧人，為何做事卻這般詭異？自己的禪院裡居然裝有這等匪夷所思的機關？

房舍在輕微的嘎嘎聲中飛速滑行，這懸崖深不可測，墜了半炷香的工夫居然還不到盡頭。波羅葉奇怪起來：「懸崖……不可能有，這麼深，啊！」

玄奘點點頭：「懸崖自然不會有這麼深，咱們肯定是在鐵鏈軌道的控制下去一個地方。」

「什麼地方？」波羅葉問。

「空乘方才去的地方。」玄奘解釋，「你最初看的時候，房舍不在原地，可咱們來的時候它卻在。這房舍其實就是一種隱密的交通工具，這說明有人曾經乘著房舍出去了一趟，又回來了。這房舍內的蓮花機關並不是很隱密，看來住在空乘禪院中的弟子應該也知道，所以咱們沒法判斷是誰乘著它出去了。」

正在這時，眼前隱約有燈火閃爍。周圍的懸崖深淵一片漆黑，這點燈火看起來醒目無比，兩人對視一眼，開始緊張起來。有燈火，就意味著有人！如果這下面真是個祕密巢穴，兩人這麼大搖大擺地過去，可是自投羅網了。

這時候，兩人才覺得這房舍的速度真是……太快，太快了。

眼下那點光亮逐漸放大，從高空望下去，原來是一座依山建起的農家院。說是農家院，也是前後兩進，青瓦鋪頂，顏色看起來倒跟岩石差不多，極為隱密。房舍開始減速，咔咔的摩擦聲響起，夾雜著嘩啦啦的機械聲響，速度慢慢降低，貼著懸崖的岩壁，輕輕地滑進了最後那座院落和山壁間的夾層中。

玄奘在波羅葉耳邊低聲說了幾句，波羅葉興奮地道：「明白，法師。」

這時候房舍平穩地落在了地上，兩人打開門，正要出去，後院的人聽到響聲，急匆匆地跑了過來，卻是一名樵夫模樣的中年男子。玄奘擋在波羅葉面前迎了上去，四周過於黑暗，那樵夫並未看清他的模樣，只看到光錚錚的腦袋。

「師兄呢？」玄奘合十問。

「去馬廄牽了匹馬，朝縣城方向走了。」那樵夫隨口答道，忽然看見玄奘模樣陌生，不禁奇道，「您是哪位師兄，以前怎沒見過？」

玄奘笑了，波羅葉陡然如一縷輕煙般閃了出來，一掌劈在他後頸，那人愕然睜大眼睛，軟軟地倒下。玄奘皺眉，低聲道：「出手這麼重，不會傷了他性命吧？」

「在您的，面前，我哪裡敢，殺生。」波羅葉搖頭，「過三五個時辰就醒過來了。」

兩人悄悄地順著小門進入第二進院落，忽然聽到撲稜撲稜的聲響，借著房內微弱的光芒，才發現牆邊居然是一排整齊的鴿籠，裡面養了二十多隻白色的鴿子。

「應該是信鴿，用於傳遞訊息。」玄奘暗道。

再往前走，卻聞到濃重的馬糞味道，居然是一座馬廄，裡面有十多匹高大的馬匹，正在安靜地休息，時而噗噗打個響鼻。馬鞍都卸了下來，整整齊齊地堆在旁邊的木架上。玄奘內心更加疑惑，後院有三間房舍，只有靠近馬廄的這間有燈，其他兩間黑燈瞎火，屋裡傳來此起彼伏的呼嚕聲。

波羅葉低聲道：「法師，聽呼吸聲，這兩間屋子裡的人，只怕有七八個。亮燈的這間，裡面只有一個人。」

玄奘點點頭，輕輕走到窗戶邊，點破窗櫺紙朝裡面看。波羅葉在後面暗中稱讚：「法師可真了不起，不但佛法高深，連這等江湖手段都這般熟悉……」

房裡只有一個二十多歲的男子，普通百姓打扮，正趴在桌上打呵欠。桌上放著兩碟小菜，一壺老酒。這人喃喃地念叨著：「這傢伙，怎麼還不回來？」

玄奘朝波羅葉招了招手，兩人緩緩推開門，那人頭也不抬：「怎麼才來？下來的是哪位師兄？」

耳邊卻沒人回答，他詫異地直起身子，猛然間看到面前的玄奘和波羅葉，立刻呆住了。

波羅葉正要出手，那人忽然朝著玄奘恭恭敬敬地施禮：「原來是大法師！小人徐三拜見大法師。」

玄奘怔住了，給波羅葉使了個眼色，遲疑道：「你認識貧僧？」

「六年前小人有幸，遠遠見過大法師的風采。」那人臉上充滿了崇敬，「沒想到這麼多年，大法師風貌依舊。」

玄奘心裡頓時一沉，他認錯人了，能使別人認錯的人，只有自己的哥哥長捷！玄奘心中悲苦，看來長捷真是參與了這等可怖詭異的事情，他到底在哪裡？又在做什麼機密之事？心中淒然，但他臉上卻不動分毫，淡淡地點了點頭：「哦，貧僧倒不記得了。你叫徐三？是什麼時候調來此處的？職司是什麼？」

「回大法師，」徐三道，「小人五年前來這飛羽院，職司是養馬。」

原來這地方叫飛羽院。玄奘心中盤算了片刻，問：「你此前是做什麼的？」

「小人是石匠。」徐三道，「曾參與建造興唐寺，後來空乘法師知道小人曾經給突厥人養馬，就招納小人來了此處。」

玄奘又旁敲側擊地了解了一番，才知道這個飛羽院養有快馬和信鴿，是一座專門負責通訊的祕密基地，算是個訊息的中轉樞紐，主要負責興唐寺和周邊的聯絡。從此處到興唐寺內的核心禪院，建有鋼索通道，利用坐籠可以往返，不但可以祕密運人，還能運送些不便從正門走的大宗物件。

這個徐三只負責周邊的工作，更多的情況就不了解了。

玄奘點了點頭：「貧僧有要事尋空乘師兄，可他不在禪院。方才貧僧見坐籠啟用過，以為他下了山，就追過來問問。」

「哦，回大法師，空乘法師方才的確乘著坐籠下來了，隨後命我們送了些東西回禪院，然後他自己牽了匹馬，急急忙忙走了。」徐三道。

「沒回寺裡？那他去了何處你知道嗎？貧僧有大事，一定要盡快找到他。」玄奘道。

「嗯……」徐三想了想，「空乘法師去哪裡，辦什麼事，自然不會跟我們這些下人講，不過，小人聽他的馬蹄聲，應該是朝縣城方向走的。」

玄奘怕露出破綻，不敢再詳細追問，當下點了點頭：「給貧僧牽兩匹馬。」

「是。」看來長捷的地位非常高，足以調動這飛羽院的資源，那徐三毫不猶豫地答應，然後去馬廄裡牽了兩匹馬。

這時波羅葉笑嘻嘻地過來了，朝他招了招手：「你，過來。」

徐三納悶地走過來瞧著這個西域人，波羅葉笑道：「咱們，大法師的，行蹤，是絕對的，機密。你們這些，人，不能知道。」

徐三想起組織裡嚴厲的手段，當即面色發白，撲通跪了下來，險些大哭：「法師，大法師，饒命啊！」

波羅葉把他拽了起來：「你，不要怕。法師慈悲，不殺人。讓我，打暈你，醒來後，你就當作，啥都，不知道。明白？」

「明白，明白。」徐三汗如雨下，主動把腦袋伸過去讓波羅葉打。

波羅葉剛要打，玄奘道：「後院還有個人被我的護衛打暈了，醒來後你和他解釋清楚，讓他莫要聲張。」

「小人明白，小人明白，」徐三磕頭不已，「多謝法師饒命。」

波羅葉不等他說完，一掌拍暈了他，然後把他和後院那位一起扛到屋裡扔在床上，然後熄了燈，和玄奘悄悄拉著馬匹出了飛羽院。

這座飛羽院隱密無比，背靠懸崖，前面是一座山丘，山丘四周樹木叢生，即使走到樹林裡也看不見這座院子。林間有小道，兩人策馬而行，波羅葉問：「法師，咱們，去哪兒？」

「縣城。這座飛羽院裡的人只是下人，不了解核心機密，要找出真相，只有追查空乘。」玄奘淡淡地道，一抖韁繩，策馬飛奔起來。

馬蹄敲打著地面的山石，清脆無比，一輪冷月掩藏在雲層中，路徑模糊難辨，四周的山峰簇擁起巨大的暗影，覆壓在兩人的頭上。時而有豺狼的聲音在夜色中傳來，淒涼，幽深，驚怖。

這裡是一座山谷，倒也不虞走岔了路，兩人並轡而行，夜風在耳邊呼嘯而過，蹄聲忽而沉悶，忽而清脆，馳騁了小半個時辰，才總算出了霍山，距離縣城只剩不到二十里。放眼望去，四野如墨，只有近處的樹木在模糊的月影中搖曳。

兩人分辨著路徑，很快就走上半個月前來時的道路，這才敢策馬狂奔，又跑了半個時辰，終於到了縣城外。霍邑縣以險峻著稱，當年李淵滅隋，宋老生據城而守，李淵數萬大軍也無可奈何，若非設計誘出了宋老生，只怕這天下歸屬就會改寫。

夜色中，霍邑縣巍峨的城牆有如一團濃雲聳立在眼前，黑壓壓覆蓋了半片天空。這時已經是子夜，城門落鎖，吊橋高懸，護城河足有兩三丈寬，兩人看著都有些發怔。

「法師，城門，早關了，這空乘，不可能，進城呀！」波羅葉道。

玄奘皺著眉，看了看四周，這裡是東門，很是荒涼，寥落的幾戶人家，也都一片漆黑，沒有燈火。

霍邑是軍事重鎮，盤踞朔州的劉武周敗亡前，一直向南進攻，最嚴重的一次曾經攻陷太原，占據河東道大部分地區，因此武德三年劉武周敗亡之前，縣城外很少有人家居住。這六年來，河東道民生漸漸恢復，開始有貧民聚居在城外，不過只在城北和城南這兩處溝通南北的大道兩側居住，城東只能去霍山，一出城就是曠野。

玄奘在馬上直起身子張望，忽然看到偏北不遠處似乎有一座黑漆漆的廟宇，他朝波羅葉打了個手勢，兩人策馬緩行，悄悄朝那裡奔了過去。到了那處，果然是一座土地公廟，大約是前隋的建築，經過兵亂，早已經荒廢，連廟門都沒了，前面的屋頂破了個大洞，黑漆漆的。

兩人對視一眼，搖了搖頭，正要走，忽然聽到隱約的馬匹噴鼻聲。玄奘目光一閃，向波羅葉打了個手勢，把兩匹馬拴在廟前的一棵老榆樹上，悄悄摸了進去。

廟裡漆黑無比，一片腐爛的氣息。正殿上的土地公像也殘缺了一半，蜘蛛網布滿了全身。兩人一進門，撲稜稜有蝙蝠飛起，從耳邊刷地掠過，嚇得兩人一身冷汗。兩人繞著神像轉了一圈，沒什麼發現，順著後殿的門進了後院，後院更荒廢，兩間廂房早塌了大半邊，另一邊也搖搖欲墜。

然而，就在院裡牆角的一棵老榆樹上，卻拴著一匹馬！

那馬看見兩人，噗地打了個響鼻，然後側頭繼續嚼吃樹上的榆葉。玄奘走到牠旁邊，摸了摸馬背，背上汗水還未乾，馬鞍的褥子上似乎還殘留著一絲餘熱。玄奘悚然一驚，面色凝重地查看四周，但奇的是周圍只有這匹馬，再無可疑之物，更別說人了。

波羅葉低聲道：「法師，看情況，這應該是，空乘的，馬。他剛到，這裡，不久。馬拴在，這裡，說明人，沒有，走遠。」

玄奘盯著四周，半晌才緩緩搖頭，低聲道：「這裡很偏僻，周圍四五里內幾乎沒有住戶，空乘不大可能步行出去。貧僧所料不錯的話，這裡應該有密道！」

「密道？」波羅葉驚呆了。

玄奘點頭，眺望著遠處黑魆魆的城牆：「通往城內的密道。亂世之中，朝不保夕，整個家族都在城內，一旦敵軍圍城，豈非就是全族覆滅的下場？因此，一些高官甚至大戶人家私下建一條通往城外的密道，並不稀奇。」

波羅葉對東方的歷史風土並不了解，這裡和天竺差別太大了，一座州府，規模就比天竺的曲女城、華氏城還要大。聽玄奘這麼說，想起綠蘿曾經講過的密道，心也熱了起來，兩人便在土地公廟內細細搜索。

重點是大殿，殘缺的土地公像似乎藏不住什麼密道，後院的破爛房子更不可能，兩人找了半天，忽然在後院的角落裡發現一口深井。井口寬約兩尺，玄奘趴在井口向下望，波羅葉從懷中掏出一根火摺子，擦亮遞給他。玄奘沒想到他居然帶著這東西，卻也沒說什麼，拿著火摺子在四壁照了片刻，這井的四壁都是青磚砌成，年深日久，布滿了青苔，還有些殘缺。

玄奘默默地盯著，招手讓波羅葉看：「你看這幾塊缺損的青磚，是否恰好可以容一個人攀緣？」

波羅葉趴下來看了看，點頭：「法師，要不，我先下去，看看？」

玄奘點了點頭。波羅葉敏捷地下了井，兩隻手摳住磚縫，兩隻腳輪替向下，果然，那些缺損的青磚恰好可以供人攀爬。向下大約兩丈，便看不見波羅葉的影子了，火摺子微弱的光芒下一團漆黑。

玄奘怕他失手掉進去，正在緊張，忽聽得地下傳出嗡嗡的聲響：「法師，您老，神機，妙算！井壁上，果然，有通道！」

玄奘大喜，低聲道：「你先進去等著我，我這就下來。」

說完熄滅火摺子，向下攀爬。所幸他身子骨還算強壯，多年來漫遊的經歷使他比那些長居寺廟的僧人身體好得多，這才有驚無險地下了深井。下了兩丈，井壁上果然有一條兩尺高的通道，波羅葉趴在洞口，伸手抓住他，小心翼翼地把他拽了進來。

兩人重新晃亮火摺子，發現一條狹窄幽深的地道在眼前綿延而去，深不可測。兩人對視一眼，心都提了起來——地道的盡頭，究竟會有什麼驚人的發現？

庭院深深，夜如死墨。

霍邑縣的正街上傳來清晰的更鼓之聲，已經是深夜丑時，狂歡後的臥房靜寂無比，郭宰與李優娘睡得正香，沉重的呼嚕聲震耳欲聾。就在他們床邊，一條黑如墨色的人影悄然而立，與房中的寂靜黑暗融為一體，只有一雙眸子閃爍著火焰。

那人影彷彿對房中布局極為熟悉，輕輕走到燭臺旁邊，竟然嚓嚓地打起了火摺子，石火電光照見一副陰森森的猙獰面具，忽隱忽現。過了片刻，火摺子亮了起來，燭臺上有蠟燭，他輕輕地點上，頓時室內燭光躍動。

那人走到床邊，看著郭宰粗黑胖大的身子赤裸裸地躺在邊上，胯下只穿著一條犢鼻短褲，而李優娘身上也只穿了一條抹胸，下身的褻衣連臀部和大腿都遮不住，雪白的身子大片露在外面，一片旖旎。

那人眸子似乎要噴出火來，從懷中掏出一個白瓷瓶子，打開，用指甲挑了一點碧綠色的藥膏，輕輕湊到李優娘的鼻端。李優娘忽地打了個噴嚏，緩緩睜開了眼睛。

看見這人，她竟然沒有吃驚和害怕，直到發現自己幾乎赤裸著身子，才低聲驚呼，扯過被子把自己蓋住。

「不要裝了，妳不是故意讓我看見的嗎？」那人冷冷道。

李優娘一滯，忽然笑了，優雅地把被子掀了開來，讓自己美妙的胴體暴露在那人眼中，柔膩地道：「自然是要讓你看的，難道對你我還需要遮掩不成？」

那人的面具裡響起嘎嘣一聲，似乎在咬牙，冷然笑道：「妳是故意刺激我！」

「是呀！」李優娘就這麼赤裸著坐起來，伸展伸展雙臂，玲瓏的曲線怒張，「你還怕我刺激嗎？你修行了那麼久，心如枯井，佛法精深，我在你眼裡不過是一具紅粉骷髏罷了。」

那人面具後面的頭皮光禿禿的，還點著戒疤，竟然是一名和尚！

「妳明知道不是！」那人怒道。

「不是為何不帶我走？」李優娘毫不退讓，冷冷地道，「你能眼睜睜看著我在這人身下承歡，成了郭家媳婦，卻視若無睹，你還有什麼刺激受不得？」

「我……」那人惱怒無比，噌地跳上床榻，砰地一腳踢在郭宰的背上。郭宰竟然仍舊打著呼嚕，熟睡如死。但他身子太過巨大，顫了一顫，竟不動彈。那人恨極，砰砰又踢了兩腳，然後蹲下來使勁把他往地上推。李優娘冷冷地看著，一動不動。

那人呼哧呼哧費了半天力氣，才把郭宰推到床沿，又狠狠地踹了兩腳，郭宰才撲通滾下了床榻，轟地砸在地上。這般動靜，他竟然仍舊呼呼大睡。

那人轉回頭，猙獰地看著李優娘，猛地撲到她身上，嗤嗤兩聲，把抹胸和褻衣盡數撕落，解開自己的衣袍，狠命地折辱起來。李優娘一動不動，宛如屍體般躺著，任那人在身上聳動，眼角卻淌出兩滴晶瑩的淚珠。

「妳……」那人掃興地爬了起來。

李優娘挪了挪身子，縮到了床榻裡頭，抱著膝蓋，雪白的身子縮成了一團。

兩人沉默地坐了片刻，那人道：「我交代妳的可曾跟郭宰說了？」

李優娘木然點頭，那人急道：「他可答應了？」

「怎麼會不答應？」李優娘臉上現出嘲諷之色，「你是何人？算計的乃是天下，何況這個在你眼裡又蠢又髒的豬！你拋出興唐寺這個大誘餌，他正走投無路，怎麼都會吞的。」

「很好，很好。」那人聲音裡現出興奮之意，「只要皇上住進興唐寺，我的計畫就徹底成功了。到時候我就帶妳遠走高飛，過神仙般的日子！」

李優娘臉色平淡道：「修佛這麼多年，你是有道高僧，也羨慕神仙？帶著我這個骯髒不潔的女人，會阻礙大師你成就羅漢的。」

那人惱怒道：「我怎麼跟妳解釋妳都不聽？籌謀這麼多年，成功就在幾日之間，妳都等不及了？好啦，好啦！別耍小孩子脾氣，我還要去辦一樁大事，無法在這裡久留。」

「你想知道的消息也知道了，想發洩的也發洩了，自然該走了。」李優娘道。

「妳……」那人心中惱怒，卻是無可奈何，「對了，我提醒妳一件事，我送妳的五識香妳可要藏仔細了。都怪妳不留神，讓綠蘿發現這個東西，險些釀出一場大禍事。」

李優娘瞥了他一眼：「對你來說，那算什麼大禍事，輕而易舉就被你消除得乾乾淨淨。一百多口人而已，你又不是沒殺過。」

「妳……」那人無言以對，「好，好，不跟妳說了。那小妮子漸漸大了，鬼精著呢，別讓她看出什麼，妳平日小心點。對了，我去看看綠蘿，這小丫頭，上次可真把我嚇壞了，居然躲在門口殺我，險些死在她手裡。」

「你……」李優娘神色一驚，「你不要去了。」

「沒事。這宅子裡每個人都睡得死死的，不會被人發現。」那人毫不在意。

「不行！」李優娘神色嚴肅，「我不允許你見她！辦完了事，就趕快離開我家！」

那人怒不可遏：「妳瘋了！妳可知道妳在跟誰說話？」

李優娘堅決無比，冷冷盯著他，毫不示弱。那人最終敗下陣來，哼了一聲，轉身就走。

「等等！」李優娘忽然道。

「又做什麼？」那人不耐煩地道。

「把他抬上來。」李優娘指了指地上的郭宰，一臉嘲弄地望著他，「難道你讓我一個人把他扛起來？」

那人無語。

郭宰的體重只怕有三百多斤，兩個人費盡九牛二虎之力，又是抱又是扛，才勉強把他給弄上床榻，累得渾身是汗。那人喃喃道：「真是何苦來哉。」

說完他看也不看李優娘，轉身朝門口走去，李優娘頓時吃了一驚：「你去哪裡？」

「去看看綠蘿。這小妮子最近殺心太重，難免惹出事來，我得想個法子。」那人說著，伸手拉開了門閂。

「不行。」李優娘急忙從床上跳了起來，這才發覺自己沒穿衣服，急急忙忙從衣架上取下一件外袍披上，追了出去。

那人熟門熟路直接走到綠蘿的房外，從懷中掏出一把薄如蟬翼的匕首，插入門縫，輕輕一撥，房門便開了。這時李優娘也急忙追了過來，兩人在房門外推攘了片刻，忽然房內一聲囈語，兩人頓時都僵了。竟是綠蘿在說話！

那人露出怪異的神色，把耳朵貼在門框上聽了片刻，才發覺原來是在夢囈。

「五識香對這小妮子效果怎麼這麼差？」那人喃喃地道，隨即瞪了一眼李夫人，低聲道，「都是妳，五識香被她偷偷拿了去亂用，只怕連解藥這小妮子都有了。」

李優娘分辯：「她就是有解藥也不會每天晚上自己服用後再睡……」

那人的眼中彷彿要噴出火來，厲聲道：「妳懂什麼？解藥用得多了，即使不用也會對五識香產生抵抗力。日後一定要收好了。」

李優娘默默無語，那人推開門走了進去，即使綠蘿昏迷的程度淺，他也不虞驚醒她，當即點燃了燭火。五識香乃是極為可怕的迷香，五識即眼識、耳識、鼻識、舌識、身識，一旦中了迷香，眼不能見，耳不能聽，舌不能辨，身不能覺，這香中還摻雜了大麻，吸入迷香之後一切外在感覺盡數消失，但意識卻會陷入極樂的迷離中，自己心底最隱密的願望有如真實發生一般，在虛幻中上演。

那日玄奘中了迷香，居然夢見自己覲見如來佛祖；而判官廟的幾十個香客也經歷了一場黃粱大夢；至於郭宰更是三番五次地進入極樂世界，在夫人偷情的當口做著極樂之夢。

那人擎著燈燭走近床榻，綠蘿正在沉睡，渾身是汗，面色潮紅，小巧玲瓏的身子絞著錦被，嘴角掛著笑，正在喃喃自語。

「玄奘哥哥，不要走，再陪我一會兒好嗎……唔，你在念經呀，給我念念《伽摩經》好嗎……如果一個女人總是回絕戀人的求愛，那麼即使春天的鳥兒也會停止歌唱，夏天的知了也會緘默無聲。你以為她是不想屈服嗎？錯啦！在她的內心，其實早已暗暗願意了。」

兩人頓時面面相覷，一起呆了。

「是的，由於羞恥心禁止女人主動撫愛男人，所以當男人採取主動，先去撫愛女人的時候，女人是非常喜歡的。在愛情這件事上，應當是男人開始的，應當是他先向女人祈求；而對於男人的祈求，女人是會很好地傾聽，並快活地領受的。

「玄奘哥哥，你聽，《伽摩經》上講得多好呀！你讀了那麼多的經書，為何不能把《伽摩經》在我的耳邊讀一讀呢？」

少女嬌媚的臉上掛著笑，嘴裡喃喃自語，眼角彷彿還噙著淚花，也不知夢中是旖旎還是哀傷。

「天──」李優娘驚駭地掩住了嘴，眸子大睜地望著那人，「綠蘿她……她、她……竟然愛上了玄奘……」

那人面色鐵青，眼中露出火焰般的色彩，重重地哼了一聲，把燈燭往李優娘手裡一塞，一言不發，轉身走了出去。

李優娘痴痴地看著他的背影，又呆呆地望著女兒夢中的模樣，嬌弱的身子再也支撐不住，緩緩蹲在了地上，雙手摀著嘴，無聲地哭泣了起來。

第十章　天竺人的身分，老和尚的祕密

「阿彌陀佛……快些……」幽深的地道內，傳來玄奘焦急的呼喝。

兩人彎著腰在狹窄逼仄的地道內飛跑，不是朝裡跑，而是朝外跑。半個時辰前，他們順著這條密道潛入了縣衙內宅。地道開得極為隱密，從地底穿到了山牆的牆角。山牆是承重牆，一般比較厚，然而這座山牆距離地面一尺的牆體，卻是活動的。在內部有機關控制，橫柄一拉，這面一尺高，一尺半寬的牆體就會無聲無息地陷入地底，敞開洞口。

但玄奘卻不敢拉，他全然沒想到盡頭處居然是縣衙的內宅臥房！聽著臥房內香豔旖旎，而又驚悚可怖的對話，玄奘忽然間熱汗涔涔，握著橫柄的手竟然輕輕顫抖，前塵往事有如雲煙般在眼前繚繞而過，他忽然明白了這一切的根源……

「法師，」波羅葉也滿頭是汗，喃喃道，「房間裡，沒人了，咱們，出去？」

玄奘默默地搖頭：「回去。」

「什麼？」波羅葉以為自己沒聽清楚。

「回去，回興唐寺。」玄奘喃喃道，「所有的謎底都在興唐寺，怪不得貧僧初到霍邑，李夫人屢次要我離開，這一場陰謀之大，只怕你我無法想像。」

「到底，有什麼，陰謀？」波羅葉忍不住道，「法師您，查明白，了？」

黑暗中，波羅葉看不到玄奘的臉，但仍舊能感覺到面前的那雙眸子燙得嚇人，彷彿會灼燒自己的臉。他此時如墮霧中，越接近越有種看不明白的感覺，但龐大而可怕的壓力也讓他遍體滾燙。

「興唐寺內，機關，迷霧，陷阱重重。而皇上若是住進這座寺院……」玄奘的身體忍不住顫抖起來，「這個後果，郭宰承受不起，我們佛門承受不起，大唐也承受不起。」

波羅葉的身體也顫抖起來，地道內靜得嚇人，只有兩人沉重的喘息聲有如拉風箱一般。

「走！回興唐寺！」玄奘咬牙道，「咱們一定要把這場陰謀的核心機密探聽出來，阻止他們！」

兩人不敢再耽擱，飛快地朝來的方向跑去，簡直手足並用，爬了半個時辰才順著土地公廟的井口回到了地面。一到地面，立刻解開馬匹的韁繩，雙腿一夾馬腹，沉悶的蹄聲在夜色中響起，順著來路疾馳而去。

一路上兩人沉默無言，各懷心思。

「法師，」波羅葉終於憋不住了，衝上來和他並轡而行，訥訥地道，「如果……我說，如果，空乘的，陰謀是，對付皇帝，他會，得到，什麼懲罰？」

「什麼懲罰……」玄奘苦笑不已，「在我朝，這幾乎是謀逆，還會有什麼懲罰？這種謀逆罪追究到什麼程度其實是看皇上的心情。輕的話主犯斬首，重的話全家連坐、株連九族……佛門更會面臨大浩劫。」

「那……你哥哥，牽涉其中，你出家後，算不算，他的，家人？」波羅葉問。

玄奘怔住了。按照佛典，僧人出家就是斷絕塵緣，和世俗家庭的關係也就不復存在，唐律規定：入道，謂為道士、女官，若僧、尼……自道士以下，若犯謀反、大逆，並無緣坐，故曰止坐其身。也就是說，本家有罪，僧尼不予連坐。

可問題是，隋唐以來，僧人宣揚孝道，和本家在實際關係上並未完全斷絕，有些反而非常密切。因此這個問題有些矛盾，處置起來差別也非常大。

玄奘默默地嘆息，一言不發，波羅葉知道自己這話讓他很煩惱，也不禁訕訕的，兩人不再說話，使勁夾著馬腹，蹄聲捲動，回到了懸崖下的飛羽院。

「法師，咱們，還從這裡，上去？」波羅葉問。

玄奘點頭：「寺門已經關閉，只能走這裡。馬匹也得還回去。」

「那兩個，人，怎麼辦？」波羅葉低聲道，「您雖然，告誡他們，不要透露，可是，稍有，閃失，咱們的，身分，就會暴露。」

玄奘皺了皺眉，半晌才道：「賭一賭吧！」

飛羽院仍舊一片寂靜，並無其他人走動，兩人牽著馬進了院子，波羅葉將馬匹牽到馬廄裡拴好，眼中精光一閃，低聲道：「法師，我還是覺得，不妥。咱們要做，的事情，多重大，豈能因，這個破綻，而，功虧，一簣？」

「你有什麼建議？」玄奘平靜地看著他。

波羅葉伸出手掌，狠狠做了個下劈的動作。玄奘冷冷地道：「殺生，乃是佛門第一戒律。我身為僧人，若破了此戒，死後必下阿鼻地獄！」

「可……」波羅葉急了，「咱們，是為了，挽救，佛門，挽救無數人的，生命！甚至，是在，救皇帝！」

玄奘不為所動，淡淡地道：「殺一人而救萬人，英雄可為，貧僧不做。至於皇帝和僕役，在貧僧眼裡更無兩樣。此事三分在人，七分在天。你造了殺孽，神佛不佑，如何還能破掉這樁驚天大事？」

波羅葉無可奈何，想了想，嘟囔道：「那，我去，房中，看看，他倆。再補上，一巴掌，讓他們，睡得，更久。」

玄奘平靜地盯著他：「人做事，天在看。休想在貧僧眼前殺人！」

波羅葉呆住了，一種無力的挫敗感油然而生——這和尚，怎麼這般精明？竟似乎能看到人的心底去，自己的小聰明小動作在他面前簡直一戳即破。

他只好怏怏地跟隨玄奘回到後院的纜架旁，那間坐籠還在。兩人坐了上去，玄奘摸索片刻，發現坐籠停靠的地方旁邊有一根橫轅，他伸手一扳，坐籠微微一震，架子發出嘎嘎的聲響，上面兩個巨大的齒輪齧合在了一起，開始緩緩轉動，坐籠竟然慢慢升起，在頭頂鋼纜的帶動下向上運行。

「這等機關器械真是巧奪天工啊！」玄奘喃喃地讚嘆，「竟然能將這麼重的坐籠運到百丈高的山頂。」

「這動力，應該是，來自山頂，的風車吧？」波羅葉也讚嘆不絕。

玄奘點頭：「還有山澗裡的激流。當初聽藏經閣那僧人講，貧僧還疑惑，這麼大規模的風車僅僅給香積廚磨麵未免太浪費了，原來暗地裡竟然是為了給這坐籠提供動力。如此大的手筆，如此深的謀略，看來空乘所謀不小啊！」

「他們是，要刺殺，皇帝？」波羅葉問。

玄奘慢慢搖頭：「不好說，這也是咱們需要弄清楚的地方，看看他們的目的是什麼，有什麼布置，再相機而動。但是有一樣，」玄奘凝望著他，眼睛裡滿是嚴厲，「貧僧不管你是什麼身分，也不管你抱有什麼樣的目的，有一條戒律你一定要記住——不准殺人！」

「法……法師……」波羅葉驚呆了，寬厚的嘴唇大張著，怎麼也合不攏。

「阿彌陀佛，」玄奘淡淡地道，「《金剛經》上說，客塵如刀，你在這塵世中打滾，無論沾染了什麼都不要緊，一年前你假意跟著貧僧，無論有什麼目的也不打緊，可是，不要殺人，這是貧僧的底線。」

波羅葉額頭滲出了汗水，不是因為高懸半空的驚怖，也不是因為這段幽暗漫長的懸崖之旅，而是因為面前這個目光澄澈、神情平和的僧人！

「法師什麼時候發現了我的祕密？」波羅葉神情鎮定了下來，憨厚誠樸的臉上居然出現一絲冷厲，連說話也不再結結巴巴了，而是流利無比。

「很早。」玄奘笑了笑，「從你一開始跟著我，貧僧就有了懷疑。對天竺國的風情，貧僧雖然不大了解，卻也知道在四大種姓中，首陀羅的地位之低下，與奴隸並無二致。天竺國並沒有富裕和開明到連奴隸都讀書識字、通曉經論，而且能修練高深的瑜伽術吧？你給綠蘿念《伽摩經》，連那麼繁奧的經文都會背誦，唉，你自己也太不小心了。」

波羅葉的厚嘴唇一抖，露出一絲苦笑：「什麼也瞞不過法師的慧眼。只是你要跟著我學習梵語，我又有什麼辦法？想偽裝也沒法在這方面偽裝，我如果一竅不通，你不帶著我怎麼辦？」

玄奘啞然失笑：「沒錯，這對你來說，的確很煩惱。」

「還有呢？」波羅葉冷冷地道。

「還有，在判官廟摔下懸崖的時候，你喊我，說話突然很流利。」玄奘認真地道，「雖然只有一句，就換回了結結巴巴的口吻，但那一句已經足以將你暴露。」

波羅葉回想了一下，連連搖頭：「沒想到在那時的危急狀況下，法師還能注意到這點小細節。還有嗎？」

「還有。那迷香何等厲害。貧僧當時如登極樂，偏生你就能掙脫出來，而且能辨認出其中的曼陀羅和大麻成分。這等人物，又豈會是一個逃奴？」玄奘笑了笑，「最大的破綻是在霍山下的茶肆，你聽說蓋興唐寺花了三萬貫之後，告訴我，三萬貫能抵得上晉州八縣一州全年的稅收。難道你沒想過嗎？一個在大唐的土地上流浪的天竺逃奴，怎麼可能知道一個州的年稅是多少？你還準確地告訴我，縣令崔珏的月俸是兩貫零一百個大錢，若非從李夫人那裡聽說過，連貧僧都不大清楚。」

波羅葉瞠目結舌，半晌才喃喃道：「看樣子太重視使命也不好，都怪我把功課做得太足了……」

「其實你的破綻真的很多。」玄奘道，「譬如你每夜都偷偷出去，你對我說是監視空乘。可是這與你的身分太不相匹配了，你只是一個混口飯吃的天竺逃奴，即使空乘身上疑點再多，跟你有什麼關係？」

「可是我表現得一向很好奇啊！」波羅葉不認輸地道。

「可是有些晚上空乘在我的房中談禪。」玄奘道。

波羅葉不說話了。

坐籠發出嘎嘎的摩擦聲，在黑暗的懸崖中間緩緩上升，時而有山谷裡的陰風吹來，籠子一陣搖晃，幾乎要撞到山壁上。這木質的坐籠一旦碰撞，就會稀里嘩啦地碎裂，他們就會隨著紛飛的木片墜入無窮無盡的黑暗。可是兩人誰也沒有在意，緊緊抓著四壁的把手，目光灼灼地盯著對方。

「現在可以說了吧？」玄奘道，「你究竟是什麼人？負有什麼樣的使命？為何要跟著我？」

波羅葉沉默半天，卻反問：「法師，我能不能問你一個問題，為何你知道我的身分複雜，目的不純，仍舊讓我跟著？」

「見色聞聲世本常，一重雪上一重霜。」玄奘嘆息道，「活在這個世上，誰沒有目的？誰沒有不可對人言之事？貧僧自己就有，二兄長捷乃是我心中一道魔障，我來尋找他，又如何能說給他人知道？一道山泉，自山上奔湧而下，直入江河，它的目的是江河湖海，卻不介意順帶滋潤流過的土地，和土地上因它而活的蟲蟻。」

波羅葉心中忽然湧出一絲感動，喃喃道：「可是法師，難道不怕我對你不利嗎？」

「貧僧也想過，但我身無餘財，又不曾做過惡事，不怕你對我不利。」玄奘坦然道，「我最懷疑的就是你的目的也是尋找長捷，或因私仇，或因官事。若是私仇，貧僧也無法阻止，因果迴圈，報應不爽，長捷也該當面對；若是官事，那就更沒什麼，長捷犯下罪孽，自然要受人間律法的懲處。貧僧斷不敢因為私情毀了天道人倫。」

波羅葉臉上肅然，雙手合十：「法師的心如光風霽月，磊落坦蕩，令小人無地自容。我的確負有使命，我的身分也的確另有祕密，可是……卻不可與法師言。待到使命完成，小人必定和盤托出，不會有絲毫隱瞞。」

玄奘點了點頭：「既然如此，貧僧也不逼你了。對了，你不殺我了嗎？」

「怎麼會？」波羅葉瞪大眼睛。

「你刀鞘半出，小心割傷了自己。」玄奘指了指他的懷中。

波羅葉一轉頭，頓時尷尬不已，方才過於緊張，手不自覺地把懷中的短刀抽出來一半，他急忙推回去，不料動作大了，恰好一陣風吹來，坐籠一晃，兩人頓時跌作一團。

波羅葉尷尬地起身，兩人相視一笑，然後不約而同地搖頭嘆氣。

「法師，」波羅葉肅然道，「小人向你保證，絕不殺一人！」

「我信你。」玄奘簡短地道。

這時坐籠穩穩地停在了空乘的禪院邊上。已經是寅卯時分，彎月西斜，遮沒在雲層和山巒間，四下裡更加幽暗淒涼。禪院裡悄然無聲，空乘沒有回來，弟子們都已經熟睡，兩人沿著牆邊走，甚至聽到了房中隱約傳來的呼嚕聲。

「法師，趁著空乘沒有回來，咱們去他房中探探如何？」波羅葉忽然湧起一個膽大的念頭。

玄奘看了他一眼，頗為意動，空乘的禪房，定然是機密中的機密，說不定裡面會有整個內幕的周詳方案。兩人低聲商議了片刻，悄悄沿著廂房的窗邊到了空乘的禪房外，聽呼吸聲，兩側廂房內睡有四名弟子，可正房卻悄無聲息。

屋裡沒人，卻從裡面上著門閂。波羅葉從懷中掏出短刀，這短刀造型奇異，表面花紋有如絲綢，刀身薄如紙片。他將短刀插入門縫，輕輕一推，門閂咔嗒一聲開了，他推開一條縫閃身進去，玄奘也跟著他鑽了進來。

兩人輕輕掩住門，屋裡漆黑一團，他們也不敢打火摺子，只好在黑暗中摸索。所幸這座禪堂布置和菩提院差不多，中間是佛堂，供著釋迦牟尼像，右側以一扇屏風隔開，似乎是書房，擺放著無數經卷。左側便是空乘的臥房，陳設很是簡陋，裡面是一副床榻，掛著幔布。

玄奘拿手比畫了一下，示意波羅葉去臥房，分工合作，波羅葉點頭去了。玄奘在書房翻看了片刻，不禁有些發愁，這架子上堆滿了套著布套的書卷，只怕有上千卷之多。且書卷經文絕大多數都是手抄，字跡有些潦草，這房子裡十分幽暗，根本看不清書卷上寫著什麼。

玄奘一點點地翻檢著，忽然看見一副書卷的封套上隱約有「興唐寺」幾個字。他心中一動，急忙拿起來，湊到窗邊瞪大眼睛看，只見上面是一行大字：敕建興唐寺始末。他解開封套，裡面是卷軸式的手抄文書，紙是上好的益州麻紙，潔白光滑，細薄堅韌，那手感玄奘很熟悉，一摸就能摸出來。

可是屋裡太暗，上面的字一個都看不清，只能看到一道道黑色的豎條。玄奘一陣鬱悶，信手展開，忽然他心中又是一動，這卷軸中居然夾著一張紙！

他急忙把那張紙抽出來。這紙有兩尺來長，上面沒多少字，而是繪製了密密麻麻的圖線。有線條，有方塊，有虛線，有圓點，結構繁複。

「難道這便是興唐寺的全圖？」他忽然想起綠蘿曾經說過的密道，心一時間怦怦亂跳。

正在這時，波羅葉低低的聲音傳來：「法師，有發現！」

那聲音有些顫抖。玄奘來不及多想，把那張紙一捲，塞進懷中。然後將書卷捲好，套上書套，放回原地，這才小心翼翼地來到臥房：「什麼發現？」

波羅葉的身子從空乘的床榻裡鑽了出來，一雙大眼珠裡滿是驚懼：「我偶然打開了一個暗門，床榻內側的牆壁是活動的，這裡有個暗室。」

玄奘愣了愣，抬腳上了床榻，果然床內側牆壁的位置露出一條漆黑的地道。波羅葉帶著他，小心翼翼地走進去：「裡面很淺，應該更深，可是我找不到機關。」

兩人順著臺階向下，不多久就到了底。四壁漆黑一團，伸手不見五指，也難怪他找不到機關，兩人順著牆壁摸索，結果轉了一圈都是牆，玄奘正要說話，忽然腳下一絆，撲通摔倒在地，趴在了一個人身上。

「法師——」波羅葉的驚叫聲卻從另一個方向傳來。

這裡有人！

玄奘頓時寒毛倒豎，汗水有如噴泉般嘩地就湧了一身。他手忙腳亂地從那人身上爬起來，喝道：「什麼人？」

波羅葉也嚇壞了，兩人屏息凝神，半晌也不見有人回應。

「打亮火摺子。」玄奘沉聲道，「這裡是地道，外面看不見光亮。」

波羅葉掏出火摺子，嚓嚓打亮，微弱的光芒照見四壁，兩人低頭一看，頓時身子一顫，幾乎跌倒——地上果然伏著一個人！

這人身上穿著僧袍，腦袋錚亮，看來是個和尚。波羅葉壯起膽子輕輕踢了一腳，那人沒有絲毫反應。玄奘蹲下身子，拽著肩膀把他扳過來，只覺這人身子僵硬，冷得跟岩石差不多。那人身子一翻，面容露了出來，清臞瘦削，滿臉皺紋——竟然是興唐寺住持，空乘！

兩人雖然早從綠蘿口中得知她刺死了空乘，可隨後空乘幾乎日日和他們在一起，吃飯，談禪，開法會，於是兩人心裡也對綠蘿的話感到疑惑。此時此刻，忽然看到白天還在一起的老和尚，渾身僵硬地死在這間密室，受到的震撼當真無以言喻。

兩人下意識地看了看，空乘的胸口一片殷紅，果然是被綠蘿給刺死的。玄奘摸了摸他的臉皮，觸手冰涼，又扯了扯，並沒有戴著面具，看來此人是真正的空乘無疑了。可那個日日和他們在一起的空乘是誰？

這個念頭一旦浮上來，兩人不禁打了個寒顫。

便在這時，靜靜的院子裡忽然響起輕微的嘎嘎聲，玄奘臉色一變：「不好，坐籠又啟動了。那人要回來！」

兩人忙不迭地把空乘的屍體擺放成原來的姿勢，熄滅火摺子，出了地道，波羅葉把密室的機關啟動，一堵牆壁緩緩從地下升起，嚴絲合縫地和牆體結合在一處。玄奘細心地把床榻整理乾淨，兩人悄悄溜出了禪房，順著來路翻牆而過。

直到此時，一顆心才總算跌回了肚子裡。

菩提院中，月落影深，林木搖曳，溫泉水咕嘟嘟的湧起聲平添了幾絲寂寞。

這一夜，兩人先是經歷了一回緊張刺激的懸崖之旅，而後又是月夜追蹤，繼而在彎彎曲曲的密道裡偷入霍邑縣衙後宅……心情大起大落，種種詭異之事在幾個時辰裡領略了一番，一旦放鬆下來，頓時疲累得要命。

休息了半個時辰才緩和過來，看看天色，已經微微亮了。

波羅葉去燒了一壺水，給玄奘沏了茶。這廝在天竺時只喝生水，這時也習慣了大唐人的享受，伸著腿坐在蒲團上，問：「法師，你在書房有沒有發現？」

玄奘點點頭，從懷中掏出那卷圖紙。波羅葉精神一振，湊過來觀看，這圖紙的線條密密麻麻，畫滿了兩尺長的紙面，左首寫著一行字：興唐寺考工法要。

後面是數百字的備註，樞、紐、機、制、栝、鏈等等各有圖示，然後加以標註。整張圖的正中間是一個齒輪狀的物體，左右圍繞著十八個不規則的圓，彼此有直線、虛線、鋸齒線連接，四周又有無數的線條向外輻射，這些線條還標有長度、高度。

可能是局限於紙面的大小，這些圖上基本沒有文字名稱，只用甲乙丙丁、子丑寅卯等加以標示。兩人看得一頭霧水，看樣子這玩意兒必定還有對照的書卷，玄奘頓時後悔不迭，早知道把那卷《敕建興唐寺始末》也拿來多好！

正在此時，忽然門外響起一聲冷笑：「想不到堂堂玄奘法師，居然做起了竊賊的勾當！」

兩人大吃一驚，轉身望去，只見一名老僧昂然站在門口，背負雙手，冷笑著看著他們──竟然是空乘！

兩人知道真正的空乘已經死了，此人是個冒牌貨，問題是從空乘被綠蘿刺死到現在，將近半個月的時間，兩人竟沒有從他身上發現絲毫破綻。無論是姿勢動作還是口音，此人模仿得唯妙唯肖，連平日談禪時那等深厚的禪法修為都絲毫不差。

要知道，模仿空乘的語言和動作倒也罷了，有那種人才，在一個人身邊待久了模仿起來如出一轍。可是那等禪學法理呢？空乘浸淫佛法幾十年，造詣之深厚可不是浪得虛名，此人竟然能夠在玄奘面前侃侃而談，並且主持前幾日的法會，這才能當真可畏可怖。

這人到底是誰？

玄奘沉靜無比，緩緩將《興唐寺考工法要》捲起來收入袖筒，起身施禮：「阿彌陀佛，原來是師兄。為何這麼早來尋貧僧？」

波羅葉面色緊張，右手伸入懷中，握住刀柄，朝門外張望。空乘不屑地看了他一眼：「門外無人。貧僧來尋玄奘師弟，還需要前呼後擁嗎？」

波羅葉鬆了口氣，訕訕地鬆開了手。

空乘抬腳進了房，大剌剌地走到二人面前，盤膝在蒲團上坐下，三人成品字形對坐。「師弟，自從你來到興唐寺，老和尚待你如何？」空乘冷冷地道，「禮敬之尊，便是佛門大德也不過如此吧？為了弘揚師弟的名聲，老和尚還廣開法會，聚集三晉名僧來辯難，數日之間，三晉佛寺，誰不曉得玄奘法師的名頭？可你呢？又是怎麼對待老和尚的？半夜偷窺，還乘著我的坐籠觀瞻遊覽，甚至跟著老和尚去縣城，嘿嘿，回來之後還順手牽羊，去老和尚的房裡偷了這卷《興唐寺考工法要》！五戒十善，不偷盜乃是要義，師弟令老和尚我好生失望啊！」

玄奘輕輕撚著手上的念珠，嘆道：「師兄，事情到了這等地步，何必再妄語呢？世上有塵垢，然後有拂塵；身外有不捨，然後有失落。貧僧拿了你的圖卷，只因要探查師兄造下的孽，而今你五戒皆犯，還算得佛門中人嗎？」

「哦？」空乘咬著牙笑，瞧起來竟陰森森的，「老和尚居然五戒都犯了？說來聽聽？」

「第一戒，不殺生，師兄做到了嗎？」玄奘目光灼灼地盯著他，「周氏滿門一百二十三口，死於誰的手？師兄要我說嗎？」

波羅葉大吃一驚，周氏一夜滅絕，一直是件懸案，難道竟然是這老僧所為？但看著空乘默然的模樣，彷彿玄奘的話並不虛。

「第二戒，不偷盜，蓋這興唐寺所耗費錢糧只怕三萬貫也不夠吧？錢從哪裡來貧僧不敢妄言，但師兄偷入他人宅第，所行何事，也不用貧僧來說吧？」玄奘盯著他道，「至於第三戒，不淫邪，師兄自己心知肚明。第四戒，不妄語，師兄披著這面具走在陽光之下，日日以空乘自居，也不怕佛光百丈，照見你的汙穢嗎？」

空乘無言地看著他，默默點頭：「看來師弟了解得很透澈啊！嘿，那麼第五戒呢？老和尚可從不飲酒。」

「師兄偏執了。」玄奘笑了，「為何不可飲酒？只因酒能刺激心神，亂人心魄，故此對佛家而言，一切使人喪失理智，敗壞德行之物，都是要禁用的。師兄以大麻和曼陀羅製作迷香，惑人神智，做下種種惡事，卻還不曉得自己犯戒了嗎？」

空乘啞口無言。

波羅葉知道此時雙方已經到了圖窮匕見的關口，一言不慎就是血濺三尺、屍橫就地的結局，可這兩個僧人言刀詞劍，攻守殺伐，竟然不帶絲毫煙火氣，瞧起來竟像是兩個親密老友對坐品茗，悠然無比。

「原來大唐真正的高人對決竟然是這個樣子的，可比我們天竺砍來殺去優雅多了。」波羅葉暗想。

「你知道我不是空乘了？」老和尚幽幽長嘆。

玄奘默然點頭。

「那老和尚是誰？」空乘眼睛裡露出戲謔之色，「猜猜看！」

「崔使君，為何要屢屢做出這種把天下人玩弄於股掌之間的神情？」玄奘神色平靜，「昔日的三晉才子，後來的霍邑縣令，今日的泥犁獄判官，當真好大的手筆！」

「什麼？他是崔珏？」波羅葉傻了。

「沒錯，他就是崔珏！」玄奘緊緊地盯著他。

空乘怔住了，好半晌才哈哈大笑：「果然不愧佛門千里駒，目光如炬啊！有時候老和尚倒懷疑你是否開了天眼。」

說罷雙手輕輕抓住自己的脖頸，在頸部揉來揉去，伸手捏住了一塊皮，慢慢撕起。兩人看得目瞪口呆，饒是玄奘早料到了他的身分，也沒想到世上居然有這般精妙的易容術——準確地說是面具。

從頸部到頭頂，整塊皮竟然完整地揭了起來，薄如蟬翼，柔若膠漆，連頭頂帶面部整個都被面具覆蓋，只有耳朵是從耳根掏了個孔。森寒的暗夜，看著一個人緩緩將臉皮整張揭下來，這種感覺驚心動魄，駭人至極。

但此人卻動作優雅，輕輕柔柔的，彷彿在給娘子畫眉。面皮揭開，露出一張豐盈如神的面孔，雖然沒有頭髮，頭皮光禿禿的，可是相貌俊朗，神情雍容，當真是一等一的美男子。尤其那目光，更是一掃假扮空乘時的蒼老渾濁，炯炯有神，幽深如潭水。只是膚色極其蒼白，彷彿經年不見太陽。

「崔使君。」玄奘低頭合十。

「玄奘法師名不虛傳，」崔珏笑吟吟地道，嗓音也和空乘截然不同，帶著濃濃的磁性，不用費力就能穿透人的鼓膜，「在下隱姓埋名，易容假扮，七年來毫無破綻，不想才短短幾日，竟然被法師識破。」

「世事本虛妄，使君迷失在這客塵中，即使掩飾得再巧妙，也只是一粒紅塵罷了。」玄奘道。

「一粒紅塵……」崔珏略微有些失神，凝望著窗外，喃喃道，「天亮了，昨夜紅塵在樹，可是葉落了，下一刻，那風會捲著我飄向哪裡？」

「自嗟此地非吾土，不得如花歲歲看。」玄奘居然引用了一句崔珏的詩，「微塵自然落向它命中注定的地方，有風來了，你強自在樹上掙扎不去，即使能多看那花兒一眼，又能停留到幾時？」

崔珏眸子一閃，露出一絲迷離，低聲道：「錦裡芬芳少佩蘭，風流全占似君難。心迷曉夢窗猶暗，粉落香肌汗未乾。兩臉夭桃從鏡發，一眸春水照人寒。七年了，還是第一次聽人吟起我的詩句。少年時，我偕嬌妻美眷，隱居晉陽龍山，以鳳子自詡，與詩友唱和，每一日啊，酒醉之後，懷裡夾著一罈酒，在風雪中爬上龍山之巔，一碗敬天，一碗敬地，另一碗敬我自己。哈哈，那種快意呀，當真如如來佛祖所說，天上地下，唯我獨尊，每個人都是佛，我就是自己的佛，自己的神……」

他喃喃地說著，忽然敲著茶碗，吟唱起來：「我有詩文三百篇，騎乘迎風入霄漢……處處星光皆文字，天下十斗我占三……」

歌聲淒涼動聽，這位大才子居然生得一副好歌喉，就著茶碗，敲著節拍，竟唱出人生無常，悲歡幻滅之意。唱著唱著，崔珏的眼中居然熱淚長流，俊美的臉上露出無限的淒涼。

波羅葉早看得傻了，玄奘幽幽嘆息：「優娘夫人曾送我一首詩，山中何所有，嶺上多白雲。只可自怡悅，不堪持寄君。使君若是明智，就做那山中宰相如何？何苦涉入這萬丈紅塵，自找磨難？」

「山中宰相？」崔珏臉色一沉，臉上頓時充滿了暴戾之氣，「想我崔珏，才華滿腹，二十年苦讀，難道竟是為了老死山中嗎？前朝只推崇謝靈運，若非他是王謝子弟，一篇篇詩文也只配當了柴火，填了灶膛！我崔珏雖然是河東崔氏的旁系，家境貧寒，可上天賜我才華，若不能在這人間留名，我就算是死後墮入泥犁獄中永不超生，也會咬牙切齒，怒罵上天的不公！」

玄奘沒想到，崔珏心中的怨憤竟如此強烈，不由惋惜無比。此人才華無雙，然而心智一旦墮入魔道，就比普通人作惡更加可怕。他緩緩地念道：「『煙分頂上三層綠，劍截眸中一寸光。』設喻之奇，真是天人絕句。『松風千里攏不斷，竹泉瀉入於僧廚。』境界空明，佛性十足。『今來古往人滿地，勞生未了歸丘墟。』看透紅塵百丈，實有慧眼。『銀瓶貯泉水一掬，松雨聲來乳花熟。朱脣啜破綠雲時，咽入香喉爽紅玉。』摹人寫態，如在眼前。『一樓春雪和塵落，午夜寒泉帶雨流。』歌喉天籟，如在耳邊。」

玄奘悲憫地注視著崔玨：「如此高才，卻入了魔道，是天之錯，還是地之錯，抑或人之錯？」

崔玨愕然，吟著自己的詩句，神態慢慢平復了下來，嘆道：「沒想到法師竟然看過我這麼多詩文。」

「貧僧住在縣衙後宅時，閒來無事，從李夫人處找了你的舊卷翻看了一些。」玄奘道。

「慚愧，塗鴉之作，不敢入法師的慧眼。」崔玨談起自己心愛的詩句，臉上文雅了許多，暴戾之氣煙消雲散，口中雖然謙虛，臉上卻揚揚自得，「不瞞法師說，我入山之時，就從未想過此生終老荒山。因此隋末大亂，才應了太上皇的邀請出山相助，當時只是想著，造反就造反吧，大丈夫生不能五鼎食，也當五鼎烹，沒想到……」他苦笑一聲，「造化弄人，也不知我走了什麼霉運，莫說五鼎食做不到，連五鼎烹也是奢望，唐軍打下霍邑，太上皇讓我擔任縣令留守，就像把我忘了一般。那時候的同僚，裴寂已經是首席宰輔，竇琮封了譙國公，殷開山封了陳郡公，連劉世龍、張平高、李思行這些人也都成了元謀功臣，可我呢？」

崔玨又憤怒起來：「當日他李淵被宋老生擋在霍邑，進退不得，若非我獻策誘敵出城，前後夾擊，破了宋老生，他李淵早縮頭逃回太原了，哪來的大唐帝國？哪來的無窮富貴？可是我，這個最大的功臣，卻被他丟在霍邑置之不理！老子當了皇帝不理我，兒子當了皇帝不理我……」

玄奘急忙打斷了他：「你在武德六年自縊，那時候現今的皇帝還沒有即位。」

「沒有就沒有吧！」崔玨惱怒地一揮手，「追諡！他不懂得追封我嗎？竇琮死後還追贈左衛大將軍！這樣我還可以封妻蔭子，留個身後名。我死了，他李淵，他李世民可有什麼表示？僅僅是州裡行文緝拿凶手！我呸，殺我的是我自己，緝拿個屁！」

玄奘只好苦笑，這人談起詩文時儒雅從容，風采逼人，可一說起官運，簡直就像換了個人，無名業火要從頭頂燒了起來。

「於是你就修了這興唐寺，詐死潛伏，打算刺殺皇帝？」波羅葉冷冷道。

崔珏臉上露出古怪的神色：「刺殺他嗎？哼，你這廝懂什麼，我要做的不是刺殺一個帝王，而是造就一個輝煌盛世！」

第十一章　鑿穿九泉三十丈

「瘋了，你這廝瘋了！」波羅葉不住地搖頭。

玄奘也有同感，面對這崔玨，就彷彿面對著截然不同的兩個人，一個談笑間可以將一個龐大家族連根拔起，一百多口人燒成灰燼，甚至以變態的方式去凌辱一個曾經是他妻子的女人；另一個卻溫文爾雅，才華滿腹，談詩論文字字珠璣。

「波羅葉，休要廢話，去燒茶。」玄奘急忙攆走了波羅葉。

波羅葉不敢違拗，卻也不想離開，乾脆就把那只紅泥小火爐搬了過來放在三人中間。崔玨倒不以為意，動作優雅地向兩人展示了一番高深的茶藝。

唐初，北方人飲茶並不多，直到開元年間才普及起來，但崔玨顯然深通茶道，一邊煮茶，一邊道：「法師啊，平日供奉給你喝的這福州露芽，可是我千辛萬苦才弄來的，今年總共才兩斤。碾成茶末之後，色如黃金，嫩如松花。你看這茶湯，世人都說揚子江的南零水最好，那無非是江心中的冷泉而已，清冽純淨，可是我喝茶用的水，乃是從地心百丈處取來，用來煮茶，絕對勝過那南零水三分！」

玄奘並不懂品茶，不過喝得多了，倒也知道好壞。崔玨將一釜茶湯分了三碗，玄奘慢慢喝了，果真滋味無窮，與平日波羅葉毛手毛腳煮的簡直是天壤之別。

這時，天仍舊昏暗，禪房外一片沉寂，連鳥鳴都沒有。玄奘覺得奇怪，待了這麼久，按說早該天亮了，他心中太多疑團要問，也來不及深思，凝望著崔珏道：「如果貧僧所料不錯，你耗費巨資修建這興唐寺，就是為了對付皇上吧？」

「沒錯。」崔珏不以為意，又把釜中的茶湯分了兩碗，望著波羅葉抱歉地道，「一釜茶只能分五碗，多了就沒味道了，只好少你一碗。」

波羅葉哪裡顧得上這個，哼了一聲沒回答。

「這是一個龐大的計畫，」玄奘沉吟道，「如果說為了弒君，貧僧也不大敢相信，畢竟要弒君，比在遠離京城的地方修一座寺院有效的方法很多。你到底是什麼目的？」

「佛曰，不可說。」崔珏笑了笑。

「無論你有什麼目的，能夠自縊假死，拋妻棄女，隱姓埋名，暗中潛伏七年，眼睜睜看著妻子改嫁，女兒認他人為父，這分堅韌，這分心志，這分執著，不得不讓貧僧佩服得五體投地啊！」

「砰——」

茶碗在崔珏手中捏得粉碎，他臉色忽然變得鐵青，眸子裡發出森寒的光芒，冷冷盯著玄奘：「你在笑話我嗎？」

「貧僧乃是肺腑之言。」

「哼，」崔珏擦起僧袍，擦了擦手指上的鮮血，冷冷地道，「我知道你是想罵我，可是我容易嗎？為了胸中的大計，我拋下縣令之尊，易容假死，一個人躲藏在冰冷的地下，終年不見太陽，整整七年時間，沒有人說話，沒有人交流，一個人孤零零地苦熬著。我們本來的計畫是要對付李淵，本來策劃好武德七年李淵巡狩河東之時就要發動，可偏偏那一年突厥人南侵，打到了長安城外，渭水橋邊，李淵焦頭爛額，放棄了巡狩。於是我們又等，本來確定武德八年發動，沒想到他媽的李世民和李建成為了奪位，鬧得不可開交，李淵根本沒有來河東的心思，到了武德九年，李世民突然發動玄武門兵變，李淵竟然退位了……」

崔珏哈哈慘笑，眼中淚水橫流：「我呀，就在這興唐寺的地底下等呀，等呀，等了一年，一年，又一年。等了一個皇帝，又一個皇帝……你想想，我拋棄了人世間的一切，就是為了發動這個計畫，博一個青史留名，可為何就那麼難？活著無法封王封侯倒罷了，連死了都完成不了自己的心願嗎？那時候，我徹底絕望了，幾乎想一頭撞死在地底的岩石上，皇帝換成了李世民，面對一個陌生的、我們完全無法掌控的皇帝，這個計畫毫無疑問是要作廢了。我這麼多年的心血，我付出了這麼慘痛的代價，換來了什麼？連相濡以沫的妻子都做了他人婦，日日夜夜被那個粗笨愚蠢的肥豬凌辱，我心愛的女兒爹死娘改嫁，昔日令她自豪的崔氏家族從此與她再無瓜葛，每日沒人疼、沒人愛，我心中是什麼感受啊？

「終於有一天，我再也忍不住了。那時我每天自殘，用利刃把自己的身體割得鮮血淋漓……」他呆呆地擼起袖子，玄奘和波羅葉嚇了一跳，只見他的胳膊上到處都是傷痕，縱橫交錯，宛如醜陋的蚯蚓。看那傷痕的長度和深度，這崔珏當時只怕死的心都有了。

「如果我再不出去，再不見我的愛妻愛女，只怕會活生生地死在地底。」崔珏平靜了一下，慢慢地道，「終於有一天，我離開興唐寺，從土地公廟的地道潛入了縣衙後宅……」他橫了玄奘一眼，「那條地道你們知道，今夜剛剛跟蹤我去了一趟。」

玄奘歉然一笑。

「那條地道是我在武德元年修建的。當時的目的並不是為了逃跑，而是為了反擊圍城的敵軍，那時候大唐剛剛建立，可李淵起家的河東並不平靜，劉武周占據河東道北部的馬邑，時時刻刻想著南下，霍邑是南下的必經之路。為了防止宋老生事件重演，我就在霍邑修築了地道，縣衙內有三處可以通到城外，如果城池被敵軍圍困，我就可以從地道出奇兵，打對方一個措手不及。」崔珏笑了笑，「這條地道作為軍事用途我只用了一次，宋金剛犯境那次，我率領三百民軍發動夜襲，殺了他上千人。宋金剛號稱無敵，卻看著我大搖大擺地帶領全縣的百姓撤入霍山也不敢追擊。」

「亂世之中活無數人性命，使君功莫大焉。」玄奘合十讚賞。

「大個屁！」崔珏惡狠狠地道，「劉武周、宋金剛南侵那次，幾乎打下了大半個河東，李元吉丟了太原狼狽而逃，照樣是齊王；裴寂在度索原大敗，依然被寵信；姜寶誼兵敗後被殺，還被追封為左衛大將軍。我呢，雖然丟了城池，卻打敗了宋金剛，全縣百姓無一死亡。最後怎麼樣呢？功過相抵，依然是霍邑縣令！哈哈哈——」

玄奘默然，李淵用人唯親是出了名的，就像崔珏說的那次，裴寂打了敗仗，幾乎丟了整個河東道，結果李淵對他更好了，有人誣告他謀反，李淵竟派了自己的貴妃去裴寂家中慰問。武德六年，裴寂要告老還鄉，李淵不但不准，還派了尚書員外郎每天去裴寂家裡值守，怕他走了。

可為何他就對崔珏這般苛待呢？把這個才華滿腹的年輕人丟在霍邑，讓他老死任上。

「唉，昔日干城，誰能想到後來會成了我與優娘偷情的捷徑呢？」崔珏苦笑不已，

「可是我心中實在受不了那種煎熬，如果不去見見優娘，不去見見綠蘿，我真的會自殺。於是一年前，我在一個深夜，從密道進了後衙，用五識香迷倒所有人，進了她的臥房。郭宰那個死豬就睡在她的身邊，我當時又嫉又恨，又是後悔，恨不得一劍殺了郭宰……十幾年前，我們在益州錦里相遇，那時候她還是個豆蔻未開的小姑娘，在一次宴飲中，我的那篇詩文牽動了她的芳心，從此她義無反顧，跟著我來到河東，居住在山中，生兒育女，洗衣做飯……」

崔珏忽然嗚咽了起來，淚痕滿面，眼中盡是濃濃的柔情：「可是我卻為了自己的事業拋棄了她，讓她孤兒寡母衣食無著，孤零零地活在這世上。她改嫁，我不恨她，真的，縱令樹下能攀折，白髮如絲心似灰。可是我卻受不了那個死胖子睡在她的身邊！我幾度提劍想殺了他，可是……一想起我已經不是她們在這個世上的依靠，我是個必死無疑的人，這個死胖子死了，她們從此就孤苦伶仃、飢寒交迫，我就下不了手！法師，你說，我是個懦弱的人嗎？」

玄奘合十道：「使君心中自有佛性，能克制嗔毒，怎麼談得上懦弱？」

「你這個和尚太有趣了。」崔珏淒涼地一笑，「不知怎麼回事，我就是喜歡和你聊天。你雖然是個和尚，卻並不迂腐，洞徹世事人心，和你聊，我很放鬆。」

玄奘卻嘆道：「可是使君，你害了自己便罷了，何苦又去干擾李夫人和綠蘿小姐平靜的生活？你可知道你這麼一出現，對她們而言意味著什麼嗎？」

「和尚，你罵得對。」崔珏老老實實地承認，「那夜，優娘見了我簡直跟見了鬼一般，還以為是在做夢，我千方百計向她解釋，甚至讓她掐我，把我的肌膚掐出了血，她才肯信我是人，不是鬼。」

「貧僧不是說這個。」玄奘厲聲道，「從此之後，你便經常往她房中去，把郭宰迷暈了，扔到地上，然後你和李夫人夜夜春宵？哼，貧僧剛來霍邑時，李夫人的婢女請我去驅邪，她身上的紅痕便是你的傑作吧？但你可知道，她雖然曾經是你的妻子，如今卻是郭家的夫人，在名分上與你再無瓜葛，她與你幽會，便是私通！你置一個女人的名節於何地？」

崔珏一臉憤怒，大聲道：「和尚，你這話我不愛聽！她曾經是我的妻子，就永遠是我的妻子，我不曾寫過休書，我又沒有真的死去，為何不能夫妻恩愛？」

「可你對世人而言，早就死了！」玄奘也大聲道。

「可我明明沒死，那是詐死！」崔珏聲音更大了。

「可李優娘知道嗎？」玄奘喝道。

「她……」崔珏無語，半晌才道，「她自然不知道。」

「是啊！她不知道你沒死，事實上無論在任何人的眼裡你都是死人，那麼你們的婚約就算終止了。她另外嫁人，便受這律法的庇護，也受這律法的約束。從身分上，她已經不是崔氏婦，而是郭家婦。你偷入她的閨閣，與她私通，難道不違禮法嗎？」

「那……」崔珏煩惱地拍打著自己光潔的頭皮，啞口無言。

「貧僧再問你，與你私通，李夫人當真心中無愧嗎？」玄奘冷笑。

「她……」崔珏就像癟了的氣球，喃喃道，「她當然心中有愧，我知道。事實上我們的第一夜，她是有一種失而復得的喜悅，和我恩愛纏綿，可是第二夜她便不允許我再近她的身子。後來還是我按捺不住心中的痛苦，向她講述了我在興唐寺地底六七年的潛伏，她才原諒了我，允許我和她恩愛。可是我知道，她心裡是抗拒的。」

「她也是愛你的。」玄奘嘆道。

「是啊！」崔珏呆滯地道。

「正是因為你重新出現，才讓她心裡充滿了痛苦，充滿了矛盾，她一方面要恪守婦道，一方面卻對自己的前夫憐愛心疼，你讓她在這場掙扎中如何抉擇？」玄奘緩緩道，「如果你真的愛自己的妻女，就應該讓她們以為你真的死了，不要再干擾她們的生活，讓她們習慣自己如今的身分，平靜地活著。貧僧不相信你無法離開一個女人，事實上你潛伏了六年，從來不曾去看過她們，只是因為你實在受不了那種煎熬，內心後悔了，才把自己承受的痛苦轉嫁到她們身上。」

「不是！和尚，你莫要汙衊我！」崔珏大聲道。

「是貧僧汙衊你了嗎？」玄奘淡淡地道，「莫把是非來辨我，浮世穿鑿不相關。你如今別說是非，連自己的心也看不清了。」

崔珏博學多才，怎能不理解玄奘的意思，頓時臉色漲紅，卻是無言以對。

「你太過自私，只曉得為自己尋個避風的懷抱，可非但李夫人，連綠蘿小姐也被你害了。」玄奘悠悠嘆息。

「胡說八道！綠蘿是我的女兒，我怎麼可能害她？」崔珏冷笑，「你道我躲在這興唐寺七年，就對她們毫不關心嗎？我可以攪動這大唐天下，何況一座小小的霍邑縣？這麼多年來她們生活平靜，我並非沒有付出心力。綠蘿因為要刺殺你，連累了周家的二公子喪命，那周家派出大量人手追查真相，隱約已經知道了是綠蘿指使，竟然圖謀報復綠蘿。嘿嘿，他周家豪門又如何？敢碰我的女兒，我要他死無葬身之地！我一夜間將他周家連根拔起，給綠蘿徹底絕了後患……」

玄奘悲哀地看著他，心道這人當真瘋了。為了保護自己的女兒不受牽連，居然喪心病狂殺了一百二十三口人，仍然沾沾自喜。

「是用五識香嗎？」玄奘問。

崔珏點頭道：「這香你親身嘗過，我也不瞞你。我先用香迷倒了他們，然後放火，哼，就算是火燒水淹，他們也醒不過來，只怕死的時候還在做著極樂之夢。」

玄奘搖頭不已，不過對這個性格扭曲的傢伙，他可不指望單純的佛法能讓他幡然悔悟，浪子回頭：「那麼她殺空乘呢？」

「那沒什麼大不了的。」崔珏不以為然，「除了給我造成大麻煩，她自己不會有任何傷害。為了彌補她殺人的過失，我甚至連現場都給她遮掩了，或許對她而言，那只是一個很離奇的夢境吧！」

「貧僧一直很好奇，你到底是怎麼掩蓋現場的？」玄奘這回真是不解了，「那短短的時間內，空乘的屍體當然可以運走，血跡也可以洗乾淨，可臺階上的灰塵呢？還有窗櫺紙上的洞呢？在貧僧看來，那窗櫺紙絕對不是剛換的，上面積滿了灰塵，你究竟怎麼做到的？還有，綠蘿明明是從牆裡的密道鑽出來的，可那堵牆那麼薄，怎麼可能有密道？」

「你很快就明白了。」崔珏露出詭譎的笑容。

見他不說，玄奘也無可奈何，問道：「照貧僧的推測，這個計畫肯定不是你一個人在執行，空乘也參與其中了吧？你是從他死後開始假冒他的？又為何模仿得這般相似？」

「他死後……」崔玨啞然失笑，「好教法師得知，從武德六年我自縊假死之後，就開始冒充他了。我們兩個人的身分過於特殊，私下裡又有很多見不得人的事情要做，而我，又是個見不得光的人，因此我們便互相製作了面具，他外出時，我便來冒充他，我不在時，他則冒充我。」

「你不在時？」玄奘驚奇地道，「你還有公開的身分嗎？」

崔玨一愣，忽然指著他哈哈大笑：「法師啊，看你面相老實，卻是如此狡詐，險些就被你套進去了。嗯，透露一些給你也無妨，我和空乘，各自負責各自的一攤事，他在明處，我在暗中。山下的飛羽院你也見到了，那是屬於我的系統，除了我之外，他們誰都不認識，除了我之外，他們不聽任何人的命令。可惜呀，空乘居然被我的寶貝女兒一刀殺了，但事情已經到了最緊要的關頭，逼得我不得不每日假扮空乘。」

玄奘這才恍然大悟，怪不得自己和假空乘朝夕相處，卻發現不了破綻。

「但是有一個疑點，」玄奘慢慢道，「當日綠蘿小姐乃是追蹤李夫人，發現李夫人與人私通，才一時氣憤，失手殺了那個私通者。如今看來，那日與李夫人幽會的人自然是你了，為何死的卻是空乘？」

「這個嘛，」崔玨想了想，「只是偶然。那日的確是我在房中和優娘幽會，她來寺裡找我，是因為綠蘿跟著你住到了寺院，優娘不放心，讓我妥善照顧。我們在房中幽會，沒想到這小妮子認得優娘的背影，悄悄跟了來。後來優娘走了後，空乘急匆匆地從密道裡來找我，有一樁大事等著我處理，於是我就從密道走了。空乘老了，腰腿不好，在自家寺院，當然沒必要偷偷摸摸彎著腰鑽地道，自己開了門光明正大地走出去了。沒想到……」

崔玨也忍不住苦笑，「綠蘿二話不說當胸就給了他一刀。真是佛祖保佑啊，當時若非他來找我處理急事，我真從門口出去，只怕這小妮子就殺了她親爹爹了。」

佛祖恐怕不見得會保佑你吧？玄奘心裡暗想。

「好吧，好吧，」波羅葉聽著兩人絮絮叨叨地說，早就不耐煩了，敲了敲茶釜，「聊了這麼久了，該說說你的目的了。你既然不是為了刺殺皇上，為何卻讓李夫人向郭宰獻策，蠱惑皇上入住興唐寺？快坦白交代，否則我只好拿你去見官了，到了刑部大牢，可容不得你不開口！」

他這麼一說，兩人的面色都古怪起來。玄奘詫異道：「原來你是官家的人？」

崔玨哈哈大笑：「法師啊，你還被這個胡人蒙在鼓裡呢？我還以為這世上沒有人能騙得過你！」

波羅葉哼了一聲，不予理會。

崔玨望著玄奘道：「法師，這人的身分可了不得，他是朝廷的不良人。」

玄奘顯然沒聽說過「不良人」這個名字，一臉茫然，可波羅葉卻臉色大變，右手探入懷中，握緊了刀柄，沉聲道：「你早就知道？」

「知道。」崔玨不以為意，朝玄奘道，「不良人是李世民親自成立的一個組織，隸屬內廷，職責是緝事、刺殺、安插密諜、刺探情報。他們的首領稱為賊帥，這些番役來自各行各業，每個人都有一技之長，故此稱為不良人。成員也很複雜，胡漢都有，沙陀人、突厥人、龜茲人，甚至還有西方的大食人。這個波羅葉祖籍北天竺，他父親是個吠舍，大商人，往來西域商路。後來得罪了戒日王，家產被抄沒，他父親帶著唯一的兒子波羅葉逃到了龜茲國。父親死後，波羅葉輾轉來到大唐，李世民早有野心重開西域，正在收集西域的情報。這波羅葉行走數萬里，歷經數十國，見聞廣博，於是就被吸收進了不良人組織。」

「你……」波羅葉額頭冷汗涔涔，「你怎麼知道得這麼清楚？」

「因為李世民即位這三年來，朝廷已經向興唐寺派了九名密諜！」崔珏冷冷地道，「你是第十個。」

「這些密諜呢？」波羅葉駭異地問。

「刺探到機密的六名都死了，其餘三名被我好好地安置著，因為他們比較笨。」崔珏臉上浮起了笑容，「我還知道，指使這些密諜的人是魏道士，魏徵。這老傢伙謀算精妙，見我這興唐寺水潑不進，居然別出機杼，派了個天竺胡人跟著玄奘法師偷摸進來。嘿嘿，我也不瞞你，雖然魏道士謀略一等一的高，可他卻不知道，這些不良人的檔案我都可以隨意調閱。法師，你想西行天竺的計畫朝廷是否知道？」

「知道。」玄奘點點頭，「貧僧在貞觀元年曾經上表申請，被駁回。」

「這就是了。」崔珏點點頭，「魏徵是給你量身打造了波羅葉啊，不怕你不讓他跟著。」

玄奘苦笑不已，不承想，自己尋找哥哥之旅，竟成了朝廷中博奕的棋子？

波羅葉臉色變了：「你們在朝廷有內奸！」

「沒錯啊，」崔珏淡淡地笑，「而且地位比魏徵高得多，任他再厲害，又怎麼可能躲過我們在朝廷裡編織了這麼多年的網？」

波羅葉深深吸了一口氣：「在朝廷裡，地位比魏徵高的人屈指可數，這個人只怕誰都猜得出來，更別說陛下了。你不怕我逃出去，把這個消息報給魏大人嗎？」

忽然間，波羅葉心中一動，像豹子般撲起，短刀頂上了崔珏的脖頸，喝道：「為什麼外面的天色還是黑的？」

玄奘這時也注意到了，他們回菩提院時已經過了卯時，休息了半個時辰，按道理已經到了辰時，這時候天就應該濛濛亮了。這崔珏又過來談了足足一個多時辰，只怕香積廚的僧人們都該送早飯了。

怎麼天還沒亮？

兩人望了望四周，窗外漆黑一團，門外悄無聲息，連溫泉水咕嘟咕嘟的聲音都沒有，風吹，鳥鳴，天籟無聲。

「到底怎麼回事？」玄奘沉聲道。

「你開門看看嘛。」崔珏不以為意地道。

波羅葉拿刀頂著他的喉嚨，不敢稍離，玄奘起身打開了門，這一看，頓時目瞪口呆，波羅葉更是嘴巴張得老大，眼珠子瞪得溜圓——門外，居然是一堵厚厚的石壁！

「怎麼回事？」波羅葉大叫了一聲，也顧不得崔珏，撲過去砰砰砰地把所有窗戶都打開，窗外，黑漆漆的石壁，觸手冰涼，似乎還滴著水。

他連捅了好幾刀，這上好烏茲鋼打造的彎刀削鐵如泥，如今插在石壁上卻是叮叮直響，火星四濺。

「別費工夫了。」崔珏呷了口冷茶，懶洋洋地道，「如今我們在三十丈深的地底，你就是喊破了喉嚨也沒人聽見，你就是拿一把鐵鏟也挖不透這厚厚的岩石。」

「三十丈深……地底……」兩人都呆住了，怎麼可能，方才他們還在菩提院，一直都沒換地方，喝著茶，聊著天，怎麼就到了三十丈深的地底？

「沒什麼好奇怪的。」崔珏笑道，「你不是一直想知道娑婆院中，我是怎麼把殺人現場處理得毫無破綻嗎？你看，我在你眼前重演了一番你還是看不破。法師啊，你的智慧看來也是有極限的呀！」

玄奘面色鐵青，走到門口摸著面前的石壁，石壁凹凸不平，上面布滿了刻挖的痕跡，整體雖然算光滑，卻顯然不是天然生成。他想了想，道：「難道，這座房子竟然整個沉入了地底？」

「著啊！」崔珏一拍手，一臉激賞，「法師到底名不虛傳！沒錯，這座禪房的地底已經被我整個掏空，裝上了機栝滑輪，只要觸動機關，就會整個沉下去，到了平行軌道上，就往側面滑開，然後一座一模一樣的禪房緩緩上升，最後聳立在菩提院中。喏，綠蘿殺死空乘的娑婆院也是這般，你不是奇怪臺階上沒有血跡，灰塵遍布，窗櫺紙完好無損嗎？就是這個樣子囉！」

崔珏說得簡單，但兩人的眼中卻露出駭異之色，這麼龐大的機關，能將整座房子下陷抬升，需要多大的工程？多精密的機械？尤其是在一座山上挖出幾十丈的深坑……這可不是平地，而是山上，到處都是岩石！這人怎麼辦到的？

「沒你想像的那麼複雜，」崔珏看出玄奘眼中的疑惑，解釋道，「這座山腹裡布滿了岩洞，還有無數的暗流，我也只是因地制宜。大部分用的都不是人力，而是風力和水力，你在山頂看到的風車只不過提供了一小部分能量，大部分動力是靠山間和地下急湍的暗流轉動水車，以齒輪和動力鏈條傳遞到各處樞紐。唉，說來簡單，這個活我幹了五六年啊，從武德四年開始動工，到了武德六年地面建築才算完工，然後我就潛入地底開始建造地底的工程，到如今已經九個年頭了，才完成了八成。嗯，不過已經夠用了。」

「好大的手筆！」玄奘這回真算是嘆服了。

「沒錯。」崔珏的臉上也露出一絲得意，「耗資規模太大，建三十座寺院的錢也不夠用。正是因為當初錢花太多，才引起了朝廷的注意，派人祕密調查我的帳目。當時我不死也不行呀，明面上，蓋這座興唐寺花了三萬貫，可地下的部分足足花了三十萬貫。一旦真把我抓起來，問我錢從哪裡來，我怎麼回答？傾晉州一州之力也沒這麼多錢啊！所以，對我而言，最佳的辦法就是人死帳銷。」

兩人恍然大悟，原來崔珏假裝自縊還有這背景。

「其實，朝廷一開始並沒有懷疑什麼。」波羅葉嘆息道，「畢竟修建興唐寺是太上皇的旨意。唯一奇怪的是，你到底從哪裡弄了那麼多錢？國庫沒有撥一個子兒，你崔縣令居然籌到三萬貫，你到底哪兒來這麼大的能力？如今看來，你總共動用的資金，只怕十個二十個三萬貫都不止了，要是此事傳出，舉國震驚。」

崔珏笑吟吟的，轉頭問玄奘：「法師，他不知道我哪兒來的錢，你應該知道吧？」

「貧僧怎麼會知道？」玄奘一頭霧水。

崔珏只是笑，看著他一言不發。

玄奘心中忽然一動，脫口道：「佛門——」

崔珏哈哈大笑，道：「法師果然聰明，眼下這世上，最有錢的不是朝廷，也不是富豪官紳，而是佛門。」

玄奘默然，知道他這話不假。隋朝雖然只延續了三十七年，卻是強盛一時，楊堅和楊廣都崇尚佛教，僅僅開皇年間，楊堅下令建造的寺院就有三千七百九十二所。而楊廣即位後，廣設道場，渡化僧尼，當時江南兵災連連，佛寺焚毀無數，如今江南的佛寺幾乎是楊廣一手扶植起來的。佛門在隋朝積累了龐大的根基。

隋末動亂十幾年，百姓易子相食，民不聊生，官員被殺，貴族被滅，良田荒蕪，直到大唐建立七八年後，仍舊經濟凋敝，黃河下游「茫茫千里，人煙斷絕，雞犬不聞」。可是佛門的根基卻沒有受到大的動盪，上百年間積累的財富使其短短幾年裡就幾乎恢復，一座寺院往往占地百里，縱然是王侯之家也有所不及。

尤其是從南北朝以來，佛寺流行放「印子錢」。一開始主要是因為佛寺中花銷不大，朝廷和富人們施捨的錢也用不完，就拿出來低息或無息借貸給一些貧民。這個動機雖然很好，問題是錢這個魔鬼一旦釋放出來，就不是任何人掌控得了的。到了後來，印子錢的規模越放越大，借貸的對象從貧民擴展到了缺錢的富豪官紳，利息也越來越高，有些急於拆借的商人還把不動產等物件典當給佛寺換錢周轉。經過百餘年的發展，幾乎每間佛寺都開始做印子錢和典當業的生意，獲利豐厚，財帛堆滿了寺院。

比起朝廷空蕩蕩的國庫，說佛門富可敵國也毫不誇張。玄奘在空慧寺待了那麼久，長捷還繼承了玄成法師的衣缽，對這些當然清楚得很。

玄奘並不想多談這個話題，轉頭問道：「如今你幾乎將所有的祕密和盤托出了，打算怎麼處置我們？」

「他處置我們？」波羅葉一臉不忿，大聲嚷嚷著，把彎刀又壓在了崔玨的脖子上，「雖然被困在地底，哼，我就不信你不出去。你能出去我們也能出去。」

玄奘苦笑，憑崔玨的深沉和智謀，哪裡有這麼簡單。

崔玨看也不看波羅葉，含笑盯著玄奘：「你們倆嘛，波羅葉是必死無疑的，他是不良人，我總不能讓他給魏徵去通風報信。至於法師你嘛……你不應該死在我的手裡。」

「哦，為何？」玄奘笑了，「殺一人是殺，兩人也是殺，為何不能殺貧僧？」

「因為我答應了一個人，不能殺你。」崔玨嘆了口氣，「我總要遵守諾言吧？」

玄奘心神一動，急忙道：「難道是長捷？」

「我呸！」崔玨忽然大怒，「別在我面前提這個名字！這個敗類、懦夫、無恥之尤、成事不足敗事有餘的傢伙！他連給那個人提鞋都不配，當初我們也算瞎了眼睛，千人萬人裡居然選了長捷這個王八蛋！」

聽著他大罵長捷，玄奘的臉上也不好看。畢竟一母同胞，你罵他王八蛋，貧僧我算什麼？不過他對崔玨這麼恨長捷倒有些驚奇，兩人之間到底發生了什麼事？

「長捷可還活著？」他急切地道。

「活著！」崔玨恨恨地道，「怎麼沒活著？好人不長命，禍害遺千年。這廝的日子舒坦著呢。算了，不說他了……」崔玨意興闌珊地擺了擺手，直視著玄奘，「你還是會死的，只不過殺你的另有其人。」

「是誰？」玄奘神色不動。

崔玨不答，可惜地看著他，喃喃道：「前途無限，何苦犯戒？」

玄奘一頭霧水，我犯戒？這怎麼講？

「言盡於此，殺你的人不日即來，法師準備好了。」崔珏笑了笑，忽然抱拳，「告辭。」

「哪裡走！」波羅葉的刀還壓在他脖子上，見他想走，不由冷笑。

崔珏淡淡一笑，忽然伸手在地上一拍，啪的一聲，佛堂正中的地面忽然露出一個大洞，崔珏連人帶蒲團以及火爐、茶碗、茶釜之類嘩啦啦地跌了下去，頃刻間便消失在洞裡。波羅葉猝不及防，險些栽進去，百忙中伸手按住另一邊的洞壁才沒落進去，可想了想，忽然又醒悟了，朝玄奘叫道：「法師，追──」

手一鬆，身子呼地落了進去。

玄奘一看，明白了波羅葉的想法，眼下兩人被困在地底，可謂走投無路，還不如跳進這個洞好歹有個出路。若是能抓住崔珏，那就更好了。他毫不遲疑，奔過來縱身跳了進去。

耳邊盡是呼嘯的風聲，眼前一團漆黑，身子無休無止地往下墜落。也不知落了多久，忽然砰的一聲砸在了一個人的身上，那人悶哼一聲，隨即似乎又有東西一彈，玄奘彈了起來，然後重重地砸下，砰的一聲又砸在了那人身上，接著又彈起……

「法師……」下面傳來一聲呻吟，「你砸得我好痛，輕點……」

話音未落，玄奘又砸在了他的身上，那人慘叫一聲，險些昏厥。但玄奘好歹是落穩了，腳一蹬地，不料蹬了個空，兩條腿彷彿絆進了網中，纏著無法動彈。

「你是波羅葉？」玄奘摸了摸身下。

「可不是我……哎哎，輕點，你剛踹了我襠部，怎麼又來摸……」波羅葉大聲呻吟著，「咱們中了這小子的奸計，這底下是個網兜……」

玄奘呆住了，忙不迭地縮手。

波羅葉強忍疼痛，從懷中掏出火摺子打亮，微弱的光芒照見幾尺的空間。這裡果然是個巨大的洞穴，四周是深不可測的黑暗，中間掛著一張巨網，兩人彷彿蒼蠅一般給兜在網裡……

第十二章　官司纏身幽冥中

絳州與晉州交界，太平關。

夜幕輕垂，群山間籠罩上一層朦朧的薄霧，日光淹沒在黃河之外，空蕩蕩的荒野中一片蕭瑟。太平關是從河東通往黃河龍門渡口的要道，向來是兵家必爭之地，經歷無數次的戰爭之後，這座堡壘早已破敗不堪，女牆殘破，城牆剝落，缺口處可以讓一條狗輕輕鬆鬆地跳進去。

而如今，這片大地上的至尊王者，正輕袍緩帶，慢慢行走在殘破的城牆上。

李世民，這個一手締造了大唐帝國的馬上皇帝今年才三十一歲，只比玄奘大了一歲，正處於一生中的黃金時期。他穿著一身紫紅色的圓領缺胯袍，戴著黑色軟翅襆頭，腳下黑色的長靴。他相貌英俊，唇上生著兩撇尖翹的髭鬚，更顯得英武決斷，整個人有如一桿挺拔的長槍。早年的戎馬生涯將他鍛鍊得孔武有力，手臂甚至臉上的肌肉都充滿了力量。

不遠處，右僕射裴寂、左僕射杜如晦、吏部尚書長孫無忌、祕書監魏徵等重臣跟隨著他，看著他在城頭上漫步。裴寂的身邊還站著一名身披紅色袈裟的老和尚。

城下是右武衛大將軍、吳國公尉遲敬德率領的十六衛禁軍，一千多人將太平關保護得滴水不漏。

關牆下三里遠，便是李世民的行營，營帳連綿，人喊馬嘶。李世民也無奈，倒不是他願意住在荒郊野地，而是這次巡狩河東道，他帶了五千禁軍，加上隨身的太監、宮女，還有皇親貴戚、朝中大臣和他們的僕從、州縣供應的僕役，人馬浩蕩，足有七八千人。離開絳州之後，到最近的晉州城足有一百六七十里，路上並沒有什麼大的城邑可以容納他這麼多的人馬，到了兩州交界，李世民一時心動，想起不遠處有座太平關，就命令在關下紮營。

「朕，如今擁有四海，但午夜夢迴，卻常常置身於昔日鐵馬秋風的歲月！」李世民感慨不已，「眾卿看看，這座太平關還留著朕昔日的痕跡呀！」

裴寂笑道：「陛下說的可是當日攻打太平關，突破龍門渡口直入關中之事？」

裴寂今年五十九歲，面容富態，笑容可掬，是大唐朝第一任宰相，雖然中間屢次換人，但不久之後他又會當上宰相。原因無他，因為唐朝剛立，缺錢、缺糧食、缺戰馬、缺布帛，什麼都缺，而裴寂最大的能耐就是理財，從武德年間到貞觀年間，把不富裕的家底打理得井井有條。李淵和他是從小一起長大的朋友，離不開他，李世民即位後讓長孫無忌當過一陣子宰相，可發覺滿朝文武，搞錢糧的本事誰也敵不過裴寂，於是又把他提拔了上來。

「是呀！」李世民笑道，指了指不遠處一個缺口，「還記得嗎？這個缺口就是當年朕指揮投石車撞毀的，然後第一個從缺口跳進了城內。對了，無忌，緊跟著朕的是你吧？」

長孫無忌是李世民的小舅子，比李世民大兩歲，兩人從小一塊兒長大，感情莫逆。他笑了笑：「臣是第三個，緊跟著您的是劉弘基。」

李世民愕然片刻，忽然指著他哈哈大笑：「無忌啊，也不知道你是老實還是狡詐，居然跟朕玩這心眼。」

眾臣心下明白，一時心都懸了起來。那老和尚微微一皺眉，卻是不言不語。

劉弘基是李世民的心腹愛將，李世民還是太原留守的二公子時，就和劉弘基親熱到「出則連騎，入同臥起」的地步。貞觀元年，李世民剛剛即位，義安郡王李孝常叛亂，劉弘基平日和李孝常來往密切，給牽扯了進去，李世民火速平定了李孝常，卻對劉弘基惱怒無比，下令撤職除名。

「陛下，」魏徵忽然正色道，「我朝年號貞觀，何謂貞觀？天地常垂象以示人，故曰貞觀。陛下即位三年，自然當澄清天下，恢宏正道。從大業七年到如今，十七年亂世，天地有如烘爐，淘汰了多少英雄人傑，有些固然是罪無可恕，有些卻是適逢其會。陛下改元貞觀，自然當開張聖聽，對人物功過重新臧否。臣以為，劉弘基被褫奪爵位，並非是因為他罪大，而是因為陛下待他情深，恨之情切。任君治天下，不重法度，而耿耿於私情，可乎？」

李世民啞然了。

劉弘基其實並沒有犯多大的罪，只不過李世民對他不滿，覺得你我感情如此之深，你卻私下裡和李孝常這個反賊結交，一時惱怒，才處置了劉弘基。

但魏徵這麼一說，想起平日裡劉弘基的好，李世民也不禁幽幽而嘆，擺了擺手：「玄成說得是，讓弘基官復原職吧！」他輕輕撫摸著城牆，「朕看到這城牆，就想起當日和太上皇並肩作戰，直渡龍門的往事，那些人，那些事，有如走馬燈一般在朕的眼前轉。是啊，正如玄成所言，貞觀便是澄清天下，恢宏正道。這樣吧，回京之後，把那些犯了事的臣僚的罪名重新議一議，力圖不掩其功，尤其那些曾經為我大唐天下出過力的將士，能給他們留個身後名是最好。」

「陛下仁慈。」長孫無忌和魏徵一起躬身施禮。

裴寂的心裡卻猛地跳了一下，還沒回過神來，李世民含笑問他：「裴卿，朕記得當年你沒有隨朕走龍門這條線吧？」

「是呀。」裴寂無奈地道，「臣當年和劉文靜一起率軍圍困蒲州城，牽制屈突通。正是蒲州城太過於牢固，一直打不下來，陛下才獻策分兵，和太上皇一起從龍門渡過黃河，進入長安。」

一聽「劉文靜」這個名字，杜如晦、長孫無忌和魏徵都沉默了。

李世民若有所思地點了點頭：「劉文靜……多少年沒聽過這個名字了，此人功勞蓋天，罪也難恕，回去……也議一議吧！」

裴寂的臉色頓時慘白如紙，這滿天滿地的山河一瞬間失去了顏色，心中只是翻來覆去轉著一個念頭：陛下……好狠。他提起劉弘基的用意原來在此……他終於要對我動手了……

群臣一片漠然，或是憐憫、或是嘲諷地看著他，都是一言不發。裴寂乞憐地看了那老和尚一眼，老和尚面容不變，嘴角似乎帶著一絲笑意。

劉文靜，在裴寂的心裡絕對是一根插入骨髓的刺，他生前如此，死後更是如此。李淵任太原留守時，劉文靜是晉陽縣令，和裴寂相交莫逆，兩人共同策劃了李淵反隋的大事。所不同者，劉文靜是李世民的死黨，而裴寂是李淵從小一起長大的朋友。

李淵當了皇帝之後，論功勞，以裴寂為第一，劉文靜為第二。劉文靜才華高邁，但心胸並不寬廣，對裴寂地位在自己之上大為不服，每次廷議大事，裴寂說是，他偏要說非，裴寂說非，他就一定說是。兩人的隔閡越來越深，直到有一次，劉文靜和他的弟弟劉文起喝酒，都喝醉了，拔刀斫柱，大叫：「必當斬裴寂耳！」

這下裴寂惱了，知道兩人間已經是不死不休的結局。其時劉文起家中鬧鬼，劉文起請來巫師，夜間披髮銜刀，作法驅除妖孽。裴寂便收買了劉文靜一個失寵小妾的哥哥，狀告劉文靜蓄養死士謀反。

李淵下令審訊，劉文靜居然大模大樣地說道：「起義之初，我為司馬，如今裴寂已官至僕射，臣的官爵賞賜和眾人無異。東征西討，家口無託，確實有不滿之心。」

李淵大怒，說：「劉文靜此言，反心甚明。」

當時朝中大臣普遍認為劉文靜只是發牢騷，李世民也力保他，最後裴寂說了一句話：「劉文靜的才能謀略確實在眾人之上，但生性猜忌陰險，忿不顧難，其醜言怪節已經顯露。當今天下未定，外有勁敵，今若赦他，必遺後患。」

李淵於是下了決心，斬殺了劉文靜和劉文起。

這是裴寂心中最大的一根刺，他知道，李淵是看在他的面子上才殺了劉文靜，朝中大臣並不服，尤其是李世民。當年李世民是秦王，自己不需要在意他，可如今這李二郎已經是皇帝了……

他如果要替劉文靜翻案，那將置自己於何地？

裴寂身上的寒意越來越重，透澈肌膚，直入骨髓，渾身冰涼。

就在他恍恍惚惚的當口，李世民已經下了城牆，在尉遲敬德的保護下，緩緩向大營走去。荒山郊野，冷月照著青暗的山峰，遠處傳來山中野獸的嘶吼，風吹長草，發出刷刷的聲響。

大營裡逐漸平靜，忙碌了一日，軍卒和隨軍的眾人大都早早地安寢，只有值守的巡防隊邁著整齊的步伐在營門口交叉而過，響起鐵甲錚鳴聲。

裴寂跟在後面，幾步趕上那老和尚，低聲道：「法雅師父，你可要救救老夫啊！」

這老和尚竟然是空乘的師父，法雅。法雅笑了笑：「今時今日，大人在玄武門兵變那一刻不是早就料到了嗎？既然定下了大計，何必事到臨頭卻驚慌失措？」

裴寂抹抹額頭的汗，低聲道：「這個計畫能否成功尚在兩可呀！即使能成，又能救我的命嗎？」

法雅淡淡地道：「這一局已經進入殘局收官階段了，世上再無一人能夠破解。老和尚保大人不死。」

裴寂這才略微安定了些，風一吹，發覺前胸後背已盡皆溼透。

正在這時，走在前面的李世民一怔，指著東面的天空道：「眾卿，那是什麼？」

眾人驚訝地抬頭，只見幽暗的天空中，冷月斜照，群山匍匐，半空中卻有兩盞燈火般的東西緩緩飄了過來，看上去竟如同移動的星辰！

「莫不是流星？」長孫無忌道。

「不會。」杜如晦搖頭，「流星的速度倏忽即逝，哪有這麼慢的，或許是哪裡的人家放的孔明燈吧？」

李世民笑了：「這又不是除夕夜，元宵節，放孔明燈做什麼？來，咱們看看。」

眾人一起仰著脖子觀看。那兩盞幽火看起來甚遠，卻飄飄揚揚御風而行，竟朝著眾人直接飛了過來，等到近了，一行人頓時頭皮發麻，寒毛倒豎——這哪裡是燈火，分明是兩個人！

「保護陛下！」尉遲敬德大喝一聲，從背上掣出鋼鞭，兩側的禁軍呼啦啦地湧了上來，將眾人圍得裡三層外三層，第一排手持陌刀，第二排絞起了臂張弩，第三排則是複合體長弓，鋼刃兵箭搭在了弦上。這次隨駕出來的禁軍是以最精銳的驍騎衛為主體，尉遲敬德又從其他十五衛中抽調出精銳組成，可以說是這世上最精銳的軍隊，幾個呼吸間，嚴密完整的防禦陣勢已經形成。

「別忙著動，且看看。」李世民到底經歷過大風大浪，沉靜無比，擺手制止了尉遲敬德。

這時天上行走的兩人距離他們已經不到一里。這兩人詭異無比，袍裾輕揚，儀態從容，在天空緩步而行，只是不知為何全身籠罩著火焰般的光芒。這兩人毫不在意地面嚴陣以待的軍隊，一路飄然而行，轉眼到了百丈的距離，已是弓箭可及的範圍，眾人看得越發清晰了，所有人都毛骨悚然。

這兩個怪人實在詭異，臉上竟然戴著猙獰的鬼怪面具，而眼眶和嘴巴處的開口卻是個空蕩蕩的窟窿，裡面冒出幽幽的火焰，望著地面的眾人，似乎還咧開嘴在笑。

「何方鬼物，敢驚擾聖駕？」尉遲敬德不等李世民下令，暴然喝道，「射——」

三百架臂張弩嘣地一扣機栝，三百枝弩箭有如暴雨般呼嘯而去。這種臂張弩射程可達三百步，穿透力極強，嗡嗡的呼嘯聲一時震聾了所有人的耳朵，密集的弩箭也遮沒了那兩人的身影。

噗噗噗的聲音傳來，憑目測，起碼有三十枝弩箭穿透了那兩人的身軀。那兩個身影晃了晃，在半空盤旋了一下，就在眾人以為他們要掉下來的時候，竟然仍舊大搖大擺地朝前飄行。

這下子所有人都頭皮發麻，這兩人身上起碼插了十七八枝弩箭，換作別人，早死了十七八次了，可……他們竟沒有絲毫反應！

李世民也有些驚慌了，轉頭問眾人：「眾卿，這……這究竟是怎麼回事？這世上怎麼還有射不死的人？」

「再射——」尉遲敬德這個鐵血將軍可不信邪，長弓手一鬆弦，沉重的鋼鏃激射而出，噗噗噗地將那兩人射了個千瘡百孔，可那兩人仍舊一言不發，御風而行。

「吳國公且住。」法雅急忙攔住了尉遲敬德，低聲對李世民道，「陛下，天上這兩個妖物，老僧以為恐怕不是凡人！」

「不是凡人？」李世民怔住了。

雖然這年頭除了太史令傅奕這等狂人，幾乎所有人都崇信神佛鬼怪，在場的大臣不少人家中還鬧過鬼，可還真沒有誰切實見過鬼怪。

法雅苦笑不已：「老和尚也說不清楚，只感覺這兩人身上鬼氣森森，非人間所有。」

李世民等人啞然，心道，這還需要你來說嘛，若是人間所有，早就射殺了。不過法雅從李淵當太原留守的時候就跟隨李家，忠心耿耿，這老和尚智謀深沉，涉獵龐雜，幾乎無所不知無所不曉，李世民對他也頗為信賴，當即問：「法師，既然是鬼物，可有驅除之法？」

「有。」法雅道，「只要是三界輪迴之物，鬼也好，神也罷，貧僧都有法子鎮壓！」

「那有勞法師了！」李世民喜出望外。

「遵旨。」

法雅正要說話，忽然天上那兩隻鬼物哈哈大笑起來，說：「大唐天子，吾等自幽冥而來拜謁，迎接吾等的，便是這弓弩箭鏃嗎？」

說完，這兩隻鬼物悠悠飄落在地上，居然有六尺多高，黑袍罩身，臉上覆蓋著猙獰的面具，眼眶和嘴巴裡噴吐著淡淡的光芒，站在這荒郊野嶺上，明月大地間，更顯得鬼氣森然，令人驚懼。尤其是他們身上還分別插著十幾根箭矢，更讓人覺得怪異。

禁軍呼啦啦地掩護著李世民退開五十丈的距離，嚴陣以待。

李世民皺了皺眉，揮手讓面前的兵卒讓開一條道，在眾人的保護下走到前面，拱手道：「兩位怎麼稱呼？從幽冥來見朕，是什麼意思？」

「哈哈，」其中一隻鬼物笑道，「吾等沒有姓名，乃是幽冥泥犁獄閻魔羅王麾下的鬼卒，奉閻魔羅王之命，前來知會大唐天子，泥犁獄中有一樁官司，盼陛下在四月十五前，前往泥犁獄折辯。」

「泥犁獄？閻魔羅王？」李世民一頭霧水，轉頭看了看法雅。

法雅自然知道，低聲把泥犁獄和閻魔羅王的來歷講述了一番，眾人不禁譁然，長孫無忌怒喝道：「好大膽的鬼卒，就算你們閻魔羅王統轄幽冥，可我大唐天子乃是人間至尊，怎麼還受你的管轄？」

鬼卒冷笑：「敢問長孫大人，人可有不死者？」

長孫無忌語塞。

「只要是這六道生靈，無論胎生、卵生、溼生，上至鳳凰天龍，下至小蟲，只要沒有修得羅漢果位，死後必入泥犁獄，經六道生死簿審判之後，再分別去往那輪迴之所。大唐天子固然是人間至尊，卻也沒有超脫生老病死，如何不受我王管轄？」那鬼卒冷冷地道。

李世民眼中陣陣恍惚，只覺這個場景好生怪異，竟如同在夢中一般。他伸手制止了長孫無忌，問道：「依你所說，是泥犁獄中有一樁官司要朕前去折辯？那是什麼官司？」

「有故太子建成、齊王元吉者，於武德九年陽壽已盡，死後入泥犁獄，閻魔羅王本欲判再入輪迴，此二人不服，說他二人死於非命，陽世間孽緣未盡，就寫了一通狀紙，把你告到了閻魔羅王案前。因此，閻魔羅王特命吾二人前來傳訊陛下，切切要去泥犁獄折辯。」

那鬼卒這話一出口，眾人頓時大譁。

李建成！李元吉！這兩個名字在貞觀朝無疑是個禁忌，李世民親手射殺了李建成，李元吉則被尉遲敬德射殺，李建成的六個兒子，除了長子早亡，五個兒子都被李世民斬殺，而李元吉的五個兒子也同時被殺，兩個家族的男丁被他斬盡殺絕，等於說李世民手上沾染了同胞兄弟的鮮血。李世民自己很清楚，他手下的臣子也很清楚，無論這位君王日後多麼偉大，能將天下治理得多麼富庶，在人倫天理這一關，他將永世面臨自己、他人和歷史的拷問。

如果說劉文靜是裴寂心中最大的刺，那麼建成和元吉就是李世民心中永恆的刺，刺入心肺，刺入骨髓，刺入千百年後的青史。

這一刻，所有人都驚呆了，皇帝，大臣，將軍，兵卒……誰也不敢說話，誰也不知道該說些什麼，所有人的身體都在顫抖，濃濃的恐懼從心底泛起，只希望從來沒有過這一刻，從來沒有來過這個恐怖的地方，從來沒有聽過這麼恐怖的話。他們寧願割掉自己的耳朵。

「大膽──」尉遲敬德暴怒至極，手提鋼鞭就要奔過去把那兩個鬼卒砸個稀巴爛。

「吳國公，不可！」法雅急忙扯住他，低聲道，「且看老和尚用佛法來鎮了他，您千萬不可上前。」

尉遲敬德醒悟過來，這兩隻鬼物，連弩箭都不怕，還怕自己的鋼鞭嗎？

「大師當心。」他低聲叮囑道。

「無妨。」法雅抖了抖袈裟，大步向前，到了曠野中盤膝坐下，雙掌合十，口中念念有詞，陡然間一聲大喝，「幽冥人界，道之不同：區區鬼物，還不散去！咄──」

手臂一揮，一道金色的光芒閃過，那兩隻鬼物頓時渾身起火，高大身軀在烈火中掙扎片刻，發出嘶嘶的鬼叫，隨即砰然一聲，火焰散去，兩隻鬼物消失得無影無蹤。

尉遲敬德親自提著鋼鞭走過去，只見地上殘留著一團紙灰，星星餘火仍在燃燒。他用鋼鞭挑了挑，一張半殘的紙片上寫著幾個字：譬如三千大千世界所有草木叢林、稻麻竹葦、山石微塵，一物一數，作一恆河；一恆河沙，一沙一界；一界之內，一塵一劫，一劫之內，所積塵數，盡充為劫……

「陛下……」他回過頭，正要說話，卻見李世民目光呆滯，凝望著地上的餘火，彷彿痴了一般。

第二日辰時，儀仗鮮明的隊伍拔營出發，路途無比沉悶，所有人都在李世民的沉默下驚悚不安。七八千人的隊伍，除了馬蹄、腳步和車轂轆的嘎吱聲，竟無一人敢大聲喧譁。河東的道路崎嶇難行，道路開鑿在汾水河谷之間，遠處的汾水奔騰咆哮，似乎沖刷著人群中的不安。前方就是晉州城，區區幾十里路，直到黃昏時分才趕到城外。

晉州刺史趙元楷早就率全城耆老出城三十里迎接。趙元楷是裴寂的女婿，他知道老丈人眼下日子不好過，恰好皇帝來了，這次是卯足了勁兒要給皇帝一個驚喜，一舉扭轉皇帝對翁婿倆的印象。

車駕緩緩而至，李世民正在長孫無忌的陪同下坐在車裡想心事，忽然聽到聲勢浩大的山呼之聲：「吾皇萬歲，萬歲，萬萬歲——」

李世民吃了一驚，命內侍撩開車簾，頓時便是一怔，只見道路兩旁跪著一群頭髮花白的……黃衣人，足有四五百名。他仔細看了看，才發覺竟然是一群年紀在六七十歲以上的老人，身上穿著黃紗單衣，哆哆嗦嗦地跪著，也不知道是體力衰弱還是傍晚的風有些冷。

「這是怎麼回事？」李世民問。

內侍立刻傳話下去，過了片刻，一名四旬左右，身穿緋色官服、腰上佩著銀魚袋的文官急匆匆來到車駕旁跪倒：「臣，晉州刺史趙元楷參見吾皇陛下。」

「哦，是趙愛卿呀，起來吧！」李世民知道他是裴寂的女婿，裴寂有三個女兒，二女嫁給了趙元楷，「朕問你，這路邊怎麼跪著這麼多老人？」

趙元楷滿臉笑容，說道：「這都是我晉州城的耆老，聽說陛下巡狩河東，都想一睹天顏，臣下就自作主張，統一安排他們著黃紗單衣，迎謁路左。」

李世民頓時就惱火了，一肚子鬱悶正沒地方撒，重重一拍車轅，喝道：「你身為刺史，代朕守牧一方，平日裡就該做些尊老之事。你看看，你看看，這裡的老人哪個不是七老八十？都足以當朕的父親了，你讓他們走三十里，在泥地裡跪上半天，就是為了迎接朕？」

趙元楷懵了，撲通跪下，不停地磕頭。

李世民越說越火：「你父親呢？你父親呢？他有沒有來跪迎朕？讓他走三十里，跪一整天，你忍心嗎？老吾老以及人之老，你這麼多年的詩書讀到哪裡去了？」

趙元楷聲淚俱下，哭拜不已。

李世民還要發火，長孫無忌急忙勸道：「陛下，趙元楷無心之過，略加懲罰便是，若是責備太過，恐怕裴相和已故的趙公面上不好看。」

李世民強忍怒氣，哼了一聲：「這趙元楷早年何等英雄，連他夫人也是節烈女子，怎麼如今竟然昏聵到這等地步？」

長孫無忌默然。趙元楷在唐初官場也是個名人，他乃是士族出身，父親做過隋朝的僕射，早年娶了河東第一士族崔家的一個女兒。崔氏注重禮儀，趙元楷很敬重崔氏，即使在家裡宴飲也不敢隨便言笑，進退停步，容飾衣服，都合乎禮儀。

不料隋末大亂，宇文化及造反，趙元楷打算逃回長安，路上遭遇亂匪，崔氏被亂匪擄走。賊首打算納她為妾，崔氏不從，賊首撕裂她的衣服綁在床上就要施暴。崔氏假意應允，讓賊首放開她，崔氏穿好衣服，拿過賊人的佩刀說：「想要殺我，任憑刀鋸。想要找死，可上來逼我！」賊人大怒，亂箭射死了崔氏。趙元楷後來抓到了殺妻子的賊首，親自肢解了他，祭奠於崔氏靈前。

裴寂聽說此事，感念崔氏的節烈和趙元楷的情義，將二女兒嫁給了他。

李世民倒也沒打算跟趙元楷糾結，揮手讓他走開，命他備車將耆老們好好送回去。

車駕繼續向前，到了城樓，李世民又吃了一驚，只見城樓張燈結綵，用紅綢和黃綢裝飾得色彩光鮮，綿延二里。

李世民強忍著不悅，進了城，趙元楷早就動員城內的兩家大戶把宅第騰了出來，兩家打通，幾百間房子勉強夠皇帝下榻。這倒罷了，可是李世民一路走過，提鼻子一聞，到處是新鮮的油漆味，數百間房子裝飾一新，美輪美奐。

李世民又惱了，問：「趙元楷呢？」

內侍出去問了問，回來答覆：「陛下，趙刺史蓄養了幾百隻羊，幾千條魚，正挨門挨戶給皇親們送呢。」

李世民氣急，當場砰的一聲把茶杯摔了，喝道：「把他給朕找來！」

這時裴寂剛剛安頓下來，他在李世民身邊交好的內侍立刻就把消息送了過來。裴寂當即出了一身冷汗，拉著法雅就往李世民下榻的主宅裡跑。路上，趙刺史正一溜小跑過來，看見裴寂，急忙躬身施禮：「元楷拜見岳父大人。」

「罷了，罷了。」裴寂一頭細汗，低聲道，「你這是做什麼？怎麼弄得如此隆重？」

趙元楷一臉鬱悶，道：「岳父大人，小婿並無失禮之處啊！一應儀式，均是按前朝規制，陛下巡狩，怎可缺了禮數？」

「你……」裴寂仰天長嘆，一肚子苦水。

幾人到了正廳，李世民還是怒氣沖沖，一見趙元楷就氣不打一處來：「趙元楷，朕問你，一個月前朕發文至河東道，怎麼說的？」

「陛下發文命各地方籌備接駕事宜，一應事宜切以簡樸為上，莫要奢靡，更勿擾民。」趙元楷理直氣壯道。

「那麼你呢？」李世民怒極。

「臣並無逾禮之處。」趙元楷道，「因是我朝兩代帝王首次巡狩河東，並無先例可循，一應事宜，臣只好以前朝為準。陛下令不得擾民，臣也不敢大肆驚擾地方，一切以簡樸為上。」

「前朝……」李世民鼻子都氣歪了，「你把朕當成了隋煬帝？煬帝南巡，數百萬民夫挖鑿運河，你是不是也要在這山間鑿一條運河給朕來運龍舟啊？煬帝不恤民力，導致天下大亂，你是不是也想勞民傷財，讓天下百姓朝著朕的臉上吐口水啊？」

趙元楷當即魂飛魄散，撲通跪倒：「臣斷無此心！」

裴寂渾身是汗，偏偏當事人是自己的女婿，不好辯解，只好拚命地朝長孫無忌使眼色。長孫無忌嘆了口氣：「陛下，此事也不完全怪趙刺史，太上皇和陛下都沒有巡視過河東，尤其是陛下即位三年，還不曾離開京畿道巡狩，地方官也沒有接駕的經驗啊！趙刺史為人中正，雖然對禮法有些拘泥，卻也不至於敢勞民傷財。」

李世民氣呼呼的，指著趙元楷道：「朕巡幸河洛，經過數個州，凡有所需，都是官府的物資供應，不敢動用民間一分一毫。你讓滿州耆老無辜受寒朕就不說你了，你飼養的羊、魚是從哪裡來的？還不是從百姓家中徵集的？你雕飾庭院屋宇，花的錢哪來的？不是庫銀便是民脂民膏！你用來裝飾城樓的絲綢絹布和民夫哪來的？你上繳的庸調[22]都有定數，你敢剋扣上官？還不是從民間再度徵集？此乃亡隋弊俗，我朝怎麼能沿襲？」

趙元楷羞慚不已，磕頭道：「臣……領會陛下的苦心了。」

李世民隨即做出處理，免去趙元楷晉州刺史一職，令官府以原價補償從民間徵集之物，同時命杜如晦發文給沿途州縣，以此為鑑。

李世民在晉州待了兩日，視察了周圍的民生，還算滿意，知道這趙元楷倒不是一味昏庸，心裡算解了點氣，離開晉州之日，特意邀請裴寂和長孫無忌同乘龍輦。

裴寂受寵若驚，再三辭讓，這待遇可不是常人能享受。連房玄齡、杜如晦這兩個心腹重臣也只是有事商議才會受到同乘龍輦的禮遇，平日裡也就長孫無忌能享受到。

李世民命長孫無忌將他拉上來，笑道：「裴卿乃武德朝的第一重臣，無忌也對朕忠心耿耿，同車驂乘，除了你二人，誰還有這資格？」

裴寂的汗又下來了，這回甚至比太平關那次驚怖更甚。李世民這話從字面上理解，是推崇他，可潛臺詞，裴寂聽得很清楚：「你是太上皇的人，無忌是我的人。」

「唉，這次朕處理了元楷，裴卿也莫要往心裡去。」李世民嘆道，「我朝草創，根基不深，民間凋敝，若是地方官不體恤民力，傾覆之日不遠啊！」

「陛下處理的是，臣怎有絲毫怨言？」裴寂小心道，「臣這些年來深知我朝之艱難，僅僅糧食，若非前隋留下的幾座大倉，單靠州縣的地租，根本是入不敷出。百姓之力有如火山，一旦逼壓過甚，強大如前隋，也是朝夕間覆亡。前車之鑑，臣怎麼敢不竭盡小心？」

「裴卿說得好啊！」李世民對裴寂的能力一向欣賞，在他看來，宰相這個位置不見得非要你多能幹，但一定要能協調好滿朝上下的關係，使大夥兒擰成一股繩。裴寂在這方面能力非同一般，「元楷這人，雖然盡忠職守，卻有些泥古不化了，受前隋的官風薰陶過甚，朕罷了他，也是讓他好好反省一番。朕已經下旨，命蒲州刺史杜楚客來晉州任職。」

「臣一定嚴加管教。」裴寂點頭，這個女婿的毛病他也知道，有些書呆子氣，不善於揣摩上司的意圖，這回馬屁拍在了馬蹄上。但只要自己不倒，就能讓他復起，這次罷官也沒什麼大不了。

「哦，裴卿啊，元楷是你的二女婿吧？」李世民問，「你家中有幾個女兒？」

裴寂心裡一沉，勉強笑笑，道：「臣家裡有三個女兒，二女嫁了元楷。」

「大女兒呢？」李世民笑道。

「大女嫁了段志玄的三兒子。」裴寂道。

段志玄是李世民的心腹大將，死忠於李世民，參與了玄武門之變，貞觀元年被封為左驍衛大將軍，樊國公。其人治軍嚴謹，李世民評價為「周亞夫無以加焉」。自己的女兒嫁給段志玄的兒子，李世民會不知道嗎？裴寂心裡掠過一絲不祥。

李世民點點頭：「那麼三女兒呢？」

「呃……」裴寂頓時臉色漲紅，訥訥難言。

「陛下，」長孫無忌低聲道，「裴三小姐四年前便下落不明。」

「哦？」李世民挑了挑眉毛，「下落不明？可是遭了什麼叵測？」

裴寂無可奈何，他也知道李世民不可能對此不清楚，只好低聲道：「臣的三女兒……武德九年，被一個僧人蠱惑，竟與其私奔……臣曾經派人追查，只是……事關體面，不好與外人言。」

李世民愣了愣，忽然怒道：「哪裡來的妖僧，不守清規戒律，居然誘騙官家小姐？」

裴寂滿頭是汗，老臉通紅：「臣也不知道他的法名，當日臣家裡做法事，請了莊嚴寺的僧人，這個僧人也混了進來，也不知怎地……唉。」

他嘴唇顫抖著，不再多說。李世民體諒地點了點頭，沒有再追問。

裴寂臉上一副羞怒的表情，心中則如鼓槌狂擂，翻來覆去只有一個念頭：他知道了……他知道了……長捷啊長捷，若是全盤大計因你而毀，老夫非要將你碎屍萬段！

第十三章　君是何物？臣是何物？

罷免趙元楷的公文引起了沿途各州縣的震動，李世民再三強調節儉、勿擾民，讓一些存了心思拍馬屁的官員驚出了一身冷汗。幾家歡樂幾家愁，霍邑縣令郭宰卻是眉飛色舞，這日一回到後宅就嚷嚷：「夫人啊，夫人，還是妳的主意高啊！」

李優娘正在刺繡，抬起頭問他：「相公怎麼這般高興？」

「能不高興嘛，」郭宰哈哈笑道，「要是依了縣裡同僚和豪紳們的主意，我這個官就做到頭了。陛下崇尚節儉，我這麼大張旗鼓地擴街、騰宅，那不正好觸了霉頭嘛！還是妳的主意好，讓陛下住到興唐寺，嘿嘿，風水好，環境好，地方寬敞。」

李優娘含笑望著他，心中卻是一陣刺痛。自己和崔珏真是命裡的孽緣啊，他拆散了自己原來的家，又要拆散自己現在的家，我等於是親手把這個老實憨厚的男人推進了萬劫不復的深淵……

「那不是挺好嗎？相公也省得費心。」她勉強笑道。

「嗯，夫人，我給妳講一件事。」郭宰坐到床榻上，壓低了聲音道，「據說這次陛下在太平關遇到了鬼。」

「鬼？」李優娘愕然。

「對，具體我也不清楚，只是聽趙城和洪洞那邊的同僚講的，他們已經接過聖駕，陛下整日陰沉著臉，洪洞縣和我交好，特意叮囑我務必仔細。這次，我把皇帝安排到興唐寺，肯定能讓龍顏大悅。」郭宰得意無比，卻沒注意到夫人臉色更加慘白，興奮地道，「聖駕已經到了三十里外，我這就去接駕了。今日恐怕有得忙了，估計好幾日都回不了家，妳和綠蘿可吃好喝好，千萬別讓我掛心。」

李優娘茫然地點頭，郭宰樂孜孜地去了。

郭宰這麼一走，縣衙彷彿空了一般，還不到晌午，後衙靜寂無聲，空氣凝固得彷彿一片薄冰，帶著冰冷悚然的氣氛。李優娘的心中有如野馬奔騰，又有如兩條繩子緊緊地絞在一塊兒，狠命地拉扯——我該毀了這個家嗎？

郭宰雖然不通文墨，相貌粗陋，可是為人樸實、誠懇，待我們母女簡直比自己的命還要緊。一個再嫁之婦，能擁有如今的幸福，實屬不易。我這就要毀了這個家，毀了郭宰的前途性命嗎？可想想崔郎，空負才華百丈，卻命途多舛，他假裝自縊拋棄我們母女，躲在興唐寺六年都不曾來看望過我們，平日裡恨他恨不得撕碎了他，可是一看到這個人，為何仍舊如同少女時那般不顧一切？

李優娘柔腸百轉，伏到枕上嗚嗚痛哭。哭著哭著，忽然聞到一抹甜甜的香氣，腦子裡倏然一驚，喃喃道：「你又要來了嗎？」眼前一黑，頓時沉睡過去。

隔壁的廂房中，綠蘿手中把玩著一張角弓，這種複合角弓製作極為繁瑣，上好的柘木弓體，弓臂內側貼著青色的牛角片，外側貼著牛筋，弓身和角筋則用鹿膠黏合，然後用絲線層層纏繞，密得連刀都插不進去，最後刷上漆。一張弓的製作往往需要三年，這張弓大約是前隋大業年間國力鼎盛時期製作的，手藝之精良，更勝於武德年間所製，是郭宰最心愛的物品。

這張弓的拉力可達到一百二十斤，綠蘿戴上扳指，搭上一枝箭，拉到半開手臂已然乏力，森寒的箭鏃在手臂間顫抖，只是毫無目標，不知該射向哪裡。

便在這時，門吱呀一聲開了，綠蘿一轉身，箭頭對準了門口，卻不禁愣住了，門外，竟然站著一個身著灰色僧袍的老和尚！

這老和尚乾癟清瘦，滿臉都是笑容，笑吟吟地看著她手中的弓箭：「可是不知該射向何方？」

「你是什麼人？」綠蘿厲聲道。

「阿彌陀佛。」老和尚笑道，「一個指點妳迷津之人。」

「我有什麼迷津？」綠蘿冷笑，長時間拉著弓，手臂有些痠麻，只要一不留神，扳指扣不住，就會一箭射穿這老和尚的咽喉。

老和尚毫不在意，迎著箭頭走了過來，道：「妳的迷津無非有二。一者，該如何面對優娘夫人；二者，該如何面對玄奘法師。老和尚說得對嗎？」

「你——」綠蘿身子一抖，顫聲道，「你怎麼知道？」

「老和尚不但知道，而且無所不知。妳生於癸酉年六月初九戌時，左腳底有一顆紅痣。出生時六斤六兩，因此妳小名便叫六囡。」老和尚笑吟吟的，眸子裡透出詭異的光芒。

綠蘿越聽越駭異，這個年代女子的生辰絕對是祕密，只有許配人家看雙方生辰時才會出示，更別說腳底的紅痣了，除了李優娘，只怕這世上再無一人知曉。

「老和尚還知道，妳不可遏制地愛上了一個男子。他才華出眾，名滿天下，他性格仁厚，對所有人都充滿了關愛和憐憫。無數的人對他抱有期許，期待他成為一個偉大的人。妳對他愛得如痴如狂，常常在夢裡和他攜手。只可惜，他是個和尚。」老和尚的眼裡充滿了憐憫，聲音裡也滿是蠱惑，彷彿帶著催眠人心的力量。

綠蘿徹底驚呆了，手一顫，利箭脫弦而出，那老和尚毫不躲閃，笑吟吟地看著。所幸綠蘿驚慌中手一偏，利箭擦著他的肩膀掠過，咄的一聲刺在了門框上。

「你……你到底是什麼人？」綠蘿心底湧出濃濃的恐懼。

「一個無所不知、無所不能的人。」老和尚緩緩道，「我可以解決妳的一切難題，滿足妳的所有願望。」

綠蘿喃喃道：「我的願望……是什麼……」

「妳想和那和尚在一起，妳想自己母親抹去私通的罪孽。」老和尚一字一句地道。

「你住口——」綠蘿滿臉漲紅，厲聲叫道，手哆哆嗦嗦地摸過一枝利箭搭在了弦上。

「妳無法殺我。」老和尚毫不在意，「妳心中的死局無人可解，而我，卻可以達成妳所有的心願。想不想試一試？」

綠蘿胸口起伏不定，充滿殺氣的眸子裡漸漸露出了迷惘。是啊，我心中的糾結是一盤死局，無可解脫。她想了想，問道：「你真的有法子？說說看。」

「說不得。」老和尚搖頭失笑，「妳跟我去興唐寺，我帶妳去見一個人，解開妳心中第一個難題。」

「興唐寺？」綠蘿沉吟了一下，「你可是要帶我去見玄奘？」

「非也。」老和尚搖搖頭，「如果妳答應，那麼閉上眼睛，當妳再睜開眼睛的時候，就已經到了興唐寺。」

綠蘿一臉不信，目光灼灼地盯著他。老和尚笑道：「信不信在妳。不過再晚片刻，皇帝的車駕抵達了興唐寺之外，妳就無法進去了。」

「好吧，」綠蘿認命地道，「信了你。」

說完她閉上了眼睛，鼻子裡忽然一股甜香，腦子一陣眩暈，當即失去了知覺。

這一夢也不知多久，綠蘿回到了童年時代，晉陽龍山景色旖旎，父母的茅草屋那般親切，門外的那棵老松樹依然披著一身斑駁的皺皮，父親和母親含著笑，坐在草地上看她在松下玩耍。可奇怪的是，她手裡卻牽著一個青梅竹馬的玩伴，那個男孩子和她一般大小，極其可愛，頭上戴著小小的鹿皮胡帽。

綠蘿促狹地一伸手，扯下了他的帽子，卻駭然發現，他居然是個光頭，頭頂點著九個戒疤……

「啊——」綠蘿一聲驚叫，猛地睜開了眼睛，卻發現自己正躺在床榻上，鼻子裡是濃濃的佛香味道，手邊還放著那把角弓，數根箭鏃。她呼地一下坐了起來，自己還穿著原來那身衣衫，卻不是躺在自家的床上……黃色的帳幔，古色古香的窗欞，牆邊的書架上堆著幾卷佛經，內室還有個小門，裡面水聲嘩嘩，冒出一股硫磺的氣息……怎麼這麼熟悉？

她跳下床，左右一看，不禁呆住了，外間竟然是一座熟悉的佛堂，供著阿彌陀佛的像，這明明是興唐寺的菩提院啊！自己原來居住過的房間！

這一瞬間，有如時光倒流，彷彿又回到當日跟著玄奘住進菩提院，把波羅葉攆到廂房的時候。

「玄奘法師……」她驚叫一聲，急匆匆地朝西側玄奘的禪房奔去，地上的蒲團險些絆了她一跤也毫無知覺，砰地推開門，禪房內乾乾淨淨，連一直放在牆角的大書箱也不見了。

「那個老和尚竟然這般神通廣大，皇帝進了霍邑，十六衛禁軍接管城防之後，他居然還能把我弄到興唐寺？」綠蘿忽然心中一動，「他說可以解開我心中的死結，或許真的可以？一定要找到那個老和尚！」

她急匆匆地就往門外跑去，院中的溫泉水仍在咕嘟嘟地響，充滿硫磺味的水霧籠罩在小溪上，蜿蜒而去。而院子外面，卻傳來一陣雜沓的腳步聲，轟隆隆的，彷彿有數百人同時奔跑，綠蘿甚至聽到了甲片撞擊的嘩啦聲。

「這是鎧甲的聲音！」綠蘿陡然一驚，經歷過亂世的人，自然對這種軍隊的甲冑葉片碰撞聲不陌生，這分明是一支裝備精良的甲士急速奔跑的聲音！

「快，大將軍有令，半炷香之內趕到山頂布防！山頂共紮營七座，輪值防守！」遠遠傳來粗獷的呼喝聲，甲冑碰撞的聲音更大了，沉重的腳步聲轟隆隆的，有如滾滾悶雷從菩提院旁邊滾過去。

「皇帝終於到興唐寺了……」綠蘿怔怔地想，「可玄奘哥哥去了哪裡？」

與此同時，興唐寺中，還有一撥人也在搜尋玄奘的下落。

摩詰禪院位於興唐寺中風景最佳的一處地段，緊靠著李世民下榻的十方臺，這裡正是祕書監魏徵住的院子。皇帝正興致勃勃地在空乘、郭宰等人的陪同下遊覽興唐寺，可作為心腹重臣的魏徵，卻窩在禪房裡，愁眉苦臉地研究著地上擺放的幾件破爛貨：兩根燒焦的竹篾、三片手掌大小的焦黃紙張、一團細細的鋼絲、兩張殘破的羊皮……

「大人，」剛剛從蒲州任上緊急調過來的晉州刺史杜楚客走了進來，一看魏徵的模樣，不禁搖頭，「還沒有查出端倪？」

「是啊！」魏徵揉了揉太陽穴，煩惱地道，「那兩個鬼卒焚燒後，只留下這麼點東西，我實在想不通，若是人為，他們怎麼能夠在半空中行走，又落到指定的位置？」

杜楚客笑了：「你沒想過真的是幽冥鬼卒？」

魏徵看了他一眼：「老道我當了十幾年道士，對幽冥之事自然知道很多。我既然查，就是把他們當作人為來看待。」

「哈哈。」杜楚客是杜如晦的親弟弟，跟魏徵交情深厚，兩人說話隨意，當即哂笑，「是不是當道士久了，你自己知道所謂的幽冥都是騙人的？」

魏徵哼了一聲：「老道可不會砸自己的飯碗，說不定過幾年我致仕，還要重操舊業，給人卜卦算命呢。我是這樣想的，幽冥之事不管有沒有，那絕非人力所能干涉，可我既然干涉了，就得從人為這個角度考慮。排除了人為，其他的就不在咱們掌控之中了。」

「這話不假，無論如何，必須保得陛下安全。」杜楚客也嚴肅了起來，「你看出什麼沒？」

「你看這兩片紙，上面有字跡。」魏徵拈起一片遞給他。

「……譬如三千大千世界所有草木叢林、稻麻竹葦、山石微塵，一物一數，作一恆河；一恆河沙，一沙一界；一界之內，一塵一劫，一劫之內，所積塵數，盡充為劫……」杜楚客一字字地念了出來，皺眉道，「有點像是佛經之類的。」

「沒錯。你學的是儒家，對佛教不大涉獵，這是《地藏菩薩本願經》裡的一句經文。佛經中講，地藏王菩薩本是無量劫以前的一位婆羅門女子，『其母信邪，常輕三寶』，因此死後墮入泥犁獄受苦，婆羅門女便在如來像前立誓：『願我盡未來劫，應有罪苦眾生，廣設方便，使令解脫。』轉世成為菩薩之後，他發下宏願：『眾生渡盡，方證菩提；地獄未空，誓不成佛。』一直在泥犁獄裡渡化眾生。」

「你這道士，對佛家竟了解得不少……」杜楚客喃喃道，「可這紙片又有什麼玄機？」

魏徵苦惱地道：「老道也是無解啊！綜合看來，這兩個鬼卒有些像紙紮的明器，可有幾個問題，一，紙紮明器如何能飛行？二，如何能讓他恰好落在指定位置？三，如果說其腹部內有燈火，有些類似孔明燈，為何箭鏃射穿之後，卻不燃燒或者墜毀？」

「還有一點，他們居然能夠說話！」杜楚客補充了一條。

魏徵看了他一眼：「這點老道已經解決了。」

杜楚客眨眨眼：「怎麼說？」

「腹語。」魏徵冷笑，「紙紮明器說話，根本毫無可能，在當時的環境下，唯一的可能就是說話的人藏在我們中間，用腹語說話。高明的腹語完全可以讓人摸不清說話者所在的位置，還以為是這兩個鬼卒在說話。」

杜楚客駭然：「你認為是……」

「法雅！」魏徵毫不猶豫地道，「這老和尚是千百年難得一見的人物，博學多才，無所不通，懂個腹語不奇怪。最後他發出的那團金色光芒，類似一種障眼法，藉以燒毀明器。」他似笑非笑地看著杜楚客，「如果從人為的角度來解釋，就只有這種法子了。」

杜楚客沉默片刻，喃喃道：「如果真是人謀，這人的謀劃簡直到了驚天地泣鬼神的地步！這麼周密的謀劃，看來是要咱們一步步墜入陷阱呀！」

魏徵哂笑：「咱們早就墜進去了，如果老道沒猜錯，這興唐寺就是最終的龍潭虎穴，包括那個縣令郭宰也甚為可疑，說時值春忙，民力虛乏，縣城內狹小逼仄，上表請求陛下入住興唐寺。看來這份奏表背後有高人指點啊，再加上裴寂在一旁煽風點火，說可以借著興唐寺的佛氣來壓制鬼氣，陛下就欣欣然進了人家的套。」

「我明白了。」杜楚客嚴肅地點頭，「原來你和家兄讓陛下把我調到晉州，有這等用意。」

「不錯。」魏徵點頭，「對方經營了這麼多年，只怕霍邑、晉州已經是銅牆鐵壁，晉州刺史的位置拿在裴寂女婿的手裡，我實在不放心，這才趁著陛下發火，把你調過來。你的任務就是坐鎮霍邑。霍邑的城防我已經讓尉遲敬德安排了兩名校尉接手，但民事方面他們不便干涉，你這幾日就待在縣裡，一應調動必須親自掌控。」

「明白。」杜楚客點頭。

「玄奘找到了嗎？」魏徵問。

杜楚客臉色有些難看，道：「我帶著人手在寺裡找了半晌，沒有絲毫消息，連你祕密安插的不良人波羅葉也失蹤了。我親自問過空乘，空乘說，玄奘法師已經於數日前離開了。玄奘曾經居住的院落名叫菩提院，那座院子現在是裴寂居住，在裴寂入住前我親自進去了一趟，沒有任何發現。」

「裴寂……」魏徵的眼睛眯了起來，喃喃道，「有意思。」他霍然站了起來，「事不宜遲，既然咱們看不透對方的布置，就絕不能讓他們這麼優哉游哉地發動。老道去和法雅和尚聊聊天，刺激他幾句。」

兩人又商議了一番，並肩走出摩詰禪院，此時法雅應該陪同皇帝去了山頂，兩人順著臺階上行，過了大雄寶殿，沒走多遠，恰好看見法雅從大雄寶殿中走出來。

「阿彌陀佛，原來是魏大人。」法雅老和尚一臉笑容，遠遠地朝兩人施禮。

「嗯？法師，您沒隨著陛下去山頂嗎？」魏徵有些詫異。

法雅苦笑：「老僧年紀大了，腿腳不好，走到這裡，就已經腰痠背痛，只好離開聖駕，去參拜我佛，緩幾口氣。」

魏徵見這老和尚雖然一臉皺皮，可滿面紅光，精神矍鑠，心裡暗罵：你這老傢伙腿腳不好？鬼才信。臉上卻是一副憐憫的模樣，「唉，既然如此，法師可千萬注意了，興唐寺中到處坎坷，莫要一不留神摔了跟頭。您老這身子，可經不起。」

法雅笑咪咪道：「老僧六七十歲了，這輩子禮敬我佛，從未作惡，這寺中佛光百丈，哪裡會有攔路的小鬼讓老僧摔跟頭呢？再說了，天下寺廟，一溝一壑，一磚一瓦，無不在老僧的腦中，就算閉著眼睛走也無妨。」

杜楚客饒有興致地看著這兩位打機鋒，魏徵謀略深沉，法雅更是號稱謀僧，曾參與李淵的軍政機要，這兩人比拚起來，哪裡有自己插話的餘地。

「唉，法師啊，只禮敬我佛可是不行的，還要禮敬陛下啊！」魏徵淡淡地笑道，「人間萬世，無不在陛下的掌中；一門一教的興衰，也是看天子喜怒。出家人雖然無父，切切不可無君。」

法雅老眼一瞇，合掌道：「阿彌陀佛，魏大人，以老僧看，其實大人您和老僧倒是一路人啊！」

「這怎麼講？」魏徵問。

「無君無父，對於老僧只不過是身上皮囊所限，而對於大人您，卻是銘刻於骨。」法雅笑道。

這笑容多少有些尖銳，魏徵的臉色沉了下來：「法師，這話從何而來？我怎麼無君無父了？」

「大人早年出家為道，與老僧一般，是棄了塵緣，說是無父並不為過吧？」法雅道。

魏徵默然，他從小家境貧寒，父母雙亡，後來乾脆做了道士。雖然是生活所迫，但從人倫角度而言，的確放棄了對父母和家族的責任。

「在前隋大業年間，大人本是隋朝小吏，煬帝自然是你的君主，大人卻降了李密，可謂棄其君；後來又降了唐，再棄其君；大人受隱太子建成厚待，隱太子死後，復又降了秦王，三棄其君。老僧說大人您是無君之人，大人以為然否？」

這話說得刻薄至極，魏徵冷冷道：「在法師眼裡，魏徵竟是這種人嗎？」

「非也。」法雅正色道，「大人以道入儒，講究民為重，社稷次之，君為輕。君主為四方之主，臣下為天下之僕，卻不是某一個君王之僕。大人做官，為的是天下百姓，君主有選擇臣子的權利，臣子同樣也有選擇君主的權利。在大人的眼中，沒有君，只有天下吧？」

魏徵怔住了，神色複雜地盯著這個老和尚，心中有如驚濤駭浪般起伏——這個老和尚，竟然是真正懂得自己的人！

只怕到了現在，所有人都還不理解，魏徵當年勸諫李建成盡早誅殺李世民，而建成失敗後，李世民為何輕鬆放過了他，反而大力提拔。因為只有李世民、魏徵、裴寂、房玄齡這些人，才真正明白當年兄弟之爭對剛剛建立的大唐朝意味著什麼。

那是一場災難！

唐朝甫立，民生凋敝，玄武門兵變前又是連續三年的旱災，朝廷已經到了舉步維艱的地步，而鼓勵農耕、恢復生產這樣的國家大事卻始終無法有效實施，原因無他，因為朝廷所有的精力和注意力都被兄弟倆奪位這樣的大事所吸引。

在魏徵焦慮如焚，提議建成盡快解決李世民，騰出手來穩定民生的時候，房玄齡等人何嘗不是也為此焦慮？當時朝廷裡，有遠見的大臣都傾向於盡快解決兄弟爭端，哪怕以極端的手段也在所不惜，李世民對此自然知道得清清楚楚。

他理解魏徵，在魏徵心中，沒有君，只有天下。他可以數度背叛他的主人，因為他心裡唯一的主人是天下；他可以勸諫自己的主人殺掉親生弟弟，因為這樣做對天下有利；他可以在自己的主人死後立刻投靠主人的弟弟，因為主人雖然死了，天下卻還在。

所以李世民毫不猶豫地提拔魏徵，因為他知道，這是一個諍臣，一個良臣，一個洞徹世事人心、綱常倫理的智者。只要自己做得對，他就會忠於自己；哪怕自己做得不對，他也會忠於大唐和自己的後代子孫！

魏徵靜靜地看著眼前這個老僧，兩個智者的目光平靜地碰撞，冒出耐人尋味的火花。

「老僧與大人一樣，無君無父，卻裝著天下。」法雅幽幽地嘆道，「只不過大人是儒家，講究修身齊家治國平天下，老僧卻是佛家，旨在教化人心，使人心向善，民不敢殺生、不敢盜竊、不敢淫邪、不敢惡口、不敢譭謗、不敢瞋恚、不敢飲食無度、不敢悖逆父母，以求世事和諧。」

「那麼，君呢？」魏徵沉聲道。

「君，在你眼中是什麼，在老僧眼中便是什麼。」法雅道。

兩名智者談話的同時，就在他們腳下三十丈的黑暗洞穴中，暗流湧動，陰風陣陣，玄奘和波羅葉在縱橫交錯的密道中不知爬行了多久。他們原本被困在一張巨大的繩網中，不過這倒奈何不了波羅葉。他隨身帶有彎刀，割斷網繩，和玄奘爬了出來，然後兩人攀繩而上，進入了一間封閉的石室。

這石室不大，上面開有天窗，從此兩人就被困在了此處。所幸崔珏不打算餓死他們，每日都有人送飯，也不知待了多少天。最後還是波羅葉趁著送飯的人疏忽，把吊食盒的繩索悄悄挽了個結，甩上去套住了那人，才攀著繩索爬上天窗。

打暈送飯的人之後，波羅葉把玄奘也吊了上來，兩人開始在密密麻麻的洞穴中爬行，這一日忽然感覺前面的洞穴口風聲呼嘯，急忙鑽出來一看，一下子驚呆了——

在他們面前是一座高四五十丈，寬有一二里的巨大洞穴！這座洞穴的四壁奔湧出十幾條洶湧的地下暗流，沖進正中間的水潭裡。那些地下暗流的河道上，到處都是機械關卡，有的暗流下方是巨大的葉輪，湍流沖刷著葉輪，軸承轉動，帶動一扇門板般大的齒輪，而齒輪還連著手臂粗細的鐵鏈，往復運動。這些鐵鏈足有幾百條，長達數百丈，縱橫交錯，延伸到幽暗的地底深處。

他們還見到一座巨大的水磨，安置在幾條激流交會處，這水磨上下六層，每一層都有十幾張葉輪，在水力帶動下旋轉的力度各不相同。而水磨中間卻是一根巨大的鋼柱，足有十幾丈高，人站在下面就如同螞蟻一般。那鋼柱穿透頂上的岩石，也不知伸到了哪裡，看上去通天徹地。

按他們爬行的距離可以估測，這座興唐寺的地底，已經完全被鑿空，尤其是正中間這座有十幾條暗流匯聚的地下洞穴，幾乎就是一座大型機械動力中樞。如此龐大的架構，古往今來可謂聞所未聞。

玄奘和波羅葉的心裡更是沉重，怪不得崔珏說他和空乘各自負責一攤，僅僅地下這座工程，就比建造興唐寺的難度大上百倍不止。如此大的手筆，可知他們的圖謀有多大了。

看來這座洞穴的工程早已經完工，不須人力就能自動運行，他們在地下待了這麼久，沒見到一個人影。四周的岩壁上開鑿有孔洞，手臂粗細的橫木插在孔洞中製成階梯，繞著岩壁盤旋了好幾圈。幸好岩壁上還鑿有上百座石龕，裡面放著陶罐，估計罐中是燃油之類的，燈芯有兒臂粗細，上百盞燈燭照得整座地下洞穴燈火通明。

兩人從一處洞穴跳到棧道上，順著棧道向上走，走了整整一圈半，距離頂端不到十丈時，忽然隱約聽到人群的喧鬧聲。波羅葉找了找，才在棧道上方發現一處洞穴，聲音赫然是從洞穴中傳來。

「法師，怎麼辦？」波羅葉問。

「只要有人，就能搞清楚這座地下世界的祕密。看看去。」玄奘道。兩人打量了一下，這洞穴高有八尺，誰也搆不著，最後波羅葉蹲在地上，讓玄奘踩著自己的肩膀，先爬進洞穴。玄奘趴在洞穴口把僧袍捲成一股垂了下來，讓波羅葉拽著僧袍也爬了上去。

洞穴內幽暗無比，人的聲音彷彿很遠，又彷彿很近，嗡嗡嗡的，根本聽不清在說什麼。兩人不敢打火摺子，一點一點順著洞穴往裡爬行，波羅葉手持彎刀爬在前面。兩人累得氣喘吁吁，足足爬了半個時辰，眼前忽然現出一抹光明，人聲更清晰了，竟似乎有無數人在嗡嗡地說話。

「法師，只怕到了賊巢了。」波羅葉興奮無比。

「噤聲。」玄奘低聲喝道。這洞壁這麼窄，再小的聲音也會被放大，一旦被裡面的人覺察，那可就慘了。

兩人小心翼翼地向前爬了五六丈，就到了一處「天窗」上，這天窗有三四尺寬，底下似乎是一個巨大的房間，明亮的燈光從裡面投射上來，在洞壁的頂上照出一大團光暈。兩人悄無聲息地爬到「天窗」邊緣，探出腦袋一看，頓時驚呆了。

下面竟然是一座巨大的牢籠！

這座牢籠有半畝地大小，用粗大的木柵欄分成十幾個小隔間，中間是過道，每個隔間裡都有七八個人，總共居然有上百人之多，而且分門別類，有些隔間裡是男人，有些是女人，還有些是老者，甚至有幾個裡面是孩子！

這個「天窗」正底下的隔間裡，有十幾個男子或躺或站，一個個目光呆滯，有氣無力，其中幾人正蹲在一起說話，聽那方言，應該是河東道北部朔州、代州一帶的。天窗距離地面接近兩丈，超過兩個成年人的高度，因此牢籠頂上並沒有柵欄，從天窗可以直接跳進去。

兩個人探頭看了片刻，一臉不解，想說話又不敢。猶豫了一會兒，玄奘輕輕敲了敲石壁。聲音一響，牢籠裡的人驚訝地抬起頭，看見頂上多了兩個人，頓時喧譁了起來。

「好漢，好漢，快救救我們！」一個中年男子狂喜，朝他們招手大叫。

「噓——」玄奘低聲道，「別說話，輕聲點！這裡是什麼地方？你們怎麼會在這裡？」

「我們也不知道這是哪裡，俺老家是代州唐林縣，到京畿道做買賣，路上遭了劫，被砸了一棍子昏了過去，醒來就到了這兒。」那個中年人壓低了聲音道。

「俺也是。」另一個三十來歲的男子道，「俺是嵐州靜樂人，正在家裡打穀場睡覺，不知咋地醒來就到這兒了。」

玄奘和波羅葉面面相覷，這也太邪門了，難道是崔珏把這些人擄來的嗎？他擄這麼多普通百姓做什麼？

「你們誰知道這是什麼地方嗎？」波羅葉也問。

其中一個衣衫襤褸的漢子懶洋洋地道：「你倆都別問了，這裡我估計是地下的山洞，我被囚禁的時間最長，已經一年了都沒搞清楚，別人更不知道了。」

「你是什麼人？」玄奘問。

那漢子嘿嘿一笑：「我是定揚天子手下的校尉。」

「定揚天子？」玄奘一時沒想起來。

「就是劉武周。」那漢子低聲笑道。

玄奘這才恍然大悟，劉武周曾經被突厥封為定揚天子，估計他手下就是這麼稱呼他的。不過除了劉武周自己，隋末的其他反王誰也沒拿他這天子當回事，因為突厥封的天子太多了。當時頡利可汗還以為天子是漢人的高官，凡是投靠自己的漢人割據勢力就封為天子。梁師都、郭子和都當過突厥的天子，連李淵也險些享受這一待遇。

「十年前我跟著劉武周和宋金剛侵入河東道，沒多久就在柏壁被李世民擊敗，部隊潰散，兩個王爺逃了，我們有幾百個弟兄沒法逃，就躲到山裡當了山賊，這麼多年打家劫舍，過得也算快活。沒想到三年前，太原府發兵圍剿，都做了俘虜，後來有個大人物把我們買了下來，接著就被五花大綁，黑巾蒙眼，帶到這裡的地下岩洞修建工程。」這名定揚天子的前校尉、曾經的山大王、後來的苦力、現在的囚徒一臉無所謂的樣子，說道，「弟兄們疲累、受傷死了上百人，工程修好後，就被囚禁到了這牢籠裡。」

「其他人呢？這裡還有你的兄弟嗎？」玄奘問。

那漢子仰頭看見他頭頂的戒疤，忽然笑了：「沒了，隔三差五就會有士卒來帶走幾個。原來是個和尚。嗯，和尚啊，我也不知道你怎麼到了這裡，不過你如果不是他們的人，就算倒了大楣了。這裡的監工他媽的不是人，會活生生折磨死你的。而且這裡處於地底，四周封鎖嚴密，密道交織，你根本逃不出去。」

玄奘眉頭緊皺，正想再問，忽然身後響起一聲冷笑，有人喝道：「下去——」

兩人魂飛魄散，還沒來得及回頭，只覺腿腳被人抬了起來，身子嗖地朝「天窗」跌了下去。兩人慘叫一聲，拚命抓住天窗，身子懸在了半空，只見背後的洞穴裡出現兩個戴著面具的黑衣人。

那兩個黑衣人愣了愣，可能沒想到這兩個傢伙身手如此敏捷，隨即拿腳在他們手上一踹，兩人手掌吃痛，悶哼一聲，雙雙跌了進去。下面的人驚叫一聲四下躲閃，兩人實實在在地摔在了地上，只覺五臟離位，難受得險些吐血。

那兩個面具黑衣人朝下面看了看，忽然驚訝地叫了一聲：「怎麼有個和尚？咦，這個還是個胡人！奇怪，難道有外人潛入？快去稟告大總管！」

兩人掉頭鑽進石洞，向外面爬著走了。

玄奘和波羅葉好半天才緩過氣來，兩人面面相覷，都感覺嘴裡發苦，怎麼沒注意身後呢？其實這也怪他們，這麼龐大的地下洞穴，動力中樞，兩人轉了半晌沒見人影，可真的就沒有巡邏隊嗎？

「兩位，恭喜咱們做了同僚。」那位前校尉懶洋洋地笑道。

兩人爬了起來，均是無言以對。

玄奘看了看周圍，隔壁幾個牢籠的男男女女都漠然注視著他們，目光痴呆、麻木，沒有絲毫感情。他不禁奇怪：「他們抓這麼多人關在這裡究竟做什麼？」

「男人自然是做苦力了。」前校尉哼了一聲，「你們想必也看到九龍口的機械樞紐了，那麼龐大的工程便是靠我們的白骨堆出來的。」

「原來那個地穴叫九龍口。」玄奘點了點頭，「那這些女人和孩子呢？」

前校尉搖頭：「老子也不知道。只知道那些人隔沒多久就會帶走一些人，從此一去不回。今天只怕也該來了。」

話音未落，只聽遠處響起嘩啦啦的鐵鏈聲，隨即嘎吱一聲響。玄奘二人從柵欄裡探出半張臉朝過道外側看去，隱約可以看到幾百步外，有一道鐵門打開，門口傳來對話：「大總管有令，帶兩名強壯男子。」

一個彷彿是看守的聲音道：「嗯，驗過了。老黃，回頭給大總管美言幾句，老子都七八天沒出去了，好歹讓我出去透口氣啊！」

「好啊，回頭你在賭桌上輸我三十貫，我就替你美言。」那人笑道。

「屁，老子這個月的差俸都輸給你四貫了，還讓不讓人活？」那看守惱怒不已。門口響起哄笑聲：「誰讓你把自己的輪值拿來當賭注？你就老老實實地再值守半個月吧！」

波羅葉喃喃道：「他們的差俸居然這麼高，一個看守，居然比正四品的高官還多。」

「正四品高官月俸多少？」玄奘問。

「四貫二百錢。」波羅葉張口即來。崔珏當初因為建造興唐寺耗費太大，引起朝廷關注，波羅葉被魏徵派來時，特別查詢了不同品級官員的俸祿。

玄奘陣陣無語，同時又很吃驚，這崔珏到底掌握著多大的財富？連一個普通獄卒的收入都比得上四品高官，只怕他真的比朝廷還富有了。

正在這時，四名戴著獠牙面具的甲士已經到了他們所在的牢籠前，打開柵欄門，其中兩人手持長刀警戒，另外兩人手裡卻拿著根長竿，長竿一端是一個繩圈。兩人冰冷的目光朝裡面掃視一圈，眾人畏畏縮縮地躲到了角落裡，縮著脖子蹲下。

玄奘和波羅葉傻傻地站在中間，有如鶴立雞群。

兩名面具甲士對視一眼，點了點頭，手中長竿一揮，正好套在玄奘和波羅葉的脖子上，使勁一拉，兩人的脖子被勒緊，立足不穩，被扯出了牢門。門口的兩人呼嚓將牢門鎖住。那長竿有一丈長，兩人伸長胳膊腿也踢打不到對方，但波羅葉懷中藏有彎刀，正要把手伸進去，玄奘狠狠踢了他一腳，拚命眨眼。

波羅葉頓時會意：「我們這是要被帶去見這裡的大總管啊！」

於是不再掙扎，和玄奘老老實實地被那四個人用長竿套著，推攘了出去。一路沿著過道，看到左右牢籠裡的囚犯，竟有二三百人，玄奘的目光緩緩掠過一群衣衫襤褸、身子瘦弱的孩童，雙手合十，心裡默默地念起了《地藏菩薩本願經》。

山腹之中，不知人間變遷，不知日月經行，所有的光明只靠著山壁上閃耀的火把和油罐，巨大的火焰噗噗地閃著，被拉長的人影劇烈顫動，有如陰司幽冥。

玄奘二人被四個面具甲士押送著出了這座牢籠，外面是一條寬闊的通道，地面和四壁開鑿得很是平整，彎彎曲曲走了二里路，到了一處峭壁邊上。那峭壁旁放著一座和在空乘禪院裡看到的坐籠一般大小的籠子，頂上吊著手臂粗的鐵鏈。

四名甲士用長竿把兩人推進籠子，然後鬆開繩圈，抽回長竿，關上了鐵門。隨後一個人拽過掛在崖壁上的一根繩子搖了搖，頭頂不知多高的地方，隱約傳來一聲鈴鐺的鳴響，接著便聽見嘎嘎的鎖鏈絞動聲。

兩人乘坐坐籠已經有了經驗，急忙坐穩，抓住周圍的鐵柵欄。果然，坐籠一陣搖晃，開始緩緩上升，波羅葉喃喃道：「我發誓，這輩子再也不吃雞了。」

「為何？」玄奘好奇地問。

「您難道不覺得，咱們如今就像籠子裡的雞嗎？」波羅葉苦笑，「連續乘了兩次坐籠，我心裡都有陰影了。」

玄奘啞然，低頭看了看底下，頓時一陣眩暈，只怕已經升起十幾丈高了。他急忙閉上眼睛，喃喃念起了經。波羅葉看得很是佩服，這和尚，當真鎮定，這當口居然還能記得清經文。

又過了一炷香工夫，坐籠嘎吱一聲停了下來，到了山壁中間的一處洞口。洞口有兩名面具甲士，一言不發地將坐籠轉了過來，門朝著洞口，拉開鐵柵欄門，示意兩人出來。玄奘率先鑽出坐籠，隨即那甲士一揚手，給他套上了頭套。

眼前一黑，什麼也看不見了。

脖子又被套上繩圈，被人用長竿拉著走。兩個人誰也沒有說話的興致，默然無聲地跟著走，也不知走了多遠，拐了多少個彎，只覺眼前異常明亮，隔著頭套也能感受到強光。

「呵呵，玄奘法師，別來無恙？」耳邊忽然響起一個蒼老的聲音。玄奘側耳聽著，只覺這聲音竟是如此熟悉。

「怎麼敢如此對待法師？」那人喝斥道，「快快摘了頭套。」

「是。」身邊的甲士恭敬地道，隨即呼的一聲，頭套被摘掉，玄奘眼前一亮，赫然發覺自己竟然置身一個乾淨的房間。這房間有窗戶，窗外透進強烈的光亮，看樣子竟是到了地面。旁邊的波羅葉也被摘掉了頭套，睜大眼珠子打量四周。

地上放著一張坐榻，榻上還擺放著軟墊。坐榻中間擺放著一張黑楠木茶几，一壺清茶正散發出幽幽的香霧，旁邊的地上還放著一只小火爐，上面咕嘟嘟地燒著一壺水。火爐旁則是一張小小的食床，上面擺著各色精緻的點心。

而坐榻的內側，趺坐著一個面容瘦削、皺紋堆疊的老和尚。玄奘適應了一下房間裡的光亮，才看清那老僧的模樣，不禁大吃一驚：「法雅禪師！」

第十四章　策劃者、參與者、主事者

「來來來，玄奘法師可受苦了。是老和尚思慮欠妥，才讓法師受了這般折磨。」法雅笑吟吟地朝他招了招手，示意玄奘入座。

玄奘和法雅在長安時頗為熟稔，一個是佛門大德，一個是後起之秀，兩人經常一起談禪辯難。玄奘的口才在長安的僧人圈子裡幾乎沒有對手，只有在法雅這裡討不到便宜，因為這老和尚所學太駁雜了。

「你既然來了，那麼陛下也定然到了吧？」玄奘苦笑一聲，上了坐榻，坐在他對面。波羅葉更不客氣，一屁股坐了上來，伸手拿過幾樣糕點往嘴裡狂塞。

「嗯，昨日到的。」法雅笑著替他斟了一杯茶，雙手奉上，「和尚老了，一路舟車勞頓，也不知崔珏竟然把法師困在了這裡，直到這時才抽出時間來見你，千萬恕罪。」

玄奘和波羅葉已經有兩天沒吃飯了，餓得前胸貼後背。他也不客氣，喝了幾碗茶，吃了點東西，腦子裡卻把最近這幾天經歷之事理了理，點頭道：「其實貧僧早該想到你的。空乘是你的弟子，他住持興唐寺，這背後自然是你在操縱。何況這麼精妙複雜的機械機關，也只有你能設計出來。」

法雅含笑點頭：「法師還查出什麼了？」

「分工。」玄奘想了想，「如此龐大的手筆，無論空乘還是崔玨，都不可能是幕後的策劃者和掌控者，能夠策劃出這麼複雜的計畫，能夠調動這麼龐大的財力，也只有老和尚你了。照貧僧看，佛門對此事應該並未廣泛參與，頂多只是暗地裡以錢糧支持，那麼也只有你的地位能夠調動起佛門這個資源；至於在朝廷中，主事的人應該是裴寂大人吧？修建興唐寺是太上皇的旨意，這麼大的場面，朝廷中沒有一個強有力的人物支持，絕對無法實行。貧僧本來懷疑是蕭瑀，只有他對佛門的狂熱，才會冒著觸怒皇帝的風險來支持你。不過，他權位不足，後來貧僧聽說裴寂的地位岌岌可危，料來朝廷中的那位貴人應該是他了。」

「沒錯。」法雅欣賞地看著他，「裴寂大人是太上皇的輔臣，當初限制秦王府、誅殺劉文靜，做了不少令陛下反感的事情。陛下登基之後，根基未穩，又恪於『三年無改父之道』的古訓，一時間倒沒對裴寂下手。不過裴寂自己心知肚明，一直這麼被動下去，他的下場恐怕會追隨劉文靜了，因此才和老衲聯手，做了這場局，冒險一搏。」

「貧僧至今未明白你最終的目的是什麼，不過以當今天子的雄才大略，你們未必能夠如願。」玄奘搖搖頭，「你這個計畫很周密，佛門提供資金，朝廷中裴寂提供保護，甚至能出動大軍把山賊抓來做勞役。地方上，則有崔玨全面負責，寺廟裡，有你的心腹弟子空乘坐鎮。只怕到目前為止，唯一的破綻就是耗資實在巨大，引起了朝廷的注意，逼得崔玨不得不假死吧？」

法雅沉吟了片刻，搖搖頭：「這點算不得破綻。當年的資金並非朝廷提供，而是用崔玨四處募捐的名義，因此帳目並不受朝廷支配。朝廷派人來查帳固然麻煩，但崔玨之所以假死，還有個原因是地面建築已經完工，剩下的地下工程需要他日夜監管。於是他這個縣令就做不得了，乾脆自縊假死，一則人死帳銷，朝廷沒了因由，二來他可以脫身來監督工程。真正最大的破綻，不是崔玨，是長捷。」

「長捷？」玄奘悚然動容，「貧僧的二兄在這裡面究竟扮演了什麼角色？」

當年長捷殺師逃亡，令玄奘痛苦不堪，發下宏願一定要找到長捷，昔日婆羅門女因為母親墮入地獄，願盡未來劫，使母親脫離苦海，自小長捷待他如兄如父，做弟弟的豈能看著哥哥沉淪苦海而毫無作為？

他這才跋涉數月，滿天下地尋找長捷。

「長捷便是這個計畫中最容易暴露的人，聯絡信使。」法雅嘆了口氣，「其實無論老和尚我、裴寂大人還是崔玨和空乘，都相對安全，不會引人注意。最容易暴露的人，便是四下奔走，傳達、協調各方意志的那人。當年老衲為了這個人選煞費苦心，這個人長相要普通，不引人注意；但學識要淵博，去各個寺廟都能夠說服那些住持們；另外還要機警、大膽，對佛門有矢志不移的信念。你知道這個最佳的人選，我們一致公認是誰嗎？」

他目光灼灼地盯著玄奘，眼睛裡是無窮無盡的韻味。

「難道便是長捷？」玄奘皺眉。

「不是長捷，而是你呀！」法雅複雜地望著他，「當年僅僅二十一歲的玄奘和尚！」

「我？」玄奘驚呆了。

連波羅葉都忘了吃喝，嘴裡塞著一塊水晶糕，瞪大眼睛茫然地看著他。

「長相普通，學識淵博，沉著冷靜，膽大心細，信念堅毅……」法雅幽幽地嘆氣，

「這些優點，誰能比得過你？」

「沒錯，沒錯。」波羅葉含混地贊同，這個和尚的厲害他可真是見識過了，這些詞遠遠不足以概括。

玄奘苦笑不已：「為何竟沒有人和貧僧談起過此事？」

「不是老衲我不願找你，而是空慧寺的住持，玄成法師不願。」法雅無奈地道，「也不知玄成法師為何會對你那般欣賞，竟直接告訴老衲，說你乃是佛門千百年難得一見的傑出人才，甚至有可能使佛門的興盛達到巔峰，他絕不允許老衲把你要了去，當作一顆棋子消耗掉。」

「玄成法師……」玄奘的眼睛溼潤了。當年兄弟倆逃難到了益州，身處亂世，衣食無著，正是蒙玄成法師收留，言傳身教，珍本經書毫不吝嗇地贈送，才使玄奘學問大增，在益州闖出了自己的名號。但玄成法師從未對玄奘講過，他對玄奘的期許竟然這般高！

「後來你一門心思想著外出參學，遊歷天下，竟留下書信，不告而別，老和尚也沒了辦法。正在這時，你哥哥長捷主動請求擔任這個角色，當時玄成本想讓他做自己的繼承人，把衣缽傳給他，心中也是猶豫。但長捷堅決要做，老和尚見他意志堅韌，也不比你差，於是就同意了。」法雅道。

玄奘只覺喉頭有些哽咽，自己的哥哥……竟是替自己走了這條路啊！

「那他為何殺了玄成法師？」玄奘低聲問。

「不得不殺，不能不殺。」法雅的眼睛也溼潤了，「老和尚的這樁計畫，一旦成了，足以保佛運百年不衰，可是一旦露出破綻，就會遭到慘重的打擊。非但所有參與的人活不了，就是參與的佛寺，整個佛門，都會有滅頂之災。長捷既然做了這樁危險的勾當，就要澈底和空慧寺、和整個佛門脫離關係，甚至成為我們的敵人。於是，玄成法師立志捨身，讓長捷一刀斬下自己的頭顱。」

玄奘默默在心中復原那場血腥的往事，想著玄成法師的慘烈悲壯，哥哥長捷內心的煎熬和痛苦。他無論如何也想不到，自己要尋找的親人，竟然是這場神祕計畫中的殉道者。

「那麼長捷現在何處？」玄奘充滿期待地問。

法雅苦笑：「他在哪裡，這個世上沒人知道。若是知道，他早就死了。」

「這是為何？」玄奘吃驚地問。

法雅有些躊躇，思忖半晌，才嘆了口氣：「算了，老和尚就原原本本告訴你吧！長捷為了執行計畫，協調各方，整日奔走在京師各個寺院、官邸。武德九年，玄武門兵變爆發，朝中形勢混亂不堪，計畫無法再進行，於是老和尚決定收縮，把力量暫時隱藏起來。那段時間裴寂的地位搖搖欲墜，誰也不知道新皇即位後會怎麼對待他，為了安撫他的情緒，老衲自己不方便出面，便讓長捷住在他家中，穩定他的心情，給他做法事。裴寂家中有三個女兒，大女兒和二女兒都已經出嫁，只剩下三女兒，名叫裴緗，待字閨中。不知怎地，或許是接觸久了，或許是這麼多年的艱辛讓長捷疲憊了，他竟然和三小姐裴緗私訂了終身……」

「什麼？」玄奘怎麼也沒料到竟然發生了這種事，一下子目瞪口呆。

法雅苦笑不已：「老和尚也沒想到啊！這種事根本瞞不住人。當時，裴寂作為太上皇的輔臣，還不知新皇怎麼處置他，整日焦慮難安，偏生家裡又出了這檔事。更可怕的是，新皇位置不穩，又趕上義安郡王李孝常謀反，新皇怕朝中重臣和李孝常勾結，還在裴寂家裡派了不良人監視，這下子，連皇帝都知道了……」

事情確實危急，連玄奘這個局外人也是一頭冷汗。

波羅葉在旁邊補充了一下：「沒錯，我當時已經進了不良人，被安排在一個西域胡商家中監視。因為賊帥覺得，這個胡商有可能為李孝常販運軍械。」

「那麼後來呢？」玄奘急忙問。

「後來裴寂暴怒之下想殺了長捷。沒想到長捷神通廣大，居然在戒備森嚴的相府中把三小姐偷了出來，兩人一起私奔了。」法雅一直搖頭，「這事越搞越大，後來連朝廷裡的同僚都知道了，裴寂也是騎虎難下，乾脆派了一隊殺手追殺。這時候，老和尚才知道自己選人的眼光有多好，長捷帶著個女孩，居然以一人之力，不但擺脫了殺手，而且悄悄把兩封信函遞送到了老衲和裴寂的手上。」

「他信函中說了些什麼？」玄奘問。

法雅想了想，道：「他在信函中講，這些年忍辱負重，隱姓埋名，已然是無戒不犯，心中信念早已經崩潰。唯一活著的理由，便是不知自己究竟為何而活。直到遇見了三小姐，才明白了人生的另一種意義。他今生只願帶著三小姐隱居鄉野，男耕女織，再不願牽涉人間是非。他希望老僧和裴寂放他一條生路。」

雖是透過法雅的轉述，玄奘依然能感受到長捷心中的那種痛苦，無可名狀，無可排遣。他冷笑一聲：「你們會放過他嗎？」

「他手段了得呢！你以為他是在哀求我們嗎？」法雅苦笑，「他將我們的整個計畫寫了一份備要，不知道放在何處，揚言只要我們一對付他，那東西就會呈到皇帝面前。你說我們能怎麼辦？」

玄奘啞然。

「於是老和尚和裴寂不得不妥協，算了，他愛怎樣就怎樣吧！只要我們能順利將計畫執行到底即可，只要計畫成功，抹去了一切痕跡，哪怕他親口告訴皇帝都無妨。」

玄奘也苦笑不已，真沒想到自己的哥哥居然有這等手段，連謀僧法雅都被他涮了一把。「怪不得幾日前我與崔珏談起他，崔珏對他恨之入骨呢，原來竟是他背叛了你們。」

法雅點點頭，臉上現出憐憫之色：「這世上，最恨長捷的人只怕就是崔珏了。」

「這是為何？」玄奘好奇道。

「崔珏被他害慘了呀──」法雅搖頭不已。

正在這時，忽然兩人的坐榻底下一震，彷彿有一頭小獸正從地底拱了起來。玄奘身子一歪，隨即一條鮮亮的人影從床榻下鑽了出來，抓住法雅叫道：「我爹爹到底怎麼樣了？」

玄奘、波羅葉頓時目瞪口呆──這個從坐榻下鑽出來的人，赫然是綠蘿！

「小姑娘，少安毋躁。」法雅擺了擺手，「不是讓妳好生聽著嗎？怎麼這時候蹦了出來？」

「我要見我爹爹！」綠蘿匆匆掠了玄奘一眼，瞪著法雅道。

「妳爹爹眼下可見不了人。」法雅失笑道。

玄奘嘆了口氣，雖不知綠蘿為何突然出現，但他也知道這個少女的一大心願，低聲道：「綠蘿小姐，妳爹爹此時只怕是假扮空乘，正陪伴著皇帝呢。」

「空乘？」不知為何，綠蘿的眼光始終不願和玄奘碰撞，低下了頭道，「空乘不是已經被我殺了嗎？」

玄奘苦笑：「正因為妳殺了空乘，妳爹爹才不得不假扮他，應付皇帝。」

玄奘將那日發生在娑婆院的事情講述了一番。綠蘿霍然抬頭，凝視著玄奘，顫聲道：「你是說……那日和我母親在一起的……是我爹爹？」

法雅呵呵笑了：「小姑娘，老和尚不是告訴過妳，能滿足妳所有的心願嗎？難道，和妳母親密會的人是妳父親，妳不滿意嗎？」

這巨大的衝擊讓這個心思單純的小女孩呆住了。

那日她被法雅帶到了興唐寺，說要解決她心中的兩個難題，可醒來後卻躺在菩提院。沒多久法雅出現了，帶著她進入這間密室，讓她鑽到坐榻底下，叮囑她，無論見到什麼人、聽到什麼話都切不可發出聲音，更不可出來。

綠蘿信誓旦旦地答應了，沒想到來的卻是玄奘！

她早對玄奘抱了異樣的心思，還以為法雅是來規勸玄奘還俗，滿足自己心願的，一時間心中小鹿亂撞，連身子都軟了。沒想到兩人的對話卻絲毫不涉及這方面，她正自失望，隨後卻被兩人的對話驚得目瞪口呆——

自己的爹爹竟然活著！

當年的自縊身亡竟然是假死！

綠蘿做事雖然魯莽，卻不是毫無心機，當下耐心聽著，隨後便聽到自己的父親被長捷害慘了之類的話，她再也忍耐不住，當即鑽了出來。

她痴痴想了半晌，問：「那……爹爹和娘親私會，自然是……可以的吧？可郭宰呢？

我娘不是也嫁給了他嗎？這算不算對不住他？」

此言一出，饒是法雅和玄奘都是智慧高絕之人，也不禁面面相覷，作聲不得。這如何回答？說李優娘不守婦道嗎？也不對，那畢竟是她前夫。說她應該和崔珏幽會嗎？這更加不妥，兩人雖然不曾離異，可崔珏死了，婚約自動廢止，而且她又嫁給了郭宰……

兩人一時頭大無比。

法雅只好用話岔開：「小姑娘，好歹老和尚算是解開了妳心中的枷鎖吧？從此妳不會再恨妳的母親了吧？」

綠蘿想了想，自己也覺得這事想不明白，但到底對母親的恨意沖淡了許多。好像……好像私會的對象是父親，也不是不可以接受，於是點了點頭。

「老和尚說話算數，妳的第一個心願算是完成了吧？」法雅笑咪咪地道。

綠蘿紅著臉點點頭，斂衽一禮：「多謝大師。」

玄奘和波羅葉從沒見過她這麼溫婉有禮的模樣，一時都有些發呆。看她繃著小臉，一本正經的模樣，波羅葉都替她難受，噗地笑了出來，綠蘿狠狠瞪了他一眼，波羅葉立刻噤聲。

法雅輕輕咳了一聲，綠蘿立時斂眉順目，乖乖地坐到了榻上。那神情就跟個聽話的小媳婦似的，看得玄奘和波羅葉又是好笑，又是駭異。這老和尚究竟有什麼手段，能把這小魔女降得如此服帖？

這兩位吃綠蘿的虧吃太多，根本不敢相信她從此轉了性子，成了大家閨秀，這裡面肯定有鬼。

「妳的第二樁心事呢……」法雅呵呵而笑。

「大師……」綠蘿紅著臉飛快地瞥了玄奘一眼，急忙又低下頭去。

「這有什麼？男大當婚，女大當嫁，又不是見不得人的事。」法雅哈哈大笑，朝著玄奘道，「老和尚這就明說了吧，法師呀，綠蘿小姐對你有些想法……」

他正在組織詞彙，玄奘已經點頭：「貧僧知道。」

這回輪到法雅吃驚了：「你知道？」

「知道呀！」玄奘淡淡地道，「綠蘿小姐一直以為她爹爹崔珏是被長捷逼死的，因此對貧僧懷恨在心，想殺了貧僧。不過如今妳已經知道崔珏還活著，其中另有因由，想必不會再暗地裡刺殺貧僧了吧？」

玄奘一直對這事頗為頭疼，誰身邊跟著個暴戾的小殺手，冷不防就捅過來一刀，都會提心吊膽的。

綠蘿的小腦袋波浪鼓一般地搖，訥訥道：「不……不會了……」

法雅苦笑不已：「老和尚說的可不是這事。法師呀，其實，綠蘿小姐是愛上你了，期望法師還俗，與君成就百年之好……」

「噗——」玄奘一口茶水噴了出來，然後嘴巴合不攏了。

「呃……咳咳……」波羅葉則是被糕點給噎住，漆黑的臉漲得通紅。

綠蘿沒想到他居然這麼直白地說了出來，頓時又羞又怒，漲紅了臉，深深低下了頭。

一時間，屋子裡四人大眼瞪小眼，誰也說不出話來。

「阿彌陀佛。」好半晌玄奘才緩過氣，雙手合十，肅然道，「法雅禪師，這是何意？

你與貧僧相交也有數年，貧僧的向道之心難道你不清楚嗎？貧僧這副皮囊，早已寄託青燈古佛，不再有人間孽緣，綠蘿小姐少女心性，可禪師何許人也，何必來使一個無辜少女誤入歧途？」

「我不是少女心性！」綠蘿霍然抬頭，淚眼盈盈地看著他，倔強地道，「我就是愛你了，怎麼了？不行嗎？」

玄奘無語，口裡只是喃喃地念著佛。

「波羅葉說，愛情絕不是羞恥的，它是世上最美好的感情。」綠蘿眼淚汪汪的，「我就是愛上你了，為何不敢說出來？為何要掩飾？你是佛徒，你是聖人，能夠斷絕六欲，棄絕紅塵，我只是一個普通人，愛上誰是我的錯嗎？」

「看你做的好事！」玄奘狠狠瞪了波羅葉一眼。

波羅葉一臉委屈：「我只是跟她講《伽摩經》，可沒讓她愛上一個和尚。」

玄奘氣急，卻拿他無可奈何。

法雅嘆了口氣：「法師，這樁事老和尚也知道為難，但也是無奈之舉啊！」

「你蠱惑一個無知少女，有什麼無奈的？憑你的智謀，豈非手到擒來？」玄奘冷冷地看著他，嘲諷道。

「法師有所不知。」法雅苦笑，「早在十年前，玄成法師就要求老衲，在任何情況下都不可傷了你的性命。後來你沒有參與這項計畫，此事也就無從談起了，然而數月前你為了尋找長捷，非要來霍邑，老衲便特意送信給空乘和崔珏，要他們保護你的安全。可誰料想法師實在厲害，竟然靠一己之力，慢慢接觸到了這項計畫的核心，逼得崔珏不得不現身。不知為何，崔珏固執地認為你是最危險的敵人，非但不會認同我們的計畫，而且會把計畫洩露出去，因此他屢次三番要求老衲允許殺了你。但老衲既然答應了玄成，又怎麼能毀諾？所以再三拒絕，要求他不得輕舉妄動。」

法雅這番話玄奘倒相信，因為崔珏自己也說過，他答應了別人不能殺自己，看來是迫於法雅的壓力。

「可是……」法雅嘆氣不已，「前幾天崔珏去了一趟霍邑縣衙，才知道自己的寶貝女兒居然愛上了你這個和尚！他惱怒無比，非要殺你不可。於是他就和老和尚打了個賭，殺不殺你不由我們來決定，讓綠蘿來決定！」

「什麼？」玄奘和綠蘿一起驚訝地看著他。

「就是要看看在綠蘿的心裡，究竟是他這個父親重要，還是你這個和尚重要。」法雅道，「你已經知曉了我們的祕密，若是放你出去，你必定要跟陛下說起吧？」

玄奘思忖片刻，斷然點頭：「不錯，貧僧不曉得你們計畫的核心是什麼，可是貧僧知道，你們的計畫必然會損害帝王威嚴和朝廷法度，這種事過於瘋狂，一旦被朝廷查知，便是佛門的一場浩劫。貧僧不會允許這種事情發生。況且，佛門也不應用這種鬼祟、怪誕的手段來求得昌盛，佛家奧義，在於教化人心，你們所實行的，只是邪道罷了。」

「崔珏對你的判斷果然沒錯啊！」法雅惋惜地望著他，又看了看綠蘿，「綠蘿小姐，眼下的形勢妳也明白了吧？如果這僧人走出去，那麼妳父親所做的一切就會暴露於光天化日之下。屆時朝廷震怒，妳父親固然要人頭落地，連妳母親、郭宰也逃不過被誅殺的命運。對妳而言，其中究竟孰輕孰重，自己思量。」

綠蘿目瞪口呆，沒想到自己面臨的不是一場美好的姻緣，而是撕心裂肺的選擇！

「為什麼非要我選擇？」綠蘿怒視著他，嘶聲叫道。

「這不是老和尚的主意，」法雅嘆息，「是妳爹爹的主意。他認為，只有讓妳親手斬斷和這僧人的孽緣，妳才能澈底解脫。父為子綱，妳的命運由妳爹爹來安排，老衲也沒什麼辦法。」

綠蘿痴痴地盯著玄奘，清麗的小臉上淚水奔湧。

「其實也很容易選擇，」法雅道，「只要玄奘答應妳，還了俗，一切都迎刃而解。」

玄奘乾脆不理他了。

「哼，你們想如何便如何嗎？」波羅葉冷笑，從懷中抽出彎刀，「老子殺出去，只怕你這老胳膊老腿的和尚也擋不住吧？」

法雅含笑看著他不語。

波羅葉覺得有異，噌地跳下坐榻，撲到了窗邊，正要一腳踹過去，忽然愣住了。他小心翼翼地推窗，卻推不開，拿刀子在窗櫺紙上捅了個洞，頓時一陣冷風吹來。他瞇著眼睛朝外面一看，不禁呆住了——窗外，赫然是萬里雲天，下面，赫然是萬丈懸崖！

波羅葉臉上肌肉扭曲，這才知道，這間屋子竟是在懸崖中間！

「好了，」法雅下了坐榻，淡淡地道，「老衲還有要事要辦，這就先去了，諸位細細思量吧！」說罷揚長而去。

波羅葉正要追過去，那法雅卻徑直走向一堵牆壁，眼看就要迎頭撞上，半面牆壁卻猛然翻轉，法雅閃身進去，牆壁又轟隆隆地合上了……

「法師，怎麼辦？」波羅葉叫道。

玄奘搖搖頭，望著綠蘿：「如今是要看綠蘿小姐打算怎麼辦？」

貞觀三年，四月十五日。

按照那兩名鬼卒所言，今日便是李世民入地獄折辯的日子，李世民心情極為不好，裴寂也甚為憂慮，特意請空乘親自為皇帝做了場法事，布施祈福。李世民卻鬱鬱寡歡，心中難以平靜，一種皇權對鬼神的無力感，讓他極為鬱憤。

「以朕天子之尊，竟會受制於區區幽冥鬼卒！」站在金碧輝煌的大雄寶殿裡，李世民煩躁不堪。魏徵和杜如晦雖然跟在身側，卻也無法開導他。

這時裴寂忽然湧出一個念頭，急忙道：「陛下，您可曾聽說過崔珏？」

「崔珏？」李世民想了想，對這個名字彷彿有些模糊的印象，他猛然道，「你說的，可是當年太原留守府的掌書記，崔珏崔夢之？」

「沒錯，正是他，別號鳳子。」裴寂笑道，「陛下可知道他後來如何了？」

他這麼一說，李世民完全想起來了：「這人詩詞文章寫得極好，和宋老生的霍邑一戰後，太上皇好像任命他做了這霍邑的縣令吧？朕記得，當年擊破劉武周、宋金剛的時候經過霍邑，崔珏率領全城百姓躲藏在山中，被父皇下旨斥責。然後嘛，朕便沒聽說過他的消息了。」

說著不禁看了一眼旁邊的尉遲敬德，臉上露出笑容。尉遲敬德有些尷尬，他本是劉武周手下的悍將，屢次和李世民對陣，直到劉武周兵敗，他和副將尋相一起困守在介休、霍邑，這才獻了兩座城池，投降了李世民。此時提到他的舊主，心中不禁湧出一絲感慨。

裴寂卻沒顧忌尉遲敬德的情緒，繼續說道：「武德三年，尋相欲反叛，崔珏孤身刺殺尋相不成，便帶著全城百姓逃進了霍山，直到陛下柏壁一戰擊潰了劉武周，收復霍邑，這才回城。最後太上皇議論功過，崔珏丟失城池在先，保護了全城百姓在後，功過相抵，依舊擔任霍邑縣令。武德六年，不知為何自縊而死。」

「哦？」李世民動容，「崔珏當年刺殺尋相朕早就聽說了，也很是欽佩此人的孤膽忠心。在劉武周的大軍面前，他能保護全城百姓，丟個城池算得了什麼？何況他是文官，當年霍邑乃是尋相鎮守，他能在危難關頭護得百姓安危，此人大大有功啊！」

裴寂卻不好議論李淵的賞罰，只好沉默不答。

「那麼後來他為何自縊呢？」李世民道。

「這臣便不大清楚了。」裴寂無奈地道。

魏徵在一旁翹起嘴角，露出一絲嘲諷，卻沒有插話，饒有興味地看著他。裴寂感覺到了他的目光，心裡一沉，卻假作不知：「不過這崔珏死後，當地百姓卻傳聞他入了幽冥地獄，做了泥犁獄的判官。」

「你說什麼？」李世民霍然一驚。

裴寂便將民間關於崔珏的種種神奇傳說講述了一番，李世民大為不信，裴寂道：「這些事雖然離奇，不足憑信，不過民間確實言之鑿鑿。霍邑縣令郭宰就在殿外，陛下不妨傳他進來問一問。」

李世民興致濃了起來，當即派內侍去傳郭宰。郭宰和新任刺史杜楚客等地方官都在大殿外候著，一聽傳喚，急忙走了進來，龐大的身軀走到李世民面前，躬身跪倒參拜。

李世民每一次見他，都忍不住歡喜，笑著點點頭：「好一員猛虎縣令！沒讓你在疆場上殺敵，反而讓你做了地方父母官，是朕的過失啊！」

郭宰說道：「陛下馬上打天下，臣自然做陛下的先鋒征殺疆場，如今陛下下馬來治天下，臣自然也跟著下馬來安撫一方，不敢有須臾懈怠。」

「咦？」李世民深覺意外，指著郭宰向杜如晦等人笑道，「當這縣官果然有長進啊，昔日的沙場猛將，居然能說出這等大道理。郭宰啊，留你在霍邑也是大材小用，等朕回京，你就跟著朕回去吧，到十六衛中替朕守衛宮門，如何？」

郭宰頓時樂懵了，他早已經被縣裡繁冗的雜事搞得焦頭爛額，一聽能重新回到軍中，而且是大唐最精銳的禁軍，黑臉上紅光閃閃，連連拜謝。

尉遲敬德也對這位昔日的驍將很有好感，見陛下親自將他招到禁軍中，也很是高興。

「郭宰啊，朕問你，昔日霍邑縣令崔珏，死後民間傳說成了泥犁獄判官，你可清楚嗎？」李世民問。

「呃……」郭宰又鬱悶了起來，他此生最厭煩的名字就是崔珏，一提起這個名字，就感覺自己的夫人彷彿要長了翅膀飛走。所以平日縣裡的同僚都避免提起這個名字，可這幾個月也不知怎地，先是玄奘，後是皇帝，紛紛找他詢問崔珏。

但皇帝問話，又不敢不答，於是便將崔珏的種種玄異之事講述了一番，他可不敢欺瞞皇帝，各個事件所涉及的人名、地名等佐證，一股腦兒地說了出來。

李世民面露古怪之色：「竟然真有其事？你說，在這霍山上，還有崔珏的祠堂？」

「是的，距離興唐寺不遠，名叫判官廟。」郭宰道，「晉州各縣經常有百姓前去上香，甚至還有周邊各州的百姓遠道而來。據說，很是靈驗。」

李世民若有所思地點點頭。

「陛下，」裴寂笑道，「臣以為，幽冥之事無論真假，還需要靠幽冥之人來解決。既然如今的泥犁獄判官是您昔日的臣子，若是崔判官願意出面，那兩個鬼卒又算得了什麼呢？」

李世民怔住了，半晌才苦笑：「裴卿說得是，只希望崔珏還念朕的一點香火情吧！」

「陛下，」魏徵忽然笑了，「既然裴相說得如此神奇，不如咱們就到判官廟去看看？」

裴寂心裡一突，卻滿面含笑：「是啊，既然魏大人也有興趣，不如陛下就移駕去看看，或許能得崔判官之力，那兩個鬼卒從此不敢騷擾呢？」

兩人這麼一攛掇，李世民倒真來了興致，當即命人移駕，前去判官廟。空乘親自引路，尉遲敬德先命禁軍肅清了道路上的閒雜人等，在一千名禁軍的保護下，一行人浩浩蕩蕩，直奔判官廟。

判官廟距離興唐寺不遠，只有十幾里山路，空乘可沒敢讓皇帝翻山越嶺，而是走正道。李世民乃是馬上皇帝，也不乘龍輦，騎著白馬，不多會兒，就到了判官廟。

廟祝早已得知消息，跪在路旁迎駕。

李世民拾階而上，到了廟門前，見這座廟宇頗為雄偉，讚嘆了幾句，當即走進廟裡。他一看見廟裡這尊白淨素雅的神像，和周圍猙獰恐怖的夜叉鬼，不禁愣了愣。恍惚中，只覺左右的夜叉形貌怎麼有些類似太平關見過的鬼卒。

「六道生死簿，三界輪迴筆？」李世民盯著夜叉鬼手中的卷宗和巨筆，有些失神，難道人的壽數竟然記載在這卷中嗎？

一時間，李世民隱隱感覺到一陣驚懼，竟不知如何面對這位崔判官。他乃是大唐天子，來拜謁昔日舊臣的廟宇已經算是皇恩浩蕩了，難道還能給這位判官行禮？平日裡進廟的禮數都用不上，頓時有些躊躇。

魏徵急忙道：「陛下，您乃是天子，崔珏是您昔日臣下，雖然如今是泥犁獄的判官，卻也不可以君向臣行禮，不如以土地公祠的禮數，拱手鞠躬即可。」

李世民點點頭，裴寂卻走了上來，正色道：「臣以為，陛下不應該向崔判官施禮，土地公神乃是神仙譜系中所記載，陛下拜他，是為了求他保靖一方民事。崔珏如今雖然是幽冥判官，但陛下掌管人間界，豈能對陰司的官吏行禮？不如讓臣來代陛下參拜。」

李世民想了想，點頭道：「如此甚好。」

裴寂當即走到崔珏神像的面前，錦袍一撩，跪倒在地，朗聲道：「昔日同僚，太原留守府長史，見過故人夢之兄足下！」

李世民連連點頭，這禮數不錯，裴寂不用唐朝丞相的身分，而是以故人拜謁亡者的身分參拜，可以說極好地維護了朝廷的尊嚴，同時也給足了崔珏禮數。連素來與裴寂不睦的魏徵和杜如晦都不禁點頭讚嘆，這老傢伙，果真是有急智。

「夢之高才，文參北斗，學壓河東，然天不佑人，英年早逝，寂聞之而悲催。今隨大唐天子拜謁足下靈前，唯願故人英靈不滅，浩氣永存。日前，有泥犁獄鬼卒者，顯靈於陛下面前，言道幽冥有惡鬼狀告我皇，邀我皇前往泥犁獄折辯。陛下以一國之尊，掌管人間界，豈可入幽冥而應訴？聞君在幽冥高就判官，賞善罰惡，寂特以故人薄面，求君斡旋，保佑我皇龍體安康，不受邪祟滋擾，長命百歲，江山永固。裴寂願散盡家財，布施宅第，修造七級浮屠，為君再塑金身，重修廟宇。」

說罷，裴寂重重地磕了三個響頭，燃起三炷高香，恭恭敬敬地插進面前的香爐中。

一時間，大殿裡一陣沉默。李世民神情複雜地看著裴寂，為了求這崔珏來保佑自己，裴寂竟然許下重諾，要散盡家財，甚至將宅第都捨給寺廟，這等忠心，由不得他不動容。雖然李世民一直對裴寂殺了劉文靜耿耿於懷，可是此時也不禁心中感動。

「委屈裴卿了。」李世民喃喃地道。

裴寂眼圈一紅，險些淌下淚來：「陛下即位這三年來，宵衣旰食，勤政愛民，眼看我大唐百廢俱興，已經有了盛世的氣象，豈可因為邪祟作惡，而有損陛下的龍體？臣老矣，只怕難以追隨陛下開疆拓土，打造輝煌盛世，唯有此心來報效陛下。」

李世民默不作聲，抬頭怔怔地看了一眼崔判官像，轉身走出了大殿，眾臣跟著走出來。沒想到，到了殿門口，李世民又停了下來，道：「克明，傳朕旨意，追封崔珏為蒲州刺史兼河北廿四州採訪使。」

杜如晦愕然片刻，躬身道：「遵旨。」

一旁的空乘眸子裡忽然閃出一絲光芒，彷彿被震動了。裴寂不敢看他，低頭走了過去。

天子金口一開，在縣令職位上幹了一輩子、鬱鬱不得志的崔珏，死後七年，突然成了朝廷的正四品高官，僅比魏徵低一級。

第十五章　魂入幽冥，魄渡忘川

這一夜，月朗風平，平靜的月光灑滿了霍山，鋪滿了興唐寺。那月光彷彿連山間長年呼嘯的風都止住了，連流動的空氣都凝結了。

偌大的興唐寺，只有牆角樹上的蟲鳴蟻行，在人類聽不見的地方，營造著一方世界。間或有禁軍巡邏隊整齊的步伐響起，清脆的甲葉聲響幽幽地傳了出去。

這一夜，各方勢力偃旗息鼓，屏息凝神，靜待著最後時刻的到來。

這一夜，世上最緊張的人是魏徵和尉遲敬德。魏徵身穿朝服，手持長劍，親自站在十方臺的門廊下，眺望著沉寂的月色憂思重重。這十方臺是魏徵親自為李世民選定的住處，一則討個吉利，言下之意是，十方無量無邊的世界莫不為天子掌控，更重要的卻是看中這十方臺的地形。四座禪院圍繞，中間是一座隆起的高臺，裴寂、魏徵、杜如晦、尉遲敬德四個重臣圍拱，天子房間內的一切舉動都在眾人的眼前，而百步之外，恰好有一座小山丘作為制高點，尉遲敬德派了三百名精銳駐守山丘，上面還架設了六架伏遠弩，這種射程三百步的重弩足以籠罩人視線所及的一切範圍。

「敵人計畫周密，我究竟還有沒有遺漏？」魏徵皺著眉頭苦思。

正在這時，遠處響起甲葉的碰撞聲，尉遲敬德全副甲冑，手裡拎著鋼鞭，急匆匆走了過來。

「魏大人，所有的禁軍都已經安排好了，按你的指示，外鬆內緊，巡邏隊半個時辰六組。」尉遲敬德低聲道，看了看十方臺的臥房，燈已經熄了，皇帝應該已經安寢，卻不知他能否睡著。

「我還是放心不下啊！」魏徵喃喃道，「敵人計畫了這麼多年，既然明告咱們要在今夜發動，就是有十足的把握！這個謀僧極難對付，一旦想不明白其中的關竅，咱們只怕就會栽大跟頭。」

尉遲敬德也緊張無比，拎著鋼鞭和魏徵並肩而立，低聲問：「我的腦筋比不上你們魏大人，你說，我做！哪怕豁出性命，也決不讓陛下傷一根毛髮。」

「房內的太監都換成了禁軍嗎？」魏徵問。

「換了，一共六名，都是陛下親自挑選的，是從太原時就跟著他的老人，身手了得，忠心可靠。」尉遲敬德道，「另外杜楚客也傳來消息，已經控制了霍邑城防，又從太原軍府調來了三千人，加上晉州軍府的一千五百人，此時共有四千五百人埋伏在霍山和霍邑之間。」

徵調軍府是幾日前尉遲敬德向皇帝請的命令，他認為，對方極有可能會發起一場叛亂，必須屯駐大軍，及時鎮壓。魏徵雖然不以為然，卻也覺得還是有備無患好。此時僅在霍山一線，軍府加上禁軍，便有上萬人，足以鎮壓一場小型的叛亂了。

「不對……不對……」他越這麼說，魏徵心裡越是不安，謀僧法雅是何等人物？人老成精了，他會蠢得發動叛亂嗎？他敢，裴寂也不敢啊！大唐掃平天下反王，其中一半都是李世民的功勞。裴寂就算手中有兵權也不敢和李世民開戰啊！對方的這次陰謀，絕不會是軍事叛亂，可那又是什麼呢？刺殺……

「魏大人，」尉遲敬德心中一動，「你檢查十方臺了嗎？裡面會不會有密道什麼的？」

「陛下入住前我已經仔細查過了，而且，」魏徵很快搖頭，「我當初挑選這十方臺，就是因為這座禪堂建在一塊巨石上，你看看，禪堂的基座通體渾圓，是一整塊巨石，鑿穿岩石做條密道……」他搖搖頭，「恐怕非人力所能吧！」

兩人都鬱悶了起來，對方的底牌到底是什麼，既然難以摸清，那就只好見招拆招，靜待他們出手了。兩人商量了一番，乾脆就這麼徹夜守在李世民的門前，不信那謀僧還能玩出什麼花樣來！

這一夜，雖然有魏徵和尉遲敬德鎮守門外，李世民睡得依舊不踏實，總有一種難言的恐懼在暗暗地滋擾。大業十三年起兵以來，到如今已經十三個年頭，再險惡的陣仗也不知經歷多少，手中劍殺人如麻，也從未覺得恐懼。可今夜，他實實在在地恐懼了。

帝王富有四海，之所以無畏，是因為天下都在他的掌控中，隋末的豪強如王世充、竇建德、薛舉，無不是一方豪傑，可都敗在他的手下。突厥的頡利可汗雄霸草原，四方豪強無不成為他的羽翼，而他李世民卻在渭水橋邊迎著幾十萬突厥大軍侃侃而談，硬生生使得頡利不敢南望。與人鬥，李世民從未有過心虛膽顫的時刻，可如今這個帝王所面對的，卻是自己無法掌控的幽冥陰司！告他的，卻是自己親手殺死的親哥哥、親弟弟。

雖說無情最是帝王家，然而在太原時，自己尚且年幼，長兄仁厚，對自己呵護備至，後來雖然勢成水火，可也曾有過一母同胞、手足親厚的時刻啊！玄武門兵變之後，這世上就沒有人敢在他面前提起建成和元吉這兩個名字。李世民自己，也常常有意地選擇遺忘，他殺盡了建成和元吉這兩支的後人，重修了宗譜，將來還要修改這段歷史，可他知道，哪怕讓所有人都忘記了這段歷史，它也會永遠銘刻在自己內心。

如今，自己親手殺害的同胞兄弟，卻在一個自己的權力無法掌控的地方將他告了！而他卻不得不去兩人的面前對質、折辯！

房間內異常安靜，甚至能聽到守在門外的六名禁軍侍衛那悠長的呼吸。李世民在床上翻來覆去，腦子裡昏昏沉沉，無數的念頭走馬燈一般掠過。便在這時，鼻子忽然聞到一股甜香，隨即腦子一沉，緊張的精神徹底放鬆下來，沉沉地進入夢鄉……

「大唐天子……大唐天子……」忽然耳邊有人呼喊，這稱謂極為怪異，李世民有些詫異，隨即感到身上有些冷，他睜開眼睛，便是一驚——

自己，竟然不是在床榻上躺著！

觸目是一團冰冷的黑暗，他就站在地上，耳邊有風吹過，響起沙沙的聲音。他詫異地蹲下去摸了摸地面，猛然間一身冷汗，地上竟然是連綿的野草！

「這是什麼地方？」李世民喃喃地道。

所在之處，彷彿是一片曠野，荒草濃密，天上也沒有月亮，一片幽暗，幾乎伸手不見五指。這怎麼可能？我明明在十方臺的臥房內睡覺，怎麼會跑到荒郊野地？

……不對，這不是荒郊野地。他記得很清楚，今天是四月十五，明月朗照，只要是在這世界上，十五的明月就會照遍每一寸土地，怎麼這裡的天上居然沒有一絲光亮？月亮哪兒去了？

李世民心中湧出無窮無盡的恐懼。

「大唐天子……」遠處又有人喊。

李世民抬頭凝望，只見遠處閃耀出兩團幽暗的光亮，在漆黑的世界裡無比醒目。他不敢回答，四下裡摸了摸，發現有一座半人高的土丘，急忙將身子藏在後面，探頭觀望。順便摸了摸身上，發現沒有護身的刀劍，但更讓他驚異的是，自己居然穿著正式的朝服，頭上還戴著通天冠！

這是武德年間李淵設立的天子服飾，平日裡自己很少穿，這次巡狩河東算是歸省，要祭拜北都，因此才帶了一身正式的朝服，可這會兒怎麼穿在自己身上？

這些念頭只在腦子裡一閃，李世民就不再多想，凝神注意著遠處的兩團火光。那兩團光芒極為怪異，彷彿是有人提著燈籠，但這燈籠又像是能夠隨意變化，火焰的形狀變來變去。到了近處，李世民猛地寒毛直豎，他清晰地看到了火光後的人影，竟然與太平關出現的鬼卒一模一樣！

而那兩團火光，既不是火把，更不是燈籠，而是一群細碎的火焰聚攏在一起。那些細小的火焰彷彿有生命一般，隨著他們行走不停變換形狀，一直在兩名鬼卒的正前方照耀著路徑。

「大唐天子，」那兩名鬼卒眼睛極好，這濃重的黑暗似乎對他們絲毫沒有影響，遠遠地就看見躲在土丘後的李世民，其中一人當即笑道，「真是讓我們好找，還好，陛下準時赴約，咱們這就走吧！」

「你說什麼？」既然被發現，李世民也不躲了，一下子跳了起來，叫道，「準時赴約？你說……難道這裡竟然是……幽冥？」

他心中驚懼至極，連聲音也顫了。

「當然是幽冥。」那鬼卒彷彿很奇怪，「您要面見閻魔羅王，不來幽冥，又能去哪裡呢？陛下可不要亂走，幽冥險惡重重，這裡是煉妖之野，經常有些惡鬼偷偷從泥犁獄中逃跑，躲到這裡打算修煉成妖，閻魔羅王雖然派了鬼卒搜捕，可還是有漏網的。」

李世民頓時一頭冷汗，喃喃道：「朕竟然真的進了地獄，真的進了地獄……」

那名鬼卒笑了：「陛下，這裡可不是地獄，十八泥犁獄在陰山的背面，這裡是陰陽界，也就是陰陽交界處。」

李世民心裡更慌：「朕不去，朕不去。朕活得好好的，尚未駕崩，為何來這幽冥界？朕要回去，朕還要率領大唐，創下赫赫武功，輝煌盛世，怎麼能死掉！」

說著轉身就要走，那兩個鬼卒也不攔他，只是淡淡地道：「陛下，幽冥無路，您從哪裡回去？」

李世民頓時怔住了，是啊，自己怎麼回去？這黑燈瞎火陰風慘慘的，自己一醒來就在這地方，從哪裡回去？

「陛下還是好好跟我二人走吧！」鬼卒勸道，「我二人臨來時，崔判官仔細叮囑，切不可對陛下用強，否則我二人直接勾了您的魂魄，您不走也得走。」

李世民一聽「崔珏」，有如抓住了救命稻草，連連叫道：「對對，崔珏是朕的舊臣，如今是幽冥的判官。他在哪裡？朕要見他！」

鬼卒道：「我二人是直接受了閻魔羅王的諭令，前來請陛下去折辯。臨來時，崔判官去見我王了。其實陛下不用這般驚慌，也不是說進了幽冥就必死無疑，您能不能還陽，生死壽數幾何，都記載在生死簿中，只要一查，不到壽數，閻魔羅王自然會送您還陽的。」

李世民的心略微鬆了鬆，問道：「既然朕不一定到了壽命，為何會被你們拘來這幽冥界？」

「數日前我二人不是跟您講過了嗎？陰司有一樁官司等著您折辯，閻魔羅王這才請了您來。」鬼卒道。

一聽說那場官司，李世民的心中更煩躁了，但又無可奈何，自己雖然是皇帝，這裡卻不是自己的勢力範圍，眼前區區的小鬼都不敢得罪，只好隨著兩人往前走。

這煉妖之野相當廣闊，他跟著兩名鬼卒深一腳淺一腳地走了好幾里，到處都是荒原蔓草，蕭瑟無聲，身邊的黑暗濃得如同一團墨，除了那兩盞有生命的燈籠所照耀的幾尺方圓，什麼都看不見。

「貴使怎麼稱呼？」李世民開始和兩名鬼卒套交情。

「我二人在幽冥中沒有姓名，只是兩個無常。」鬼卒道。

「無常？」李世民好奇地問，「這是什麼意思？」

「萬物無常，有存當亡。無常使生滅相續，因此如我等這般經常穿越在陰陽兩界，勾魂奪命的幽冥使者便被稱為無常。」其中一個無常看來頗為健談，詳細地給李世民講解了一番。

李世民也時常研讀佛經，自然明白他說的意思，想一想自己的遭遇，也真是生老無常、富貴無常、權位無常，心中一時悲戚了起來。

「咱們面前這兩盞燈籠是什麼？為何竟是一大團火焰凝聚在一起？」李世民問道。

「這火名為冥火，乃是人死後屍骨所化，幽冥無日月，長年漆黑，在幽冥待久了，鬼魂們也就適應了黑暗。我二人為了給拘來的新鬼引路，不使他們誤入歧途，便隨身攜帶冥火。」無常答道。

「哦。」李世民真算開了眼，驚懼固然有之，但好奇之心也有那麼一兩分。

再行不遠，遠處的天空漸漸明亮了一些，說是明亮，其實也昏沉幽暗，但不像原先那般伸手不見五指。就見遠遠的前方地勢高聳，有如一條黑壓壓的巨龍匍匐，彷彿是一座山脈，而在山脈的腳下，卻聳立著一座雄偉的城池。距離太遠，李世民看不清，但那城牆一直綿延到無窮無盡的黑暗中，想來這城池的規模極大。

「那是什麼？」李世民驚訝地問。

無常抬起頭看了看：「哦，前面那座山便是陰山，十八泥犁獄便在陰山的背後。山前這座城池名為酆都城，陰間眾鬼大多生活在這座城中，我王閻魔羅就坐鎮於城內的閻魔羅殿。」

「竟然與人間界相似。」李世民嘖嘖稱奇。

再往前走，距離那城池越來越近，路上的鬼魂也多了起來，有些是和李世民一般往城內去的，大多都披頭散髮，身穿白衣，垂頭喪氣地在鬼卒的押送下慢騰騰地走。無常向李世民介紹，這些都是人間界和畜生界新死的鬼魂，被鬼卒拘到閻魔羅殿，根據往日功罪進行審判。而從城內還走出來大批衣衫襤褸、背著大枷、銬著雙手的野鬼，這些鬼一個個發出淒苦的哀號，撕心裂肺，慘不忍睹。

李世民頭皮發麻，問那個無常，無常笑道：「陛下，這些從城內出來的，大多是審判過的惡鬼，根據惡業不同，要發往十八泥犁獄的各獄受苦，自然痛苦了。」

李世民臉色慘白，頓時不敢再問。

走了不遠，忽然聽到水聲咆哮，遠遠地看見前方出現了一道十餘丈寬的河流，水流湍急，還傳來陣陣腥臭。河上是一座橋，那橋有上中下三層，大部分新鬼都從第二層走，也有些人在底層走。那底層幾乎沒進了水面，水色赤紅如血，李世民眼尖，早瞥見那水中漂著無數的浮屍，還有些猙獰的怪物不時從水中躍起，吞吃那些新鬼。

「這河水為何如此恐怖？」李世民心中震顫，問那無常。

無常呵呵笑道：「陛下，這條河名叫忘川，乃是人間界和幽冥的真正分界線，過了這條河就是陰司幽冥了。咱們走的這條路，就是人間界常說的黃泉路，河面上這座橋，名叫奈何橋，上層是生性良善之人才能通行，中間是善惡難定需要審判的人行走，下層則是在陽間作惡多端，種下惡業，受到惡報的人行走。橋下血河裡蟲蛇滿布，波濤翻滾，腥風撲面，惡人鬼魂墮入河中，永世不得超生。」

李世民想問問自己可以走哪一層，嘴脣囁嚅，卻沒敢問出來。默默地走了片刻，那橋頭不遠處有一家茶肆，頂上搭個棚子，裡面有個老太婆在賣茶水，經過的鬼卒大部分都會在這個茶肆停留片刻，讓眾鬼們喝些茶水再上路。

「陛下，走了這麼久也渴了吧？」無常笑道，「不如到茶肆裡稍坐片刻，喝點茶再走。」

李世民心中覺得古怪無比，這陰間和陽世還當真沒區別，連茶肆都有。他點點頭，隨著兩名無常進了茶肆，其中一名無常朝老太婆笑道：「孟婆，來一碗上好的茶湯，這位可是人間界的大貴人，千萬不可怠慢。」

那老太婆滿頭銀髮，形容枯槁，看樣子竟有些猙獰。她把眼珠朝李世民轉了轉，點點頭：「原來是慧哥兒來了，自然要好生招待。」說著提了一壺茶出來。

李世民心中一震，自己小名叫慧兒，平日裡父兄都暱稱慧哥兒，自從束冠以來就沒再用過，當了皇帝以後，連母親竇氏也很少叫了。這幽冥中的老婦人如何知道？

李世民默然不語，接了茶，見那茶湯呈深黃色，倒也沒什麼怪味道，想了想，正要一口喝掉，忽然從奈何橋上遠遠跑來一人，厲聲道：「不能喝茶——」

李世民一驚，急忙放下茶碗，抬頭觀望，只見一名身穿黑色錦衣，戴著襆頭軟帽的年輕男子正急匆匆地奔過來。這男子長相頗為英俊儒雅，卻滿臉焦急之色。茶肆裡的兩名無常急忙迎了出來，到外面跪拜：「屬下拜見判官大人！」

李世民心中一喜，高聲道：「前面可是崔卿？」

來者正是崔珏，他揮揮手令那兩名無常起身，自己進入茶肆朝李世民拜倒：「故臣崔珏參見陛下！」

故臣，可以說是以前的臣子，也可以說是已經死去的臣子，全看怎麼理解了。李世民倒沒有深思，自從進入幽冥以來，他一直惴惴不安，滿懷恐懼，這時見到了崔珏，終於算是找到了主心骨，急忙扶住他的肩膀把他拉了起來，滿臉含笑地道：「崔卿啊，朕終於見到你了！」

崔珏滿臉慚愧：「都怪臣來得晚，讓陛下受苦了。陛下，這茶您可喝不得……」他轉頭望著兩名無常，厲聲道：「是誰讓你們帶著陛下來喝這孟婆湯的？」

「呃……」兩名無常惴惴地道，「按規矩，所有新鬼進入酆都城，都要喝孟婆湯，忘卻前世今生，才能重入輪迴。」

崔珏大怒：「你怎麼知道大唐天子壽數已盡，要重入輪迴？難道不知閻魔羅殿前有官司未了之鬼，都不得喝孟婆湯的規矩嗎？」

「喝了這湯竟會忘掉前世今生？」李世民頓時驚出一身冷汗，幸好有崔珏趕到，要不然哪怕自己活著還陽，也會忘掉一切，成了廢人。

兩名無常撲通跪倒，哀求不已：「判官大人饒命，實在是……是李建成和李元吉的授意。我等私下收了他們好處，不得不……」

崔珏咬牙道：「好一個瀆職之鬼，自己去閻魔羅駕前認罪吧！」

兩名無常渾身顫抖，卻不敢違背，垂著頭過了奈何橋，往酆都城去了。

「陛下，」崔珏一臉歉意，「這孟婆湯可喝不得，喝了之後，就會忘掉前世今生，渾渾噩噩。幽冥的規矩，所有來幽冥的新鬼和去往輪迴司的鬼魂，都要喝一碗孟婆湯，好忘了前世和幽冥裡的一切。」

李世民長出一口氣：「還好崔卿來得及時，不然朕就遭了奸人的毒手。」

「唉，今日勞煩陛下去判官廟看望臣下，裴寂大人又許下重諾，請臣在幽冥照顧陛下，臣自然要竭力以赴。知道陛下要來，臣特意去閻魔羅殿調閱了您的這樁官司，正在想法子折辯，不想陛下已經來了，所幸沒出大事。」崔珏一臉慶幸。

李世民更加慶幸不已，還好白日裡去判官廟找了崔珏，裴寂又將所有家財布施，求崔珏關照自己，否則自己來到幽冥，人生地不熟的，可真是兩眼一抹黑了。

「有勞崔卿了。」李世民感謝不已，但他也好奇，問，「崔卿怎麼會到幽冥做了判官？」

崔珏苦笑：「武德六年，臣還在霍邑縣令的任上，正好那時西方的閻魔羅王來到東土，重建泥犁獄，審判人間善惡，掌管生死輪迴。他的駕前缺一名判官，於是就化作一名僧人，到人間界找臣，問臣願不願意去做那判官。當時臣做了六年縣令，感覺仕途無望，於是心一橫，就自縊而死，隨著閻魔羅王入了幽冥界。」

李世民尷尬不已，連連道歉，道：「都怪朕父子賞罰不公，不識英才，才使得崔卿大才屈居縣令，朕……」

崔珏一臉感慨：「陛下哪裡話，臣做了六年判官，看透了人間幽冥之事，才知道這因果迴圈早已注定，非人力所能變更。不過陛下日間追封臣做了蒲州刺史兼河北廿四州採訪使，臣也算在人間有了些許功名。」

李世民更加愧疚，僅僅憑他方才阻止了自己喝孟婆湯，這個賞賜就有些輕了，不過此時他在人家的地頭，也不好再許諾什麼。

「崔卿高才，朕早有所聞，煙分頂上三層綠，劍截眸中一寸光，真乃絕句。」李世民稱讚道。

崔珏見李世民居然讀過自己的詩句，心裡很是高興，道：「哪裡，哪裡。臣只是塗鴉之作，哪裡比得上陛下雄才大略，陛下的詩文，臣在人間之時就經常誦讀。塞外悲風切，交河冰已結。瀚海百重波，陰山千里雪。金戈鐵馬的雄邁，人間帝王的氣魄，撲面而來啊！」

兩人哈哈大笑，李世民笑道：「如今咱們也是在陰山下呀！」

崔珏看了看遠處那座陰山，也感覺頗為有趣，不禁笑了。李世民忽然想到一事：「崔卿，如今朕的大軍正在李靖和李勣的率領下於陰山一帶和頡利可汗血戰，不知這一戰結果如何？」

去年冬天，東突厥遭受天災，牲畜戰馬大量凍死，受突厥壓迫的薛延陀、回紇等勢力紛紛反抗，李世民認為反擊突厥的時機已到，召令并州都督李勣、兵部尚書李靖等人統率十幾萬大軍，兵分六路進攻突厥，如今正在大草原上廝殺。李世民對這一戰充滿了期待，同時也揪心無比，這可是他開創大唐武功的關鍵一戰，到了幽冥，居然也忍不住詢問。

崔珏想了想，道：「陛下，此事事關天機，臣不敢洩密，不過陛下放心，這一戰足以定大唐邊疆百年。」

「好啊！」李世民一顆心終於放進了肚子裡，當下喜不自勝。

兩人正在閒聊，忽然從奈何橋那邊吵吵嚷嚷地過來一群惡鬼，一個個頭髮披散，身上穿著白色的袍子，赤著足。奈何橋的上層和中層都有鬼卒把守，下層太過險惡，沒有鬼卒看管，這群鬼就從下層踩著血河而來，中間好幾隻鬼被河中的怪獸吞吃，眾鬼面露懼色，但在其中兩名惡鬼的喝斥下，依舊狂奔了過來。

帶頭那兩鬼一到對岸就四下亂看：「世民在哪裡？世民在哪裡？」

忽然有一隻鬼看見了茶肆中的李世民，當即指著他大叫。那群鬼一看見李世民頓時勃然大怒，發出撕心裂肺的怒吼，向茶肆衝了過來。李世民起初不知道怎麼回事，聽有人，不，是有鬼，居然敢喊自己的名字有些惱火，待看清楚，頓時有如冷水澆頭，四肢冰涼，整個人呆若木雕泥塑！

率領著眾鬼的那兩隻鬼魂，赫然便是自己的大哥李建成，三弟李元吉！

從玄武門兵變，自己殺了他倆到現在，已經三年了，如今三兄弟在幽冥界重逢，當真是五味雜陳。李建成和李元吉與活著時沒有太大的變化，建成還是死時三十七歲的模樣，除了頭髮披散，一臉灰白，看上去仍舊文雅厚道。元吉瘦削如初，二十三歲的陰鷙青年。後面跟著的李世民也都認識，正是建成和元吉的兒子們，玄武門兵變後被他誅殺的安陸王李承道、河東王李承德、武安王李承訓等人。

李建成和李元吉見到李世民身穿赭黃龍袍、頭戴冠冕的模樣，滿腔的仇恨瞬間爆發。李建成大叫一聲：「世民，你也有今日！還我命來！」衝上來揪住他的衣領就打。

兩個老子、十個兒子，這麼多人湧入茶肆，把李世民圍在中間就要痛毆。李世民這回真是怕了，再鐵血、再英武的天子到底也是人，眼看著曾經死在自己手中的兄弟和姪兒們突然出現在眼前，那種恐懼簡直連骨髓都在顫抖。

李世民身手也好，哧溜一聲鑽進孟婆燒茶的後廚，死也不出來了。

建成等人正要衝進去，崔玨忽然一聲大喝：「你們這些惡鬼，都給我住手！」

場面太嘈雜，建成沒看見是誰，也不理會，元吉卻悄悄拽住了他，低聲道：「是崔判！」

建成回頭一看，吃了一驚，面色不善地躬身施禮：「鬼民建成，見過崔判官。」

崔玨冷笑一聲：「幽冥也是有法度的地方，你們帶著這些人肆意毆打人間天子，可知罪嗎？」

「人間天子？」建成頓時惱了，「我呸！世民他算哪門子天子？他這天子乃是殺兄、囚父、謀朝篡位換來的！」

「你敢唾我？」崔玨大怒。

建成嚇得一哆嗦，急忙分辯，道：「大人息怒，鬼民唾的是李世民……」

元吉在一旁道：「大人，您生前也是我李家臣子，從太原到霍邑，咱們君臣相得，您可照顧些香火情。這是我們李家的家事，還是請大人袖手旁觀。」

崔玨冷笑：「你不曾為君，我何曾是你的臣子？你李家待我很好嗎？陛下一來到霍邑，便追封我為蒲州刺史，可太子與太上皇在位時，空置我六年，卻也想起我這相得之人？我不管你們在人間界地位如何，到了幽冥，便是普通鬼魂，如今大唐天子乃是閻魔羅王請的客人，你們若是再敢糾纏，小心我滅了你們魂魄，讓爾等永世不得超生！給我滾——」

「啊——」建成等人不敢違拗，只好跪在地上哭泣，「可憐我天大的冤屈，又向何人去訴啊！」

元吉則惡狠狠地朝後廚喝道：「世民，你且等著，閻魔羅王已經受理了我等的狀子，他日在我王的駕前，咱們再好生折辯！」

一眾鬼魂哭泣了片刻，不甘心地退走了。

「陛下，可以出來了。」崔玨見眾鬼走遠，這才招呼李世民出來。

李世民真是駭破了膽子，抓住崔珏的袖子道：「崔卿，如今這事，朕該如何是好呀！」

崔珏想了想，苦笑道：「你們李家的亡者在幽冥很是有財力，以這兩人的仇恨，只怕會捨出錢收買不少鬼魂來與陛下作對，而且死在陛下手上的人著實不少，像竇建德、王世充，甚至還有些舊部不曾進入輪迴，臣就怕他們連成一氣，對陛下不利。」

李世民一陣暈眩，天哪，除了建成和元吉，竟然還有自己曾經的這批老對手！不用崔珏多說，他也知道自己的仇人有多少，隋末亂世的豪強，哪個不是滅在他的手裡？每個人的部下至少有幾十萬，聚攏起來的鬼魂，只怕沒有上百萬也差不多了。

本以為把他們殺掉就斬草除根了，沒想到進了幽冥，還得面對這幫傢伙。李世民後悔不已，早知如此，就該在陽間多做法事，超渡了這群傢伙。

「這樣吧，」崔珏想了想，「咱們不走奈何橋，也不進酆都城，那裡是鬼魂的聚集地，臣一人怕護不住陛下的安全。臣帶著陛下走水路，從忘川逆流而上，進入陰山道，臣知道有條小路可以直接進入閻魔羅殿。到了殿內，臣就足以保護陛下。」

李世民大喜：「多多有賴崔卿了！」

於是兩人離開孟婆的茶肆，到了忘川河邊。一到河邊，李世民幾欲嘔吐，這河水腥臭難聞，赤紅的河水中還漂著殘缺不全的浮屍，河裡蟲蛇遍布，說不出名字的怪獸正躲在水裡吞吃屍體，還有些鬼魂落在河裡一時沒死，伸著手臂掙扎，叫聲淒厲，痛苦至極。

崔珏見李世民露出憐憫之色，平淡地道：「陛下莫要憐憫，幽冥最終因果輪迴，在幽冥中受苦的大小根據陽間的善惡有所不同，只有在人間為惡的人，死後才會進入忘川血河，銅蛇鐵狗任爭餐，永墮奈何無出路。」

李世民點點頭，深吸一口氣，卻被腥臭的空氣嗆得幾乎嘔吐。

河邊有一條鐵船，一名擺渡人持著長篙坐在船頭。崔珏帶著他上了船，船不大，只能容下兩三人，李世民看了看那擺渡人，卻嚇了一跳，只見這人沒有雙目，眼眶裡空洞洞的，瘦得有如骷髏。

幽冥之事太過古怪，他不敢多問，只聽崔珏說道：「去陰山道。」

擺渡人默然無聲地撐起長篙，河水湍急，又是逆流而上，但不知為何，那擺渡人輕輕一點長篙，鐵船便破浪而行，激起的血水向兩側分開，尖銳的船頭撞開浮屍和蟲蛇怪獸，快捷無比地向上而去。

李世民看得嘖嘖稱奇。

這河道逐漸狹窄，到了後來竟然進入一座幽暗的山洞，河水從山洞中流出，鐵船在山洞中穿行，水道盤曲，東繞西繞，足有半個時辰，才終於到了一處小碼頭。說是碼頭，其實是水道中間又生出的一個山洞。河邊有臺階，擺渡人將船停靠到了臺階旁，崔珏扶著李世民跳下來，雙腳踩著實地，李世民的一顆心才總算跌回了肚子裡。

「這裡就是陰山道。」崔珏道，「順著此地上行，可以進入閻魔羅王的宮殿。」

兩人鑽進洞裡，又是東繞西繞，攀爬了上千級臺階，山洞才總算到了盡頭，變成兩座山峰相夾的谷道。這時遠遠望去，看見不遠處一座巨大的宮殿籠罩在漫天飛舞的冥火中，周圍還縈繞著縷縷灰色煙氣，神祕無比。

崔珏停下腳步，笑吟吟地道：「陛下，真正的幽冥界到了。」

第十六章　鬼門關、閻王殿、泥犁獄

「幽冥界……」李世民喃喃地念叨著，注視著面前這座雄偉而又陰森的城池，心裡又是驚恐又是怪異，自己這個活人，居然跑到幽冥界來了。

崔珏帶著他離開谷道，接近了宮牆，谷道的盡頭是一座門樓，有四名戴著面具的鬼卒把守，李世民抬頭看去，門樓上刻著幾個大字：鬼門關。

李世民倒抽了一口涼氣，沒想到自己進入的這座門，竟然是陽間大名鼎鼎的鬼門關！鬼門關的傳說在民間極多，在佛教傳入之前便已經有了，在南方交趾一帶，甚至有一座關隘，因其瘴癘尤多，去者罕有生還，就取名鬼門關。漢代伏波將軍馬援遠征交趾，經此關勒石。還有民諺道：鬼門關，鬼門關，十人去，九不還。

關上的四名鬼卒看見崔珏，一起躬身施禮，連問也不問，就閃在一旁，讓他帶著李世民走進了鬼門關。李世民對崔珏越來越有好感，也逐漸看出來了，這個判官在幽冥界權勢極大，心裡轉著念頭——哪怕此次危機平安度過，可人怎有不死，一旦朕百年後死去，有他在幽冥界照顧，也心裡安穩。到底該怎生籠絡籠絡此人？

進了鬼門關，便是酆都城內了，由於他們繞了道，並沒有經過街坊便直接到達了閻魔羅殿。一路上，凡是經過一處，崔珏就向李世民詳細解釋：「陛下，這酆都城的官府是幽冥府，就是您如今所在的閻魔羅殿。幽冥府下屬有四個司，輪迴司、招魂司、寂滅司、冥獄司。輪迴司是專門管理鬼魂的輪迴之所，那裡有六道輪迴盤，可以把鬼魂送到六道中不同的地方；招魂司則負責勾拿生者魂魄，先前帶您來的兩名無常就是隸屬於招魂司；寂滅司則專門管理殺滅鬼魂，有些潛逃的鬼魂要麼逃到陰山之中，要麼逃到煉妖之野那種人間幽冥的交界處，弄不好還會為禍人間，寂滅司就負責緝拿遊魂；冥獄司則掌管陰山背後的十八泥犁獄。」

「哦，那麼崔卿負責哪些職責？」李世民好奇地問。

崔珏笑了：「臣是判官，自然負責核對生死簿，辨析善惡罪孽，做些勾決判罰。不過東土的幽冥開創不久，現在閻魔羅王人手缺乏，所以臣還兼任了冥獄司的主事，回頭臣帶您去看看。」

「甚好，甚好。」李世民心裡暗道，這崔珏在幽冥界也算是位高權重了，想不到閻魔羅王竟會對他如此信任！

「閻魔羅王就是幽冥界的主宰了吧？」李世民問。

崔珏點點頭，想了想，又搖頭，道：「說是，也不是。在閻魔羅王之上，還有一尊地藏王菩薩，不過他不管這些俗事，只是在十八泥犁獄中渡化惡鬼。因為他曾有一言，地獄未空，誓不成佛。這位菩薩，才是幽冥界至高無上的存在。」

「哦。」李世民點點頭，地藏王菩薩他自然聽說過，對這位菩薩的大慈悲也很是敬仰，一想到能和菩薩如此接近，竟有一絲興奮，「崔卿，朕能否拜見地藏王菩薩？」

崔珏無語，好半晌才道：「此事怕不好辦，因為菩薩坐鎮於十八泥犁獄的最底層，渡化那些罪孽最深的惡鬼，怕……不大好見到。」

李世民也知道這難處，自己說白了只是個凡人，見到菩薩這種大機緣哪裡是隨便就能遇合的。

兩人邊走邊談，逐漸進入了閻魔羅殿，到了這裡，與外面又有不同，處處籠罩著愁雲慘霧，樓臺殿閣都被古怪的煙雲纏繞，讓人迷離。一路上，不時碰上鬼卒押著鬼犯來來往往，那些鬼犯要麼身上鎖著大枷，要麼腳踝上套著腳鐐，有些甚至被穿了琵琶骨，到處是哭叫嘶吼聲，讓人不忍卒聞。但鬼卒卻沒有絲毫憐憫，手中的皮鞭惡狠狠地抽著，高聲喝斥。

李世民看得心驚膽顫，崔珏卻毫不在意，帶著李世民徑直朝一座雄偉的主殿走去。他身上彷彿帶著強大的氣場，無論鬼卒還是犯人，一看見他無不躲得遠遠的，恭敬施禮，崔珏並不理睬，只是恭恭敬敬地陪著李世民。

到了主殿之前，李世民抬頭觀看，心中大震，這大殿太巨大了，甚至比長安城的太極殿還要宏偉，他根本目測不出有多高，因為最頂部已經裹進了陰山上的雲層！

「神鬼之作！」李世民喃喃地道。

崔珏笑了笑，逕自去大殿內通報，過了片刻，有兩名鬼卒站在大殿門口，高聲道：「閻魔羅王有令，有請大唐天子！」

李世民提起龍袍，緩步踏上臺階，面前的臺階只怕不下五六百級，走了好半晌才到了大殿門口，這時忽然聽到一聲狂放的笑聲，一名頭戴十二旒冠冕、繫白玉珠的王者出現在他面前。李世民不禁一陣恍惚，這人的服飾竟然是漢朝的帝王裝束，不過這樣他心裡倒也舒服些，這閻魔羅王若真穿著和自己一模一樣的服飾，那才難堪。

這王者面容黧黑，眼窩深陷，看起來竟不是東土之人，不過體格雄壯、身高足有七尺，與郭宰這巨人也不遑多讓，站在李世民的面前，真有如一座小山。

「哈哈——」閻魔羅王一聲長笑，望著李世民道，「幽冥之王和人間之王在此地相遇，陛下有何感慨？」

李世民見他親自出來迎接，心裡安定了些，當即拱手笑道：「六道世界，輪迴不息，能與尊王在此見面，也算是一場佳話。」

閻魔羅王大笑不已，牽著李世民的手走進大殿。這大殿中幽暗陰森，到處都是砭人肌膚的寒意，除了近處有冥火照耀，遠處都是絲絲縷縷的煙霧繚繞，看不清楚有多大。大殿的外側是一群持著各式兵器的鬼卒，裡面是四張几案，几案後面的坐氈上跪坐著三名職官模樣的男子，年齡大小不一。在他們身後有玉柱，上面刻著「輪迴司、招魂司、寂滅司、冥獄司」的字樣，估計這三人便是各司的主事。冥獄司的几案空著，那自然便是崔珏的位置。大殿的最深處是一座高臺，高臺上是一張寬大的黑色几案，想來便是閻魔羅王的位置了。閻魔羅王坐到几案後，命人在高臺上、自己的下首添了一張坐氈，又命人捧過來一面小几，請李世民就座。崔珏親自端過來一壺茶，又命兩名鬼卒過來服侍。

從這等禮節看，對這位人間帝王還是相當禮遇的。

「陛下，」閻魔羅王道，「今次請陛下來本王這幽冥界，是有兩樁事。」

李世民拱手：「尊王請講。」

「第一樁嘛，本王久居西方，今番奉了佛祖諭令，來這東土重開幽冥界，建造泥犁獄，審判人間善惡，執掌六道輪迴。只因為時日尚短，人間界大都不甚知曉，而陛下既然是人界之王，就負有教化四方的使命，所以本王便請陛下來遊覽這幽冥界，多少知曉些。」

李世民點點頭，問：「請問尊王，為何要在東土開闢幽冥界，建造這泥犁獄呢？」

閻魔羅王嘆了口氣：「陛下想必也知道，這東方世界輝煌文明，傳承已經有數千載，自從黃帝奠定華夏文明至今，已經有三千三百二十五年，其間朝代更替、變亂紛紜，君不知體恤百姓，驕奢淫逸；臣不知效忠帝王，叛亂謀反；黎民百姓不知和諧共存；父母兄弟不知互敬互愛；人間雖然有釋道儒三教教化，卻沒有一種信仰成為共同施行的準則。因此這人間才會變亂叢生，惡事做盡。譬如五胡亂華時代，士兵屠殺百姓，以人肉作為口糧，圈養活人為食物，名曰『兩腳羊』。此等同類相食的滔天罪惡，難道這些人就不怕懲罰嗎？」

五胡亂華距離此時不過三百年，北方士族記憶猶新，李世民自然清楚那一段歷史，想起幾年前隋末亂世的可怕場景，不禁點頭：「尊王說得甚是。朕看來，治理天下就是治理百姓，安百姓、重人才、強政治，使國家強盛，百姓安居樂業，選拔人才，使吏治清明，制定行之有效的為政措施，使上下遵守，高效運行。如此，才能成就一個輝煌盛世。」

閻魔羅王搖搖頭：「陛下說的是國政，本王說的卻是人心。」

「人心？」李世民愕然。

「不錯。」閻魔羅王道，「本王且來問問陛下，國家強盛時，固然可以使百姓安居樂業，民心安寧。可世上有永恆的強盛嗎？恆河尚且有豐水枯水，滄海還有變作桑田之時，一個國家豈能永久強盛？而一旦國家衰敗，陛下拿什麼來約束百姓？」

李世民霍然一驚，急忙起身：「請尊王賜教。」

閻魔羅王擺擺手：「陛下呀，那時候，靠的就是人心的信仰！何謂信仰？所有人對聖賢與神靈的信服、尊崇與恐懼，並把他們的好惡奉為自己的行為準則。本王重建幽冥界，立起這泥犁獄，就是要讓那些活人知道，你們在陽間所做的一切事，死後都要在陰間受到審判！凡在世之人，挑撥離間，誹謗害人，辱罵君王尊長，說謊騙人，死後都要打入拔舌地獄；凡在世時離間骨肉，挑唆父子、兄弟、姐妹、夫妻不和之人，死後入鐵樹地獄；盜賊搶劫，欺善凌弱，拐騙婦孺，誣告誹謗，謀占他人財產妻子，死後都要打入油鍋地獄；凡不敬尊長，不孝敬父母，謀逆、叛國之人，死後將打入血池地獄。陛下想想，人人心中都有這種死後被審判的恐懼，這人間界將會如何呢？」

李世民完全被震撼了，雙眼灼灼發光地盯著閻魔羅王。帝王心術，並非是帝王與人構造不同，而是所處的位置不同，思考的方式不同。即位以來，李世民殫精竭慮，宵衣旰食，一心要創造輝煌盛世，使大唐江山萬世一統。他的施政手段極為親民，這倒不是說他和那些百姓有什麼共同語言，而是經歷過隋末亂世的人，都被那場風起雲湧、天崩地裂的民變嚇住了。百姓的威力實在太強大了，強大如一統天下的大隋朝，居然短短幾年工夫就被撕得粉碎。

當年他鎮壓劉黑闥，站在廣袤的河北大地，眼看著數十萬的造反者黑壓壓鋪天蓋地而來，心中的那分驚悚真是難以言喻——這，就是十年前大隋朝的順民啊！你拿鞭子抽他，他還要臉上堆著笑，你拿腳踢他，他都不敢有一句怨言！

他曾經無數次地想：到底如何才能給百姓的心拴上轡繩，套上籠頭？如何才能使他們身上那暴戾的一面不再出現，規規矩矩地做大唐的順民？他所想出來的手段就是老子的話，虛其心，實其腹。讓他們吃飽肚子，貪戀溫暖的小家，因此他才孜孜不倦地勤於政事，為了百姓的民生絞盡腦汁。

如今，閻魔羅王卻從另一個角度，給百姓和人心拴上了韁繩，套上了籠頭！如果人世間不是人生的最後一站，不是人死如燈滅，相反地，他們在人間所做的一切都有鬼神記錄在案，死後要受到幽冥的審判，那誰還敢叛逆？誰還敢造反？誰還敢做下惡事而毫無顧忌？

李世民極為聰明，瞬間就明白了，閻魔羅王重建的幽冥界，簡直是人間帝王的最後一道屏障！統馭人心的最佳武器！

「多謝尊王賜教！」李世民這次是發自內心的恭敬。

閻魔羅王一笑：「六道眾生，上至鳳凰天龍，下至小蟲，都脫不出這輪迴。而東土人心貪虐，幽冥界無人統轄，死後大都成了孤魂野鬼，有些為禍人間，有些擾亂幽冥。天道荒廢，幽冥無序，無論人鬼都沒有一種強大的威懾力令他們恐懼，令他們有所顧忌。因此佛祖才令本王來到這東土重建幽冥界，理一理人間界和幽冥界的人心。」

「朕大力支持！」李世民正色道，「如需朕做些事，請尊王務必開口。」

「那好！」閻魔羅王霍然站了起來，向李世民拱手，「本王在此與陛下立約，你掌人間界，我掌幽冥界。戮力同心，廓清這六道人心！」

李世民心中狂喜，這代表著幽冥界承認了自己人王的地位啊！

兩位帝王，就在這幽冥殿上，達成了契約。

「這是第一樁事。」閻魔羅王重新坐下，朝李世民道，「還有樁事，是一件官司。數日前，你的長兄李建成、三弟李元吉遞了訴狀，狀告你在人間殺兄弟奪皇位，因此本王請陛下來折辯一番。」

李世民方才的狂喜頓時煙消雲散，脊背發冷，求助地看了看下面的崔珏。

崔珏笑道：「我王，既然如此，不妨把苦主傳來，大家當堂對質，也好判一判。」

閻魔羅王點點頭，命鬼卒去傳李建成、李元吉。李世民心中暗暗叫苦，自己殺兄奪位是無可否認的事情，崔珏怎麼還讓這兩人上來？他這輩子從無恐懼，可見到李建成、李元吉這兩個死在自己手中的兄弟，卻忍不住顫抖。

崔珏朝他笑了笑，示意無妨，李世民這才稍微鎮定了下來。

過了片刻，建成和元吉來了，跪倒在大殿中間，雙手舉起狀紙，高聲喊冤。閻魔羅王命人將狀紙接了過來，大略看了看，問李世民：「陛下，這二人告你在玄武門埋下伏兵，弒兄篡位，你親手射殺兄長建成，可有此事？」

李世民無奈，起身道：「確有此事。」

閻魔羅王的臉沉了下來，思忖片刻，淡淡地道：「陛下可知道，這種罪孽，要受到何等刑罰？」

「雖然有此事，但世民也有不得已的苦衷。」李世民道，「當時，朕和建成之間已經劍拔弩張，勢必要決出勝負。且建成亦謀殺朕多次，朕又豈能束手待斃？武德八年，朕應邀去太子宮中飲宴，誰知建成竟然在酒中下毒，若非有叔父李神通護駕，朕早就死在他們手中了。而那時，朕仍舊顧念兄弟之情，不敢以怨報怨。未承想第二年突厥犯境，建成向太上皇進言，要元吉掛帥出征。朕本來也沒什麼異議，然而他們卻要朕的心腹尉遲敬德、秦瓊、程知節等人隨他出征，還要把秦王府的兵馬都劃歸他節制。後來朕聽到消息，說是元吉早有打算，把我的大將和兵馬調出京城後就全部活埋，然後率軍逼壓長安，令父皇斬殺了朕。到這個地步，朕就是不為自己的性命著想，也要為那些無辜的將士著想啊！」

「你胡說！」建成見李世民狡辯，簡直氣炸了，「我何曾在你酒中下毒？那日你喝了酒，然後捣著肚子，只不過是栽贓我罷了。若是我下毒，你又喝了，還怎麼有命活著出來？」

建成老實，和李世民講道理，元吉的性格卻頗為暴躁，眼見仇人坐在上面，衝上來就要廝打。李世民剛要躲，閻魔羅王狠狠一拍几案，喝道：「幽冥重地，哪裡容得你們這些小鬼放肆！來人，給本王帶下去，投入鐵樹地獄七日！」

兩人頓時呆住了，愣愣地讓鬼卒把他們拖了下去，到了殿門口才發出恐懼的嘶叫。

閻魔羅王臉上露出尷尬之色，朝李世民拱手：「幽冥初建，這些小鬼不懂規矩，驚擾陛下了。」

李世民驚魂甫定，慘白著臉擠出一絲笑容。

「這倒有些難辦了。」閻魔羅王朝崔珏道，「崔判，你看該如何處理？」

崔珏拱手道：「我王，不如取來生死簿先看一看吧！人間善惡在上面皆有記載，不用人證也能判。」

閻魔羅王點點頭，命崔珏去取生死簿。崔珏起身走進大殿內側繚繞的煙霧中，過了片刻，捧著一卷巨大的卷軸過來，上了臺階，特意站在閻魔羅王的一側。這個位置，李世民恰好能看清他的動作和生死簿上的內容，不禁偷偷觀看。

崔珏緩緩展開生死簿，上面是密密麻麻的人名，依年代順序，他翻了片刻，李世民眼尖，立刻看見了自己的名字，只見上面記載道：「李世民，隴西成紀人，為大唐第二任天子，在位年號貞觀。生於隋開皇一十九年，崩於唐貞觀一十三年……」

「崩於貞觀十三年……」李世民傻了，「朕……還有十年就要死了？」

他頓時如晴天霹靂一般，自己才三十一歲，風華正茂，怎麼只剩下十年的壽命？四十一歲，即使在壽祚不長的帝王中，也算是短命的。李世民幾乎呆住了，自己的輝煌盛世，大唐江山，區區十年能做出什麼成就？

崔珏也看到了，他身子微微一顫，然後悄然從袖筒中摸出一枝筆，在「一」字的上下輕輕畫了兩橫。他動作快極，只不過眨眼間就寫好，又把筆收回了袖筒。閻魔羅王在他對面，被生死簿擋住，一無所覺，李世民在他背後卻看得清清楚楚，頓時瞪大了眼睛，「崩於貞觀三十三年」！

李世民先是一陣恐懼──擅改生死簿！這可是重罪！

須知人間因果，皆有其迴圈，改了其中一環，其後環環相扣，就全部變更了。李世民實在沒想到崔珏的膽子大到這等地步，不過想想這人在陽間的表現，帶著幾百個民軍就敢偷襲宋金剛，孤身一人帶著兩個僕從就敢刺殺尋相，他還有什麼不敢幹的？

然後李世民心中一陣狂喜，這麼一改，自己整整增加了二十年的壽命啊！貞觀三十三年，也就是說自己還能做三十年皇帝！

他到底是帝王，城府深不可測，心裡再激動，臉上也平淡無比。這時崔珏早已把生死簿指給閻魔羅王看了，閻魔羅王一怔：「陛下居然還有三十年壽命，那冥獄司為何會准了建成與元吉的狀子？難不成還能把一個活人拘來不放？」

「臣也不知是怎麼回事。」崔珏也愣了，「我王，按幽冥界的律法，咱們對大唐天子根本沒有拘拿的權力啊！若是十年八年的壽命，雖然不能勾魂，卻能勾魄，讓人失去魄，每日生病，精神恍惚。可三十年的壽命，哪怕勾魄也是不允許的啊！」

閻魔羅王沒想到搞出這麼個事，面色頓時沉了下來，盯著招魂司的主事：「馬主事，這究竟是怎麼回事？」

坐在招魂司玉柱下的老者臉色也變了，急忙起身告罪：「這個……容臣去細細查問。」

那老者急匆匆地走了，閻魔羅王一臉陰沉，坐在那裡一言不發。李世民和崔珏也是眼觀鼻鼻觀口，有如木雕泥塑。大殿裡死一般沉寂。

過了片刻，馬主事急匆匆跑了過來，一臉羞愧，拜倒施禮：「我王，是臣馭下不嚴。臣已經查問清楚了，是臣的一名司曹受了李建成和李元吉的賄賂，才接了這狀子，派人去勾了大唐天子的魂魄。」

「大膽！」閻魔羅王在李世民面前丟了面子，當即暴怒，「把那名司曹投入十八層泥犁獄！李建成、李元吉行賄，罪大惡極，鐵樹地獄受完苦楚，投入刀鋸地獄！還有你，堂堂主事，屬下私納賄賂卻不能覺察，以瀆職罪論處，革掉招魂司主事一職，去泥犁獄做個鬼卒吧！」

那馬主事一臉鬱悶地退了下去。

閻魔羅王命崔珏把生死簿收起來，安撫了李世民片刻，笑道：「本王與陛下一見如故，雖然還想多聊，但你在幽冥已久，若耽誤了還魂的時辰，怕陽間的軀體腐爛，所以本王也不留你了，就讓崔判官送你還陽吧！」

李世民長出一口氣，拱手道：「多謝尊王！」

兩位帝王的晤談到此結束，閻魔羅王將他送出大殿，由崔珏陪著回陽間。兩人離開主殿，崔珏帶著他往陰山上走，李世民這才低聲致謝：「多謝崔卿！此恩此德，朕永世不忘！」

崔珏擺擺手，嘆了口氣：「一飲一啄，皆有天定。臣這番作為，也未必不是上天的特意安排，臣不敢居功。陛下乃英明之主，臣也希望陛下能把這大唐打造成古往今來赫赫盛世，這也算是臣為人間界謀福吧！」

李世民感激不已：「朕回了陽世，一定重重敕封崔卿。崔卿還有什麼後人在世嗎？朕要保他一世富貴，三代榮華。」

崔珏眸子裡露出深深的惋惜，苦笑著搖頭，卻沒有說話。兩人就這麼沉默地走，忽然間李世民只覺周圍到處是懸崖峭壁，奔流湍急，急忙問：「崔卿，咱們不是要還陽嗎？這裡是什麼地方？」

「陰山。」崔珏簡單地道，「陰司裡是這般，有去路，無來路，還陽之地在陰山，順便請陛下遊覽十八泥犁獄。」

李世民這才明白。只見這陰山，形多凸凹，勢更崎嶇。峻如蜀嶺，高似廬岩。山不生草，峰不插天，嶺不行客，洞不納雲，澗不流水。山前山後，牛頭馬面亂喧呼；半掩半藏，餓鬼窮魂時對泣。

正走之時，前面忽然湧來一群斷胳膊斷腿甚至斷頭的孤魂野鬼，看見李世民，一個個怒罵了起來：「李世民來了！李世民來了！還我命來——」

李世民細細觀看，不禁心底發涼，別的人他不認識，但其中有幾個人真是太熟悉了，一名四肢粗壯的中年漢子，卻是劉黑闥；還有一人，相貌儒雅，竟然是王世充！還有幾人相貌也依稀有些熟悉，可是認不出來。

崔珏皺了皺眉，低聲道：「陛下，這些人都是隋末的反王、賊寇，盡是枉死的冤業，無收無管，不得超生，又無盤纏，都是孤魂餓鬼。只怕也是受了李建成和李元吉的挑唆來找陛下理論的。」

「朕認得……」李世民臉色發白，「崔卿，怎麼辦才好？」

「無妨。」崔珏道，「給些錢超渡了他們也就是了。」

「給錢就能超渡？」李世民奇怪地問。

崔珏苦笑：「陛下忘了招魂司的腐敗嗎？幽冥界成立未久，法度不全。陰間做鬼的日子太苦，有了錢，這些鬼就能去輪迴司行賄，多少找個好人家託生，哪裡會再來糾纏陛下？」

「可朕如今身上哪裡有錢啊！」李世民也苦笑。看來閻魔羅王也是馭下不嚴，否則怎麼有這麼多漏洞？

「不妨。」崔珏笑道，「您忘了嗎？裴寂大人散盡家財，求臣來保護陛下，他的錢財臣自然可以先取用了，給陛下買條路。」

於是崔珏就和前面的這群鬼商量，這群鬼雖然恨極了李世民，可有了去好人家投生的機會，卻也滿心歡喜，崔珏打了包票，這群鬼才轟地散去。

李世民也放鬆了下來，跟著崔珏繼續走，眼看便到了山頂，只見山頂處紅光耀眼，映照滿天，這才發現這山頂不是一座山峰，而是一座巨大的天坑！那天坑足有百丈寬闊，四面火焰熊熊，當中旋轉著一座巨大的圓盤，圓盤是由無數條三尺寬的履帶構成，相對轉動，永不停息。而履帶上，每一截都躺著一隻鬼魂，被鐵環緊緊地扣著，身體無法轉動，隨著履帶旋轉。偏生另一條履帶上倒豎著森冷的掛鉤，這些鉤子勾進那些鬼的嘴裡，兩條履帶相對一轉，鉤子拉緊，刺啦一聲便將那鬼的舌頭硬生生拔了出來。

那些鬼的慘叫聲此起彼伏，鮮血流滿了履帶，慘不忍睹。

「這……這是什麼地方？」李世民心驚膽顫。

「呵呵，陛下，這就是十八泥犁獄的第一獄，拔舌獄。」崔珏道，「凡在世之人，挑撥離間，誹謗害人，油嘴滑舌，巧言相辯，說謊騙人，死後便被打入拔舌獄，在這裡受苦。在十八泥犁獄，受罪時間的長短，因罪行等級輕重而有所不同，受罪最短的，就地獄之壽命而言，其一日等於人間三千七百五十年。每一獄比前一獄增苦二十倍，增壽一倍，到了第十八泥犁獄時，簡直苦得無法形容。」

李世民臉色慘變，怪不得方才建成和元吉叫得那麼淒慘，被投進鐵樹獄七日，按人間的計算，就是七萬八千七百五十年……

「陛下，拔舌獄的下面是第二層，剪刀地獄……」崔珏一路講解著，順著天坑壁上搭建的棧道，帶著李世民走下地獄。

剪刀地獄下面便是鐵樹地獄，李世民記得建成和元吉就在這裡受苦，他看了看，卻沒找到二人。觸目盡是一片片聳立的鐵樹林，枝幹都是尖銳的刀鋒，無數鬼魂身子被穿透，掛在鐵樹上。

第四層是孽境獄。這裡卻比較平靜，只是聳立著上百座六稜鏡子，不少獄卒牽著鬼魂在鏡子前走過，旁邊有人記錄。崔珏道：「這孽境地獄的職能，是審判與核對。人死之後，不管有何隱瞞，在這六稜鏡前一照，全部現形，然後根據罪孽不同發送到各地獄。」

第五層是蒸籠獄。

兩人走到下面就感覺熱風撲面，悶熱難當，天坑的中間聳立著一座巨大的蒸籠，外面無法看進去，卻聽到無數的慘叫聲傳來。崔珏介紹道：「平日裡家長里短，以訛傳訛，陷害、誹謗他人，死後入蒸籠獄。將鬼魂蒸得全身潰爛如泥，然後陰風吹過，重塑人身，帶入拔舌地獄。」

第六層是銅柱地獄。天坑中間聳立著數千根直徑三尺、高達一丈的銅柱，這些銅柱底下燃燒著火焰，把銅柱燒得通紅，而那些鬼魂被扒光衣服，雙手抱著銅柱活活地炙烤。到處都是皮肉烤焦的刺鼻味道，淒慘的叫聲幾乎讓李世民想捣住耳朵。

崔珏還想帶著他往下走，李世民急忙擺手：「崔卿，崔卿，罷了罷了，朕不想再看了。這地獄慘像，讓朕脊骨生寒。」

崔珏哈哈笑道：「也罷，陛下既然不願看，臣也不敢勉強。咱們這就走吧，及早還陽也好。」

兩人正在說話，忽然遠處有人高聲呼喊：「陛下，不可下去——」

李世民和崔珏同時吃了一驚，兩人一起抬頭，只見遠處的山坡上，有兩條人影狂奔過來。距離太遠，看不清相貌，不過在烈火的照耀下，其中一人腦袋錚亮，竟然是個和尚！

「他們是誰？」李世民詫異道。

崔珏臉色陰沉，冷冷地道：「一個不懂事的和尚。」

兩人遠遠地望著，崔珏渾身是汗，他知道若是讓這兩個人跑到李世民面前意味著什麼。這一刻，他忽然有一股暴虐的衝動，要令鬼卒將這兩人斬殺，可是，李世民就在旁邊，這條命令，將成為這場死局中崩壞的一環！

李世民也目光閃動地盯著，地獄裡竟然出現了個和尚，這是什麼意思？

正在此時，兩人看見，就在陰山一側的山壁上，靜靜地站著兩條近似虛無的人影。其中一人手執彎弓，緩緩拉開了弓弦，火光照耀下，森寒的箭鏃閃出耀眼的光芒，正對準那兩條奔跑的人影……

第十七章　了紅塵，斷生死

輪迴的時光撥轉到兩個時辰前。

玄奘靜靜地坐在石室中，平淡地看著綠蘿，問：「綠蘿小姐，妳讓貧僧走，還是留？」

波羅葉站在一旁，手中握著彎刀，冷冷地注視著綠蘿。綠蘿卻毫不理睬，失神地看著不知名的地方，喃喃道：「若是留，我能留下你的心嗎？」

「貧僧自入空門以來，禪心已然獻給我佛大道。」玄奘低聲道。

「若是走，你的心也會隨之而去嗎？」

玄奘不答，低聲念著佛。

綠蘿淒然一笑：「爹爹關心的是身後之名，法雅關心的是國家政事，你關心的是如來大道，可是對我而言，關心的只是玄奘哥哥的去留，他會不會留在這紅塵俗世，陪著我白頭偕老。我是小女人，比不得你們有那般崇高的追求，就如我繼父只關心我母親，我母親只關心我生父，我們是一樣的人，而我和你，卻是在兩個世界。玄奘哥哥，可是我卻偏偏愛上了你，愛上了另一個世界的人，你告訴我，我該怎麼辦才好？」

「阿彌陀佛，綠蘿小姐……」玄奘想說什麼，卻又不知該說什麼，只好苦笑一聲，佛號一句，報之以無窮無盡的沉默。

「玄奘哥哥，我從小就失去了父親，雖然如今知道他還活著，可那些年月裡，他並沒有給過我絲毫的關愛。你知道他死後我和母親面臨怎樣的窘境嗎？」綠蘿彷彿在回想，「我母親是風塵女子，父親娶了她之後，崔氏家族就和他斷絕了關係。父親死後，我們母女無依無靠，只有父親留下的三十畝永業田，可我們不會種地，租種出去，收的租子還不夠糊口，那時候，你知道我心中有多麼恐懼嗎？我雖然活在這人世間，卻有如孤身一人，赤身裸體地站在曠野上。當時，我快十歲了，母親告訴我，女人唯一的出路，就是嫁給一個愛自己的人，共同面對人生中的一切困厄、一切苦難。我也在幻想著將來自己會愛上一個什麼樣的人。我不知道他會是誰，但我知道，他一定會帶給我安寧，帶給我溫暖，讓我不再恐懼這個世界……」

綠蘿喃喃地訴說著，玄奘和波羅葉都沒有打斷她，目光中皆是憐憫。這個女孩，身世之可憐，內心之淒苦，兩人誰也沒想到。

「玄奘哥哥，你說我凶嗎？我謀殺了你三次，可能你心裡覺得我冷血無情，彷彿魔女一般，波羅葉就一直叫我小魔女。可是你知道我為何要殺你嗎？那是因為你的面容讓我恐懼。一看見你，我就會想起那個恐怖的夜晚，那個妖異的僧人來索我爹爹的命。我只有殺了你才會心安。我怎麼會愛上你呢？」她臉上帶著微笑，彷彿沉入某種甜蜜的回憶。

「還記得那個夜晚，我殺了空乘之後，神思恍惚迷離，夜晚發起了高燒，你坐在我的床榻邊講佛經嗎？那時候，我才真正地近距離看你，發現你並不是那個讓我恐懼的人。相反地，你的聲音讓我安寧，沉醉，你彷彿碰上任何事都不會生氣，不會緊張，不會恐懼，你彷彿能洞察一切，卻不揚揚自得，故意說出來傷害別人的面子。玄奘哥哥，你知道嗎，我的一生都在等候你……」

玄奘看了波羅葉一眼，急忙咳嗽一聲打斷她：「綠蘿小姐，貧僧感念妳的恩德，可是對貧僧而言，世上的情愛都不曾入我眼中，更不會在我心中留下一粒塵埃。如果小姐應允，貧僧這便要離去了。」

無窮無盡的淚水終於從綠蘿的眼中噴湧而出，她聲音哽咽，泣不成聲。法雅臨走前，特意把她那張角弓放在她身側觸手可及的地方，綠蘿卻看也不看。

「如果妳要殺我，只管在背後給我一箭。」玄奘苦笑，「殺我，是為了救妳父親，貧僧不會責怪妳的。」

波羅葉狠狠地拉了他一把，兩人並肩朝來時的地道走去。

綠蘿在背後哽咽道：「要走你便走吧！難道你當真以為我忍心殺你嗎？」

玄奘身形一滯，隨即被波羅葉扯了出去。綠蘿看著兩人消失的背影，忽然伏到坐榻上失聲痛哭。

也不知哭了多久，忽然一個蒼老的聲音道：「看來最不了解妳的人，其實是妳父親呀！」

綠蘿霍然抬頭，只見法雅一臉憐憫地站在自己身邊。綠蘿擦了擦眼睛，冷冷地道：「什麼意思？」

「這世上，不是所有人都願意為遠大的目標喪失眼前的幸福。」法雅道，「很不幸，妳爹爹的錯誤在於，他把妳看作和他一樣的人。其實老和尚早知道妳不會忍心去殺玄奘，他是個很有魅力的人，無論對妳，對老衲，都是如此。」

「那你為何還要我殺他？」綠蘿質問。

法雅苦笑：「妳爹爹太過執拗，他認為玄奘騙了妳，執意要殺他。可是老和尚受人之託，定要保住玄奘的性命。於是我倆就打賭，讓妳來裁決，殺他還是不殺他，自己決定，老和尚可沒干涉分毫。」

「他果然不了解我……」綠蘿淒然一笑，道，「帶我去見爹爹吧，我已經……那麼多年沒見過他了。」

「妳爹爹……」法雅猶豫了，半晌才道，「妳爹爹眼下正處於一生中最關鍵的時刻。成，則萬事順遂；敗，則萬事皆休。也罷，」老和尚眼睛裡散發出璀璨的光彩，「老衲就讓妳親眼見證這世上最偉大的神蹟，和這樁古往今來最偉大的計畫！」

這一瞬間，法雅的胸中火熱，只覺整個人都在熊熊燃燒。他禪修五十年，一顆心早已如枯木頑石，可這時眼見平生大計即將成功，也是渾身亢奮，就有了賣弄之心，想帶綠蘿去見識見識這樁天上地下從未有過的大手筆、大計畫。

法雅當下帶著綠蘿離開石室，進入一條地道。順著裡面向上延伸的臺階走了幾百丈，有一個鐵質的坐籠，籠子頂上是粗大的纜繩，法雅坐了進去，示意綠蘿也進來，然後關緊門，一搖鈴鐺，纜繩瞬間繃直，坐籠緩緩升起，頂上是一條筆直的隧道，有如一口井。坐籠的邊緣摩擦著石壁，發出嘎嘎的刺耳聲，綠蘿不禁摀住了耳朵。

煎熬了半個時辰，坐籠才總算出了隧道，這裡居然是一座山的半腰。周圍陰風慘慘，怪雲繚繞，山上無草無樹，到處都是滴著水的深灰色岩石。旁邊，居然有四名手持直刀、戴著猙獰面具的鬼卒！

這些鬼卒一看就比地下看守石室的人精幹，一個個目光森冷，極為敏銳，見是法雅來了，便躬身施禮，但仍舊盯著綠蘿打量了半天。

「這是什麼地方？」綠蘿很是詫異，這地方太古怪了。

「幽冥界，陰山。」法雅笑道。

「什麼？」綠蘿目瞪口呆。

法雅滿含深意地凝望著她：「妳如今已經離開人間界了，這裡是幽冥重地。這四人，便是幽冥界的鬼卒。」

綠蘿完全懵了，幾乎以為自己在做夢。她狠狠咬了下舌尖，頓時恐懼地瞪大了眼睛——舌尖居然不痛！她不甘心，狠狠掐了自己的胳膊一下，這下子澈底呆了，胳膊居然也不痛！

法雅哈哈大笑：「小姑娘，別吃驚。妳摸摸自己的身體，有沒有溫度？」

綠蘿方才掐自己胳膊倒沒注意體溫，這時伸手摸了摸，頓時一臉怪異，自己的身體竟然冰涼冰涼。法雅笑道：「老和尚說的妳怎麼不信？活人到了幽冥界，自然是魂魄而已，妳的肉身還在那石室中。好了，跟著老和尚到山頂看看吧！」

綠蘿渾渾噩噩，跟著法雅沿山間石階向上走。臺階陡峭曲折，老和尚年紀大了，但腿腳真好，走起來步步生風，把綠蘿落下很遠。綠蘿到這時仍舊迷迷糊糊的，有如做夢一般。又過了半個時辰，才總算攀爬到了山頂，頓時眼前豁然開朗，一股莫可名狀的衝擊讓她渾身顫抖，這裡，竟然是一座環形山！

高聳的山嶺環繞一周，在山脈的正中間則是一座巨大的天坑，形成圓形的山谷。而在天坑四周的峭壁上，環繞著一圈圈的棧道，直通谷底。山上雖然幽暗，但谷底卻生騰出濃烈的火焰，環繞四周，映照得整片天空似乎都在燃燒。

就在天坑的正中間，旋轉著一座巨大的圓盤，那圓盤由上百道履帶組合而成，履帶相對轉動，上面竟然綁著無數的人。這些人的四肢被鐵環固定，嘴巴被四根鐵架撐開，舌頭居然用一根鐵鉤子勾住，另一端固定在另一道履帶上。履帶相對一轉，刺啦一聲響，整條舌頭就被扯了出來，鮮血迸飛，那些人疼得渾身顫抖，撕心裂肺地慘叫。這圓盤上足足有成百上千人，這麼淒厲地慘叫，聲音動如雷霆，震人心魄。

綠蘿從未見過這麼可怖的場景，幾乎一跤坐倒。

法雅看著她驚駭的模樣，笑道：「看見了嗎？妳眼前的，便是幽冥界的十八泥犁獄！人在陽間無論善惡，都會在陰間受到審判，罪大惡極者，就會被投入這十八泥犁獄受苦。最上層的這座，名為拔舌地獄。」

「十八……泥犁獄……」綠蘿喃喃地道，「這……這跟我爹爹又有什麼關係？」

「難道妳沒聽說過，妳爹爹死後進入幽冥界，擔任泥犁獄的判官嗎？」法雅含笑看著她。

綠蘿迷糊了：「老和尚，這種傳說我自然知道，霍山上便有爹爹的廟宇，怎麼可能不知道？可是……可是你不是說爹爹還活著嗎？又怎麼會當真入了幽冥界做什麼判官？」

法雅微微一笑：「小姑娘，老和尚問妳，生與死的界限在何處？」

綠蘿瞪大了眼睛：「這是個常識，人斷絕呼吸，沒有了生命，便是死了。能呼吸，脈搏還在跳動，就是活著。」

「不對。」老和尚搖頭，「我問妳，一個人，和妳失去了音訊幾十年，不曾在妳的生活中出現。那麼對妳而言，他是死了還是活著？」

綠蘿想了想，搖頭：「我不知道。」

「那不就是了嗎？」老和尚狡黠地一笑，「崔珏在陽世，妳日日能見到他，聽到他說話，對妳而言自然是活著；他入了幽冥界，與人間再不通音訊，對妳而言，自然是死了。可如今妳進入幽冥界，重新見著他，他便是活著了。」

綠蘿懵了，這話聽起來有道理，可想來想去又沒道理，至於哪裡沒道理卻又說不上來。

「眼前這十八泥犁獄，便是妳父親這一生中所建造的最偉大的建築！」法雅不再多說，指著腳下的泥犁獄道，「這也是老和尚我一生中最偉大的成就！大業十年，隋煬帝第三次征伐高麗失敗，天下動盪，民怨沸騰，老和尚就知道這隋朝的天下必將分崩離析。於是我走遍各地，尋找那個能一統天下，結束這場亂世的人。第二年，終於找到了這個人，就是當時任河東撫慰大使的李淵。老衲開始策劃助其起兵奪取天下，結束亂世，果然，老衲的眼光不錯，起兵的第二年我們便順利攻占了長安，建立大唐。小姑娘，妳說說，老和尚的功勞大不大？」

綠蘿想了想，點頭：「很大。你的判斷很準，能從那麼多反王中尋找出太上皇，你這能力可以說駭人聽聞了。對大唐，你也是一等一的功臣。」

「錯了，錯了，錯得離譜啊！」法雅連連搖頭，在一塊圓石上坐下，招手讓綠蘿坐在一旁，道，「老衲錯啦！這麼多年來，老衲號稱謀僧，歷來算度無有不準，可偏偏平生最大的一樁事，老衲做錯了，那就是選擇了李淵！」

綠蘿愣了：「這是為何？」

「因為他姓李！」法雅沉聲道，「他是隴西成紀人，祖上是鮮卑族人，從他曾祖李虎那輩，便說其祖先為晉末的涼武昭王李暠。經過五胡亂華，這很難考證，老和尚當時也沒在意，然而問題就出在這裡。當了皇帝後，李淵居然說自己是李耳的後代！」

「李耳？」綠蘿納悶地問，「哪個李耳？」

「老子！老聃！」法雅有些氣結，悶了半晌才道，「老和尚也沒想過他們如此無恥，不過也可以體諒，天子出生尚且有彩雲相伴，家世來歷又怎麼能不顯赫？不過這樣一來，老和尚卻有了大麻煩！我此生最大的功績，成了此生不可饒恕的大罪！」

綠蘿瞠目道：「這又怎麼講？」

她心裡焦急無比，明明要說自己爹爹，這老和尚怎麼一直說自己？但要從這和尚嘴裡掏出祕密，就不能不忍耐，只好陪他有一搭沒一搭地說。所幸這老和尚講話喜歡留懸念，每個話頭都能吸引她，這才不覺得枯燥。

「嘿嘿。」法雅苦笑，「因為李耳是道家的始祖啊！自己的祖先既然是道家始祖，作為後人的朝廷，又怎麼能不敬奉道教？老和尚當年受了天下佛門的委託，要為這天下找尋一個結束亂世，帶給萬民福祉的君王，李淵和李世民做得都很好。唯一的問題是，老和尚把一個道家的後裔推上了皇帝之位，給佛家樹立了一個最強大的對手，帶來最難以估測的災難！」

綠蘿再笨這下子也明白了，老和尚受了佛家各寺廟的囑託，要尋個結束亂世的明主，他也算能幹，終於不負眾望地尋到了，而且順利地結束亂世，成立了赫赫大唐。問題是，這位被扶持者卻自認是道家始祖的後裔，要尊奉道家。佛家竹籃打水一場空倒罷了，更大的危機在於，將競爭對手捧上了一個無可撼動的地位，稍不留神自己就會有滅頂之災。

對佛家而言，法雅的這樁罪過可太大了。

綠蘿憐憫地看著這個號稱「算度萬物，不差毫釐」的老和尚，見他愁眉苦臉的模樣，想笑，又不敢笑。這可實在……

「於是，老和尚只好將功補過。」法雅看出她臉上憋著的笑容，也苦笑道，「苦思冥想了數載，還真給我想出個大計畫。」

「什麼計畫？」綠蘿好奇起來，這個大烏龍居然還有彌補的法子？難不成他還能把李氏趕下寶座，再換一個人？

「妳那玄奘哥哥不是一心西遊，到那菩提樹下，祇樹給孤獨園，去求得我佛真經嗎？可老和尚早就求來了一卷真經，那便是妳眼前這十八泥犁獄！」法雅淡淡地笑道。

「什麼？」綠蘿抬起頭，看著天坑中旋轉著的巨大圓盤，一臉不解。

「佛家有《佛說十八泥犁經》，描述幽冥界的種種可怖場景。言，活人死後，都會根據生時的善惡業報進行審判，善業大者，進入上三道，惡業大者，進入下三道，還會在泥犁獄中受那無窮無盡的苦楚。其中種種駭人聽聞之處，足以使善人竦惕，惡人驚魂。百姓如此，難道人間帝王的心就不會被震懾嗎？」

老和尚微微笑著，繼續道：「因此，老衲便設計了這座泥犁獄和整個幽冥界，邀請那大唐天子前來一遊。嘿嘿，讓他親身經歷地獄之苦，一則知道我佛家神通之大；二則也知道我佛家教化萬民之功；三則，他心中有恐懼，做事便有忌憚，縱然奉李耳為正朔，也不敢對我佛家過於逼迫。如此一來，世上崇佛之心大熾，所有信徒的命運都籠罩在這泥犁獄之下，足可保佛運未來百年、千年不衰！」

綠蘿徹底被震撼了，這老和尚實在太可怕。她真無法想像，這般可怕、這般宏偉、這般納天下人於股掌之中的計畫，居然是從這個蒼老乾癟的腦袋裡想出來的！

「現在，再說說妳的爹爹。」法雅笑道，「妳父親是個崇佛之人，然而自恃才華，偏要在這人間揚名，欲創下一番轟轟烈烈的事業。可世事無常，霍邑之戰那場大捷之後，他被閒置於霍邑，壯志難酬。於是我說服他，參與了這樁計畫，建造興唐寺和這座泥犁獄。當初耗費錢糧太大，被朝廷注意，又因為地面建築已經完工，需要他長年坐鎮在地下監工，於是他就詐死，這麼多年來一直躲藏在這裡，修建這座泥犁獄。」

綠蘿這才明瞭父親詐死的經過，心中怒氣上湧：「便是因為建造這個工程，他就拋棄了我和我娘，讓我們孤兒寡母無依無靠？哪怕他詐死後，暗地裡知會我們母女一聲，也不至於像如今這般淒慘。」

「他敢嗎？他辦的這樁事，稍有破綻，便是千刀萬剮、家族抄滅的命運，他不在意自己的生死，難道也不在意妳們母女的生死嗎？」法雅冷笑，「小姑娘，老和尚說了妳不信，妳且看看泥犁獄的棧道上，那是誰？」

綠蘿強忍怒氣，凝目朝遠處望去。從山上看，棧道上的人面孔微茫難辨，不過大體還能看清。那裡只有兩個人影，正並肩走著，一路談話，向下層走去。她一眼就看到，其中那名身穿黑袍的男子，那身形，那風姿，與記憶中的父親一模一樣。

「那是我爹爹！」綠蘿驚叫起來。

「不錯。」老和尚笑了，「那個正是妳爹爹崔珏。妳再看旁邊那個。」

綠蘿瞪大眼睛，仔細眺望，那個男子比崔珏年齡略小，看不清面孔，不過頭上戴著帝王式的冠冕，身上黃色的袍服織滿了金線，在火光的照耀下一閃一閃。

綠蘿的臉漸漸慘白，這世上，敢著這種裝束的人只有一個——大唐天子！

「那是……當今的天子……」綠蘿顫聲道。

法雅點點頭：「正是李世民。如今妳父親正以幽冥界判官的身分，陪同他遊覽十八泥犁獄。他只道是自己的魂魄被拘到了此處，與妳方才一模一樣。」

「他怎麼真的相信啊？」綠蘿這時早不相信這裡是幽冥界了，見李世民相信，居然有些詫異。

「妳方才不是信了嗎？他為何不能信？」法雅笑道，「妳掐自己身上不疼，咬自己的舌尖不疼，摸著身上又是冰涼，才這些就讓妳相信自己置身幽冥了，何況老衲在李世民身上下的工夫比妳大之百倍呢？」

他這麼一說，綠蘿倒不懷疑了。的確，這麼逼真，換作是誰都會相信的。

正在這時，綠蘿忽然咦了一聲，只見環形山的山道間閃動著兩條人影！

那兩人飛速往下奔跑，泥犁獄的火光照耀下，其中一人光禿禿的頭顱異常醒目，而另一人額頭上纏裹的白頭巾也特別耀眼。綠蘿失聲驚叫：「是玄奘哥哥和波羅葉！」

法雅也看見了，臉色大變，霍然從圓石上站了起來，滿臉猙獰之色：「他們是要去見李世民！這波羅葉是不良人的密探，絕不能讓他們跑到皇帝面前！」

法雅受了玄成法師的囑託，實在不想殺玄奘，而石室乃是處於十八泥犁獄之下，四周巷道縱橫，密如蛛網，關鍵處還有甲士把守，即使放他們走，也走不到什麼重要的地方。他算無遺策，只因一念之仁，卻沒想到這玄奘和波羅葉神通廣大，不但從九龍口周邊逃了出來，還摸到這十八泥犁獄中！

一瞬間，法雅一頭冷汗，若真讓這二人見到李世民，把自己的計畫和盤托出，以李世民的聰慧，不難想到這中間的陰謀。自己窮十年之功，耗費無數錢糧和人命堆積起來的幽冥界，就會全盤毀掉。更恐怖的是，整個佛門將會在皇帝的震怒下付出什麼樣的代價，他幾乎不敢想了。

「快，去攔住他們！格殺勿論！」法雅喊來後面的幾個鬼卒，喝令道。

四名鬼卒持著直刀飛奔而去，但他們距離遠，山路崎嶇難行，玄奘和波羅葉又跑得飛快，一時間哪裡追得上。

正驚慌間，法雅瞥見了綠蘿背上的角弓，沉聲道：「小姑娘，妳也知道此事意味著什麼，如果讓玄奘和波羅葉走到皇帝的面前，妳父親和老衲難免一死也就罷了，這個世上還會有千萬人人頭落地！殺不殺他，就在妳一念之間了。」

綠蘿呆住了，瞬息間心念電轉：「玄奘哥哥……難道我真的要殺了他嗎？可是若不殺他，爹爹此生的大計就徹底毀了，他含辛茹苦在地底七年，就是為了今日，我……我忍心讓他一生的心血付諸流水嗎？」

這一瞬間，少女的心思也不知轉了幾千幾百轉，終於慘笑一聲：「罷了，罷了，我殺了他，自己也隨他而去便是，總好過在這人間受那無窮無盡的苦楚。若是死後真有幽冥，我便永生永世陪著你！」

手臂一伸，掣出背上的角弓，搭上一根鋼鏃的兵箭，緩緩拉開了弦……

所謂智者千慮，必有一失，正如法雅號稱謀僧，算度萬物，不差毫釐，卻直到將李淵捧上皇位之後才想起他姓李。世事的奇妙，有時候當真是冥冥中的定數。法雅以為這九龍口一帶巷道複雜多變，玄奘絕無可能逃出來，更不可能逃到關鍵處，他卻不知道，玄奘當初偷入空乘的禪房時，得到了一卷《興唐寺考工法要》！

一開始的確如法雅所想，離開那座石室後，兩個人有如無頭蒼蠅一般亂轉，很快迷失在縱橫交錯的巷道中。後來玄奘突然想起自己身上這卷《興唐寺考工法要》，靈機一動取了出來，兩人仔細研究。他們在地底待了一段時間，對這裡大體還算熟悉，九龍口是整座地下工程的動力中樞所在，自然在《法要》上有詳細的圖示。這個地方環境特殊，兩人很快便找到了，卻對九龍口上方的十八座圓盤形狀無法理解，但既然在九龍口上方，就必然有通往上方的路徑。於是兩人在密密麻麻的虛線、實線、曲線中尋找、摸索，也不知耗費了多少時光，走了多少冤枉路，波羅葉還出手打暈了七八名守衛，兩人終於從一條密道中出來。一露頭，兩人立刻傻眼——他們居然在半山腰上。

然後就是透徹心扉的恐懼和驚嘆。

眼前這座工程實在太過龐大，幾乎將整座環形山的天坑都填滿了，那座巨大的圓盤更是無邊無際，站在旁邊，只覺自己有如螻蟻一般。他們這時才明白，九龍口上方那根鐵柱的功用，竟是為了帶動天坑裡這一層層的圓盤轉動！

「這到底是什麼地方？」波羅葉聽著滿耳的慘叫。那群在圓盤履帶上慘遭拔舌之刑的人，撕心裂肺的哭叫，使這個朝廷密探也心膽俱寒。

玄奘驚恐地看著。令他驚恐的不僅僅是這些人的慘狀，他到底學識深厚，幾乎一眼就把這和佛經中的十八泥犁獄連結了起來，在看見崔珏和李世民的一瞬間，玄奘明白了這樁計畫的核心——威懾帝王，掌控人心！

「媽的，怪不得咱們在囚籠中碰上那麼多囚犯，原來竟是在這裡把他們活活折磨死！」波羅葉怒不可遏。

玄奘的心中也充滿了憤怒，法雅和崔珏實在可惡，難道為了一個瘋狂的計畫，就要把這些人都活活折磨死嗎？佛法的終極目標是普渡眾生，哪怕你的計畫真的能夠達成，為這個目標犧牲如此之多無辜的生命，也是有悖佛理，人性泯滅！他們與惡魔究竟有何區別？

兩人心中憤慨，眼見李世民和崔珏順著棧道一路往下，玄奘不禁高聲喊道：「陛下，不可下去——」

說著兩人開始急速在山間奔跑，地勢陡峭也顧不得了，乾脆連滾帶爬，一時間衣衫撕裂，頭破血流。李世民和崔珏木然而立，凝望著他們。

正奔跑間，波羅葉忽然聽到身後傳來一聲尖利的呼嘯。他猛一回頭，頓時大吃一驚，只見一道電光有如雷轟電掣一般，射向玄奘的後心！

「法師小心——」波羅葉狂吼一聲，合身撲上。那道閃電瞬息而至，重重地射在了波羅葉的後背，這種鋼鏃的兵箭何等勁疾，噗的一聲，幾乎將波羅葉身體射穿！

玄奘被波羅葉一撲，兩人倏地滾了下去，重重地撞在一處緩坡的山石上。玄奘被撞得頭破血流，但他顧不得查看自己的傷勢，一看波羅葉，頓時呆住了，這枝利箭從波羅葉的後背射入，正好插在心臟處。

「波羅葉——」玄奘驚叫一聲。他和這個半路「撿來」的天竺僕人感情極深，兩人相處了半年多，幾乎形影不離。波羅葉對玄奘無微不至，玄奘也從他口中知道了大量西域乃至天竺的風土人情，連梵語都學得七七八八，甚至後來玄奘知道他身上有祕密，也不忍心揭穿。這次為了救自己，這個朝廷的密探居然寧願付出生命，怎不讓玄奘痛惜？

「法師……」波羅葉躺在他懷裡，臉上卻露出了笑容，「我要……死了……吧？」

他這麼結結巴巴地說話，讓玄奘猛然想起了往日的時光。那時候，他為了掩飾自己的來歷，一直這麼說話，後來身分暴露才開始說得流利，玄奘反而有些不習慣。可這次，他再也不是假裝了。

「不會的！不會的！」玄奘手忙腳亂地撕開他的衣服，打算替他止血，這麼一摸，汩汩而出的鮮血瞬間沾滿了兩手。

「我知道……我要……死了……」波羅葉大口大口喘著氣，臉上卻露出寧靜的神色，「法師……你知道……嗎？我這輩子……最內疚的事……就是……欺騙了你……」

「沒有，沒有！」玄奘淚如泉湧，抱著他號啕痛哭，「你是為了自己的使命，我從來沒有怪過你。」

「可是我……欺騙了僧人……死後會下……泥犁獄……」波羅葉呵呵地苦笑，「會……投生到畜生道……」

「不會！不會！咱們是朋友，我願意你騙我，我很高興。」玄奘哭道，「我會日日念那《地藏菩薩本願經》，讓你不受任何苦，讓你來日重新為人，回到故鄉，做個高貴的婆羅門！」

波羅葉眸子裡光彩一閃，卻反駁道：「我……不做……婆羅門，我要做……剎帝利……」

「好好，咱們就做剎帝利！」玄奘心中悲苦，喃喃地道，「我他日西遊天竺，見到你們的戒日王，會讓他恢復你父親的榮譽，讓你的家族因為你而榮耀！」

「真的……」波羅葉精神一振，緊緊抓著玄奘的手，雙眸裡充滿了希冀。他家本是中天竺的吠舍商人，只因被人誣告私通南天竺，向敵國販賣軍械，惹得戒日王震怒，將他們家族抄沒，所有人貶作賤民。波羅葉的父親帶著他輾轉逃亡，經西域來到中原。

父親雖然病故，但家族悲苦的命運一直是波羅葉心中永恆的刺，他知道玄奘要去天竺，更相信玄奘的魅力，如今有了這個承諾，如何不歡喜。

「拜託法師……」波羅葉的眼中緩緩滲出淚水，緊緊抓住玄奘的手不願鬆開。

玄奘淚流滿面，波羅葉眼睛裡的光彩慢慢喪失，忽然間他手一緊：「法師……」

「貧僧在！」玄奘急忙把耳朵貼在他脣上，波羅葉睜著無神的眼眸，喃喃道：「法雅所行……惡則惡矣……於人間……實有大功德……法師可……可自處……」

玄奘一怔，忽然感覺手臂一沉，波羅葉閉上眼睛，溘然而逝。

玄奘呆了半晌，悲慟之中，細細思索著他的話：「於人間實有大功德嗎？難道百姓群氓，需要有震懾與威脅才會守善不成？」他緩緩抬起頭，看見遠處站著的李世民，心中一震，「百姓固然有強權來控制威懾，可是皇帝呢？誰來威懾他？」

玄奘陷入深思，將波羅葉放在地上，脫下身上的僧袍蓋在他身上，緩緩站了起來。

咄！一枝利箭插在了他腳下。

玄奘轉頭看了看，他看見法雅驚懼的面孔，看見綠蘿顫抖的角弓。他淒然一笑，一步一步朝李世民走去。

咄！又一枝利箭射在了腳下，玄奘恍若未見，腳步沉重地繼續前行。

利箭不再射來，山嶺上，綠蘿手中挽著弓，弦上搭著箭，有如痴了一般。

那四名鬼卒這時也跑到了玄奘身後，惡狠狠地舉起刀就劈。綠蘿冷笑一聲，手指一鬆，嘣的一聲，利箭閃電般而至，一名鬼卒慘叫一聲，中箭而死。其餘三名鬼卒大吃一驚，還沒反應過來，綠蘿冷靜地搭上箭，嘣嘣嘣，一連三箭，將那三人盡數射殺。

「妳這是何意？」法雅大怒。

綠蘿冷冷地道：「玄奘哥哥只能死在我的手裡，其他人不配殺他！」

「那妳為何不殺他？」法雅沉著臉道。

「我改變主意了。」綠蘿憂傷地道，「女人不總是善變嗎？愛上了這個人，前一刻恨不得殺了他，這一刻卻又覺得他可親可愛。」

法雅啞然無語。

第十八章　謀僧手段，帝王心術

玄奘、李世民和崔珏三人靜靜地站在棧道上，彼此凝視，眼眸中都逼射出灼人的光芒。崔珏一言不發，李世民則凝視著面前這個渾身是血、頭破血流，但臉上卻平靜無比的僧人，心裡不知轉著什麼念頭。

「阿彌陀佛，貧僧玄奘參見陛下。」玄奘躬身合十道。

「玄奘？」李世民一怔。玄奘的名頭他自然是聽過的，裴寂還請自己專門下旨，任命他為莊嚴寺的住持，可後來聽鴻臚寺回報，說這個僧人居然抗了旨。這讓李世民極感興趣，沒想到今日這和尚竟跑到了幽冥界。

崔珏心裡更是緊張得有如一根即將繃斷的弓弦。他知道，只要玄奘一多嘴，自己苦心孤詣的一切就會轟然坍塌。但李世民在側，他不敢造次，只好勉強壓抑著內心的恐懼與緊張。

三人間的空氣凝固得有如一團冰。

李世民忽然笑了：「崔卿，玄奘法師怎麼會到了幽冥界？」

崔珏淡淡地一笑：「臣也不知，也許是陽壽終了，也許是法師悟得大道，可以貫通陰陽。」

「哦？」李世民靜靜地看著玄奘，「那麼法師你自己知道嗎？」

「貧僧知道。」玄奘坦然道，「貧僧是被綁架來的。」

此言一出，崔珏的心幾乎蹦出了腔子，臉色頓時慘白。李世民卻饒有興致地道：「法師怎麼會被綁架到幽冥呢？」

「一日，貧僧正在坐禪參佛，忽然神思縹緲，惶惶然不知身在何處，紛紜世界在眼前閃過，六道眾生於身側行走。忽然有兩名鬼卒抓住貧僧，將貧僧帶到了此處，同時來的，還有貧僧的僕從波羅葉。」玄奘道。

崔珏臉上露出古怪之色，但同時一顆心也放回了肚子裡。他知道，玄奘與自己達成了妥協。

「波羅葉？」李世民指了指山上，「便是方才中箭而死的那人嗎？」

「正是他。」玄奘點頭，「陛下，若貧僧所想不錯，您眼前便是十八泥犁獄。您身為人界之王，這地獄汙穢，切不可深入，以免沾染鬼氣，有礙陛下龍體。因此我二人才呼喝阻止，不料卻驚動了這裡的守護者，波羅葉為了救貧僧，中箭而死。」

李世民嘆息了一聲：「法師竟然有神通可穿越陰陽。」他問崔珏，「崔卿，為何那守護者殺了波羅葉之後，又射殺了四名鬼卒？」

崔珏臉色陰沉，但這時也沒有好法子，只好順著玄奘的話說，躬身道：「陛下，玄奘法師乃是聖僧轉世，豈能受幽冥鬼卒的傷害，因此鎮守幽冥界的守護神才會射殺了鬼卒。」

「原來如此。」李世民驚嘆地看著眼前這個僧人，目光中滿是崇仰，「法師還能回到人間界嗎？到時千萬要教朕修那如來大道，朕要摩頂受戒，供奉聖僧。」

「陛下有命，貧僧豈敢不從。陛下需要及早回歸，否則時間久了，損毀人間肉身，大為不妥。陛下回陽日，就是貧僧回歸之時。」玄奘臉上露出笑容，心裡驚嘆，這位皇帝，著實聰明，跟自己一唱一和，生生把崔珏擠對得無可奈何。

李世民不知曉內情，玄奘心裡卻緊張無比。他知道眼前這情勢，第一要務，就是要保證皇帝平平安安地回去，一旦自己的話裡稍有閃失，惹得崔珏想玉石俱焚，說不定心一橫，將自己和皇帝統統斬殺也未可知。玄奘要做的，不但是把李世民送出去，自己也要平平安安地回去才行。

崔珏恨得牙癢癢，但既然是戲，玄奘也願意配合他做，自然要做足了。你玄奘親口承認這裡是幽冥界，皇帝還以為你是神通廣大的聖僧，難道回到人間，你還敢冒著欺君之罪說出泥犁獄的真相不成？

這一瞬間，崔珏心裡念頭百轉，已經有了主意，笑道：「陛下，聖僧能夠穿越陰陽，自然有回去的法子。他法體不朽，縱是多待上些時日也無妨，倒是陛下需要及早回去。」

李世民也被這幽冥界搞得心裡不安，早就想回去了，急忙點頭應允。三個人順著棧道來到陰山上，前面是一座幽深的潭水，潭水深黑，上面籠罩著濃濃的雲霧，旁邊的石壁上刻著幾個大字：「還陽池。」

「陛下，此處就是回歸人間界之路，咱們就此作別。」崔珏拱手道。

李世民看了看這有如虛幻的深潭，點點頭，拉著崔珏的手，誠懇地道：「崔卿，朕回了陽世，必定不忘崔卿之恩。帝王之言，天日可鑑！」

崔玨躬身拜謝，李世民又看著玄奘道：「聖僧的救護之恩，朕沒齒難忘。期待日後在人間界見到聖僧，聆聽法音。」

玄奘含笑合十：「貧僧遵旨。陛下放心，貧僧這就與陛下一起回去。」

崔玨愕然，還沒來得及說話，玄奘忽然拉著李世民朝那還陽池中一躍而下，身形沒入雲霧之中。那雲霧厲害至極，玄奘只在其中呼吸了幾口，腦子便轟然一聲，身體喪失了知覺，眼識、耳識、鼻識、舌識、身識，盡數虛虛蕩蕩，好像腳下很軟，好像站在了雲端，又好像……腦子渾渾噩噩，什麼都不知道了。

「果然是五識香……」這是玄奘在幽冥界的最後一個念頭。

「玄奘——」崔玨本來還想借著話頭，把玄奘多留些時日，至於多久……別忘了，泥犁獄一日，便是人間三千七百五十年。沒想到這玄奘當機立斷，生怕自己走不掉，居然拉著李世民一起跳進了還陽池！

崔玨欲哭無淚，李世民親眼見到玄奘與自己一起走的，屆時他回去了，找不到玄奘，心裡必定懷疑。他朝著還陽池憤怒地大罵，可面對這個機智深沉的僧人，卻是一點法子也使不出來。

這時，法雅也走到了還陽池邊，凝望著池中苦笑不已：「老和尚號稱謀僧，這和尚……唉！事已至此，也算圓滿，切不可因小失大，就放他回去吧！老和尚再與他好生談談，咱們若是沒做，他固然會阻止，可做了，千百年的佛運就已經賭上去了，不信他不屈服。」

崔玨不甘心地攥起了雙拳，眼中彷彿要噴出火來。

「爹爹——」忽然間耳邊傳來一聲嬌柔的呼喊，崔玨的心頓時柔軟了起來。

「哎呀，淹死朕了——」李世民渾身一悸，猛地睜開了眼睛。

他忽然愣住，自己居然躺在十方臺臥房中的床榻上，身上蓋著錦被，哪裡有渾身溼漉漉？四周都是人臉，裴寂、魏徵、杜如晦、尉遲敬德等人都驚喜地盯著他，一見他醒來，紛紛叫道：「陛下醒了，陛下醒了！」

「這……這是怎麼回事？」李世民詫異道。

魏徵抹了一把額頭的汗水，他雙腿無力，幾乎站立不穩，低聲將經過講述了一番。原來，他和尉遲敬德在十方臺的庭院中一直守候了一宿，卻始終沒有等到對方發動陰謀。兩人不禁有些詫異，又走到廊下聽李世民臥房中的動靜，李世民正在酣睡，低低的呼嚕聲傳了出來，兩人這才放心。

直到天光大亮，也沒有什麼危機和陰謀，兩人納悶無比，悄悄打開門進入佛堂，那六名禁軍高手有的坐，有的站，一個個睡眼惺忪，卻強打精神。問了問，六人面面相覷片刻，一起搖頭，昨夜什麼事都沒發生，兩人一顆心才鬆了下來，傳來內侍去叫醒陛下。

結果內侍入了皇帝的房中，臉色慘白地跑了出來：「大人，陛下……陛下叫不醒！」

魏徵和尉遲敬德這一驚非同小可，宛如一腳踏進了萬丈深淵，踉踉蹌蹌地奔進房中，只見皇帝躺在床榻上酣睡，臉上時而掛著喜悅的笑容，時而露出驚恐之意，怎麼喊都不醒。

這時裴寂和杜如晦也聽說了，慌忙跑了過來，眾人命禁衛封鎖院落，又是推拿又是呼喚，一直折騰了半個多時辰，李世民才睜開了眼睛。

李世民聽他們講完，面露古怪之色，坐起了身子，內侍急忙拿來靠墊給他抵在背後。

「昨夜，朕夢見遊覽幽冥界，參觀十八泥犁獄……」李世民喃喃地道。

眾人聽完，一個個呆若木雞。魏徵眉頭大皺：「陛下可否詳細講講？」

李世民點點頭，把昨夜夢見自己站在煉妖之野的黑暗荒原中，一直到玄奘和尚拉著自己跳進還陽池的經過講述了一番。魏徵臉色慘變，頓足長嘆：「還是中計啦！沒想到對方的陰謀竟然這般實行……」

「陰謀？」李世民詫異了起來，不悅地道，「怎麼會是陰謀？朕明明親身遊覽了幽冥界和十八泥犁獄。」

魏徵冷笑：「在陛下看來，這幽冥界是真的，還是人為？」

裴寂惱了：「魏大人，幽冥界怎麼可能是人為？陛下蒙閻魔羅王邀請，進入幽冥界，與那閻魔羅王立約，分別執掌人間界和幽冥界，此乃是我王被天地諸神認可，我大唐江山得到諸神護佑的明證，怎麼可能是人為？」

李世民頻頻點頭，魏徵啞然，他還能怎麼說？難道要一意地說這幽冥界乃是虛幻，陛下您被人騙了，天地諸神並沒有認可您嗎？

但魏徵性子執拗，豈肯輕易認輸：「陛下，既然在幽冥界您曾經見到玄奘法師，他也陪著您一起還陽，不如把玄奘法師請來，聽聽他如何說。」

李世民點頭，他還真想見見玄奘：「裴卿，你去找找，看玄奘法師如今在何處，請他來見朕。朕也有些乏了，先歇歇。」

李世民不乏才怪，昨夜走了那麼多的路，又是驚心動魄又是提心吊膽，這時只覺身子綿軟無力。裴寂答應了一聲，轉身退了出去。

他一出去，魏徵、杜如晦、尉遲敬德三人面面相覷。魏徵沉吟片刻，轉身告訴內侍：

「你們且出去，沒陛下的命令，誰也不准進入。吳國公，您命禁軍封鎖興唐寺，任何一人都不得出入！」

內侍答應一聲，轉身出去。尉遲敬德猶豫了片刻，見李世民點頭，於是拱了拱手，也出去了。房內只剩下李世民、杜如晦和魏徵。

「陛下，臣敢斷言，您遊覽幽冥界，是一場天大的陰謀！」魏徵沉聲道。

李世民瞇起了雙眼，淡淡道：「此話怎講？」

「這裡破綻太多，臣給您追根溯源。武德四年，裴寂上表，請太上皇在昔日破宋老生處修建寺廟，以彰顯定鼎大唐之功。太上皇敕命修建興唐寺，可當時戶部根本拿不出錢糧，而時任霍邑縣令的崔珏竟然能夠募集善款三萬貫，修建這座寺院，他哪兒來的這麼多錢？別忘了，武德四年，您正和王世充、竇建德激戰，朝廷捉襟見肘，連提供給前方將士的糧食都無法保證。而且河東道武德三年才平定了劉武周、宋金剛，一片荒蕪，百姓凋敝，整個晉州一年的賦稅也不足三萬貫！」

李世民點點頭，這個情況他親身經歷，當然知道。魏徵道：「陛下可知道，實際上，修建興唐寺耗費的錢糧遠不止三萬貫，據臣的估算，只怕全國各地，彙集到霍邑的錢糧不下三十萬貫！」

「三十萬貫？」李世民和杜如晦都驚呆了。這等巨款連朝廷也拿不出來，修建一座城池也不需要這麼多錢。

「陛下看看，這座寺廟雖然宏偉，可花得了那麼多錢嗎？那麼，錢花在哪裡了？錢又從哪裡來？」魏徵冷笑，「第二，陛下還記得武德九年裴寂大人的三小姐那樁事嗎？一個和尚誘拐了裴寂大人的女兒，裴寂起初震怒，甚至派人追殺，可隨後卻不了了之。這又是為了什麼？後來臣查過那個和尚，那和尚乃是益州空慧寺的僧人，武德六年斬殺了他的師父之後潛逃。曾經在河東和長安廣泛活動，與裴寂、法雅過從甚密。這兩人什麼身分，何以對一個犯了法的僧人這般密切，連自己的女兒被他誘拐也不敢聲張？」

李世民陷入沉思。

「無他，唯一的原因就是，這個和尚手裡有他們致命的把柄！臣正是對這個和尚起了疑心，發覺他經常在晉州和霍邑一帶活動，才進行了祕密訪查。這一查，果真查出了問題，當年崔珏自縊前，就是這個和尚登門造訪，兩人閉門長談之後，崔珏於當夜自縊！您在幽冥界時，崔珏告訴您是閻魔羅王化作一名僧人來找他，其實這個僧人是那名犯了法的和尚，長捷！」

李世民目光閃動，輕輕地道：「你接著說。」

「嘿嘿，」魏徵笑道，「更奇的是，長捷是玄奘法師的親哥哥，這兩年玄奘一直在找尋長捷的下落，曾經在長安的僧人中廣泛打聽。臣特意命人放出了口風，說這長捷在霍邑出現過，玄奘果然便前來霍邑了。」

「原來玄奘到這裡是你的計策！」李世民哈哈大笑，指著他道，「看來你早對興唐寺有所懷疑了。」

「沒錯，」魏徵點頭，「陛下即位之後，一直打算革故鼎新，任用新銳，卻受到朝廷中的舊勢力百般阻撓。這些人以裴寂為首，於是臣便盯上了裴寂，順藤摸瓜，察覺到這些年來經過裴寂的手，有數十萬貫的錢糧運往霍邑。裴寂不是個貪鄙之人，況且他老家在蒲州，就算貪鄙，也不會把巨額的錢糧運到霍邑。這裡面究竟有什麼內幕，臣一時也摸不清，於是派遣了八九名不良人潛入霍邑和興唐寺。」

李世民搖搖頭，看著杜如晦：「朕還說，前幾年你怎麼會提議把不良人交給魏卿轄制，原來你們是打了這個主意。」

杜如晦笑道：「一切都瞞不過陛下的法眼。」

「那麼後來呢？不良人可查出什麼了？」李世民問。

「沒有。」魏徵坦然道，「一入興唐寺便是泥牛入海。我們只找到了兩具屍體，其他人都是生不見人死不見屍。因此，臣才鼓動玄奘前來，還在他身邊派了不良人。」

「他身邊有不良人？」李世民奇道，「那你怎麼不把他召來問問？」

「陛下方才說過，他死了。」魏徵沉聲道，「那人便是陛下在幽冥界見到的，與玄奘一起的人，波羅葉！」

「那個天竺人？」李世民駭然。這一刻，他忽然有了明悟。

「還有，陛下曾經在幽冥界允諾崔珏，要保他後人三代富貴，但您可知道他後人在何處？」魏徵道。

「哦，在哪裡？」李世民一直牢牢記著此事。

「在霍邑！」魏徵道，「崔珏遺下一妻、一女，如今他的妻子改嫁，改嫁的人，正是陛下甚是欣賞的猛虎縣令，郭宰！也就是上表奏請陛下入住興唐寺的人！」

李世民臉上霍然變色，魏徵說到現在，雖然沒有確鑿的證據證明十八泥犁獄是一場陰謀，可是草蛇灰線，剝繭抽絲，卻一樁樁連成一體！

「那麼按你說，朕此次從入住興唐寺，到魂遊地府，都是有人故意操縱的結果？」李世民沉吟道，「可是朕分明躺在床上，為何會出現在地獄中。」

魏徵冷笑：「臣的懷疑沒錯的話，陛下這房內有嚴密的機關，先用某種藥物使陛下昏迷，然後機關發動，把陛下弄到他們造好的幽冥界中。方才陛下沉睡，臣將守在外間的六名禁軍高手隔離審問，這六人分別承認昨夜曾聞到一股甜香，然後就沉睡了片刻。只不過睡的時間太短，很快就醒來，便沒有起什麼戒心。」

「什麼？聞到甜香？」李世民的心慢慢沉了下去。他想起自己沉睡前，彷彿聞到一股古怪的香甜氣息，他咬牙道，「這房中竟然會有密道！你查看過了嗎？」

魏徵苦笑：「陛下，若是有密道，自然是那謀僧法雅的設計。法雅此人陛下比臣更清楚，天縱才學，上至佛家大道，下至旁門左道，無不精通，對機關器械的研究可謂前無古人。臣要查出他的機關，除非把這座房子拆掉。」

李世民在太原留守府當二公子的時候就認識法雅，自然知道這老和尚多厲害，聞言不禁冷笑：「謀僧又如何？算到朕的頭上！既然如此，那就拆了這座十方臺！朕倒要看看，他們是不是真的在算計朕！」

正說話間，忽然門外響起裴寂的聲音：「陛下，玄奘法師到！」

李世民急忙道：「快請……哦，朕親自去迎接！」

魏徵和杜如晦面面相覷，沒想到陛下對這個和尚居然如此看重。李世民翻身下床，只覺兩條腿如同灌了鉛，他苦笑一聲，接過杜如晦拿來的袍子披上，走到禪房外。

十方臺中，陽光耀眼。那名在幽冥中拚死救護自己的年輕僧人，正靜靜地站在古松之下，一臉寧靜。這僧人昨夜渾身是血，頭破血流的，現在換了僧袍，雖然有些陳舊，很多地方都磨得露出了線頭，但還算整潔。只是腦袋上包裹著白紗布，紗布外滲出鮮血。

李世民也不曉得為何自己看見這僧人就覺得親切，見他跪倒叩拜，急忙下了臺階把他攙扶起來：「法師，朕……終於在人間見到你啦！」

玄奘笑了：「陛下在幽冥中的風采，貧僧不勝感佩。」

李世民也哈哈大笑：「昨夜咱們同遊十八泥犁獄，那場景可讓朕畢生難忘啊！不知法師怎麼想？」

「能親身遊歷十八泥犁，也令貧僧難以忘懷。」玄奘道。

李世民點點頭，話鋒一轉：「可是有人告訴朕，昨夜朕所遊覽的地獄，乃是人為，是為了威懾朕。法師能穿梭陰陽，想必對泥犁獄很熟悉，你以為呢？」

玄奘肅然道：「貧僧坐禪之時，屢屢有神遊天外之事，不過進入泥犁獄還是第一遭。貧僧也不敢相信這是真的，倘若真是人為，此人的手段著實驚天地泣鬼神。貧僧以為，泥犁獄不應存在於人間，也不應存在於幽冥，它應存在於人心，使世人竦惕，使善人不敢為惡，惡人不敢肆無忌憚。可昨夜它竟會在陛下的眼前出現，此事殊為可疑，陛下要下令嚴查才是。」

李世民默然片刻，幽幽道：「無論如何，法師救護朕的功勞，朕不敢或忘。既然有人不信，朕就下令查一查，若真是有人欺朕，也免得讓他們以為朕那般好欺辱；若真是幽冥使然，也讓其他人相信這神蹟！來，法師且陪朕走一走吧！朕已經讓魏徵率人大索興唐寺，莫讓這些人擾了咱們的雅興。」

玄奘臉上含笑：「謹遵陛下旨意。」

李世民大笑，攜起玄奘的手，兩人在興唐寺中漫步。魏徵和杜如晦帶領禁軍開始大索寺院，只有尉遲敬德帶人保護在側。李世民令所有人退出十丈之外，兩人一路走著，慢慢到了霍山的頂上。

眺望著腳下碧瓦如鱗的宏偉寺院，李世民幽幽嘆道：「法師，如今就你我二人，咱們不妨開誠布公。法師是個智者，在那種情勢下，為了保住朕的命，敷衍那崔珏，朕很是承法師的情。」

玄奘心裡暗暗吃驚，臉上卻笑了：「原來陛下心中早有分寸。」

李世民冷笑：「朕十八歲起兵，征殺於千軍萬馬之中，天下豪傑在朕的面前無不束手。王世充、竇建德、劉黑闥、劉武周，哪個不是一方人傑？那些人區區的智謀也想算計朕？哼，把朕看得太簡單了吧？」

「哦，陛下從哪裡瞧出破綻了？」玄奘好奇地道。

「朕沒有看出破綻，這些人設計得唯妙唯肖，逼真至極。朕在幽冥界，悄悄咬自己的舌頭居然也不覺得痛，這些人能算度得如此精密，倒也令朕欽佩。」李世民搖頭，忽然哂笑，「可惜，他們不知道的是，在一年前，他們的計畫已經被朕全盤知曉。如何建造興唐寺，寺廟地下的地宮，九龍口的動力中樞，混合在空氣中含有大麻和曼陀羅的五識香……嘿嘿，朕無所不知！」

玄奘臉色變了，駭然道：「陛下為何這般清楚？這些情況貧僧還是探查數月，機緣巧合才得知的內幕，為何陛下足不離京城，一年前便知道？」

李世民淡淡地道：「因為朕雖然足不出京城，卻掌控著天下所有人的命運！包括那些參與者的命運！法雅、崔玨、長捷、空乘固然是心志堅毅之人，尤其那法雅和崔玨，一個能策劃出如此可怖的計謀，一個能拋妻棄女潛藏地下七年，當真是一代雄傑。可惜，他們雖然是豪傑，卻找了個心志懦弱的合作之人！朕考考你，法師可知道是誰嗎？」

李世民戲謔地看著玄奘，玄奘心念電轉，脫口而出：「裴寂！」

「好個和尚！」李世民當真驚嘆了，豎起大拇指讚嘆道，「魏徵一直說你是佛門千里駒，心志堅韌，洞澈人心，他果然沒看錯人。不錯，正是裴寂。你想必也知道裴寂的處境。哼，他殺了朕的心腹劉文靜，朕做秦王的時候，他又屢屢仗著太上皇的勢與朕作對。朕登基之後，早就想對付他！之所以耽擱下來，只是想徐徐圖之，剪除其羽翼，不想使朝中變更過於突然罷了。朕的心思裴寂何嘗不知？他殺了劉文靜，知道朕不動手則已，一動手就會要他的命，難道他真以為靠個幽冥界就能挽回朕的心意？他當了這麼多年宰輔，當不至於這麼天真吧？原本朕打算在貞觀二年便處理了他，這老傢伙一見不好，立刻私下見朕，將這樁陰謀和盤托出。」

玄奘目瞪口呆，心裡更有些悲哀，法雅和崔玨智謀深沉，膽大包天，沒想到卻沒有識人之明，找了這麼個卑劣的合作之人。計畫還沒有發動，就被人為了自家前途澈澈底底地出賣！

「那麼陛下何不及早動手，反而親身涉險？」玄奘問。

「朕為何要動手？」李世民反問，「這麼好的計謀，如果不實行，豈非浪費？更浪費了數十萬貫的錢糧？朕當年親身征伐沙場，迎著刀槍箭矢，何曾畏懼過。再說了，幽冥界和十八泥犁獄真是個好東西，若是令每個人都恐懼，兒女不敢不孝，百姓不敢造反，臣子不敢謀逆，守法奉公，兢兢業業，這是能令整個天下獲得安定的法寶啊！為了大唐朝百年千年的基業，朕何惜冒險？」

玄奘這才明白，帝王心術，果然非常人所能揣測。法雅設計給李世民鑽，李世民乾脆就鑽進去，以自己的親身經歷作證，向天下萬民展示這十八泥犁獄的恐怖。

「於是朕就暫且放過裴寂，陪他們玩玩。」李世民哈哈大笑，「果然是不虛此行啊！在幽冥裡演戲，連朕自己都亦真亦幻，險些分不清楚。那十八泥犁獄過於恐怖，朕明知那些受酷刑的是平常百姓，怎麼忍心看下去？這才要離開，沒想到法師你衝了出來要救護朕。朕真是提心吊膽啊，萬一你當場脫口說出真相，惹得崔珏凶性大發，可就弄巧成拙了。幸好法師機敏，你和崔珏那番對答，當真精采至極，把崔珏逼得走投無路，只好順著法師鋪的臺階往下走，看得朕真是……哈哈哈哈——」

他捧腹大笑不已，玄奘只好跟著苦笑，原來皇帝早就知道真相，只是看他們演戲而已。

「那麼陛下打算怎麼處置這些人？裴寂、法雅、崔珏，還有貧僧的二兄長捷？」玄奘關切地問。

李世民看了他一眼，迎著滿山的陽光心滿意足地道：「裴寂嘛，朕答允了不殺他，自然信守承諾。這老傢伙很機智，在判官廟裡為了朕，許諾散盡家財，他早早把這番消息放出去了，倒逼得朕不好對他下殺手。不過這宰相是不能讓他做了，且讓他回家養老吧！不過崔珏和法雅卻非死不可，」李世民冷笑，「敢算計朕，若不殺了他們，大唐律法何在？至於你那二哥，一則急流勇退，還算知趣，二則朕也找不到他，你呀，就期盼他永遠別讓朕找到吧！」

「多謝陛下洪恩！」玄奘急忙拜謝。他自然明白，以李世民坐擁四海的權勢，要找一個人哪有找不到的，這麼說其實是放了長捷一馬。

「來，咱們且看看。」李世民拉著玄奘站在山巔，腳下是連綿的風車和輝煌的興唐寺，「魏徵他們正在尋找證據，朕要法雅和崔玨死，也得讓他們心服口服不是？」

兩人向下俯瞰，十方臺的位置清晰可辨，只見一隊隊的禁軍正推倒房舍，於磚石瓦礫中尋找。寺裡的和尚都被趕了出去，聚集在山下的廣場裡，黑壓壓的一團，一個個驚恐至極。旁邊的小路上，不停有禁軍的將領來稟報最新進展。

「陛下，十方臺已經被推倒，在內室的地下果然發現密道。」一名禁軍校尉來報，「不過倒塌的房屋填埋了地道，無法進去探查。」

李世民沉下了臉：「魏徵怎麼辦事的？繼續查！」

那名校尉下去之後，尉遲敬德親自上來報告：「陛下，臣抓獲了法雅。」

「哦？」李世民笑了，「帶上來！」

不多時，一群禁軍押著法雅走到山頂，法雅渾身是土，髒兮兮的，身子委頓，不過精神還不錯。

李世民笑道：「法雅禪師，忙碌了十年，今日終得圓滿了。」

法雅居然笑了，看了看一旁的玄奘，朝著李世民合十：「老和尚所求，乃是天下大治，它既然在陛下的手中實現，當然是圓滿了。」

「一派胡言。」李世民哈哈大笑，「你這和尚還嘴硬？待會兒朕找出證據，看你還有何話說。」

法雅毫不示弱，笑道：「陛下找出證據，老衲自然甘願伏法！」

「好！」李世民大喝，「來人，給朕堆上柴火，一旦找出證據，朕當場火焚了他！」

禁軍轟然答應，當即砍伐松樹，堆起一座高大的火場，把法雅五花大綁，架到上面。法雅滿臉含笑，盤膝而坐，口中默念佛經。玄奘臉色慘變：「陛下……」

李世民森然道：「法師，朕由得這般欺辱嗎？朕只追究首惡，放過整個佛門，已經是天大的恩賜了。便是那天道人心，也要朕出了這口惡氣吧？」

玄奘嘆了口氣，默默走到法雅面前，低聲道：「禪師何苦如此？」

法雅睜開眼睛，笑了笑，道：「佛法在世間，不離世間覺，離世求菩提，恰如覓兔角。」

玄奘啞然，這老和尚和自己的想法太過迥異。對他而言，佛家的真正發展不在經卷中，而在朝廷內。玄奘搖了搖頭，走到李世民身後，緊張地關注著寺裡的進展。

「報——」又一名校尉奔了過來，跪倒在地上，「啟稟陛下，臣等在空乘的禪房中發現了他的屍體！」

李世民一怔：「空乘居然畏罪自殺了？」

「不是。」那名校尉臉上露出懼色，低聲道，「屍體早已乾癟，魏大人判斷，他死了起碼有十幾日了。」

李世民愣住了：「空乘居然死了多日？那平日陪著朕的人又是誰？」

「陛下，空乘是被崔珏的女兒失手刺殺，然後崔珏裝扮成空乘的模樣，陪著陛下。」

玄奘低聲道。

李世民看著法雅嘆服不已：「老和尚，沒想到你的手段這般高明！」

法雅一笑不答。

李世民咬了咬牙：「一定要抓住崔珏！」

「臣等搜遍了寺院，還沒找到。」校尉道。

李世民冷冷地道：「你們當然找不到，命魏徵趕緊找出進入地下的入口！」

校尉領命而去。他去了沒多久，魏徵急匆匆地來了，李世民忙問：「怎麼樣？」

魏徵一臉尷尬道：「臣拆了兩座禪院也沒找到入口。發現不少地道，但是上面一拆，那地道就轟然坍塌，臣的人根本無法進入。」

李世民怔住了，轉頭看著法雅，點點頭：「和尚，好手段。」

法雅笑道：「人間手段哪及得上神鬼？陛下不相信幽冥，老衲也無可奈何。」

「還嘴硬。」李世民氣急。

「陛下，如今只有一個法子了。」魏徵道。

「什麼法子？說？」李世民問。

魏徵指了指旁邊聳立的風車：「若臣所料不錯，這些風車應該直通地下世界的中樞，為其提供動力。臣找了僧人問過，說風車下有手臂粗細的鐵鏈，外面套有陶瓷外殼，深埋在地底。臣想，乾脆掘開地面，順著這些鐵鏈尋找到地底的中樞！」

「好法子！」李世民的眼睛熠熠發光，他親眼見過地下世界的動力中樞，十八泥犁獄中間的巨大圓盤一直無休無止地轉動，勢必有動力提供，這些風力只怕就是其中之一。

「好，傳朕的旨意，拆毀風車！」李世民下令道。

一直淡定的法雅臉色慘變，急忙叫道：「陛下，不可——」

李世民笑了：「為何不可？你終於怕了嗎？來人，拆了！」

上千名禁軍一起動手，很快拆毀了好幾座風車，把底下連接的鐵鏈露了出來。眾人站在風車旁邊，看著那複雜的機械，一個個目瞪口呆。巨大的齒輪，傳動的鏈條，這等機械人間何曾有過？簡直超越了這個時代！

魏徵也不得不朝法雅挑起大拇指，讚道：「老和尚，真有你的！若是以此造福於民，天下就又是一番模樣了。」

法雅失魂落魄，彷彿沒聽見他的話。

禁軍們順著鐵鏈挖開地面，然後用長索繫在鐵鏈上，使勁往上拽，人多力量大，不多時已經挖出了七八條鐵鏈，上千人站在山巔，哼唷哼唷地往外扯。忽然間，地面一陣顫動，眾人立足不穩，頓時跌作了一團。

李世民也幾乎摔倒，只覺整座大山似乎都在顫動，風車和山坡上的禪房一間間倒塌，他滿臉駭異，盯著法雅道：「究竟怎麼回事？」

法雅嘆道：「陛下，快逃吧！疏散所有人群，這座山，要塌了。」

眾人一個個目瞪口呆，怎麼扯幾根鐵鏈，竟把一座山給扯塌了？

眼見地面震顫得越來越嚴重，尉遲敬德不敢怠慢，立刻命禁軍們放開鐵鏈，保護皇帝往山下逃。李世民高喊：「帶著法雅！朕一定要他看……一定要他看到證據！」

一行人倉皇地往山腳下逃，穿行在興唐寺中。周圍的殿宇樓臺一座座倒塌，灰塵漫天，到處都是哭喊和奔跑的人群。玄奘緊緊隨著李世民，尉遲敬德則把法雅扛在肩上，在一群禁軍的保護下，只花了一炷香的工夫就跑到了山下。正奔跑間，只聽見天崩地裂的聲響，整座興唐寺所在的山坡澈底坍塌，彷彿地底張開了一張無形的巨口，將整座山吞了進去。

岩石轟隆隆地朝坑中飛去，灰塵激起百丈，遮蔽了半片天空。所有人都在強烈的地面顫動中摔倒在地，然後回過頭來，看著片刻前還金碧輝煌的興唐寺，變作一片殘垣斷壁……

第十九章　自嗟此地非吾土

興唐寺的毀滅讓所有人心底一沉，李世民憤怒欲狂，但面對整座山的崩塌，他就算是人間帝王，也不可能在這一片廢墟中尋到蛛絲馬跡了。

眾人狼狽不堪地回到霍邑城中，李世民命杜楚客尋了幾個大戶人家，眾人分散住下，洗漱沐浴，好好休息了一夜，直到第二日午時才總算將受傷者大體安置好。李世民一得空就讓人把法雅押了上來。

「大和尚，好手段，好心機！」李世民冷冷地道。

法雅苦笑：「陛下，明明是幽冥事，為何非要將它指證成人為才算甘休？當年老衲找裴寂大人合作，不過是個由頭，打算將此事弄得朝野皆知罷了。可邀請陛下入幽冥遊覽的，的確是閻魔羅王。」

「你還嘴硬！」李世民氣壞了，冷笑道，「你以為興唐寺毀了，朕就拿你無可奈何嗎？別忘了，還有崔珏在！」

「崔珏早已經死了。」法雅搖頭，「老衲不信陛下有手段從幽冥界把他找回來。」連玄奘都對這老和尚的死硬態度不以為然，何苦呢？裴寂一叛變，這個計畫根本沒有祕密可言，何必非要觸怒陛下？

李世民冷笑：「是嗎？朕已經令尉遲敬德祕密將崔珏的前妻監控起來，他女兒朕不知下落，卻不知崔珏是否真能捨了這個結髮妻子！」

法雅面色不變：「陛下終有悔悟的那一天。」

李世民咬牙不語，正在這時，一名校尉急匆匆地走了進來：「陛下，崔珏現身了！」

李世民精神一振，魏徵、杜如晦、杜楚客、玄奘等人更是霍然站起。李世民道：「他如今在哪裡？」

「一炷香之前，崔珏突然出現在縣衙後宅，隨即消失，尉遲將軍將房舍砸開，發現了密道，帶著人追了出去，然後派人傳令說，這條密道通往東城外，令禁軍火速出兵擒拿！」

「好！點齊一千騎兵，朕親自率人捉拿！」李世民亢奮不已，斜睨著法雅，「把這個老和尚好好看押，待會兒讓他見識見識，幽冥地獄的判官是怎生落在朕的手裡！」

興唐寺坍塌，死傷無數，霍邑的縣令大人郭宰焦頭爛額，忙得不可開交。調集藥物，徵集醫師，騰空房舍供傷者以及皇帝龐大的隊伍居住，每一樣都讓這個猛虎縣令撓頭皮。他也聽說了興唐寺中發生的變故，聽說皇帝魂遊地府，並且受到幽冥判官崔珏的接待，郭宰不禁目瞪口呆，一股濃烈的不安襲上心頭。

興唐寺受傷者的慘狀也讓他驚懼不已，綠蘿幾日前失蹤，到現在仍下落不明，郭宰暗暗揪心，莫不是去了興唐寺吧？他幾日前問過李優娘，可李優娘卻支吾不言，令他越來越疑心。晌午時分，他安置完手中的工作，越發覺得心裡毛毛的，便交代了同僚一聲，回到縣衙後宅去找李優娘問個清楚。

一到自己家門口便是一怔，只見門口竟守衛著幾十名禁軍，全副甲冑，腰間掛著弓箭，手中握著直刀。郭宰愣愣地問：「各位大人，怎麼在鄙宅前守衛？好像後衙裡沒有安置傷者吧？」

一名禁軍校尉皺眉道：「你是何人？」

「下官霍邑縣令，郭宰。」郭宰拱手道。

那名校尉和左右一對視，點點頭，嘩啦啦地圍了上來，冷笑道：「原來你便是郭縣令？魏徵大人有命，一旦見到郭宰，立刻拘押。」

郭宰大吃一驚：「本官犯了何罪？為何要拘押我？」

「這個恕我不便說，魏大人找了你半天了，不過縣裡亂紛紛的一直沒找到你，恰好你送上門來。」那校尉冷冷地道，「來人，押他進去！等候魏大人發落。」

郭宰體格巨大，校尉怕他難對付，一揮手，十多人一擁而上，遠處還有人張弓搭箭。郭宰不敢反抗，乖乖地讓人捆了，推攘進了後衙。一進去，只見婢女莫蘭和小廝球兒都哭喪著臉，被五花大綁丟在客廳內，一見自家老爺也被捆了進來，連連哭喊：「老爺，老爺，快救我們啊！我們沒有犯法啊！」

郭宰心煩意亂地道：「到底怎麼回事？你們怎麼也被綁了？夫人呢？」

「老爺，一個時辰前，夫人被一個黑衣蒙面人帶走了！」莫蘭哭道，「然後一個高大的將軍帶著人破門而入，他們在您房裡找到一條密道，鑽進去了。然後我們就被他們捆起來看押了！」

「老爺，究竟您犯了什麼事啊？」球兒也哭道，「俺們可沒跟您做那犯法的勾當。」

郭宰怒不可遏，一腳將球兒踢成了個球，咕嚕嚕滾了出去，瞠目道：「夫人被人擄走了？是誰幹的？」

「不知道啊！」莫蘭道。

「那人帶著她去哪兒了？」郭宰幾乎癲狂了一般，一聽夫人被擄，幾乎心尖的肉都在顫抖。

「奴婢聽夫人和那人說話，那人說了魚鷹渡什麼的……」莫蘭驚恐地道。

郭宰怔住了：「夫人和那人認識？」

「奴婢也不知道，」莫蘭道，「不過夫人的模樣並不驚恐，很平靜就跟著那人去了。」

郭宰呆了，見門口站著十幾名禁軍，忙問：「幾位大人，可知道到底是誰擄走了本官的夫人？」

那幾名禁軍對視了一眼，冷笑一聲：「我們自然不知道，不過尉遲將軍親自率人去追殺了，等看到他們的屍體你就知道了。」

「你說什麼？」郭宰額頭冷汗涔涔，「追殺……尉遲將軍去追殺……」

他忽然虎吼一聲，那幾名禁軍大吃一驚，紛紛闖進廳中，只見郭宰猛地撲到牆壁兵刃架上那把陌刀旁邊，雙臂一背，把繩索在刀刃上一劃，鋒利的刀刃刺啦一聲，將繩索斷成了數截，再一探手臂，將五十斤重的陌刀持在手中。

「郭宰，你要造反嗎？」那名禁軍校尉厲聲喝道。

郭宰手握陌刀，鬚髮直豎，比眾人高出兩個頭的身軀有如神魔一般，大喝道：「若是我家夫人有個三長兩短，我將你們斬盡殺絕！給老子滾開——」

那名校尉怒道：「拿下——」

十多名禁軍怒吼著撲了上來，郭宰哈哈長笑，陌刀一揮，朝一名禁軍拍了過去。砰的一聲，禁軍手中的直刀根本擋不住如此威猛的力道，陌刀有如一扇門板般拍在了他身上，連人帶刀橫飛了出去，轟的一聲撞破窗櫺，飛到了庭院中。

就在這逼仄的客廳內，郭宰和十幾名禁軍展開一場惡戰。昔日沙場驍將的狠辣重新煥發，陌刀縱橫，無人能當，他殺紅了眼睛，一刀下去禁軍連人帶刀被斬得粉碎。霎時間肢體橫飛，血肉遍地，不到片刻，十幾名禁軍死傷慘重。

那名校尉被一刀拍斷了大腿，掙扎道：「郭宰，你是朝廷命官，你這是造反！」

郭宰摸了摸臉上的鮮血，呸了一聲：「天大地大，老子的夫人最大！哪個敢傷我夫人，便是一座山，老子也一刀砍作兩截！」

他大踏步走到廳外，門外的禁軍聽到聲響，吶喊著衝了進來，郭宰拖刀而行，凡是遇見擋路者，一刀斬下，竟無一人能阻擋他半步！屍體鋪滿了庭院，血流遍地，直到他走出後衙，數十名禁軍竟無一人能夠站立。

郭宰來到街上，人群雜亂，無數的百姓都擁在街上竊竊私語，不時有禁軍縱馬飛奔，往來不絕。正好有一名禁軍馳馬到了面前，郭宰朝馬前一站，喝道：「下來！」

「你找死！我有皇命在身——」那禁軍瞠目喝道。

郭宰懶得廢話，伸出胳膊抓住那人腰帶，手臂一抖，把那人拽下馬來，隨手拋出去兩丈多遠。郭宰縱身一躍，便跳上了馳騁的戰馬，抖動韁繩，戰馬潑剌剌朝著城西奔去。街上百姓忽然見自己的縣太爺手裡持著大刀渾身是血地縱馬飛奔，一個個散到兩邊，都有些納悶：「這位老實的縣太爺今天是怎麼了？」

魚鷹渡在汾水邊，距離縣城的西門有二十里。郭宰在這裡做了六年縣令，自然熟悉得很。他縱馬出了西門，向汾水奔去。城外是連綿起伏的丘陵和密林，一條官道直通魚鷹渡，郭宰毫不遲疑，加速飛奔。

正馳騁間，忽然聽到背後蹄聲隆隆，他乃是行伍出身，聽聲音就知道背後不下上千鐵騎全速狂奔。倉促間一回頭，隱約看到東南方向幾里地之外，一道黑色的洪流繞過丘陵朝自己追了過來。郭宰有些納悶，隨即就想到可能是尉遲敬德，難道他追錯了方向不成？怎麼從東南來了？

他猜得很準，追兵的確追錯了方向，但追的人卻猜錯了，後面追的，不僅僅是尉遲敬德，還有皇帝李世民！因為尉遲敬德是跟著崔珏從密道出來，密道通往城東的土地公廟，尉遲敬德就派人報給皇帝，往東門去。

李世民帶領一千名精銳騎兵到了城東土地公廟，恰好碰上尉遲敬德灰頭土臉地從井裡爬出來，會合之後，重新確定方向，才追著崔珏向西而來。

對郭宰而言，自己夫人沒被追上正好，否則尉遲敬德大軍一到，萬一亂軍中夫人有個閃失，那可真是悔之莫及了。他一夾馬腹，飛速狂奔，又追去十里，忽然看見遠處跑著一匹戰馬。馬上坐著兩人，坐在後面的女子，摟著騎者的腰，正是自己的夫人！

「夫人——」郭宰喜出望外，大喝道，「莫要怕，我來救妳啦！前面那賊子，速速放下我家夫人，否則本官砍了你的腦袋！」

前面馬上的兩人回過頭，看見是郭宰，都愣了。那名騎者回身對李優娘說了些什麼，一夾馬腹，跑得更快了。郭宰怒火萬丈，但他也不怕，因為對方的馬上有兩個人，奔跑的速度可沒自己快。

又奔了一盞茶的工夫，兩匹馬已經是馬頭接著馬尾，郭宰大喝一聲：「賊子，放下我家夫人——」舉刀就要劈。

「相公，不可——」李優娘急忙回過頭來，一臉惶急地道。

「為何？」郭宰奇道。

「他……」李優娘猶豫片刻，眼見不打發郭宰，自己根本走不了，只好咬牙道，「他是我相公——」

「妳……相公……」郭宰懵了，心道，夫人嚇壞了腦子嗎？妳相公不是我嗎？

「啊——」郭宰呆住了。

隨即覺得不對，果然，李優娘因窘地道：「是……是我前夫，崔珏！」

這時兩匹馬已經並排，馬上人側過頭，忽然拉下了臉上的黑巾，露出一張俊美儒雅的面孔，還朝著他微微一笑。郭宰雖然從未見過崔珏，但早從縣裡同僚的口中聽得耳朵都起了繭子，知道這人長得俊美，有才華，施政能力強，便是滿肚子酸氣，嫉妒得要命。好歹想到這人已經死了，他心裡才平衡些。這時一個死去七年的人，忽然活生生地出現在自己面前，還把自己老婆給勾引跑了，郭宰的心頓時如同給人用刀剜了一般，撕心裂肺地痛！

「夫人，」郭宰怒吼一聲，以陌刀指著崔珏，大叫道，「這究竟是怎麼回事？」

「你不要問了，」李優娘淚眼盈盈，哭道，「是妾身對不起你，原本我也打算和你廝守終生的，可是……可是自從知道崔郎還活著，妾身的一顆心就亂了。我實在……實在無法拒絕他……」

「啊——」郭宰嘶聲狂吼，忽然惡狠狠地一刀劈下，咔嚓一聲，崔珏胯下的戰馬頭顱被一刀斬斷，兩個人跌了下去。李優娘方才眼見郭宰一刀斬下，眼睛頓時一閉，淒然想，罷了，罷了，既然我辜負了他，死在他刀下也是一個好歸宿，免得整日這般掙扎糾結。

沒想到身子一空，竟然朝前面一頭栽去。眼看她就要撞在地上，郭宰從馬上飛撲而下，拋了陌刀，伸手抱住她的腰肢，在地上一滾，避開戰馬的屍體，輕輕地把李優娘摟在懷中。

崔珏就慘了，他沒郭宰的身手，幾乎摔斷了腸子，好容易才爬了起來，見自己的夫人被郭宰抱在懷裡，頓時大怒：「郭宰，放了優娘！你有什麼資格抱她？」

郭宰一聽，更惱了，呼地站起來怒視著他：「她是我夫人，老子怎麼沒資格抱她？」

崔珏眼見汾水魚鷹渡口只有一二里的距離，轟隆隆的水聲就在耳際。他在渡口備有船，到時候揚帆而下，進入一條支流，然後鑽入一座祕密的山腹，哪怕李世民上天下地也找不到他，從此以後就能偕優娘嘯傲林泉。沒想到就在這最後一刻，卻被這個粗鄙的莽漢給破壞了。

背後千軍萬馬的鐵蹄聲轟隆隆地越來越近，崔珏又氣又急，喝道：「我又不是真的死了，她又不是寡婦，你憑什麼娶她？我還沒告你趁機強娶他人婦的大罪，你反而要汙衊我！郭宰，看在你照顧優娘這麼多年的分上，我不和你計較，放下優娘，趕緊滾蛋，否則後面的大軍一到，咱們誰都活不了！」

「你明明死了……怎麼說我強娶……你雖然沒死……」郭宰拙口笨舌，哪裡辯得過崔珏，滿肚子委屈卻倒不出來，只氣得哇哇大叫。忽然感覺懷中人兒一掙扎，他愕然望著李優娘。

李優娘從他懷裡跳了下來，輕輕走到崔珏的身邊，斂眉朝他施禮：「相公，妾身是個不潔的女人，不值得你如此關愛。此恩此德，容優娘來日再報。可崔郎是我的結髮夫君，既然知道他沒死，優娘只好追隨他而去，不管刀裡火裡，不管千萬人的唾沫，優娘絕不後悔。相公，你是個好人，是朝廷命官，崔郎眼下犯了弒君的大罪，與他有牽連的人都不會有好下場，你還是早早地走吧！」

郭宰淚流滿面，喃喃道：「夫人，這一年來和妳私通的人，便是此人嗎？」

李優娘臉色慘變：「你……你知道？」

「我雖然蠢笨，卻不是傻子，如何不知？」郭宰這麼個巨人忽然號啕痛哭，「我早就知道妳與人私通，那迷香雖然厲害，可我夜晚跌在地上，難道早晨醒來時渾身疼痛、中衣上沾滿灰土，就絲毫不會懷疑嗎？」

崔珏和李優娘面面相覷。想起自己和崔珏的荒唐時光，李優娘不禁滿臉通紅：「相公，我……我對不起你……」

「妳對不起我……對不起我……」郭宰忽然哈哈慘笑，「夫人，妳可知道這一年來，我的心裡有多苦嗎？我的家人被突厥人殺了個乾淨，我在這世上孤零零的一人，好容易有了妳，有了綠蘿，有了家，妳知道我多珍惜嗎？我把我所有的一切掏心窩給妳，生怕待妳不好。我知道自己愚笨，配不上妳，哪怕妳和人偷情我也不敢聲張，故作不知，每日笑臉相對。因為我怕一旦聲張，妳就會離我而去，我的家就會分崩離析……重新讓我回到那年夏天，父母妻兒橫屍滿地的痛苦與絕望中。我真的不願再面對……我寧願對外傳言妳中了邪祟，甚至請高僧給妳作法……只是想以此點醒妳啊——」

崔珏被深深地震撼了，忽然走到郭宰面前，撲通跪倒：「郭兄，在下向你賠罪了！我不是人，心裡嫉妒你娶了優娘，對你故意凌辱，在下向你磕頭賠罪。」

郭宰漠然不答，崔珏嘆了口氣，忽然從懷中拔出一把匕首，噗地刺進自己小腹。郭宰和李優娘頓時驚呆了，崔珏強忍劇痛，低聲道：「我對郭兄的羞辱，不是一句道歉所能抵消。在下寧願三刀六洞，自殘身體，只願郭兄能夠原諒優娘。」說罷，拔出匕首，噗的又是一刀。

這一下痛得他渾身冷汗，面容扭曲。李優娘尖叫一聲：「你做什麼？你會死的！」她撲上去奪下他的刀，遠遠扔在了地上，然後和崔珏一起跪倒在郭宰面前，哭道：「相公，你就行行好，放過我們吧！後面的大軍追過來，崔郎會死的！我和崔郎此番一去，隱居不出，世上再不會有我們二人，綠蘿還要讓你照顧，求你將她撫養成人，我們夫妻永世難忘你的大恩大德！相公——」

郭宰長嘆一聲，雄偉的身軀轟然坍塌，喃喃道：「綠蘿在哪裡？有沒有事？」

「沒事。」崔珏道，「我早已安排人把她送走了，眼下她在晉州。」

郭宰痴呆呆地半晌不語，此時李世民的大軍已經越過了最近的一座丘陵，黑壓壓的騎兵出現在二里之外。郭宰終於揮了揮手：「罷了，罷了，你們走吧！」

他從懷中掏出一包藥扔給崔珏：「我來時正在縣裡救助傷者，恰好有包金瘡藥，敷上去，別死了，要好好照顧優娘。」

兩人驚喜交加，齊聲道謝，互相攙扶著就要走。

郭宰低聲道：「騎上我的馬！後面的大軍我來抵擋，綠蘿只怕我沒機會去照顧了，你們到時候帶她走吧，別再讓她不幸。」

李優娘滿臉淚水，痴痴地看著這個魁梧高大的男子。崔玨低著頭拉了她一把，將她扯上了戰馬，兩人策馬向魚鷹渡口奔去。

「有情人終成眷屬啦，可我呢……」郭宰凝望著兩人遠去的背影，呵呵慘笑，忽然間雄偉的身軀挺直，手中握著陌刀，雙腿一叉，昂然如巨神般站在大道中央！

李世民率領的鐵騎瞬息間奔到，遠遠地看見一條巨大的身影手握陌刀，擋在前面。尉遲敬德手中令旗一揮，最前面的兩名校尉一提手中的長槊，身子俯在馬背上，策馬衝了出去，人借著馬力，長槊借著衝力，尺餘長的槊尖閃耀著寒光，直刺郭宰。

兩把長槊有如疾風暴雨般刺來，呼嘯聲中，兩人、兩馬、兩槊已經到了郭宰面前。郭宰凝眸不動，平視著槊尖，待得槊尖到了五尺之外，忽然身子一動，閃電般到了馬匹右側，讓過左側校尉的長槊，先是舉刀橫推，將右側校尉的長槊挑開，隨後虎吼一聲，雙手握住陌刀力劈而下。

那校尉沒想到這巨人身手如此敏捷，眼見陌刀劈來，駭得魂魄出竅，橫起長槊一擋。郭宰何等力量，這陌刀沉重又鋒銳，唠嚓一聲，槊桿斷作兩截，連那校尉的身子也被整個劈開，刀鋒一直砍破馬鞍，才卡在戰馬的脊骨間。

人血、馬血四處飛濺。郭宰提刀而立，冷冷地看著另一名校尉。那名校尉方才刺空，這時策馬轉了回來，見同伴身死，不禁大吼一聲，催馬橫槊挺刺。郭宰更是狂悍，竟然朝戰馬衝了過來，眼見長槊刺到，陌刀一劈，擋開長槊，隨即整個身子重重地撞在了馬腹上。

奔馬的速度何等快捷，這校尉沒想到郭宰居然這般大膽，避讓不及，連人帶馬被撞個正著，戰馬長嘶一聲，轟然倒地，校尉也從馬背上飛起，重重地摔在了地上。

交手不過呼吸間，兩名校尉一死一傷。

「嘶——」奔跑在騎兵中的李世民一抖韁繩，勒住戰馬。這些騎兵都是精銳，一個個令行禁止，同時勒馬，整個騎兵隊伍小跑了三四丈便齊刷刷地一起停下。

李世民和尉遲敬德縱橫軍陣，眼力何等高明，刀斷長槊，力撞奔馬，此人的力量何其之大！身手何其強悍！他到底是誰？

等到勒住馬匹，兩人才看清楚郭宰的相貌，頓時都愣了。

「郭宰？」李世民吃了一驚，「你怎麼在此地？」

郭宰看見皇帝，頓時也怔住了，他可沒想到是李世民親自帶人追殺崔玨。這一來，自己頓時陷入尷尬的境地，與皇帝為敵，那就是叛國，一世英名付諸流水；可不擋著李世民，優娘就會喪命。郭宰臉上肌肉扭曲，魁梧的身軀輕輕顫抖，好半晌才扔了刀，跪倒在地：「臣不知是陛下駕臨，請陛下恕罪。」

「哦，朕明白了。」李世民忽然醒悟，「崔玨帶走的那個女子是你的夫人吧？」

「沒錯，」郭宰低聲道，「正是臣的妻子，優娘。」

李世民大怒：「既然如此，你擋著朕做什麼？朕正要緝拿叛賊崔玨，崔玨擄走了你夫人，你該當和朕一起緝拿他才是！你這個糊塗笨蛋！」

「陛下罵得是。」郭宰慘笑，「臣已經追上他們了，本想救了優娘，可是她卻死活不跟臣走，只因那崔珏是她的結髮之夫……臣深愛優娘，實在不忍心眼睜睜看著她死在我面前，只好放了他們。」

李世民陰沉著臉，他內心對這猛虎縣令頗為喜愛，此人征戰沙場，是一員驍將，這次本想帶他回長安重用，沒想到他竟會牽扯到這種事情裡。良久，李世民才嘆道：「郭宰，你為了夫妻之情，為了一個將你拋棄的女人，連君臣之義都不顧了嗎？要向朕動刀？」

「臣不敢不顧君臣之義，也不願放棄夫妻之情。」郭宰跪在地上搖頭，「更不敢對陛下無禮。」

「那你打算怎麼辦？」李世民冷冷地道，「天下可沒有兩全其美的事！」

「有！」郭宰抬起頭，昂然道，「請陛下賜臣一死！此時優娘只怕已經逃到了魚鷹渡口，臣的夫妻之情已經成全，但阻攔陛下，臣又犯下死罪，求陛下賜死！」

李世民神情複雜地看著這個魁梧如巨神般的縣令。他跪倒在地，居然跟常人站著一般高，這樣的猛漢放到沙場絕對是一員虎將，為朕開疆拓土，何等功業啊！卻為何繞不開這情字一關呢？

「陛下，」魏徵策馬衝了過來，急急道，「不可再猶豫了，那崔珏智謀深沉，一旦到了渡口，恐怕咱們只能眼睜睜看著他跑掉。」

李世民不答，看著郭宰道：「若朕不殺你，你就擋著這條路，不讓朕通過嗎？」

「是！」郭宰決然道，重重地磕頭，「求陛下賜死！」

李世民咬了咬牙，舉起手臂，眼眸中閃過一絲不捨，卻決然揮手，喝道：「射——」

三百名騎兵齊齊平端臂張弩，一扣扳機，嗡的一聲響，到處都是撕裂空氣的尖嘯，噗噗噗……這一瞬間，起碼有三十枝弩箭射進了郭宰的身軀，整個人被插得密密麻麻，猶如刺蝟一般！

郭宰仍舊腰板挺直，跪在地上，臉上慢慢露出一絲滿足的笑容，喃喃道：「謝陛下——」

強壯的身軀轟然栽倒，驚起濃濃的塵埃。

李世民臉上露出痛惜，這等性格樸實的悍將何等難求啊，卻因為一個女人而死在自己箭下！他心中對崔玨的憤恨更強烈了，大喝道：「給朕追！」

戰馬揚起馬蹄，轟隆隆地從郭宰身邊馳過，向魚鷹渡口追去。大軍過去，後面卻又來了一匹戰馬，馬上坐著一個僧人，正是玄奘。到了郭宰的屍體邊，玄奘跳下馬來，看著這位性格淳樸憨厚、待人誠懇的縣令，不禁熱淚盈眶。玄奘費力地把他的屍體拖到了路邊，讓他仰面躺好，自己趺坐一旁，默默地誦念《地藏菩薩本願經》：「……爾時諸世界分身地藏菩薩，共復一形。涕淚哀戀，白其佛言。我從久遠劫來，蒙佛接引。使獲不可思議神力，具大智慧。我所分身，遍滿百千萬億恆河沙世界。每一世界，化百千萬億身。每一身，渡百千萬億人。令歸敬三寶，永離生死，至涅槃樂。」

李世民心急如焚，策馬狂奔，崔玨是他唯一的希望了。只有這個人能證明幽冥界的虛妄與人謀，讓那個號稱謀僧的老傢伙在他面前服輸。

朕可以允許你們借十八泥犁獄震懾世人，卻絕不允許你們來震懾朕！李世民咬牙切齒地想。

原本以為崔玨騎馬走了一段時間，這時早就到了汾水邊，說不定已經揚帆遠去。李世民一顆心幾乎要跳出來，結果騎兵們追了一路，到了河邊，只見遠處的魚鷹渡口停著一艘快船，河岸的棧橋上，卻並肩坐著兩條人影，一男一女，肩並肩地依偎著，眺望著奔騰呼嘯的汾水。

李世民怔住了。騎兵隊伍到了河邊驟然停住，眾人翻身下馬，在尉遲敬德和一群禁軍的保護下，李世民、魏徵等人踏上了棧橋，在那兩人身後十丈外站住。棧橋上到處都是淋漓的鮮血，灑了一路。是誰傷了他？李世民心中奇怪。

他卻不知道，崔玨為了向郭宰道歉，狠狠地插了自己兩刀，雖然插的是小腹，不是致命處，可是大量的失血早已使他無法支撐，方才在馬上就摔下來一次，兩人幾乎是一步一挨才總算到了棧橋。可到了棧橋上，崔玨已經徹底支撐不住了，兩人互相摟抱，知道生命已經到了盡頭，反而放開約束，任那救命的小舟在水中飄蕩，兩人坐在棧橋上，脫下鞋襪，赤腳浸在水中，感受著那份自由，那份暢快，那份無牽無掛。

「崔玨？」李世民冷冷地道。

崔玨不曾回頭，淡淡地應道：「陛下一向可好？」

一聽這熟悉的聲音，李世民頓時氣不打一處來，仰天打個哈哈：「好啊，朕很好，可是你就很不好了。哼哼，真是好手段，創造幽冥界，和朕演得一場好戲。如今你落在了朕的手中，朕要世人都看看你這個幽冥判官的真面孔！」

「哈哈哈哈。」崔玨頭也不回，一隻手摀著小腹，卻大笑道，「陛下被人欺瞞了呀！

幽冥便是幽冥，人界便是人界，人力如何能創造幽冥界？陛下難道還不悔悟，真正欺瞞你的，不是崔珏，而是你身邊的權臣。」

「你還敢嘴硬！」魏徵大怒，「修建興唐寺，創造幽冥界來震懾帝王的人，正是你崔珏！」

「崔珏是崔珏，我是我，魏大人可不要混為一談。我只是平凡之人，只願與心愛的女人遠走高飛，嘯傲林泉，可不認識你口中的幽冥判官。」崔珏哈哈慘笑，忽然牽動傷口，痛哼了一聲。

李優娘驚叫一聲，把手中的金瘡藥一股腦兒地往傷口上撒，但血如泉湧，如何止得住：「夫君……」

李優娘滿臉淚水，崔珏含笑看著她：「優娘，都是為夫的錯，拋下妳這麼多年，這時候，才知道世上的一切都是虛妄，只有妳才是真實存在的。」

李優娘把臉埋在他懷中嗚嗚哭泣：「優娘不後悔。夫君死後，優娘決不獨生，希望地下真的有幽冥界，哪怕被投入十八泥犁獄，只要能看到你，優娘便滿足了。」

崔珏笑了：「到了幽冥界，誰敢動妳？既然無法在人間活著，咱們就一起去幽冥吧！他們不是一直以為我便是崔珏，我便是泥犁獄的判官嗎？說不定閻魔羅王也會認錯人，封我做那判官呢！哈哈哈哈……咳咳——」

李世民驚疑不定，這人明明就是崔珏啊！怎麼到了這個時候他還否認。

「你轉過臉來！」李世民喝道。

崔珏大笑著轉過身，朝著李世民一笑。李世民身子一抖，幾乎坐倒，連魏徵等人也駭得有如木雕泥塑——在他們面前的，哪裡是那個丰神俊朗的三晉才子？竟然是一個沒有臉皮，連鼻子都被割掉的無面人！

他臉上斑斑駁駁，到處都是刀疤和醜陋的瘢痕，竟然是將整張面孔都剝了下來！看那傷痕的顏色，並不是新鮮的，只怕是好多年前就已經剝掉了。這人，無論是和過往記憶中的崔珏，還是昨夜在幽冥界見到的崔珏，都完全是兩個人。

李世民呆住了，魏徵呆住了，所有人都呆住了。

「阿彌陀佛……」眾人的身後響起一聲佛號，玄奘的身影慢慢走了過來，憐憫地看著坐在棧橋盡頭的無面人。

「哈哈，法師來了嗎？」無面人朝他招了招手。

玄奘緩緩地走過去，無面人一把拉住他的手，嘴裡湧出一團鮮血，卻硬生生地嚥下，低笑道：「我跟你說一句話。」

玄奘把耳朵湊到他嘴邊，無面人喃喃道：「若是回頭見到長捷，告訴他，我謝謝他，從此不再恨他了。」

玄奘困惑不已，卻點了點頭。以他的經驗，自然看出這人早已經生機斷絕了。

「不——你是崔珏！你一定是崔珏！」李世民有如發狂了一般，憤怒地衝了上來，一把抓住無面人的衣襟，嘶聲喝道，「你到底是不是？快說——」

無面人呵呵大笑，口中湧出一團一團的血沫，喃喃道：「陛下，他日幽冥界再會……」

頭一歪，死在了李世民的懷中。李世民悚然一抖，急忙放開他的屍體，踉踉蹌蹌地退了四五尺遠，整個人痴傻了一般。

李優娘動作輕柔地把無面人的屍體抱在懷中，彷彿怕弄痛了他，又彷彿自己抱的是一團空氣。她輕輕拍著他，臉上含著笑，眼睛裡流著淚，喃喃地唱著歌，彷彿在哄一個孩子：

莫道妝成斷客腸，粉胸綿手白蓮香。
煙分頂上三層綠，劍截眸中一寸光。
舞勝柳枝腰更軟，歌嫌珠貫曲猶長。
雖然不似王孫女，解愛臨邛賣賦郎。
錦裡芬芳少佩蘭，風流全占似君難。
心迷曉夢窗猶暗，粉落香肌汗未乾。
兩臉夭桃從鏡發，一眸春水照人寒。
自嗟此地非吾土，不得如花歲歲看。

「崔郎，咱們這就回家，你永生永世都能看著我了……」

她最後歡悅地說道，隨即拔出無面人腰腹間的匕首，狠狠地插進了自己的胸膛……

身子一歪，兩具相愛的屍體互相依偎著，靜靜地坐在魚鷹渡口，伴隨著滔滔不絕的流水。

尾聲

李世民失魂落魄地回到霍邑，觸目便是一座熊熊燃燒的宅院，一問，頓時驚呆了，法雅竟然被囚禁在這裡！

「誰放的火！」李世民暴怒不已。崔珏死了，法雅若是再死了，自己還如何證明幽冥界是真實還是虛幻？

守衛的校尉苦笑：「陛下，這火就是法雅放的。」

李世民怒不可遏，朝火場裡嘶喊：「法雅，你這個懦夫，不敢面對朕！」火場中，隱隱傳來一句佛偈：「佛法在世間，不離世間覺，離世求菩提，恰如覓兔角。阿彌陀佛！」

隨即整座房屋坍塌下來，轟隆隆的聲音掩蓋了一切。李世民惘然若失，他知道，自己再也沒有機會證明幽冥界的真實與虛幻了。這些智者留在人間的一切痕跡，都被毫不留情地磨滅了，連同他們的生命。

他無心再巡狩河東，匆匆回到了長安，立即以雷霆手段罷免了裴寂。削食邑之半，放歸本邑蒲州。經過這麼多年的辛苦，裴寂終於算是體面地回歸故里。然而裴寂在這場計畫中的背叛之舉，卻深深地得罪了法雅的信徒。一個名叫信行的僧人，經常蠱惑裴寂的家僮，說道：「裴公有天分，是帝王之相。」

管家恭命將信行的話告訴裴寂，裴寂驚恐不已，私下裡命恭命將那個家僮殺人滅口。恭命不敢殺人，只是把家僮藏匿起來。後來，恭命得罪了裴寂，就向李世民告發。

李世民大怒，新帳舊帳一起算，下詔曰：「寂有死罪者四：位為三公而與妖人法雅親密，罪一也；事發之後，乃負氣稱怒，稱國家有天下，是我所謀，罪二也；妖人言其有天分，匿而不奏，罪三也；陰行殺戮以滅口，罪四也。我殺之非無辭矣。議者多言流配，朕其從眾乎。」

這段話後來記載於《舊唐書．裴寂傳》中，成為裴寂的蓋棺論定之語。但李世民發布這四條罪狀中，終究沒有牽扯到他誅殺劉文靜之事，好歹算是念及判官廟散盡家財之舉，留了他一命。裴寂被流放到廣西靜州，數年後李世民顧念舊情，將他召回長安。不久裴寂病故，終年六十二歲。

同時，這場幽冥還魂的經歷深深地影響了李世民，雖然他一直固執地認為是人謀，可是卻止不住心中的恐懼。一生廣建寺院，超渡死在自己手中的亡魂，並親自下詔悔過：「竊以如來聖教，深尚慈仁，禁戒之科，殺害為重，永言此理，彌增悔懼。今宜為自征討以來，手所誅剪，前後之數，將近一千，皆為建齋行道，竭誠禮懺……冀三途之難，因斯解脫。萬劫之苦，借此弘濟。滅怨障之心，趣菩提之道。」

貞觀二十二年，唐太宗因早年殺兄除弟，內心驚懼，便向他一生中最欣賞的僧人玄奘詢問：「欲樹功德，何最饒益？」

貞觀二十三年，臨死之時，李世民仍不放心地向玄奘打聽因果報應之事。他一直不相信自己會在這一年死去，哪怕身體極端衰弱，也堅持要服用天竺巫師娑婆寐煉製的丹藥。面對諸臣的反對，他告訴眾臣：「朕早已得天諭，還有十年壽命，豈會因胡僧之藥而亡？」

服藥之後不久，他的身體便再也支撐不住，溘然駕崩。

貞觀三年夏天，玄奘回到長安，掛錫洪福寺，然後再次向李世民上表，請求允許自己西行天竺。貞觀元年那次是不理不睬，這次不同，李世民親自召見玄奘，詢問他西行的目的，玄奘一一陳述。

李世民欽佩不已，感慨道：「與法雅相比，法師這求佛之路才是如來正道啊！法師願意遠涉瀚海，行走數百國，為我大唐求得如來真法，朕豈有不願之理？只是法師知道，如今西域不穩，東突厥雄踞大漠，鐵蹄時時入侵。從武德年間，為了嚴防密諜以及借商旅的名義資敵者，朝廷下令封鎖關隘，所有人等以及鹽鐵布匹之物一律不准出關。」

玄奘苦笑：「貧僧的來歷陛下清楚，絕非密諜，也不會攜帶鹽鐵布匹。」

「朕當然知道。」李世民也笑了，但面容一肅，「但法師周遊全國，對大唐的各地虛實了解無比。朕是怕萬一法師被異族拿獲，那你就是一幅活地圖啊！況且你是我國名僧，若落在夷狄之手，讓朕何以對天下人交代？法師的宏願朕知曉了，且靜待些年頭，等朕收復河西，擊敗東突厥，必定放法師西去。」

玄奘無語，等他收復河西，擊敗東突厥？那要等到什麼時候，說不定自己連鬍子都白了，床榻都下不了了。他再三懇求，李世民終是不允，玄奘只好怏怏地回到洪福寺。

到了山門處，忽然背後有人低聲叫道：「玄奘哥哥……」

玄奘渾身一顫，急忙回頭，卻見香客叢中俏立著一位靚麗的少女，竟然是綠蘿！

「綠蘿小姐，」玄奘又驚又喜，「妳怎麼在這裡？那日興唐寺地下一別，隨即寺廟坍塌，貧僧還以為妳已經遭了不測。」

「我遭了不測你很高興嗎？」綠蘿冷著臉道，「從此不再糾纏你了，你很舒爽吧？」

玄奘啞然苦笑。

綠蘿臉上現出哀戚之色，喃喃道：「那日你帶著陛下跳進還陽池之後，我與父親見了面，然後他就安排人把我連夜送到了晉州。直到三日後，我才知道霍邑發生的變故，興唐寺坍塌了，爹爹死了，娘死了，連繼父也死了……這個世上我孤零零的，再也沒有一個親人。幸好得了馬典吏幫助，我才在霍山的判官廟後面安葬了雙親和繼父。後來聽說你來了長安，便一路迢迢來尋你，好容易才打聽到你住在這洪福寺。」

玄奘滿是憐憫，這個少女的身世真是淒慘，他嘆了口氣：「以後綠蘿小姐打算怎麼辦？」

綠蘿搖搖頭，一臉茫然：「既然找到了你，我就還是跟著你吧！」

玄奘傻了，可綠蘿說到做到，從此就跟定了玄奘。她無法住到洪福寺裡，就在對面租了房子住下，崔珏對她的未來安排得極為妥帖，生活用度根本不需考慮。這小姑娘便日日跑到洪福寺裡，名曰上香，其實就盯著玄奘。

到了秋八月，長安一帶以及關東、河南、隴右等沿邊各州，受到霜災和雹災的襲擊，莊稼絕收，飢民四出，朝廷無力救濟，只好敕令道俗可以隨豐就食——哪裡有吃的你們到哪裡去。

這日玄奘聽說有大批災民往西去隴右，心中一動，混在災民中，豈非可以混出邊關，西去天竺？

他說動就動，收拾好行囊，辦好離寺的手續，就離開洪福寺，沒想還沒到山門，綠蘿提著食盒迎面而來。見他背著行囊，一副出遠門的打扮，綠蘿不禁大吃一驚：「玄奘哥哥，你要去哪裡？」

玄奘無奈，只好將自己打算混出邊關，西行天竺的計畫說了一番。綠蘿頓時淚水滂沱，無力地委頓到了地上，哭道：「玄奘哥哥，你告訴我，在這人世間找個可以依託的人，為何這般艱難？」

玄奘長嘆一聲：「妳過執了。人世間的精采妳根本不曾領略，只是把懵懂的希望寄託在一個僧人的身上，無疑在緣木求魚，覓兔尋角。綠蘿小姐，妳往貧僧的身後看，世間斑斕，妳根本沒有看到啊！」

「我不看！」綠蘿暴怒，跳起來跺腳道，「我就是要等你回心轉意的那一天！」她仰頭盯著玄奘，忽然從懷中抽出一把冰藍色的彎刀，冷冷地道，「這是波羅葉的那把彎刀，我一直隨身帶著，若是得不到你，我就會用這把彎刀結束自己的生命。我殺了波羅葉，用他的刀，給他償命！」

玄奘一頭是汗，卻不知如何化解，急道：「可是貧僧這一去，十有八九會被那瀚海吞噬，根本回不來！」

「我不管！」綠蘿堅決地道，「你決意要去，我也無法阻攔，但你跟我說，你幾時回來，我便等你到幾時！若是到了時候你不回來，我就用這把刀割斷我的脖子！」

玄奘實在無可奈何，忽然看見面前一棵巨大的松樹，枝葉西指。他指著松樹斷然道：「我去之後，或三二年，或五七年，但看那山門裡松枝頭向東，我即回來。不然，斷不回矣。」

綠蘿看了看那松樹，冷靜地點點頭：「玄奘哥哥，我記住了。我會一直等在這裡，等著枝頭向東的那一天……」

玄奘無言，背著行囊茫然離去。直到他的背影消失，綠蘿仍舊痴痴地站在松樹下，翹首而望……

玄奘身負行囊，孤身西行，也不知走了多少日，這一日，路過秦州的一處鄉下，忽然看見村頭水井旁的一棵大柳樹下，正圍著一群村漢聽一個男子講變文。變文這些年剛剛興起，故事性十足，可以講，可以唱，內容大多是些佛經故事，深受底層百姓的歡迎。一群村漢將那男子圍了個裡三層外三層，人雖然多，但大家都屏氣凝神，聽著那漢子講唱。

那漢子講的變文故事玄奘居然從未聽說過，只聽一個沙啞的嗓音道：「皇帝驚而言曰：『憶得武德三年至五年，收六十四煙塵，朕自親征，無陣不經，無陣不歷，殺人數廣。昔日罪深，今受罪猶自未了，朕即如何歸得生路？』憂心若醉……」

玄奘忽然一怔，武德三年，收六十四煙塵，這說的豈非當朝天子嗎？他駐足靜聽，那漢子一直講唱：「皇帝到了蕭門前站定，有通事高聲道：『今拘來大唐天子李某生魂。』有鬼卒引皇帝到殿門口設拜，皇帝不施拜禮，殿上有高品一人喝道：『大唐天子李某，何不拜？』皇帝高聲而言：『向朕索拜禮者，是何人也？朕在長安之日，只是受人拜，不慣拜人。朕是大唐天子，閻羅王是鬼團頭，因何向朕索拜？』閻羅王被罵，乃作色動容。皇帝問：『那判官名叫什麼？卿近前來輕道。』判官道：『臣姓崔名珏……』」

玄奘聽到這裡，頓時大吃一驚，這漢子講的，竟然是李世民遊覽幽冥界的那一段！連崔珏也在其中。他急忙扯了一名聽得津津有味的漢子，問：「敢問施主，你們在聽什麼？」

那漢子頭也不回，急忙忙道：「〈唐王入冥記〉，最新的變文，說的就是當今的陛下啊！」

玄奘傻了，正在這時，忽然有一名姿容端莊的少婦，牽著一個虎頭虎腦的兩三歲男孩，從遠處村裡走了過來，到了人群外，笑道：「陳郎，該回家吃飯啦！」

「哎喲，陳家娘子來啦！」周圍的漢子一起笑道，紛紛讓開路，正在講變文的漢子走出人群，拉著娘子和兒子的手，大笑道：「今日到此為止，回家吃飯去！」

夫妻兩個牽著孩子的手，一路歡笑著朝村裡走去。

玄奘看著那男子的背影，有如被轟雷擊中一般，整個人都傻了。無論十年百年，整個世界如何變幻，他也不會忘記那張面孔，因為那是他十歲以後最美好的記憶，陪伴他度過了一生中最困厄的時光，帶著他走上佛家之路，並和他身體裡流著同樣的血——

那是他尋找已久的哥哥，長捷！

「那個少婦便是裴家的三小姐吧？那個孩子，就是我的姪兒……」一瞬間，玄奘淚水奔流，感激和喜悅讓他無法控制自己的情緒。

這時候，他想起崔珏臨死前的話：「若是回頭見到長捷，告訴他，我謝謝他，從此不再恨他了。」心中有如醍醐灌頂，忽然明白了那話中的含義——正是長捷與裴緗私奔，引起朝廷注意，才使得崔珏的處境極為艱險。為了防止被朝廷窺察到自己的模樣，洩露祕密，他竟然將自己臉皮整個剝下，然後製成了人皮面具重新戴在臉上！

正是這種被迫毀容的痛苦，才使得崔珏深恨長捷。可偏偏又因為他幾年前便毀了容，李世民最後抓獲了他，也無法確定他真實的身分。幽冥還魂，在帝王的心中永遠成了揮之不去的噩夢！法雅和崔珏險之又險地獲得了成功！

也正因為如此，崔珏對長捷才最終釋懷，臨死前原諒了他。

李世民滿含威懾的話，在玄奘的耳邊響起：「至於你那二哥，一則急流勇退，還算知趣，二則朕也找不到他，你呀，就期盼他永遠別讓朕找到吧！」

「二哥，」淚眼迷濛中，玄奘凝望著長捷遠去的背影，喃喃道，「就祝福你永遠別讓皇帝找到吧！」

他哈哈一聲長笑，擦乾淚水。滿目的風沙中，孤單的身影踏上西行的漫漫旅途。

時光也不知過去了多少年，大唐早已強盛一時，長安城也成為這個世界上最偉大的都市。昔日明眸善睞的少女如今已滿臉憔悴，白髮叢生，卻依舊守著洪福寺，守著寺裡那株蒼老的古松。她日日來到松下，眺望著松樹上斜指向西的枝葉，口中不住地念道：「玄奘哥哥，你答應我的，或三二年，或五七年，但看那山門裡松枝頭向東，你就回來。如今兩個五七年已經過去了，你為何還不回來……」

樹下的行人與香客惶然注視著這個瘋瘋癲癲的女人，一個個繞行而走，竊竊私語不停傳來：「這個瘋女人又來了！」

「她為何每日都到這松樹下轉圈？」

「你還不知道啊？據說這個女人在這樹下轉了十六年了，聽寺裡的僧人說，她從貞觀三年就日日在這樹下徘徊，如今已經是貞觀十九年，那可不是十六年了嗎？」

「她到底是瘋了還是傻了？究竟怎麼回事？」

「沒人知道，她從不和人談話，只是自己每日在樹下徘徊，喃喃自語，誰也聽不懂她在說什麼。」

忽然人群喧譁了起來，眾人紛紛仰頭：「快看啊！那女人爬到樹上了！」

眾人目瞪口呆地看著，只見那女人手中握著一把寒光凜凜的彎刀，爬到樹幹之上，朝著斜指向西的樹枝死命劈砍。那彎刀上帶著奇異的花紋，看起來極為鋒利，一刀劈下，手臂粗細的枝幹應聲而落。那女人彷彿瘋了，口中狂叫道：「你騙我！你騙我！你為何還不回來——」

她邊哭邊砍，眨眼間將那根樹枝砍得七零八落，隨即從樹上一躍而下，痴痴地望著古松：「玄奘哥哥，你說過，但看那山門裡松枝頭向東，你即回來。你看，松枝頭向東了……」

眾人驚訝地望去，果然見那根最粗大的枝幹被砍斷之後，只剩下一根向東的松枝……

那女人抱著樹幹慢慢地委頓到了地上，仰望著松枝痴痴地笑道：「玄奘哥哥，你終於回來了……」

註釋

1 長捷，俗家名陳素，玄奘的次兄。丰神朗俊，體狀魁傑，有類於父，好內外學。長捷兄姐共四人，長捷為次，玄奘最小。長兄的名字、身分俱不可考。其姐嫁到瀛州張家。長捷早年出家於洛陽淨土寺，玄奘五歲亡母，十歲喪父，於是攜幼弟前往淨土寺出家，「以奘少罹窮酷，攜以將之，日授精理，旁兼巧論」。唐武德元年，洛陽戰亂，長捷攜玄奘逃難至長安，同年冬，越秦嶺抵達益州多寶寺。長捷精通佛學與老莊，善講，較具名士之風格，益州路總管酇國公竇軌、益州行臺民部尚書韋雲起，均對其欽重。時人傳誦道：「昔聞荀氏八龍，今見陳門雙驥。」武德四年，玄奘欲離開益州外出參學，但唐初制律，實行關禁政策，凡行人往來，關令「必據過所以勘之」，即必須勘驗過關文書。若遊方的僧侶沒有攜帶文書，將受盤問禁止。私自度關者，徒一年。長捷考慮到玄奘的安全，堅決禁止他出川。於是玄奘留書作別，透過往返長江水路的商人幫助，私自搭上船隻，沿江而下。從此與長捷失散，終玄奘一生，再未相見。（整理自《三藏法師傳》、《大唐三藏玄奘法師行狀》、《續高僧傳》等）

2 崔玨，字子玉，山西祈州古城縣人，生於隋朝。崔玨父名讓，母劉氏，平時「厚德好施，夢岱嶽神賜以雙玉」，令夫妻吞之，生下崔玨。其後，舉孝廉，唐貞觀七年入仕，為潞州長子縣令。能「晝理陽間事，夜斷陰府冤，發摘人鬼，勝似神明」。崔玨死後，百姓在多處立廟祭祀，言其入地府為判官，執掌生死簿。（整理自《列仙全傳》、清姚福均《鑄鼎余聞》等）

崔玨，字夢之。唐朝著名詩人。嘗寄家荊州，大中年間登進士第，由幕府拜秘書郎，為淇縣令，有惠政，官至侍御。《全唐詩》第五百九十一卷錄其詩九篇，盡為佳作。其為李商隱摯友，〈哭李商隱〉一詩中「虛負凌雲萬丈才，一生襟抱未曾開」為千古絕句。（整理自《全唐詩》）

本書中的崔玨，乃是將二人糅合為一。

崔玨最早的故事見敦煌變文〈唐太宗入冥記〉，武則天天授時期已經成型。因幽冥還魂，崔玨被唐太宗封為「蒲州刺史兼河北廿四州採訪使」，後官至御史大夫，賜紫金魚袋。

天寶年間，安史叛亂，玄宗南逃川蜀。崔玨給玄宗託夢道：「毋他適，賊不久平矣！」後果然平定安史之亂，玄宗返回長安，感念其報信有功，特命在長安新建一廟，封為靈聖護國侯。

北宋太宗時，有公主向崔府君祈福，「祈之有應」，而被賜名「護國」。宋仁宗景祐二年加封崔府君為護國顯應公。宋哲宗元符二年改封為護國顯應王。宋徽宗時又加封為護國顯應昭惠王。即使與宋為敵國的金朝，也未曾冷待，命崔玨代享南嶽之祭。

北宋末年，徽欽二帝被金人俘虜，康王趙構欲北上媾和，途中停留在崔府君廟，擲珓占卜吉凶，崔玨顯靈，阻止其北上，遂得偏安百餘年。（據徐夢莘《三朝北盟會編》）

此事，成書於南宋年間的《靖炎兩朝見聞錄》記載得更為詳細：……康王遂從宗澤之請，不果使北，將為潛歸之計。且聞去年斡離不自遣康王歸國後，心甚悔之，既聞康王再使，遣數騎倍道催行。康王單騎躲避，行路困乏，因憩於崔府君廟，不覺困倦，依階腳假寐。少時，忽有人喝云：「速起上馬，追兵將至矣！」康王曰：「無馬，奈何？」其人曰：「已備馬矣，幸大王疾速加鞭！」康王豁然環顧。果有匹馬立於旁。將身一跳上馬，一晝夜行七百里。但見馬僵立不進，下視之，則崔府君泥馬也。

有如此大功，崔玨在南宋備受禮遇，淳熙年間，宋孝宗秉宋高宗命，封其為「護國顯應興聖普佑真君」。（據《南渡記》）

更大的功勞還有一樁，據熊克《中興小紀》記載：宋高宗的唯一兒子元懿太子夭折後再沒有嗣子，所以只好從其他宗族中選擇後繼者。趙昚出生前，其母夢見絳衣神人自稱崔府君者，抱一隻羊給了她，並說「以此為識」，然後便懷孕。高宗聽說後，認為此子必非尋常，就接到宮中撫養，紹興三十二年，高宗讓位於趙昚，是為孝宗。孝宗即位後勵精圖治，成為南宋最傑出的皇帝。

有此恩遇，南宋的帝王對崔玨不吝厚賜，廣造廟宇，臨安城顯應觀更是華麗無比，殿名是御筆題寫，「祠宇宏麗，像設森嚴，長廊靚深，采繪工致」。高宗、孝宗還常常臨幸，有次還以「丹堊故暗，賜金藻飾一新」。當時崔府君廟遍及全國，僅就山西而論，晉東南及周邊幾乎無縣不祀，甚至一縣有廟宇三四座者。

元朝時，崔玨被封為「靈惠齊聖廣佑王」。明洪武四年，太祖朱元璋賜封崔府君為神，正神文號，命歲歲致祭。

崔玨身後名聲之隆，蓋壓帝王，千年不滅。其廟宇至今猶存。

3 與唐寺，唐代與唐寺有多座，一座位於長安城內太寧坊，原名罔極寺。為神龍元年三月十二日太平公主替母后武則天祈福所修建。開元二十年六月七日，改稱興唐寺。著名天文學家僧一行在長安時便賜居興唐寺。

第二座位於徽州府歙縣，唐高祖李淵建德二年，於西千山麓濱江處，敕建興唐寺。由於寺處練水之西，故當地人習稱「水西寺」。大詩人李白遊歷徽州時，曾到寺中參拜，並留下〈題興安水西寺〉詩一首：「天臺國清寺，天下稱四絕。我來興唐遊，與中更無別。卉木劃斷雲，高峰頂參雪。檻外一條溪，幾回流碎月。」宋太宗太平興國二年，改名太平興國寺，並沿用至今。

第三座位於晉州霍邑縣境內，霍山主峰西南，霍邑縣與趙城縣交界處，今屬山西省洪洞縣，有興唐寺鄉。隋大業十三年，李淵起兵滅隋，兵至霍邑，隋虎牙郎將宋老生據守霍邑，恐宋老生固守不出。李淵軍缺糧，又流傳突厥與劉武周將乘虛襲太原，李淵欲北還，被李世民勸止。後傳說得神人指點，以輕騎誘敵之計擊破宋老生，奪取霍邑。

《舊唐書．高祖本紀》記：「（大業）十三年秋七月，高祖率兵西圖關中……發自太原……隋武牙郎將宋老生屯霍邑以拒義師。會霖雨積旬，饋運不給，高祖命旋師，太宗切諫乃止。有白衣老父詣軍門曰：『余為霍山神使，謁唐皇帝曰，八月雨止，路出霍邑東南，吾當濟師』……八月辛巳，高祖引師趨霍邑，斬宋老生……十一月丙辰，攻拔京城。」

武德年間，唐高祖「感神大恩，敕於山麓建寺，賜額『興唐』」。然亦有一說，為貞觀元年唐太宗李世民敕建興唐寺以報神恩，派五百人修了三年而建成，並植四株油松於寺門兩側。北宋時，興唐寺被改名為崇勝院。金熙宗時毀於兵燹，後重建，元明時恢復興唐寺名。明末一度荒廢，時人有詩云：「碑生苔蘚無全字，樹雜隋唐不記年。僧舍數椽流水外，山雲一抹夕陽前。」

清康熙年間雖經重建，但亦敵不過歲月的荒蕪，現除清代修建的藏經樓殘留外，其餘盡毀。李世民所植油松亦僅存一株，高十四公尺，徑三公尺，樹幹向西北傾斜。

4 度牒，起於唐代，官府發給合法出家人的證明文件。

5 姆媽，中國南方方言，多指「母親」。

6 童行，指出家入寺尚未取得度牒的少年。

7 尺，唐代一小尺為三十公分，一大尺為三十六公分，小尺為特殊專用，民間通用大尺，十尺為一丈。郭宰身高六尺有餘，約為二一六公分以上。

8 正六品縣令，唐制，霍邑縣為上縣，上縣縣令為正六品。

9 過所，唐代過關所需的身分證明文件。

10 法雅，河東良家子，修長姣好，黠慧過人，懂拈鬮戰陣之術。李淵仕隋，偶遇於長安市上，與他交談，「雅其博達，遂相友愛」。將他引至邸中，命諸子禮拜。太原起兵時，又置之帷幄，密參機要，言聽計從，權傾左右。後李淵稱帝，欲官之，雅不願，乃立之為化度寺主。（出自《大唐創業起居注》）（貞觀）三年，有沙門法雅，初以恩幸出入兩宮，至是禁絕之，法雅怨望，出妖言，伏法。兵部尚書杜如晦鞫其獄，法雅乃稱寂知其言，寂對曰：「法雅惟云時候方行疾疫，初不聞妖言。」法雅證之，坐是免官，削食邑之半，放歸本邑。（出自《舊唐書．裴寂列傳》）

11 符牒，官府公文的統稱。

12 縣尉，霍邑縣屬於上縣，按例配縣尉兩名。與縣丞同為縣令的佐官。

13 步，唐代一步約一．五一四公尺，據傳是李世民以自己左右腳各走一步，所定下的長度單位。一二〇步約為一八二公尺。三百步為一里，唐代一里約為四五四公尺。

14 民部，即戶部。早稱民部，唐高宗繼位後，避唐太宗李世民諱，改戶部，後世相襲不革。

15 口分田，唐代實施均田制，按人口分田，分為永業田與口分田。口分田不得買賣，且死後要交還。

16 氣死風燈，外有護罩，不易被風吹熄的燈。

17 優戲，即滑稽劇。

18 內史令，唐高祖武德年間，沿襲前隋舊制，設內史省，長官為內史令，唐太宗貞觀年間改稱中書省，長官改稱中書令。

19 驃國，今緬甸。

20 尼波羅國，今尼泊爾。

21 磧西，即西域。

22 庸調，即稅賦。

高寶書版集團
gobooks.com.tw

DN 233
西遊八十一案（一）：大唐泥犁獄

作　　者　陳漸
特約編輯　余純菁
助理編輯　陳柔含
封面設計　張閔涵
內頁排版　賴姵均
企　　劃　何嘉雯

發 行 人　朱凱蕾
出　　版　英屬維京群島商高寶國際有限公司台灣分公司
　　　　　Global Group Holdings, Ltd.
地　　址　台北市內湖區洲子街88號3樓
網　　址　gobooks.com.tw
電　　話　(02) 27992788
電　　郵　readers@gobooks.com.tw（讀者服務部）
　　　　　pr@gobooks.com.tw（公關諮詢部）
傳　　真　出版部　(02) 27990909　行銷部 (02) 27993088
郵政劃撥　19394552
戶　　名　英屬維京群島商高寶國際有限公司台灣分公司
發　　行　英屬維京群島商高寶國際有限公司台灣分公司
初版日期　2020年 4 月

本書繁體中文版通過重慶出版社&上海紫焰文化傳媒有限公司授權出版

國家圖書館出版品預行編目(CIP)資料

西遊八十一案（一）：大唐泥犁獄／陳漸作
-- 初版. -- 臺北市：
高寶國際出版：高寶國際發行, 2020.04
　面；　公分. --（戲非戲；DN224）

ISBN 978-986-361-807-2（第一冊：平裝）

857.7　　　　109001285

GOBOOKS
& SITAK
GROUP ©